中國怪異譚の研究

——文言小説の世界

中野　清著

研文出版

中國怪異譚の研究——文言小説の世界　目次

中國怪異譚の研究
——文言小説の世界

はしがき

袁枚と『子不語』

袁枚《えんばい》（一七一六～一七九八）[1]、字《あざな》は子才、又の字は存齋（存は子才の合字だという）・簡齋。[2] その邸に隨園と名づけたので、晩年は隨園老人と號し、袁隨園と呼び、私淑するものは隨園先生と呼ぶ。錢塘縣（浙江省杭州市）の人。清朝の最盛期である乾隆時代の代表的詩人である。

詩人としては、趙翼・蔣士詮とともに乾隆三大家と稱せられ、彼の唱えた「性靈說」（くだいて言えばフィーリングを重んじる詩風）は、「味外の味」を重んじる王士禛の「神韻說」、格調の高さを尊ぶ沈德潛の「格調說」とともに清朝の三詩說といわれている。

袁枚についてはすでに傳・評傳も出版されており、詳細な年譜も複數出版されている。[3] これらの成果を踏まえつつ、いささかの私見も加えてまとめてみると、彼の家は、五代の祖袁槐眉が明の崇禎朝侍御史であったが、明清の王朝交代によって沒落し、父親と叔父は地方に幕客として出稼ぎに行っていることが多かった。叔父は秀才だったが父はよく判らない。

この父親不在が袁枚の性格形成にあたえた影響は極めて大きかったようである。祖母と母親と、寡婦になり實家に戻っていた叔母の女三人に育てられたこと、そして姉が二人に妹が二人いた。こういう環境が女性の知性を正しく評價し、女弟子を慈しみ育てることにつながって行くのではあるまいか。當時の一般家庭に見られる絶對君主的な父親が、日常に存在しないということが、袁枚の「絶對」のものは存在しないという、懷疑主義的な思考法を育てたのであろう。

十二歳で學校試（童試）に合格し生員（秀才）となる。同時に袁枚の師匠である史中も合格している。ということは、近所の受驗生である史中に勉强を見てもらっていたということなのであろう。當時の袁家の經濟狀態では、家庭教師を雇う金はなかったはずである。

その後、縣學で授業を受けていたようだが、實は、浙江省の鄕試にも每回應じ、落第し續けたようである。(4)誰もが自分の失敗はあまり書きたがらないものなので、主に『隨園詩話』と『小倉山房詩文集』などを資料として使っている『評傳』類にはその記述はない。

この時期にちょうど雍正帝の崩御と、乾隆帝の卽位があり、久々に「博學鴻試」が擧行されるという。科擧の勉强にいささかくたびれてきた袁枚は、奇手を打とうとする。この「博學鴻試」に應じようというのだ。しかし滿二十歳の若者が、文化レベルが最も高い浙江省の豫備試驗に受かるわけもなく、最後の手段として、叔父が幕僚を務めている、廣西の桂林への旅に出る。廣西省の巡撫金鉷に巧く氣に入られ、推薦狀をもらって勇躍北京へ向かう。勿論、「博學鴻試」には受かるわけもなく、ただ最年少者として話題にはなる。いよいよ名士になったわけである。ここからは大嫌いな時文（八股文）を猛勉强し、浙江省の鄕試には受からないであろうと見切りをつけ、北京の國子監（國立大のようなもの）の學生（國子監生）の資格を捐納《えんのう》で得て、乾隆三年秋の順天鄕試を受驗し合格、擧人になる。

乾隆四年（一七三九）二十四歳の時、第五位の成績で進士に合格、成績優秀者のみが殘ることを許される翰林院に殘り庶吉士という高級官僚候補生として研修を續けるが、三年後に行われる試驗（散館考試という）で、清書（滿洲語）の成績が惡かったために、翰林院に留まることができず、地方官として轉出させられ、江蘇省溧水《りっすい》縣の知縣（縣知事）になった。


しかし、二十代で科擧に合格するだけでもきわめてめずらしいのに、二十七歳の知縣というのはまず異例といってよい。袁枚の父親は心配のあまり、變裝して溧水の人々に知縣の評判を聞いてまわり、人々がみな「たいへんに良い知縣である」と稱讚するので、安心し喜んで役所に會いに行った、という逸話（李元度『國朝先正事略』に見える）がある。


その後、江浦《こうほ》、沭陽《じゅつよう》の知縣を經て、江寧《こうねい》（南京）の知縣となったのが乾隆十年（一七四五）、三十歳の時である。

乾隆十三年（一七四八）、かつて隋という姓の高官の別荘であったが、廢園となり、荒れはてていたものを買い取り、「隋」を「隨」に改めて「隨園」と名付けた。南京の城西にある小倉山の一部を占める景勝の地である。以後、「隨園」は數次の改修をへて、「名園」と呼ばれるようになる。

十四年、母親の病を見舞うために辭任して故郷に歸る。

乾隆十七年（一七五二）、陝西省のある縣の知縣に赴任したが、一年もしないうちに父親が亡くなり、喪に服すために家に歸り、そのまま辭任し役人生活を打ち切った。


この時から、「隨園」に在って、良く言えば悠々自適の生活に、別の見方をすれば不安定な賣文生活に入るわけである。「隨園」における生活は、豪奢なものだったようだ。「二十四歳で進士になった天才。官を辭めた風雅の士」という名聲は揚がり、入門を希望する者、詩文の添削を乞うものは多く、一篇の墓誌に萬金を贈る者さえいたという。

「隨園詩話」という隨筆風詩論書があるが、同時代の詩人であり袁枚の友人でもある趙翼は、「百金を贈る者有れば輒《すなは》ち詩話に登す」と批判している。「金さえ拂えば詩話に載せて譽めてくれる」というわけである。眞僞ははかりがたいが、いくらかはそういう傾向があったのであろう。

袁枚の著述は非常に多く、私家版の「隨園三十種」という全集にまとめられている。

袁枚が六十臺の半ばから「妄言妄聽し、記してこれを存し（序文）」て、七十三歳のときに刊行したのがこの「子不語」である。

論語に「子不語怪力亂神（子は怪力亂神をかたらず）」とある。「孔子は怪・力・亂・神についてはを話をしなかった」という意味である。だから「子不語」は「孔子が話さなかったこと」ということになり、すなわち「怪力亂神を語る書」ということになるのである。

「怪力亂神」といえば代表は「神怪鬼狐」であるが、この書に收錄する話は、「神怪鬼狐」に限らず、廣く巷閒の「異聞」（あざやかな手口の詐欺、泥棒、笑い話的なもの、偶然に運良く出世した役人の實話、海外の奇妙な風習の傳聞など）も含まれている。

その序文によると、「書成りて、初め子不語と名づくるも、後に元人の說部に雷同する者有るを見、乃ち改めて『新齊諧』と爲す」とある。元の時代の小說に同じ題名のものがあるのを見つけたので『新齊諧』と改めた、というのだが、『子不語』のほうが、日本でも中國でも通行しており、初版本も版心は子不語なので、本書では『子不語』のままとし、『續新齊諧』は初版でも版心は『續新齊諧』なのでそのままとする。(5)

紀昀《きいん》と『閲微草堂筆記《えつびそうどうひつき》』

紀昀（一七二四〜一八〇五）、字は曉嵐。河間府獻縣（現在の河北省）の人。乾隆十九年（一七五四）の進士。乾隆という時代は、清朝の最盛期であり、學問・文學・美術・工藝から民間藝能に至るまで、繁榮を極めていた時代である。

だが、一方では、言論彈壓の最も嚴しい時代でもあったのである。後世この言論彈壓を「乾隆の文字獄」と呼ぶ。

その乾隆年間の文化事業に『四庫全書』という大類書の編纂がある。これは清朝に都合の惡い書物をすべて抹殺するためという一面もある。

その當時、世に存在する書物を全て蒐集し檢討し（この過程で世の藏書家として知られた者からは、自發的に珍書の提出を強要し）、その結果「後世に殘す價値のあると認められた書」は、全てに寫本を作り、詳細な解題を付す。

これが三千四百六十二種。

「後世に殘す價値までは認められない書」には詳細な解題のみを付す。これが六千七百六十六種。

この『四庫全書』編纂の事業には、三百二十人ほどの學者が動員され、十年の歳月を要した。

この事業の全てを監督し、全ての解題に目を通し、あるいは手を入れ、體裁を統一し、そして最後に完成した寫本七組を、皇居及び離宮の皇帝の書齋（といっても大圖書館であるが）に納める、というのが紀昀の仕事なのである。

總責任者（總纂官という）としてこの仕事が終わりにさしかかった頃、ちょうど熱河承德の離宮（夏の皇帝の執務地、避暑山莊という）に一組の寫本を納めに行った際、つれづれなるままに書き始めたのが、この『閱微草堂筆記』なのである。

しかし兵部尚書・禮部尚書も歴任した、官僚學者として、單に怖いだけの怪談集など書けるはずもない。論語に、「子は怪力亂心を語らず」という言葉がある。「述べて作らず」ともある。紀昀としてはこの立場は、絕對に守る必要がある。

そこで全て人から聞いた話で、それを記錄するだけである、という形をとる。紀昀が他の人から聞いたというのは事實であり、その事實を記錄するというのである。

他の人が、かりに紀昀に作り話をしたとしても、それもまた記錄である、という立場で書かれているのである。そしてその話の末尾に、一言、世道人心にとって有益なコメントを付け加えるのである。

袁枚評價の概觀

十八世紀の中國、清朝の乾隆という時代に、いわゆる「文壇」が果たして存在したかどうかは、しばらく措くとしても、當時の文人・學者で、袁枚の存在を默殺することができた者は、ほとんどいないと見てよいのではなかろうか。

「毀」も「貶」も「譽」も「褒」も、ともに大量に殘されているのである。

その袁枚に對する「毀譽褒貶」は、大きく三つの時代に區分して、その變化を整理することができる。

まず章學誠の『書坊刻詩話後』(6)に代表される同時代人による「惡罵嘲笑」であるが、つまるところ「女弟子」の存在が、「七年にして男女席を同じうせず。食を共にせず」(7)を奉る、謹嚴なる禮敎徒の機嫌を損ねたという點と、「性情の自由な發露」を「無格律」・「放恣」・「淺薄」と決めつけたというに過ぎず、感情的・生理的レベルのものが多く、批評としては論ずるに値するものは見られない。清末の梁啓超に至るまで、同じ傾向のものは多い。

一方で、袁枚の後援者・友人などによる好意的な忠告ないし揶揄なども多い。例えば、(8)君は江寧の知事としてなかなかよい政治をして、信念にしたがっていると聞いている。惜しいことに杜牧之のような風流はまだ止められないようだ。

汝江寧を宰して善政有り、誠に言ふ所に負《そむ》かずと聞く。惜しむらくは杜牧之未だ風流を免れざるのみ。

聞汝宰江寧有善政、誠不負所言。惜杜牧之未免風流耳。

「五四文學革命」以後の評論には、かえってほとんど「女弟子」の存在に觸れたものは見られなくなり、「性情の解放」という觀點から、その「性靈說」を評價するものが多い。どうにも評價しにくい「女弟子」の存在に、なるべく觸れまいとしているかの如くである。

例えば、近代の詩人朱自清(9)は、「文壇革命家」という言葉を用いて、

清代の袁枚もまた一人の文壇革命家に數えることができよう。性情を主にして詩を論じている。彼に至って「詩は志を言う」という言葉の意味をまた一歩ひろげることができ、陸機の「詩は情に緣る」とほとんど同じ意味のものとしている。

清代袁枚也算得一個文壇革命家、論詩也以性靈爲主。到了他才將「詩言志」的意義又擴展了一步、差不離和陸機的「詩緣

情」併爲一談。

と説いている。

そして、「改革開放」後になると、

袁枚の出現にいたって、清代の詩歌ははじめて自分の道を正しく歩み出すことができ、徹底的解放をかちえたのである。

袁枚は女弟子を集めるという形で、大量に女詩人を育てた。事實この時代の潮流の尖鋭な現れのひとつである。そしてそれは文學史の上だけではなく、婦女文化史及び婦女教育史上に、ともに疑いなくたいへん重大な意味を持っているのである。

直到袁枚出來、清代詩歌才眞正走出了自己的道路、獲得了徹底的解放。(10)

袁枚以招收女弟子的形式大量培養女詩人、事實上也正是這股時代潮流的突出表現之一。它不但在文學史上、而且在婦女文化史以及教育史上、無疑都具有十分重大的意義。(11)

と、「女弟子」の存在を、「婦女文化史・教育史」上に位置づけて積極的に評價するものまで現れてくるのである。評價とは、まさに郭沫若の説く如く「時代所賜」(12)なのである。

【注】

（1）袁枚の歿年は從來一七九七とされていたが、嘉慶二年十一月十七日は西暦一七九八年一月三日になる。アーサー・ウェイリーの指摘による。アーサー・ウェイリー著、加島祥造・古田島洋介譯『袁枚―十八世紀中國の詩人』、平凡社東洋文庫、一九九九・三。二九二頁

（2）羅以民『子才子——袁枚傳』、浙江人民出版社。浙江文化名人傳記叢書。二〇〇七年八月。一二頁
（3）李元度『國朝先正事略』
（4）（2）に同じ。四一～四三頁
（5）本書第三章第一節參照。
（6）『章氏遺書』、『章學誠遺書』文物出版社影印。一九八五年七月。四五～四六頁
（7）『禮記』卷十二『內則』。
（8）『文淵閣大學士史文靖公神道碑』。『小倉山房文集』卷三。王英志主編『袁枚全集』江蘇古籍出版社。一九九三年九月。第二卷。四〇頁
（9）朱自清『詩言志辨』、『朱自清古典文學論文集』上。上海古籍出版社。一九八一年七月。二三八頁
（10）朱則傑『淸詩史』、江蘇古籍出版社。一九九二年二月。二四七頁
（11）同前。二六八頁
（12）郭沫若『讀隨園詩話札記』、作家出版社。一九六二年。

序論　文言小説の流れ——六朝の志怪と唐宋の傳奇——

文言小説について、あまりなじみのない讀者のために、その流れ（歴史というほどのものではない）を概觀し、一方で本書のうちでよくつかう言葉の概念規定をしておきたい、というのがこの序論の趣旨である。しかしこの件については、すでに魯迅の『中國小說史略』以來の膨大な先行研究がのこされており、いまさらつけ加えるような新しい材料はないが、論點を整理していささか臆說をつけ加えてみたい。

文言というのは、いわゆる漢文訓讀でなんとか讀めるような文體のことである。この時代（二世紀から十三世紀）には散文の文體は他にない。

はじめにお斷りしておきたいのだが、ここで言う「六朝の志怪」も「唐宋の傳奇」も、それらが書かれた、或いは編集された姿のまま、現在に傳わっているものは無いということである。

「六朝の志怪」は隋唐の時代までは存在したようだが（『隋書』經籍志・『新唐書』藝文志）、その後すがたを消す。唐初（七世紀前半）の歐陽詢等奉敕撰『藝文類聚』という類書に、さほど多くはないが記録されているものがある。また「六朝志怪」は宋初（十世紀後半）の李昉等奉敕撰『太平廣記』・『太平御覽』・『文苑英華』という類書の『太平廣記』に多くのものが記録され、『太平御覽』にはその梗概が多い。

「唐の傳奇」は上記以外の類書では『文苑英華』にかなり多くの作品が記録されている。ところがここでまた困った事に、『太平廣記』・『太平御覽』・『文苑英華』ともに、宋初に印刷されたものは殘っていないのである。

『太平御覽』には南宋の刊本があり寫眞版（宮内廳書陵部藏。『四部叢刊三集』）もあるが、その他はほとんど明刊本しかない。そこでまたテキストの校合という面倒な作業が必要になってくるのである。

「六朝の志怪」というのは「六朝時代の怪を志《しる》した話」ということで、奇怪なできごとのあらすじだけを記したもの。「怪談」のあらすじを集めたものと考えてよいだろう。

怪談的な話というのは、もちろんこれより以前の歴史書や諸子百家の書にも散見される。しかし意圖的にそういう話ばかりを集めたものは、後漢末魏初（三國時代と言ってもよい）に始まるのである。

後漢の末ごろ『列異傳』という書があり、魏の文帝曹丕の作とされていた。

もちろん今は傳わらないが、類書に引用された遺文があり、ほぼ内容を知ることができる。魯迅の『古小説鉤沈』に五十則を收録する。

その内容はというと、歴史書の評價は、

幽鬼妖怪など奇怪な事を述べている。

以て鬼物奇怪の事を序《の》ぶ。　　以序鬼物奇怪之事。　　『隋書經籍志』

ということになる。

果たして本當に文帝曹丕の作なのかは、詮索する必要はないだろう。しかしたとえウソではあれ皇帝が「怪異談集」の著者に擬せられるというところに、後漢末から魏晉南北朝という時代の時代相を見ることができるのである。

神仙說が流行した漢代も、後漢末になると、巫道（シャーマニズム）が盛んになった。古來からのアニミズムがあり、五斗米道が一時期獨立王國化し、佛教が弘まりはじめ、鬼神・靈異を宣揚するものばかりがひしめきあっている時代である。儒教的な思想統制は相對的に弱まらざるを得ない。

人々はみな幽界と明界は別のものではあることはわかっているが、神怪鬼狐が存在することを疑う者はいないのである。

こういう時代に現れた奇怪な話は、どのように傳わりどのように文字化されたのか、というのが一つの問題なのである。

この時代の人々にはどのような娛樂があったのであろう。庶民（大多數は農民）は長期閒家を留守にすることはできないはずだ。考えられるのは、ごくたまに近くの町で開かれる、市《いち》にでも出かけるくらいであろう。あとは仕事が終わった夕方に、近所の人と世閒話でもするくらいのところであろう。

こういう話がある。(1)

南陽（河南省）の宋定伯が若いころ夜道を歩いていて幽鬼とであった。君は何だねとたずねると、「私は幽鬼だよ」という。「それで君は誰だね」と幽鬼が聞くので、定伯はだましてやろうとして「私も幽鬼だよ」と言った。

「どこに行くつもりなんだ」と幽鬼が聞くので、「苑の市《いち》に行くつもりだ」と言うと、幽鬼も「私も苑の市に行きたいんだ」と言う。連れだって數里ほど行くと、「歩いて行くと遲くなるので、代わりばんこにおんぶするというのはどうだね」と幽鬼が言う。「良いですね」と定伯が答えた。

そこで幽鬼がさきに定伯をおぶって數里ほど行くと、幽鬼は「君は重すぎるね。幽鬼じゃないんだろう」と言う。定伯は「私は死んですぐなのでまだ重いのさ」と言って、今度は定伯が幽鬼をおぶった。幽鬼にはほとんど重さがなかった。

こんなことをくり返しながら、定伯が「私は死んだばかりなのでよく知らないのだが、幽鬼が畏れるものって何かあるのかい」と聞くと、「人の唾《つば》だけはいやだ」と言う。こうしてつれだって行くうちに、道は川に行きあたった。定伯は幽鬼にさきに渉らせて聞いていると全く音がしないのである。定伯が渉り始めるとザブザブと音をたてる。幽鬼が「なんで音がするんだ」と言うが、定伯は「死んだばかりなんで、まだ川を渡るのに慣れていないんだよ。怪しまないでおくれよ」と答えた。

もうすぐ苑の市に着こうというときに、定伯はおぶっていた幽鬼を肩の上で急に押さえつけた。幽鬼はキャーキャーと大聲をあげ、下ろしてくれと賴むのだが耳をかさず、まっすぐ苑の市には入っていく。地面に下ろすと一頭の羊に化けた。すぐにそれを賣って、また化けられと困るので唾をつけて錢千五百文を手に入れると立ち去った。當時の有名人石崇の(2)「定伯は幽鬼を賣って千五百文をもうけた」という言葉が殘っている。

南陽の宋定伯年少の時に、夜行きて鬼に逢ひこれに問ふ、鬼は言ふ我は是れ鬼なり、と。鬼問ふ、汝は復た誰ぞ、と。定伯これを誑して言ふ、我も亦た鬼なり、と。鬼問ふ、何れの處に至らんと欲する、と。答へて曰く、苑の市に至らんと欲す、と。鬼言ふ、我も亦た苑の市に至らんと欲す、と。遂に行くこと數里にして、鬼言ふ、歩み行くは太《はなは》だ遲し。共に遞《たがひ》に相ひ擔《にな》ふべし何如《いかん》、と。定伯曰く、大に善し、と。鬼便ち先に定伯を擔ふこと數里にして、鬼言ふ、卿は太《はなは》だ重ければ、将《は》た鬼に非ずや、と。定伯言ふ、我は新鬼なるが故に身重きのみ、と。定伯因りて復た鬼を擔ふに、鬼に略《ほ》ぼ重き無し。是《かく》の如くすること再三なり。定伯復た言ふ、我は新鬼なれば何の畏忌する所有るを知らず、と。鬼答へて言ふ、惟だ人の唾を喜ばず、と。是に於て共に行きて道に水に遇へば、定伯鬼をして先に渡らしめこれを聽くに、了然として聲音無し。定伯自ら渡るに、漕漼《さうさい》として聲を作す。鬼復た言ふ、何を以てか聲有る、と。定伯曰く、新に死すれば水を渡るに習《な》れざるが故《ゆゑ》のみ。吾を怪しむ勿かれ、と。行きて苑の市に至らんと欲するに、定伯便ち鬼を擔ひて肩上に着け急ぎてこれを執る。鬼大に呼びて聲咋咋然として下すを索むるも、復たこれを聽《ゆる》さず。徑《ただ》ちに苑の市の中に至り下して地に着くれば、化して一羊と爲る。便ちこれを賣り、其の變化するを恐れてこれに唾つけ、錢千五百を得て乃ち去る。當時の石崇に言有り、定伯鬼を賣りて錢千五を得たり、と。

南陽宋定伯年少時、夜行逢鬼問之、鬼言我是鬼。鬼問、汝復誰。定伯誑之言、我亦鬼。鬼問、欲至何處。答曰、欲至苑市。鬼言、我亦欲至苑市。遂行數里、鬼言、步行太遲。可共遞相擔何如。定伯曰、大善。鬼便先擔定伯數里、鬼言、卿太重、將非鬼也。定伯言、我新鬼故身重耳。定伯因復擔鬼、鬼略無重。如是再三。定伯復言、我新鬼不知有何所畏忌。鬼答言、惟不喜人唾。於是共行道遇水、定伯令鬼先渡聽之、了然無聲音。定伯自渡、漕漼作聲。鬼復言、何以有聲。定伯曰、新死不習渡水故耳。勿怪吾也。行欲至苑市、定伯便擔鬼着肩上急執之。鬼大呼聲咋咋然索下、不復聽之。徑至苑市中下着地、化爲一羊。便賣之、恐其變化唾之、得錢千五百乃去。當時石崇有言、定伯賣鬼得錢千五。

『捜神記』巻十六

市に出かける途中で幽鬼と道連れになり、その弱點を聞き出して、羊に化けた幽鬼を賣りはらい大もうけをしたという話だが、市《いち》が當時の人々の數少ない娯樂であったということが見て取れる。

幽鬼は明るくなると消えなければならない。だからたぶん夜明けとともに始まる市なのだろう。

そしてこの話が、當時の有名人の大富豪である石崇にまで傳わるというのは、世間話・噂話が擴散するのがいかに早く、傳わる範圍がいかに廣いのかということを現しているとみていいだろう。

本來この話はどういう話だったのか？

「宋定伯が羊を市で賣って千五百文を手に入れた。しかし宋定伯は羊を持ってはいなかった」、という話である。どこかで迷い羊でも見つけて賣ったのだろうが、それでは犯罪になる。羊をどこで手に入れたのかを訊かれて、定伯が咄嗟についたウソで、「幽鬼が羊に化けたところを捕まえた」と言った、くらいのことだったのであろう。だがこれが噂になる。あちこちで話されていくうちに、話に尾ヒレがつく。

お互いにおんぶして重いとか輕いとか、川を渡るときに音をたてないとか、幽鬼の弱點は人の唾であるとか、話されていくうちに、なかなかまとまった物語になってゆく。

面白い尾ヒレはとれないが、つまらない尾ヒレはついても次に話す人が省くから後世には傳わらない。このように民間で話されて行くうちにだんだん物語として洗練されていくのである。

この時代はお話の時代なのである。

上流階級の貴族たちが清談という一種の哲學談義にふけったことは、『世說新語』に多數記錄されている。この『世說新語』という書は、「志人小說」と呼ばれることもある。「志怪」に對する「志人」である。

では一般の庶民はどんなことを語り合っていたのであろうか。

たぶん哲學談義はしなかったであろう。農民が一番氣にするであろうものは、やはり天候である。日照とか雨量とか寒暖の話はするではあろうが、しかしそれは娯樂ではない。仕事上の情報交換である。

娯樂としての世間話の話題としては、有名人の噂話や神怪鬼狐（要するに怪談）の話であろう、と言われている。現在でも有名人のゴシップや學校の怪談・都市傳說・ＵＦＯなどが、ネット上の話題のランキング上位を占めるのと何も變わりはない。

ここでひとつの言葉の概念を規定しておきたい。「說話」という言葉である。こういう言葉が、それぞれ勝手な意味でつかわれていては、議論が成り立たなくなるので、先行研究で使用されている定義を檢討してみる。

「民間に口頭で傳承された話の記錄、及びその形式を踏襲しながら書き起こされた讀み物。（中略）職業人としての『歷史語り』を傳承してゆく語り部の語りものは、この『說話』の範圍から除外するということである。(3)」

とある。整理すると、語り傳えられた話の記錄と、そのスタイルをまねて書かれた讀み物ということである。これは明末清初の「話本（講釋の記錄）と擬話本（そのスタイルをまねた創作）」が念頭にあるのであろう。また一方では『搜神記』と『搜神後記』を考えているのかもしれない。

この定義には手を加えずこのまま使うこととする。

次の問題は記錄した者が誰だったのかという點である。その點を檢討するには、小說という言葉の定義が問題になる。小說という言葉の意味するところは、中國では時代によって變化するのである。簡單に整理すると、

一、『莊子』にいうところの「小說」

「小說」という言葉の最古の用例である。しかし「小說」という二文字が使われた用例というだけのことで、今から論じようとしている「小說」とは別物である。單に「些細な言說」という意味にすぎない。

二、『漢書』藝文志の「小說家」

『漢書』は後漢の班固が著した「前漢」一代の歴史である。紀傳體の斷代史（一王朝の歴史）としては最初のもの。紀元八十二年にはすでに完成していたといわれている。

その時代（この場合は前漢）にどのような書物が存在していたかということは、史書に記録される。重要なのは史家による書物の分類と評價である。『漢書』藝文志では、「諸子」を十家に分類している。「小說家」はその第十位に置かれ、「諸子十家のうち見どころがあるのは九家だけである」と論斷されている。要するに見どころのないものをまとめて「小說家」と分類したようである。

だがこの「小說家」に分類されたものは、いますべて散逸している。

三、『新唐書』藝文志の「小說家」

『漢書』の時代にはまだ無かった、種々なものが三世紀以後には生まれてきた。

歐陽脩等の『新唐書』（一〇六〇年完成）の藝文志では、「小說」というジャンルを大幅にひろげて、それまでの史書『隋書』經籍志・『舊唐書』經籍志などでは、史部雜傳類に分類されていた「隨筆・雜記・志怪・傳奇」などを子部小說家類に分類しなおした。これで今日我々が使う文言小說・筆記小說という言葉と同じ概念になる。

四、『近代』の小說

五四文學革命以後の口語で書かれた小說類。魯迅の『狂人日記』を事實上の第一作とする。この件についてはここではこれ以上ふれない。

二の『漢書』藝文志に、

小説家者の流れは、稗官《はいかん》から出たものであろう。街や横丁の噂話をしたり、道で聴いたことをまた塗《みち》で話すような者が造ったものである。孔子（子夏？）は、「小さな道であっても、必ず見るべきものはあるはずだが、深く遠くをめざすのなら拘泥するべきではない。だから君子はそういうことはしないのである」と言った。しかしまた滅ぼしもしない。田舎の小賢しいものが話題にしたことでも書きとどめさせ忘れないようにした。もし一言でも採るべきものがあるとしても、それは草刈りや木樵や狂人の言説にすぎない。

小説家者の流は、蓋し稗官より出づるならん。街に談じ巷に語り、道に聴き塗に説く者の造る所なり。孔子曰く、小道と雖も必ず觀る可き者有らん。遠きを致すには恐らくは泥《なづ》まん。是を以て君子は爲さざるなり。然れども亦た滅せざるなり。閭里の小知者の及ぶ所も、亦た綴りて忘れざらしむ。如《も》し一言の采る可きもの或《あ》れば、此れ亦た芻蕘《すうぜう》狂夫の議なり。

小説家者流、蓋出於稗官。街談巷語、道聽塗説者之所造也。孔子曰、雖小道必有可觀者焉。致遠恐泥。是以君子弗爲也。然亦弗滅也。閭里小知者之所及、亦使綴而不忘。如或一言可采、此亦芻蕘狂夫議也。

この部分に如淳《じよじゆん》と顔師古《がんしこ》の注がある。

顔師古の注は「稗官とは小官のこと」と有るだけなので、なにも問題はないのだが、如淳の注には、

街での話や横丁の噂話は、それは細かく砕けた言葉である。王者は田舎の横丁の風俗を知りたいと思った。そこで稗官を立て噂話を記録させた。今の世でも立ち話のようなものを稗と言う。

街に談じ巷に語るは、其れ細濯の言なり。王者は閭巷の風俗を知らんと欲す。故に稗官を立てこれを稱説せ使む。今の世に亦た遇語を謂ひて稗と爲す。

街談巷語、其細濯之言也。王者欲知閭巷風俗。故立稗官使稱説之。今世亦謂遇語爲稗。

噂話を收集記録する「稗官」という役職を設けたというのである。

この「稗官」については、實在した官職なのかどうか様々な議論があったが、すでに先行研究[4]で、「地方行政機關に勤務する役人の汎稱ということになる。（中略）ごく大まかに總括するならば、閭里の小官と言っていってもさしつかえあるまい」という結論が出ている。

『搜神後記』の筆者に擬せられている陶淵明の「酬丁柴桑（丁柴桑に酬ゆ）」に、

有客有客　客有り客有りて　客人が遠くからやってきて
爰來爰止　爰《ここ》に來たり爰に止まる　この土地で縣令になり住みついた
秉直司聰　直を秉《と》り聰を司り　公正を守り天子の耳目となり民情をさぐり
于惠百里　于《ここ》に百里を惠む　百里四方（縣内）に恩惠をほどこされた
（後略）

とある。この「直を秉り聰を司り」の部分に、注があり[5]、

昭九年左傳、女爲君、耳將司聰也。（句讀點ママ）

とある。しかし『春秋左氏傳』昭公九年にあるのは、膳宰《りようりにん》の屠蒯《とかい》が晉侯を暗に諫める場面である。これは單に「司聰」という言葉の最古の用例として舉げているだけなのであろう。

丁柴桑は柴桑縣の縣令（知縣）である丁氏である。

縣令というのが、陶淵明の認識では「聽を司る（天子の耳目となり民情をさぐる）」ものであるとしたら、まさに知縣こそが稗官ということになる。陶淵明自身短い期間ではあるが澎澤縣令であったのだから、職務内容を知ら

ないわけはない。

魏の文帝曹丕が「九品官人法（九品中正）」を制定（黄初元年、二二〇）して以來、役人は一品から九品までの九等に分類された（官品という）。

貴族は家格によってそれぞれの家の鄉品が決められる。魏から西晉になるとそれが世襲化してくる。鄉品は二品が最高である。鄉品二品の家の者は役職に就く場合は四階級下の六品の官から始める。これを起家官という。そして順調に出世して、二品の官にまで至ると、もうそれ以上には上がれない。

西晉が匈奴の漢（前趙）に滅ぼされ、皇族の司馬睿が江南に逃れ東晉を立てた。その東晉王朝の安定のためにはたらいたのは江南土着の豪族である。しかし政權の重要な地位に就いたのは、琅邪の王氏や陳郡の謝氏など華北から逃げてきた貴族である。江南の豪族は二流の貴族あつかいをされていたが、結局、非力な東晉王朝は貴族の離反を恐れて鄉品二品を亂發することになり、鄉品二品だけが貴族であり、三品以下は寒門の寒士とされた。

七品官から九品官は、南朝梁の武帝の時代（六世紀初）に流外官とされ切りすてられ、一品から六品までの上位六品を十八班に分け、最高位を正一品とし最下位を従九品とする新しい制度になる。

要するに貴族のつく役職と、ほぼ後世の胥吏《しょり》に等しい役職が、嚴然と區別されるわけである。

問題は庶民のあいだで語り傳えられた說話を、誰が記錄したのかという點である。

記錄することができる、文章化できるというのは、支配層であって庶民ではない。しかし支配層であっても鄉品が高い階層ではない。軍官や地方官は細々《こまごま》とした雜務が多く、貴族が嫌う官職である。

『搜神後記』の筆者に擬せられている陶淵明が、唱和した相手には下級官僚の階級が多いというのは周知の事實である。

例えば、丁柴桑（縣令）・龐參軍（軍官）・戴主簿（州府の屬官）・郭主簿（州府の屬官）・龐主簿（州府の屬官）・鄧治中（州府の屬官）・羊長史（軍官）・胡西曹（州府の屬官）・顧賊曹（州府の屬官）などである。

縣令は七品官であり主簿は九品官である。鄕品が六品であれば起家官は九品である。鄕品二品で起家官が六品の家の者がつくことがない低い官位である。みな寒門の寒士なのである。

陶淵明自身も州の祭酒になり、參軍になり縣令になっている。

彼等のように官位は低いが學問があるもの以外に、說話を記錄するものは考えられない。筆・紙・硯・墨は、まだみな高價なものであったはずだ。しかし役所にはふんだんにあるだろう。民間の噂話の記錄は公務である。

語り傳えられる過程で面白い尾ヒレはとれないが、つまらない尾ヒレがついても、次に話す人が省くから、後世には傳わらない。そしてだんだん面白い尾ヒレが增えた話ほど、記錄された時期が遲いという推測は成り立つ。語り增しがあれば時代が下がるという可能性があるのである。

その記錄された話がまた誰かに寫され、その際にまた尾ヒレがついたり取れたりする可能性もある。まだ印刷術は發明されていない時代なのである。

第四部第二章の注（4）（三一二頁）にあるように、同じ『續搜神記』とあっても、『藝文類聚』・『太平御覽』・『太平廣記』それぞれ本文が違うというのは、說話が文章化され記錄された時期に前後があるのか、寫されまた寫されという過程での變化なのか、にわかには斷じがたい。

だが上述したようにこれらの說話は、誰が作者かというのはあまり問題ではないのである。

どのように尾ヒレがつくのか一例を擧げてみると、

干寶は字を令升といい、その先祖は新蔡（河南省）の人だった。父の瑩《えい》に氣に入りの妾がいたが、實母はたいへんなやきもちやきで、寶の父が死んで埋葬するときに、妾を生きたまま墓のなかに突き落とし埋めてしまった。寶の兄弟はまだ幼かったので、詳しい事情を知らなかった。十年たって母が亡くなったので、合葬するために墓を開いてみたところ、妾が父の棺上にうつ伏せになっているのを見つけた。衣服は生きているときと同じで、近づいてよく見るとまだ體溫があり、かすかに呼吸もしている。カゴに載せて家に歸ると、まる一日で蘇生した。その話によると、寶の父がいつも飲みもの食べものを持ってきてくれ、夜も生きているときと同じ愛情を受けていたという。この妾は寶の家に吉凶があればすべて預言し、あとから考えてみても全てあたっていた。蘇生してから數年たって、ほんとうに亡くなった。あるとき干寶の兄が病氣になり呼吸が止まったことがあったが、何日たっても冷くならなず、そのうち生き返った。そして「天地の間の幽鬼や神を見た。夢から覺めたような氣分で、死んだとは思わなかった」と言った。

　干寶字は令升、其の先は新蔡の人なり。父の瑩《えい》に嬖妾《へいせふ》有り、母至って妒なれば、寶の父葬らるる時、因りて生きながら婢を推して藏中に著く。寶の兄弟年少にして、これを審《つまびらか》にせず。十年を經て母喪し、墓を開くに、其の妾の棺上に伏すを見る。衣服して生くるが如く、就きて視るに猶ほ煖く、漸漸として氣息有り。輿《の》せて家に還れば、終日にして蘇る。云ふ、寶の父常に飲食を致しこれに與へ、寢《い》ねては恩情に接すること生くるが如し、と。家中に吉凶あれば輒ちこれを語り、これを校《くら》ぶれば悉く驗《けん》あり。平復して數年の後、方《はじめ》て卒す。寶の兄嘗て病み氣絶す、日を積むも冷ならず、後に遂に寤めたり。云ふ天地の間に鬼神の事を見る。夢より覺めたるが如く、自ら死するを知らず、と。

干寶字令升、其先新蔡人。父瑩有嬖妾、母至妒、寶父葬時、因生推婢著藏中。寶兄弟年少、不之審也。經十年而母喪、開墓、見其妾伏棺上。衣服如生、就視猶煖、漸漸有氣息。輿還家、終日而蘇。云寶父常致飲食與之、寢接恩情如生。家中吉凶輒語之、校之悉驗。平復數年後、方卒。寶兄嘗病氣絕、積日不冷、後遂寤。云見天地閒鬼神事。如夢覺、不自知死。

『捜神後記』巻四

『捜神後記』の作者に擬されている陶淵明が歿したのは、劉宋の元嘉四年（四二七）である。次に擧げる『晉書』は房玄齢等奉敕撰で、貞觀二十二年（六四八）完成だから、ほんとうに陶淵明が『捜神後記』の著者であったとして、二百年以上は經っているし、『晉書』は皇帝の命令で書かれた歴史書である。

干寶の父には寵愛していた女中がいたが、寶の母はたいへんなやきもちやきで、寶の父が死んで埋葬するときに、妾を生きたまま墓のなかに突き落とし埋めてしまった。寶の兄弟はまだ幼かったので、詳しい事情を知らなかった。十餘年たって母が亡くなったので、合葬するために墓を開いてみたところ、女中は父の棺上にうつ伏せになって生きているようだった。カゴに載せて家に歸ると、まる何日かで蘇生した。その話によると、寶の父がいつも飲みもの食べものを持ってきてくれ、生きているときと同じ愛情を受けていたという。寶の家に吉凶があればすべて預言し、あとから考えてみても全てあたっていた。地中も惡いところだとは思わないとのこと。しばらくして嫁にゆき男の子を産んだ。あるとき干寶の兄が病氣になり呼吸が止まったことがあったが、何日たっても冷くならなず、そのうち生き返った。そして「天地の閒の幽鬼や神を見た。夢から覺めたような氣分で、死んだとは思わなかった」と言った。寶はこのことによって古今の神祇・靈異・人物・變化を選び集め、捜神記と名づけた。全三十卷。

寶の父に先に寵する所の侍婢有りて、母甚だ妬忌す。父の亡ずるに及び、母乃ち生きながら婢を墓中に推す。寶の兄弟年少にしてこれを審にせず。後十餘年、母喪し墓を開くに、而して婢棺に伏すること生きるが如し。載せて還れば日を經て乃ち蘇る。その父常に飲食を取りてこれに與へ、恩情生くるが如しと言ふ。家中に在りて吉凶あれば輒ちこれを語り、考へ校ぶれば悉く驗あり。地中も亦た惡と爲すを覺へず。既にして嫁して子を生む。又た寶の兄嘗て病みて氣絶するに、日を積むも冷ならず後に遂に悟めたり。天地の間に鬼神の事を見ると云ふ。夢より覺めたるが如く、自ら死するを知らず。寶これを以て遂に古今の神祇・靈異・人物・變化を撰集し、名づけて搜神記と爲す、凡そ三十卷。

寶父先有所寵侍婢、母甚妬忌。及父亡、母乃生推婢于墓中。寶兄弟年少、不之審也。後十餘年、母喪開墓、而婢伏棺如生、載還經日乃蘇。言其父常取飲食與之、恩情如生。在家中吉凶輒語之、考校悉驗。地中亦不覺爲惡。既而嫁之生子。又寶兄嘗病氣絶、積日不冷後遂悟。云見天地間鬼神事、如夢覺、不自知死。寶以此遂撰集古今神祇靈異人物變化、名爲搜神記、凡三十卷。

「干寶傳」、『晉書』卷八十二

文字に多少の出入りはあるが、ほぼ内容的には同じと見てよいのだが、「しばらくして嫁にゆき男の子を産んだ」という部分がみごとな尾ヒレである。

ほんとうに生きていたということを強調したいのだろうが、なにか基づく資料が有ったわけではあるまい。

『晉書』は『世說新語』・『搜神記』などから多く材料を得ているので史書としては體を成さない、という批判がある。『晉書』批判が本稿のテーマではないので、一例だけ擧げておく。

他に干（寶）の父の死の件のように、（寶の）母が嫉妬して父が寵愛した女中を墓の中に突き落とし、後十數年たって、寶の母が亡くなり、墓を開いて合葬しようとした。女中が棺にうつ伏せになり生きているようであった。何日かたって蘇生してこう言った。「父は飲み物食べ物いつも與へてくれたので、地中も悪いところだとは思わない」。しばらくして嫁にやったが息子を生んだ。この話はまったく信じる事ができない。しかし干寶はこれが原因で捜神記を書き、自分でその閒の事情をこのように書いている。もしも眞實でなかったならば、どうして自分の父の隱しごとと母の嫉妬深さを暴くようなことを書くであろうか。

他に干の父の死の如く、其の母妒きて父の寵する所の婢を以て推して墓中に入れ、後十餘年、寶の母亡し、墓を開きて合葬せんとす。而して婢棺に伏して生くるが如く、日を經て甦る。言ふ、其の父常に飲食を取りてこれに與へ、地中に在るも亦た惡しからず、と。既にしてこれを嫁せしむれば子を生む。此の事は殊に信ずべからず。然れども寶はこれに因りて捜神記を作り、自ら其の事敍することかくの如し。若果《もし》眞に非ずんば、豈に自ら其の父の隱と母の妒を訐《あば》くを肯《がへん》ぜんや。

他如干父死、其母妒以父所寵婢推入墓中、後十餘年、寶母亡、開墓合葬。而婢伏棺如生、經日而甦。言其父常取飲食與之、在地中亦不惡。既而嫁之生子。此事殊不可信。然寶因此作捜神記、自敍其事如此。若果非眞、豈肯自訐其父之隱及母之妒耶。

「晉書所記怪異」、趙翼『二十二史箚記』巻八

一方『四庫提要』には、

干寶の父の妾のことを載せているが、すべて『晉書』から採っている。剽竊であることがはっきりわかる。

又た干寶の父の婢の事を載するも、又た全て晉書より錄す。剽掇の迹、顯然として見るべし。

又載干寶父婢事、又全錄晉書。剽掇之迹、顯然可見。

『四庫全書總目提要』子部小說家類三、「捜神後記十巻」

とあり、『晉書』から『捜神後記』が剽竊したものと推定している。しかしこれは紀昀の政治家としての立場上の發言であろう。兵部尚書・禮部尚書を歴任した紀昀は、「正史」の信頼性に疑義をさしはさむことはできない

はずである。

志怪の代表的な選集には以下のものがある。

曹丕（魏文帝）『列異傳』、すでに散逸したが、魯迅『古小說鈎沈』に五十話收錄。干寶『搜神記』、干寶は晉の歷史家。陶潛（陶淵明）『搜神後記』、宋代初期には『續搜神記』となっているものがある。劉敬叔『異苑』、祖臺之『志怪』。祖冲之『述異記』。

これらの作者名は極端なことを言えば、全てどうでもいいものなのである。「志怪」の說話は語られているうちに育つものである。だからこの時代の語り傳えた人々、寫本を寫し傳えた人々の集體製作だと言ってよい。

「唐の傳奇」というのは「奇を傳える」という意味である。「志怪」の「志」は「しるす」で記錄に重點があるが、「傳奇」の「傳」にはやや「敷衍する」に近い意味があるようだ。

そしてここで傳えられる「奇」は「奇怪」よりはやや「珍奇」に傾くのである。あからさまに言えば、男女のことが話題の大半を占めるようになる。

「傳奇」は明らかに個人の作物である。寫本が寫され傳わる過程での多少の尾ヒレはついていたとしても、一貫して個性を失うことがないものが多い。特に作者が有名な文人である場合などはそれが際だつ。

しかし唐王朝の成立以後は、書かれたものが全部傳奇であるというわけではない。相變わらず志怪風のものも書かれていた。志怪風のものには佛教布教のための「御利益《ごりやく》說話」のようなものも多くなる。

『太平廣記』・『太平御覽』・『文苑英華』などから佚文を拾い集めて、「傳奇」を集成したものに以下の二書がある。

魯迅『唐宋傳奇集』、北新書局、一九二七年。

汪辟疆『唐人小説』、神州國光社、一九三六年。

先驅的業績ではあるが、ともに當時參照できる書物が限られていたこともあり、本文は再度校訂を必要とする。


「傳奇」は長いものが多いので、短いものについては譯だけ、長いものは梗概を記す。

中唐以後（安史の亂の收束後）に書かれた作品が多いのだが、いくつかの例外がある。

張鷟《さく》字は文成の作とされている『遊仙窟』という中編がある。これは中國では書名の記録すらない、全く忘れられた書である。日本には七世紀に遣唐使が持ち歸っていたようで、平安初期の『日本國見在書目』にすでに書名が見える。數種類の寫本と、江戸時代の刊本も二種ある。

舶來品ならなんでもありがたがって大事にする日本にだから殘ったのであろう。


「神仙の（巣）窟に遊ぶ」という意味なのだが、神仙といった場合の一般的イメージは白髮白鬚の老翁であろう。しかしこの『遊仙窟』の神仙は十七歳と十九歳の美女二人である。

四六駢儷體に俗語を交えたようなかなり讀解がむずかしいものであるが、そのくせストーリーは單純なものである。登場人物は召使いを除けば三人である。張という姓の私（僕・余・下官という一人稱）が黄河の水源に敕命で使いに出される。途中、神仙が住むと傳えられる山に潔齋三日の後わけいる。

山奥の邸宅に住む寡婦の十娘の琴の音を、ふと耳にし詩を贈る。詩のやりとりを繰り返し、とうとう客となった。嫂《あによめ》でやはり寡婦の五嫂とも引き合わされる。あとは山海の珍味をならべた宴會になり、詩を作っての氣の引き合い、酒を飲んでの雙六《すごろく》遊びにきわどいセリフ、五嫂の取り持ちによって、とうとう私と十娘は一夜を過ごし、翌朝涙ながらに贈り物を交換しあって別れる、というだけのものである。

しかし詩のやりとりといい、地の文といい田舎文人に書けるものではない。初唐期のやや輕薄な才子肌の流行作家であった張鷟の作でまちがいない、という意見が多い。

一方で「郭遊びの指南書」という説もある。(6) ただのポルノだと見るむきもある。

私と十娘が一夜を過ごす場面は、昔の人にとっては充分に刺激的であったろう。日本に殘っている寫本が、全て佛寺に傳わっているのも、案外そんなところが理由なのかも知れない。中國で傳わらなかった理由も、同じように俗書（春本）と見なされたためなのではあるまいか。

特筆すべきことは、中國の文言小説には非常に珍しい一人稱小説であるということである。

一人稱小説は言い換えれば獨白體である。なにか過去の惡さを打ち明けるようなスタイルである。管見に入る限りこういう獨白體のものは、著者不明の有名なポルノ『癡婆子傳』があるだけである。

初唐期の作品と言われているものに『補江總白猿傳』（『太平廣記』巻四百四十四）がある。

しかしこの作品が初唐期のものであるという根據は、初唐の學者で書家の（『藝文類聚』の編者・『九成宮醴泉銘』の筆者）歐陽詢の誕生祕話のような話だから、というだけなのである。歐陽詢の顔が猿に似ていたので、誹謗中傷のために作ったというのである。

梁の大同年間の末に将軍だった歐陽紇《おうようこつ》は軍を率いて長樂（福建省）に至り、洞窟に住む蠻人を攻めますます奥地に入っていった。彼が連れてきた美人の妻は白猿に攫《さら》われてしまう。紇は軍をとどめてひとり一月半も深い山にわけいり、白猿の根據地を見つけ、攫われてきていた多くの女の手引きで白猿を退治する。白猿がいまわのきわに「お前の妻はすでに孕んでいるが、その子を殺すな」と言い置く。歐陽紇は多くのお寶を持ってかえり多くの女を解放する。

大同は十一年（五四五）までである。歐陽詢は陳の武帝の永定元年（五五七）の生まれなので計算はまったく合わない。近い時代であればこのような簡單な計算のミスはないはずだ、と筆者は考える。しかし計算がいい加減であるという理由だけで、中唐（傳奇はこの時期のものが多い）にまで時代を引き下げるのも如何なものかとも思う。

「異類婚姻說話」という觀點から、

「筆者は、（中略）その創作動機は歐陽詢の偉大さを稱揚し喧傳するにあると思う。そしてさらに、その異常出生導入のモチーフは、その偉人を生む條件としての民俗的通念を反映したところにあると解さなければならぬはずのものである。ついては、彼がたまたま猿に似ていたという事實が、猿の子であるという話を作りあげさせる根本的原因をなしている。（中略）始祖誕生型の說話においては、異類との間に生まれた子供が極めて秀でていて、その子孫が繁榮するということに、その神話的・說話的意圖及び機能がある。（中略）假にそうみて、詢の死が貞觀十五年（六四一）であるから、話は初唐後半から盛唐の間に語られていたものが、その原形であるとしておく。それがいつの頃か、知識人の手によって採集され、文學的潤飾が加えられたにもせよ、かなり忠實に文字化され今日に見られる筆紙文字としての體裁を成したものと考えられるのである」という見方もある。(7)

この考えに從えば盛唐末から中唐ということになるのであろう。筆者は中唐の初期というこの見方には賛成である。この話が世に弘まることによって中唐期の「傳奇」が隆盛を迎えるのであろう。

六朝末からだんだんと漢民族の南進が始まり、閩（福建）越（廣東・廣西）の地を略してゆく（「略地」はこの小說中の用語）。百越文身の地（柳宗元の用語）・瘴癘の地に住む異民族の妖術への恐れのようなものもあるのだろうが、やはり女を攫う野人傳說があったのではなかろうか。

湖北省の神農架林區をはじめとして、中國各地に女を攫う野人傳說はある。『搜神記』巻十二の「猳國」をはじめ、『子不語』にも『閱微草堂筆記』にも多く記載されている。

「妖術を使う白猿」というのは「文學的潤飾が加えられた」ものであり、この地にあった野人傳說がもとになったものと見てよいのではなかろうか。


ここからは中唐のものである。短いので全文を譯す。

元和四年のこと、河南（出身）の元微之が監察御史になって四川に出張した。旅立って十日あまりたった頃、私は二番目の兄樂天と、隴西（出身）の李杓直（李建）と一緒に曲江に行った。慈恩寺にお參りし、僧院をすべて見てまわり、ぶらぶらと時間をかけて見物した。日が暮れたので、修行里（曲江に近い）にある杓直の屋敷に行き、酒の用意をさせて酌みかわし、のびのびと樂しんだ。兄は杯をしばらくとめて（考えこんで）言った。「微之はもう梁州に着いているはずだ」。そして一篇の詩を部屋の壁に書きつけた。その詩に言うには、「春が來ても春の愁いを解く術はなく、酔って花の枝を折り杯の數をかぞえる。友人が地の果てに旅だったことを思い出す。道のりを計算するともう梁州に着いているはずだ」と。ほんとうに二十一日のできごとである。それから十日ばかりたって、梁州からの使者がたまたま都にやってくるのに出あい、微之の手紙一通を得た。手紙の後に「夢を記す」という一篇の詩があった。その詩に言うには、「君たち兄弟が曲江のほとりに、また慈恩寺に遊びに行った夢を見た。下役人が人を呼んで馬をならべて連れて行かせた。(その聲で）目が覺めたら私は古き梁州にいた」。その月日は我々が寺に行き詩を作った月日と全く同じであった。思うにこれがいわゆる、こちらがやったことをむこうが夢で見た、というやつだ。

白行簡『三夢記』其二。

白行簡『三夢記』（『說郛』巻四）という夢についての三話連作の「第二」である。

白行簡は白居易（樂天）の弟で、『舊唐書』・『新唐書』ともに「白居易傳」に簡單な傳が附載されている。元和二年（八〇七）に進士及第だが、役人としては兄ほどには出世しなかった。

自分たちが長安で遊んでいるさまを、友人の元稹が夢に見たという話である。同時にということを强調したいのだろうが「ほんとうに二十一日のできごとである。それから十日ばかりたって」という部分はちょっとうるさい。

白行簡には『李娃傳』（『太平廣記』巻四百八十四）という中編も有る。これは傑作と言って良い作品だが、ほんとうに白行簡の作かどうかには議論がある。

汧國夫人《けんこくふじん》李娃は長安の娼女であった。節行にすぐれて褒め讃えるべきものがあるので、監察御史白行簡が述べ傳える。天寶の時代常州の刺史滎陽《えいよう》公というものがいてその氏名は略してしるさない。

こういう前書きがあってストーリーが始まるわけだが、これが誰のことを指しているのかは、當時の官界にあるものなら誰にでもわかるはずである。滎陽公は鄭氏である。唐代の門閥貴族であり、科擧出身者にとっては敵である。要するに今の宰相鄭某の夫人はもと娼妓であると言っているのである。

滎陽公の息子が特別推薦のような形で長安に試驗を受けに行く。しかし長安の鳴珂曲という花柳の巷で李娃という美人となじみになり、有り金すべてを巻き上げられる。病氣になり宿屋を追いだされ、葬儀屋のてつだいなどをして露命をつないでいたが、歌の才があったので挽歌の歌い手として頭角を現し、挽歌合戰の勝者となる。しかしそこで實家の老僕に見つけられ、たまたま上京していた父親から死ぬほど折檻を受ける。その後乞食に身を落とし物乞いに行った先で李娃と再會する。その後、李娃は獻身的に息子につくし、何年も勉強させ試驗に合格したところで身を引こうとする。

という話である。物語としては起伏に富みみごとな物である。

白居易・白行簡の友人である元稹は、宰相になり節度使にまでなった官界の成功者であるが、『鶯鶯傳』（『太平廣記』巻四百八十八）という名作をのこしている。これはどうやら元稹の若いころの自傳的作品のようである。いわゆる「才子佳人の戀愛物語」の最大の傑作と言ってよい。金の董解元『西廂記』はこの小説の戯曲化であり、後の元曲にと發展してゆき、最終的には現代の京劇『西廂待月《シーシャンダイユエ》』にまで至る。

張生という才子が蒲州（黃河の渡し場）の寺に泊まり、たまたま長安に歸る途中の崔宰相の寡婦と同宿する。崔家の寡婦は張生とは遠緣の親戚であった。たまたま軍隊がさわぎを起こし略奪を始めた。崔家は莫大な財産を運んでいたので大混亂におちいる。しかし張生は軍の士官に友人が多かったのでこの寺を略奪から守る。崔家のむすめ鶯鶯を見初めた張生は、鶯鶯の侍女紅娘に取り持ちをたのむ。手紙が來て逢いに來た鶯鶯は、張生を叱って去る。戀わずらいで寢込んでしまった張生のもとに深夜鶯鶯が忍んでやってくる。

このように梗概だけを記すとバカバカしいような話だが、鶯鶯の心情の吐露など見どころは多い。一方で、崔家は唐代の門閥貴族であり科擧出身者の敵である。崔家の娘は、自分から男のところに出かける女だという、中傷ととる人もいるようだ。

沈旣濟の『枕中記』（『文苑英華』巻八百三十三・『太平廣記』巻八十二）は「邯鄲の夢枕」・「黃粱一炊の夢」という成語の出典になっている。

開元七年（七一九年）のことである。呂翁という道士が邯鄲にむかう途中で宿で休んでいて、盧という書生と知り合う。盧生が身の不遇をかこちながら眠そうなのを見て枕を貸す。盧生が眠るころ宿の主人は黃粱《きび》を蒸し始めた。數か月たって名族清河の崔氏の娘を娶り、翌年進士科に及第し順調に出世してゆく。そして中傷に遭って左遷され、また呼び戻されて高官につき、異民族の侵入にあえば將軍として手柄を立て、また謀反の疑いを受けて廣東にまで流されて、また都に呼び戻され宰相となり、という紆餘曲折をへて子孫繁榮・位人臣を極めてご臨終となる。とその時に目が覺めてみると、黃粱の飯もまだ蒸し上がってはいなかった。盧生は人生のはかなさを悟り榮達の望みを斷った、という話である。

沈既濟（七四〇年頃〜八〇〇年頃）は歴史家で『建中實錄』十卷があったという。傳奇作品はもうひとつ『任氏傳』（『太平廣記』卷四百五十二）というのが殘されている。

夢の話というと「南柯の夢」という言葉の出典である『南柯太守傳』（『太平廣記』卷四百七十五）がある。

廣陵（現在の揚州市）に淳于棼という勇み肌の男がいた。武藝も達者で富豪でもあり遊び暮らしていたが、貞元七年（七九一）九月のこと、自邸の槐の大木の下で食客二人と酒盛りをしていたが醉いつぶれてしまった。そこに槐安國王の使者と稱するものがやってきて馬車に乘せ槐安國につれて行く。彼は國王の次女の壻に選ばれたのである。駙馬（王の女壻がつく官位）となり、南柯郡の太守となり二十年、郡を治めて治績おおいにあがり、神として祀られる。國王は彼を宰相として待遇し、五男二女に惠まれ榮華を極めたところに、檀蘿國との戰爭が始まり大敗する。妻であった王女も病死し、國王は彼に鄉里に歸るように勸める。また馬車に乘り家に歸ると二十年が實は一瞬であったことが判る。淳于棼は食客二人と槐の木を斧で切り倒してみると、そこは蟻の國であった、という話である。

夢の話とは言っても、『枕中記』は人間世界の榮達の話であるが、こちらは明らかに異類婚說話であり、同日に論じることはできないであろう。槐の木を切り倒してみると、そこには蟻の國があったという種明かしが、蟲けらにだまされた意趣返しのような酷薄な印象を受ける。

作者の李公佐（七七〇年頃〜八五〇年頃）は隴西の人で、進士に擧げられたが、官僚としてはさほど出世しなかったようだ。傳奇作品はこの他に『謝小娥傳』など三作が傳わっている。

異類婚を扱ったものにはというと『龍女』との婚姻の話を擧げないわけにはいかない。こちらはハッピーエンドである。

『柳毅傳』（『太平廣記』卷四百十九）の作者である李朝威は、この小說の末に「隴西の李朝威敍して歎じて曰く」と後書きのようなものを付けているので、「隴西の李氏」であることが判るが、その他の事跡は一切不明である。

儀鳳年閒（六七六〜六七八年）に柳毅という書生が、都で科擧を受けて落第し故鄉の湘水のほとり（現在の湖南省）に歸ろうとする。たまたま涇陽にさしかかったところで、羊のような動物を飼っている美女と出會う。洞庭湖の龍王の妹娘だという。涇川の龍の次男に嫁いでいたが、夫は道樂者で舅姑には苛められているので、父の洞庭君に手紙を届けてくれと言う。柳毅が手紙を洞庭君に届けると、洞庭君の弟で亂暴者の錢塘君（元錢塘江の龍王）が聞きつけ、涇川の龍一族を滅ぼして洞庭君の娘を連れもどしてくる。錢塘君はその娘を柳毅に嫁がせようとするが、柳毅は固く拒む。龍宮でみやげにもらった寶物を賣って柳毅は大金持ちになる。その後柳毅は二度結婚するが妻に先立たれる。金陵（現在の南京市）に居を移し妻を娶る。それが龍王の娘であった。ついには仙人になったという。

傳奇中の傑作であり長編小說であるが、文章に弛みはなくみごとな物である。

龍宮の乙姫樣と結婚して不老長壽を保ったと言えばそれまでの話なのだが、こういう異類婚說話では女はみな長女ではない。『南柯太守傳』でも槐安國王の次女であるし、この話も洞庭君の妹娘（原文は「小女」）である。甲姬ではなく乙姬である點に何か意味があるのであろうか。

『子不語』・『續新齊諧』の作者袁枚に、『柳毅の祠に題す』（『小倉山房詩集』卷一）という絕句がある。

題柳毅祠　　　　　　柳毅の祠に題す
風鬢雨帶藕絲裙　　　風鬢雨帯藕絲の裙
素手傳箋寄暮雲　　　素手箋を傳え暮雲に寄す
世上女兒多誤嫁　　　世上の女児多く誤り嫁ぐ
諸龍休惱洞庭君　　　諸龍洞庭君を惱ましむるを休めよ

風のマゲに雨の帯蓮根の絲で織ったスカート
素《しろ》い手で手紙を渡し故郷に届けて下さいという
世の女性は誤った相手に嫁ぐものが多いが
龍たちよ洞庭君を惱ませてはいけない

乾隆丙辰（元年・一七三六年）の作である。廣西から北京の博學鴻試に赴く途上滿二十歳の作である。柳毅の祠という物がこの時代にはあったようだ。洞庭湖のほとり岳陽の近邊であろうか。

小說の登場人物であっても墓や祠ができる例は多い。梁山伯と祝英臺の墓も寧波にあるようだし、『水滸傳』の武松の墓も杭州にできていた。道教の神々にも實在が疑われるものが多いのだからそれはどうでもいいことなのだが、袁枚が二十歳ですでに『柳毅傳』を讀んでいたらしいのには驚く。當時は『太平廣記』で讀む以外に方法はないはずなのだが。

「傳奇」は作品が多く殘されており、翻譯(8)も手に入りやすいものが多いので、興味のある方はそちらをご覽いただきたい。

牛僧孺『玄怪錄』・李復言『續玄怪錄』・裴鉶『傳奇』など傳奇集もある。

この『玄怪錄』の作者牛僧孺は、「牛李の黨爭」で有名な科擧出身官僚の代表的人物である。總じて言えることだが唐代の傳奇の作者は科擧出身者がほとんどである。六朝時代であれば寒門の寒士という身分だったのが、門閥貴族に多少氣を遣わなければならないが、官僚として活躍できる時代が來たのである。

北宋の劉斧『靑瑣高議』が傳奇集として最後のまとまったものだが、志怪風の短いものもあり、傳奇風の長いものもあり、隨筆筆記もあるのだが、題名の下に副題か要約のようなものがつけられており、全て七言句になっている。

この時代から盛んになってゆく「語りもの（講釋）」のタネ本なのかともいわれている。

劉斧以外の作者名が付されたものもあり、全てが劉斧の作ではないことは明白なようだ。上海古籍出版社から排印本が出ている（一九八三年五月）。

南宋のものに洪邁の『夷堅志』がある。全部で四百二十卷という大部なものである。志怪の集大成と言えるものであるが、これだけ大量な物を、果たして個人で收集し記錄することができるのであろうか。門下や食客などを助手として使ったのであろうか。洪邁には『容齋隨筆』・『容齋二筆』から『容齋五筆』という大部の隨筆もある。官僚としても高官を歷任している。この『夷堅志』は南宋末にはすでに散逸し始めていたらしい。中華民國のはじめに再收集したものが二百六卷傳わっている。

次いで明初に瞿佑の『剪燈新話』がある。日本では流行し三遊亭圓朝の『牡丹燈籠』の粉本として知られている。明朝の國子監生たちが『剪燈新話』の暗誦を競うなどということがあり、中國史上初の禁書に指定されている。

「唐代傳奇」に倣ったものではあるが、登場人物はみな庶民であり、元末明初の動亂の時代を背景に、庶民の戀愛や人と幽鬼の戀愛など「情」を描くことを目的として書かれたようだ。

明清の隨筆筆記類にも志怪的な話がまぎれ込んでいる例もかなりあるが、まとまったものは多くない。

清初の詩人王士禛（王漁洋）の『池北偶談』は、全二十六巻を「談故」・「談獻」・「談藝」・「談異」と四目に分けている。この「談故」・「談獻」・「談藝」までは歴史的價値が高いとされている。

特に「談藝」の部分は『四庫全書總目提要』でも、「談藝の九巻は、皆詩文を論じて、異《すぐれ》たるを領《おさ》め新《あたらし》きを標《しる》し、實《まこと》に獨《ひと》り擅《ほしいまま》にする所なり。（談藝九巻、皆論詩文、領異標新、實所獨擅。）」と絶讚している。

巻二十から二十六までは「談異」という小目なのだが、この部分は『四庫全書總目提要』では觸れられてはいないが、實は異聞・奇談・珍談を集めて間々怪異に渉る、という趣の「志怪」集なのである。實は紀昀が『閱微草堂筆記』の筆を執る時に、ひそかに範としたものであろうと筆者は考えている。

王士禛は『聊齋志異』の作者蒲松齡と、同郷で親交があり『聊齋志異』のおもしろさを吹聴した話が殘っている。

以上が、清初までの「文言小説」の大まかな流れである。

清初に蒲松齡の『聊齋志異』が出て、多くの亞流が生まれた。

紀昀は『閲微草堂筆記』を著し「反聊齋」の立場を明確に打ち出した。同時に袁枚は『子不語』・『續新齊諧』を著す。

この時代以後は、『聊齋志異』の亞流と、『閲微草堂筆記』の亞流ばかりが多く、ついには「陰德陽報」話に墮してゆく。「幽鬼に情けをかけたので後に科擧に合格する」といった類いのものが増えていくのである。

文言小説の最後の輝きは二十世紀に入ってからの、兪樾《ゆえつ》『右台仙館筆記』（一九〇六年）である。

【注】

(1) 魯迅『古小説鉤沈』に『列異傳』の『宗定伯《ママ》』の遺文を、『太平御覽巻八百八十四、又巻三百八十七』・『法苑珠林巻六』・『太平廣記巻三百二十一』から集めたものがあるが、細かな文字の異同はあるが大筋で違いはないので、ここでは『捜神記』から引用する。

(2) 石崇（二四九～三〇〇）西晉の貴族で大富豪。金谷（河南省）に豪奢な別莊を建て、客を集めて豪遊した。

(3) 高橋稔『中國説話文學の誕生』東方書店東方選書。一九八八年七月。五四～五七頁

(4) 前野直彬『中國小説史考』秋山書店。昭和五〇年一〇月二五日。一二～四頁

(5) 丁仲祜『陶淵明詩箋註』藝文印書館。中華民國五三年一〇月再版。二六頁

(6) 前野直彬『六朝・唐・宋小説選』平凡社『中國古典文學大系』二十四巻。昭和四三年七月。四七二頁

(7) 内田泉之助・乾一夫『唐代傳奇』明治書院『新釋漢文大系』四十四巻。昭和四六年九月。五六～八頁

(8) 注(6)・注(7)以外に、今村與志雄譯『唐宋傳奇集』上・下。岩波文庫、一九八八年。

第一部　「鬼求代說話」研究

第一章　袁枚『子不語』の鬼求代說話の筆法——紀昀の批判から

はじめに

中國の幽鬼說話のなかに「鬼求代說話」というものがある。

それがどのようなものなのかを說明する前に、清朝（一六四四～一九一一）時代の、中國の民衆が信じていた死後の世界を概觀してみようと思う。

普通に死んだ場合（老衰や珍しくない病氣など）は、鬼卒（死神のようなもの）に連れられてあの世（冥界）に行き、十人の裁判官（十王）の審判を受ける。日本ではいわゆる閻魔樣のお裁きだが、中國の裁判官は十人である。

この十人は一殿秦廣王から十殿轉輪王までの十人の王である。これは序列ではなく、何を取り調べるかの役割が決まっているのである。

日本で言う閻魔は、インドの地獄の神ヤーマが佛教とともに中國に傳わり、十王のうちの五殿閻羅《えんら》王という名になる。また七殿泰山王というのがいるが、これは泰山府君のことで、本來は山東省の泰山の地獄の神だったのが、隋唐以後、漢民族の生活圏文化圏がひろまるにつれて、裁判官の一人ということになる。十殿轉輪王が最後に輪廻轉生を決めるようである。

そのお裁きの後、轉生までのあいだに、惡事ばかりはたらいていたものは、地獄で責め苦を受ける。責め苦はその罪の輕重によって違いがある。血の池・針の山などの他に、日本には傳わってこなかった様々な責め苦がある。

この地獄は酆都《ほうと》縣（今の行政地區では重慶市）の地下にあると考えられていた。ここを支配するのは酆都大帝という神である。

人は生まれてから概ね百年で轉生するという事になっているから（これはあくまでも人生五十年くらいの時代の考え方である）、あの世での生活は結構長い。

善行を積み品行方正に生きてきたものは、あの世で轉生を待つあいだ、ふさわしい仕事をあたえられる。土地神（土地公・福德正神）という神がある。町の中の一地區くらいの守護神である。映畫や芝居に出てくるこの土地神は、白髮白髯の翁の姿である。だからまじめに暮らして年をとって亡くなった人が、轉生までのあいだつく職だと考えられていた。この土地神も仕事ぶり次第では、昇格して城隍神（縣城の守護神）になったりすることもある。

さて本題の「鬼求代説話」だが、「鬼求代」というのは「幽鬼が身代わりを求める」ということである。

普通の死に方をした場合は前述の如く、すぐに十王の裁判を受けるわけだが、普通ではない死に方をしたものは、面倒なことになる。

普通ではない死に方とはどういうものなのか。自殺と事故死である。

自殺といってもそんなに多くの方法があるわけではない。代表的なものは首吊り（縊死）と身投げ（溺死）である。高いところから飛び降りるというのはあまりない。高い建築物などほとんどないし、あったとしても庶民には縁のない場所である。尖った山の頂から飛び降りるという話もあることはあるが、大平原地帯や水鄕地帯に住む大多數の中國人には無縁の話である。服毒も考えられるが、そんなによく効く毒藥は滅多にない。

事故はというと、現在とは違って道路での交通事故というのはまずない。川や湖あるいはクリークなどで渡し舟が轉覆するというのがいちばん多い。だから事故死も溺死が多い。

自殺あるいは事故死した幽鬼は、十王のお裁きの場には行くことができず、現世をさまよって、自分が死んだ場所からさほど遠からぬ場所で、同じ方法で一人を自殺あるいは事故死させて、始めてお裁きの場に行くことができる、と信じられていた。これを「鬼求代」と呼ぶ。

最も多いのは首吊り幽鬼（縊死鬼）の求代である。ほとんどが女性である。儒教的男尊女卑社會の犠牲なのであろう。

溺死鬼の求代は、それが自殺なのか事故なのかは明記されていない場合が多い。

事故死鬼の求代には、難產のあげくに亡くなった母親が求代するという話もあるが、多くはない。

極くまれに、山で虎に食い殺されるという事故もあったようだが、この食い殺された幽鬼は、やはり虎をけしかけて人を襲わせるのだが、求代鬼とは別の「虎倀《こちょう》」に分類され、別扱いになっている場合が多い。とはいっても絕對數は極く少ない。

淸朝も末期（十九世紀後半から二十世紀）になると、服毒自殺が増えてくる。アヘン（芙蓉膏）を食べ（吸うではない）て死に、自殺願望のある者にアヘンを食べるように勸めるというパターンのものが多い。

しかしこれは十八世紀の『子不語』や『閲微草堂筆記』にはもちろん見えず、清朝も末期の兪樾『右台仙館筆記』（一九〇五年）などには多く見られる。

ではなぜ自殺や事故死の場合にだけ「求代」をしなければならないのか？

そもそも自殺した幽鬼が身代わりを捜すという罰を受けるのは、自分の生命を輕んじたからである。

　夫れ自ら戕《そこな》ふの鬼の代《みがわり》を候《ま》つは、其の生を輕んずるが爲なり。

　夫自戕之鬼候代、爲其輕生也。　紀昀『閲微草堂筆記』。『槐西雜志』巻三

自殺の場合はこの説明でいいのであろうが、事故死の場合は説明がつかない。これには紀昀も困ったようで、足を滑らせて死ぬのは、自分の生命を輕んじているわけではない。幽靈に迷わされ投身自殺するのも、自分の生命を輕んじているわけではない。それなのに順々に身代わりを求めるというのは、それはどういう理屈なのであろうか。

　失足して死するは、其の自ら生を輕んずるに非ず。鬼の迷はす所と爲りて自投するは、尤も其の自ら生を輕んずるに非ざるに、必ず輾轉として相ひ代らしむるは、是れ又た何の理なるか。

　失足而死、非其自輕生。爲鬼所迷而自投、尤非其自輕生、必使輾轉相代、是又何理歟。　（同前）

と、怒りをにじませている。一方で「幽鬼の人口調節のため」という説もあるが[1]、依據する所が明記されていないので疑問を殘しておく。

一　袁枚と紀昀

袁枚と紀昀は、ともに清朝乾隆期の代表的知識人であり、同時竝行的に志怪小說集の『子不語』と『閱微草堂筆記』を著していた。しかし、記錄に殘る限り面識はなかったようである。

簡單に整理してみると、

　袁枚（一七一六〜一七九八）、乾隆四年（一七三九）進士。乾隆十七年（一七五二）秋、父親の喪に服するため官を辭す。

　紀昀（一七二四〜一八〇五）、乾隆十九年（一七五四）進士。

袁枚が三年に一度の科擧の五期先輩ということになる。年齡は袁枚が八歲年長であり、袁枚が官職を辭して二年後に紀昀は進士になっている。紀昀が滿三十歲で進士になった時（一七五四）には、袁枚はすでに退休し隨園の修築を始めている。

乾隆十九年（一七五四）三月、紀昀が會試・殿試を受驗しているころ、袁枚は淮安に旅し、恩師とも言うべき尹繼善に面會して、尹の再度官職に就くようにという慫慂に對して、隱退の志の堅いことを述べているのである。(2)

要するに、官僚世界では完全にすれ違いなのである。

袁枚は官を辭した後、南京の隨園に居り、廣東・浙江・福建などへ、たびたび大旅行をしているが、南京より北へは揚州・沭陽など江蘇省內にでかけることがあるくらいで、北京へは一度も行っていない。

紀昀は進士となって、翰林院編修から翰林院侍讀學士に累進し、乾隆三十三年から三十六年まで烏魯木齊《ウルムチ》に流刑になっていた期間を除いて、翰林院勤務が續き、地方官勤務はない。

以上、綜合して袁枚と紀昀とが、直接遇う機會はなかったと考えられる。

北京官學の棟梁紀昀と、江南詩壇の領袖袁枚は、互いに相手を無視するわけではないが、互いに認め合うという關係でもなかったのである。そして充分に相手を意識しつつ、無視しているようにふるまったということなのであろう。

當然、官界あるいは文學界に共通の友人・知人が多かったであろうことは想像に難くない。その代表が考證學者で藏書家としても有名な程晉芳（一七一八〜一七八四）、字は魚門である。

紀昀の『閱微草堂筆記』には、「程魚門編修から聞いた話」という斷り書きの付いたものが幾つかある。『四庫全書』總纂官である紀昀にとって、『四庫全書』纂修官となった程晉芳は部下に當たる。

南京在住の袁枚と、揚州在住の程晉芳とは、江南文化圈の詩人の領袖と、考證學の大家として非常に親しい付き合いであった。程晉芳が家產を蕩盡した後、袁枚は五千兩もの銀を貨していたが程の死後、墓前でその借用書を燒き捨てている。(3)

その程晉芳が、乾隆三十八年（一七七三）、『四庫全書』纂修官に採用された時に袁枚が贈った詩に、袁枚の紀昀に對する複雜な思いが讀み取れるのである。(4) 七言三十四句と長いので最後の七句のみ引く。

私はやはり愚かな田舍の爺さんだと思われているのであろう。

見聞は狹く、調べ物も好い加減だから。

畏れ縮こまって西のかた都を望んで空しくため息をつくだけだ。

あなたと一緒に書物の蟲になることはできなかった。

ただお願いだからその目録でも抄寫して私に送っておくれ。
梗概だけでも知ることができたならば、
私も文化の邦に生まれたという名にそむくこともないというものだ。

我猶未免爲鄕愚　我猶ほ未だ鄕愚と爲《せら》るるを免れず。
聞見狹隘探索粗　聞見は狹隘にして探索は疏なればなり。
側身西望空嗟吁　身を側《そば》め西のかた望み空く嗟吁す。
不能從子爲書奴　子に從ひて書奴と爲《な》る能はず。
但願抄其目寄予　但だ願はくは其の目《もく》を抄して予に寄せよ。
俾得約略知些須　約を得て略《ほぼ》些須を知ら俾《し》めば、
此身不負生唐虞　此の身も唐虞に生まるるに負《そむ》かじ。

『聞魚門吏部充四庫館纂修、喜寄以詩』、『小倉山房詩集』巻二十三

これを見ると、袁枚は『四庫全書』の編纂事業に對して、なんらかの期待を持っていたのではないかと思われる。

いったん官を辭したとはいっても、翰林出身で文名も高く考據の學にも優れた自分が、「鄕愚」とせられて聲もかからないというのは、袁枚にとっては著しくプライドを傷つけられる出來事だったようだ。破產した友人の就職を祝う詩の結びとは思えないほど不貞腐れた、いやみに滿ちている。

時に袁枚は滿五十七歲、政治家としてではなく、學者としてならば、まだ仕事はできるという自負はあったはずだ。そして名譽職ではあるが『四庫全書』總裁の裘曰修は、袁枚の同年（乾隆四年進士）でもあり、翰林院時

代の親しい友人で、(5)『子不語』中のいくつかの話柄の提供者(6)でもある。『子不語』の執筆を始める時期が、ほぼこの頃と推定されることは實に興味深い。

ここからは全くの臆說だが、『四庫全書』に無視された恨みが、『子不語』を延々と書き繼いでゆく動機《モチベーション》のひとつになっていた可能性はあるのではあるまいか。そして總纂官紀昀に對する漠然とした反感もこの時から始まるようである。

二　紀昀の『子不語』批判

紀昀『閱微草堂筆記』に、次のような話がある。

從兄弟の息子である秀山から聞いた話。奴僕の吳士俊がかつて人と喧嘩をして負け、悔しさのあまり自殺しようと思った。村の外で僻地《へきち》を探そうとして、村の柵から出ると、すぐに二人の幽鬼がやってきた。一人は、「井戸に身を投げるといいよ」と言う。一人は、「首をつるほうがもっといいよ」と言う。右に左にと手を引かれ、どこに向かうのかもわからない。そこにいきなり昔なじみの丁文奎というものが現れて、北のほうから來て拳骨を振るって二人の幽鬼に毆りかかって追いはらった。そして士俊を送って歸らせた。士俊はぼんやりと夢から覺めたような氣持ちで、自殺しようという氣はすでになくなっていた。この文奎も以前に首をつって自殺した者である。思うに、二人は私の叔父の栗甫公の家で一緒に働いていた。文奎が死んでから、その母親が病にかかり寢込んでしまった時に、士俊が錢五百を出して助けたことがある。そこでこのように恩返しをしたのである。これは私の家で近年にあったことである。袁枚の「新齊諧（子不語）」にある、「仕立て屋が幽鬼に遇った話」とほぼ似たような話だが、こちらの話は本當にはっきり有った事なのである。とりわけて輕薄なる俗人に活を入れることができる話である。

從姪秀山の言。奴子呉士俊《ごししゅん》嘗て人と爭ひて勝たず。恚《いか》りて自盡を求む。村外に於て僻地《へきち》を覓《もと》めんと欲し、甫《はじめ》て柵を出づれば、卽ち二鬼有りてこれを邀《むか》ふ。一鬼は言ふ、井に投ずるが佳し、と。一鬼は言ふ、自ら縊《くび》るが更に佳し、と。左右に牽掣《けんせい》し、適《ゆ》く所を知る莫し。俄に舊識の丁文奎《ていぶんけい》なる者有り、北より來り拳《こぶし》を揮《ふる》ひて二鬼を撃ち遁れ去らしむ。而して自ら士俊を送りて歸らしむ。士俊惘惘として夢より醒むるが如く、自盡の心頓に息む。文奎も亦た先に自ら縊を以て死せる者なり。蓋し二人は同《とも》に叔父栗甫公の家に役たり。文奎の歿後、其の母疾に嬰《かか》りて困臥するに、士俊嘗て助くるに錢五百を以てす。故に是を以てこれに報ず。此れ余が家近歳の事なり。新齊諧の記す所の鍼工《しんこう》鬼に遇ふと略《ほぼ》相ひ似たるも、信《まこと》に鑿然《さくぜん》としてこれ有り。而して文奎代を求めて來たるも、恩に報ひて去る。尤も以て薄俗を激するに足れり。

從姪秀山言。奴子呉士俊嘗與人鬪不勝。恚而求自盡。欲於村外覓僻地、甫出柵、卽有二鬼邀之。一鬼言、投井佳。一鬼言、自縊更佳。左右牽掣、莫知所適。俄有舊識丁文奎者、從北來揮拳擊二鬼遁去。而自送士俊歸。士俊惘惘如夢醒、自盡之心頓息。文奎亦先以縊死者。蓋二人同役於叔父栗甫公家。文奎歿後、其母嬰疾困臥。士俊嘗助以錢五百。故以是報之。此余家近歳事。與新齊諧所記載鍼工遇鬼略相似、信鑿然有之。而文奎之求代而來、報恩而去。尤足以激薄俗矣。

『閱微草堂筆記』、『姑妄聽之』三

「身代わりを求めて來た縊鬼が、恩人の爲に他の鬼を追い拂い恩人の自殺を思い止まらせた」という「求代鬼報恩譚」という趣の話であり、さして珍しい筋書きのものではないが、注目すべきは、

此れ余が家近歳の事なり。新齊諧の記す所の鍼工鬼に遇ふと略《ほぼ》相ひ似たるも、信に鑿然《さくぜん》としてこれ有り。尤も以て薄俗を激するに足れり。

という評語の部分である。

紀昀が「齒に衣を着せた」部分を、意を以て補えば、次のようになるだろう。

こちらは私の鄉里の家で近年實際に有った事である。新齊諧にある仕立て屋が鬼に遇った話と筋は似ているが、あちらは本當かどうか怪しいものだが、こちらは嘘ではない。本當にはっきり有った話である。そのうえこちらの話には、輕佻浮薄な俗世間に活を入れることができる教訓まで含まれているのである。

紀昀が「自分のほうは事實有ったこと」と强調すればするほど、讀む者には『新齊諧』に記すところは事實ではない、という印象が强くなっていく。この紀昀の筆法にはなにか小意地の惡いところがあるように感じる。

三　批判された『鍼工遇鬼（仕立て屋が幽鬼に遇った話）』

では、紀昀がここで言うところの『新齊諧（子不語）』の『鍼工遇鬼』とは、どのようなものなのであろうか。檢討を加える前に、お斷りしておきたいのだが、『子不語』に登場する人物、及び鬼のセリフの部分は、白話が使われることが多く、訓讀にはなじまないのだが、強いて訓讀した點にご了承いただきたい。

會稽（浙江省紹興市）の王二《ワンアル》は仕立屋であった。女物のスカートや上着を手に持って、夜中に吼山《くざん》にさしかかった時、いきなり水中から二人の男がとびだしてきた。裸で青黑い顔をして、王二を河に引きずり込もうとする。王は自分ではどうしようもなく、何歩か引きずられていったが、こんどは山頂の松の木のあたりから一人の男が飛び降りてきた。眉をたれ、舌を吐き、手に太い繩を持って、繩を輪にして王の腰にかけ、引きずって山に登っていこうとして、靑黑い顔の幽鬼と王を奪いあっている。「王二は俺の身代わりだ。お前はなんで横取りしようとするんだ」。「王二は着物作りの親方だ。おまえら河の幽鬼は尻をまるだしにして、水の中にいるんだから、着物を作る必要なんか全くないじゃないか。なにをさせようというんだ。俺にゆずったほうがいいぞ」。王は意識が混濁して、なされるがままになっていたが、ふと心の中にある考えがわいた。思うに、「もしこのスカートや上着を無くしたら、どうがんばっても弁償できない」。そこで木の上にそれを掛けた。

たまたま王の叔父が他の道から歸ってきて、月明かりで、木の上に赤や緑の女物の着物があるのを望み見て、おかしいと思い近くまで見にきたので、三人の幽鬼はとうとう散っていったのである。王二の口や耳の中は、全て水苔によってふさがれていた。なんとか助け歸り、とうとう死から脱することができたのである。

會稽の王二は衣を縫ふを以て業と爲す。手に女裙衫數件を挈《と》り、夜吼山を過ぐ。水中より跳び出でたる二人を見る。裸身黒面にして、これを牽《ひ》きて河に入らんとす。王自ら主《つかさど》る能はず、隨ひ行くこと數步なり。忽ち山頂の松樹の閒より飛び下る一人、眉を垂れ舌を吐き、手に大繩を持ちて其の腰に套《かけ》てこれを曳き山に登らんとす。黒面の鬼と彼れ此れ爭ひ奪はんとす。黒面の鬼曰く、王二は是れ我が替身なり。汝何ぞこれを奪ふを得ん、と。繩を持つの鬼曰く、王二は是れ衣を成すの師父なり。汝等河水の鬼は赤屁股にして水中に在り。竝びに衣服の做《つく》るを要する無し。何のこれを用ゐる所ぞ。我に讓るに如《し》かず、と。王も亦た昏迷し、其の互いに拉くを聽《ゆる》す。然れども心中は畧《すこ》く微明有り。私《ひそか》に念ふに、倘《も》し女裙衫を遺失せば、則ち力《つと》むるも賠《つぐな》ふ能はず、と。因りて是を樹上に掛く。適《たまたま》其の叔他の路より歸り、月下に樹に紅綠の女衣有るを望見し、疑ひて近づき前《すす》みてこれを視れば、三鬼遂に散ず。王二の口耳の中は、全て是れ靑泥に塡塞《ふさが》る。これを扶けて歸るに、竟に死より脫す。

會稽王二以縫衣爲業。手挈女裙衫數件、夜過吼山。見水中跳出二人。裸身黒面、牽之入河。王不能自主。隨行數步。忽山頂松樹閒飛下一人、垂眉吐舌、手持大繩套其腰、曳之上山。與黒面鬼彼此爭奪。黒面鬼曰、王二是我替身。汝何得奪之。持繩鬼曰、王二是成衣師父。汝等河水鬼、赤屁股在水中。竝無衣服要做。何所用之。不如讓我。王亦昏迷、聽其互拉。然心中畧有微明。私念、倘遺失女裙衫、則力不能賠。因掛之樹上。適其叔從他路歸、月下望見樹有紅綠女衣、疑而近前視之、三鬼遂散。王二口耳中、全是青泥塡塞。扶之歸、竟脫于死。

『鬼爭替身人因得脫』、『子不語』卷九

華やかな女裙衫を手して、夜に吼山（紹興市の東に約十五キロメートル）に通りかかるのは、王二という仕立職人である。徹夜の仕事を終え、翌朝までに得意先に届けなければならないのであろう、夜中に山道を通る。その彼に、まず二人の溺死鬼が襲いかかる。「裸身黑面」は溺死鬼の約束のスタイルである。

兩手を引かれてふらふらと數歩行くうちに、山頂の松の木のあたりから縊死鬼が飛び下りてくる。「眉を垂れ舌を吐く」のも縊死鬼の約束のスタイルである。

そして繩を王二の腰に巻きつけ山に登ろうとする。兩手は二人の溺死鬼に執られているので、繩を腰に巻くというのは、理にもかなった見事な描寫である。

そして溺死鬼と縊死鬼の罵りあいのせりふが面白い。

「繩を持つの鬼曰く、王二は是れ衣を成すの師父なり。汝等河水の鬼は赤屁股にして水中に在り。竝びに衣服の做《つく》るを要する無し。何の之を用ゐる所ぞ。我に讓るに如かず」という部分などは、讀む者をして破顔せしむるに足る。

そして、「私《ひそか》に念ふに、倘《も》し女裙衫を遺失せば、則ち力《つと》むるも賠《つぐな》ふ能はず」という心理描寫まである。

高價な生地を預かり、僅かな手間賃を得るだけの職人心理を描いて、實にリアリティがある。リアリティはこのような細部《ディテイル》によって保證される。

そして「女裙衫を樹上に掛けた事」が、叔父が「疑ひて近づき前」む伏線になっている。わずかに二百字あまりの短篇で、これほどに見事な結構を持った小説はめったに無いであろう。一字と雖も増減す可からず、という感じだ。

では、この作品のどこが、紀昀の氣にさわったのであろうか。

四　小説に對する姿勢

袁枚の小説に對する姿勢は、極めて單純明快である。

『子不語』というこの書物は、みな有るはずもないことばかりの、ふざけた戯言《たわごと》です。どうして出典など必要としましょうか。だから作者の姓名も載せていないのです。


子不語の一書、皆有る須《べ》き莫きの事にして、遊戲の讕言なり。何ぞ典要を爲すに足らん。故に作者の姓名を錄せず。

子不語一書、皆莫須有之事、遊戲讕言。何足爲典要。故不錄作者姓名。　『答楊笠湖』、『小倉山房尺牘』巻七

有る筈のないことを、戯れに書いているだけなのだから、書物としての體裁など整える必要はない。だから作者の姓名すら明らかには書かず、隨園戯編と記すだけだ、というのである。有り得ない話を書いている、と言いきった志怪作者も珍しい。

一方の、紀昀の小説に對する姿勢は、乾隆癸丑（五十八年、一七九三）十一月という日付のある門人盛時彦の跋に述べられた『聊齋志異』批判に明らかである。

『聊齋志異』は一時期流行したが、しかし才子の筆であって、書を著す者の筆ではない。虞初から干寶[7]（『搜

神記』の著者）までの時代の古い書には散佚したものが多い。全部まとまって殘っていると思えるものは、劉敬叔の『異苑』・陶潛の『續搜神記』などで小說のたぐいである。『飛燕外傳』・『會眞記』は傳記[8]のたぐいである。『太平廣記』は分類集成することに主眼をおいているのであるから、いろいろな文章がその中にあってもよい。しかし一書であるのに、『小說』も『傳記』も收めているというのは、いにしえよりの『體例』を無視したことになる。だから私には理解できないものである。要するに『著書』ではない。小說は見聞を述べるものである以上、敍事に徹する必要がある。芝居の筋書きのように適當に增減してよいものではない。（中略）もしも睦言やらラブシーンやらを、こまごまと、いきいきとなぞり描いていたとして、それを本人が自分で話すなどということは、有り得ないし、作者がそれを代言するというのならば、どこから見ていたのかということになる。理解できないことだ。

『聊齋志異』は一時に盛行するも、然れども才子の筆にして、書を著す者の筆に非ざるなり。虞初以下、干寶以上は、古書にして佚するもの多し。其の完帙を見る可きものは、劉敬叔の『異苑』、陶潛の『續搜神記』、小說の類なり。『飛燕外傳』、『會眞記』は、傳記の類なり。『太平廣記』は事とするに類聚を以てす。故に幷せて收む可し。今一書にして二體を兼ぬるは、未だ解せざる所なり。小說は既に見聞を述ぶれば、即ち敍事に屬す。戲場の關目の隨意に裝點するに比せず。（中略）今燕昵《えんじつ》の詞、媟狎《せつかふ》の態、細微曲折、摹繪《もかい》すること生くるが如きは、使《も》し出でて自ら言ふとせば、此の理無きに似たり。作者を出だして代言せしむるとせば、則《すなは》ち何《いづれ》に從《よ》りてかこれを聞見せる。又た未だ解せざるに出づ。

『聊齋志異』盛行一時、然才子之筆、非著書者之筆也。虞初以下、干寶以上、古書多佚矣。其可見完帙者、劉敬叔『異苑』、陶潛『續搜神記』、小說類也。『飛燕外傳』、『會眞記』、傳記類也。『太平廣記』、事以類聚。故可幷收。今一書而兼二體、所未解也。小說既述見聞、卽屬敍事。不比戲場關目隨意裝點。（中略）今燕昵之詞、媟狎之態、細微曲折、摹繪如生、使出自言、似無此理。使出作者代言、則何從而聞見之。又出未解也。

盛時彦『跋』、『閲微草堂筆記』、『姑妄聽之』巻末

以上が、紀昀が文學史上に『聊齋志異』を位置づけられないとする理由である。要するに、小説は事實の記録に徹すべきであり、一書に「小説」も「傳記」も竝せ収めるべきではないと言うのである。

この紀昀の觀點から、『鍼工遇鬼』を見てみれば、「どこから見ていたのか、あるいは、どうして筆者にそのことを傳え得たのか」という批判にならざるを得ない。

「自ら主《つかさど》る能は」ざる狀態にあった王二が、「眉を垂れ舌を吐く」という縊死鬼の顔つきまで、どうして憶えていたのか。そして繩を王二の腰に巻きつけ山に登ろうとする、などという細かな點まで憶えていて、それを筆者にどう傳えたのか。また溺死鬼と縊死鬼の罵りあいのせりふ、「繩を持つの鬼曰く、王二は是れ衣を成すの師父なり。汝等河水の鬼は赤屁股にして水中に在り。竝びに衣服の做《つく》るを要する無し。何の之を用ゐる所ぞ。我に讓るに如かず」という部分などを、どうしてこんなに正確に憶えていて、それを筆者に傳えられたのか。

要するに、面白くするために話を作っているというのが、紀昀の批判なのである。

「小説」あるいは「筆記」はあくまでも事實の記録に徹するべきだ、歴史の資料として、あるいは政治に資するために、傳説上の存在である稗官のように、町の噂を拾い集めることに徹すべし、とでも言いたいのであろうか。

「遊戲《あそび》の讕言《でたらめ》」と言い切る袁枚に對しては、「面白くするために話を作っている」というのは、批判にはならないし、面白いというのは讚辭に等しい。

しかしこういう紀昀の姿勢も、時々は破綻を生むことがあるのである。

申蒼嶺先生から聞いた話。一人の士人が別荘で勉強していた。垣根の外に荒れはてた墓があった。誰の墓なのかもわからない。庭の番人が「夜中に時々詩を吟じている聲を聞きます」と言うので、ひそかに數晩聽きに行ったが、なにも聞こえない。ある晩ふと聞こえてきた。急いで酒を持って行き墓にそそいで、「地下で苦吟していらっしゃるのできっとあなたは詩人でしょう。幽界と明界の隔たりはありますが、さだめし氣が合うことでしょう。お姿を現して一緒にお話ししませんか」と言った。すると人影がしずしずと、樹の陰から出てきたが、首をふりながらとうとう立ち去った。二度も三度も丁寧に拜み禱ると、樹のあたりから人の聲がかすかに聞こえてきた。「あなたに褒めていただきありがたく、思い切って自分が死者であることも考えずに、一度お目にかかって清談し永年の寂しさを破ろうと思いましたが、遠くからお姿を拜見するに、なんとも衣裳が華やかで、薄絹がヒラヒラと富貴のお姿であります。私どもの綿入れとは、まるで調《しら》べが合いません。士にはそれぞれ信じるところがあります。親しくなることはできませんでしたが、委細をご承知くださり諒解せられますように」。士人はしょんぼりとして歸ってきた。これからは詩を吟じる聲も聞こえなくなった。私は、「これは先生が世の人々をからかうために作った寓話でしょう。彼等の會話を御自分で聞いたわけではないし、横で聞いていた者もいないのならば、この士人が幽鬼にバカにされたことを、わざわざ自分で話すわけはないではありませんか」言うと、先生は髯をひねりあげながら、「鉏麑の槐の木の下でつぶやいた言葉や、渾良夫の夢の中での大騒ぎを、誰が聞いたというのだ。あんたはなんでこんな老人を問い詰めるのか」と言った。

申蒼嶺先生の言。士人有り別業に讀書す。墻外に廢冢有り、誰爲るを知る莫し。園丁言ふ、夜中或いは吟哦の聲有り、と。潛かに聽くこと數夕、聞こゆる所無し。一夕忽ちこれを聞く。急ぎ酒を持して往き冢上に澆《そそ》ぎて曰く、泉下に苦吟するは定めて詞客爲らん。幽明隔たると雖も、氣類は殊《こと》ならず。肯《あ》へて身を現して一共に談ぜんか、と。俄に人影有り、冉冉として樹陰の中より出で、忽ち頭を掉《ふ》りて竟《つひ》に去る。殷勤に拜禱すること再に至り三に至る。微に樹外の人語を聞くに曰く、君に賞せ見《ら》るるに感じ、敢て異物を以て自ら擬せず。方に一接して清談し百年の岑寂を破らんとするも、遙に丰采を觀るに及び、乃ち衣冠華美にして、翩翩として富貴の容有り。我が輩の縕袍と、殊に同調するに非ず。士には各おの志有り。未だ敢て相ひ親しまざるも、惟だ君委曲しこれを諒とせよ、と。士人悵悵として返る。是より并びて吟哦も亦た聞こえず。余曰く、此れ先生玩世の寓言なるのみ。此の語既に未だ親《みづか》らは聞かず、又た旁に聞く者無ければ、豈に此の士人鬼に揶揄せ爲《ら》れ、尚ほ自ら述ぶるを肯んぜんや、と。先生髯を掀《かか》げて曰く、鉏麑槐下の詞、渾良夫夢中の譟、誰かこれを聞かんや。子乃《なん》獨ぞ老夫を詰るや、と。

　中蒼嶺先生言。有士人讀書別業。墻外有廢冢、莫知爲誰。園丁言、夜中或有吟哦聲。潛聽數夕、無所聞。一夕忽聞之。急持酒往澆冢上曰、泉下苦吟定爲詞客。幽明雖隔、氣類不殊。肯現身一共談乎。俄有人影、冉冉出樹陰中、忽掉頭竟去。殷勤拜禱至再至三。微聞樹外人語曰、感君見賞、不敢以異物自擬。方一接清談破百年之岑寂、及遙觀丰采、乃衣冠華美、翩翩有富貴之容。與我輩縕袍、殊非同調。士各有志。未敢相親、惟君委曲諒之。士人悵悵而返。自是并吟哦亦不聞矣。余曰、此先生玩世之寓言耳。此語既未親聞、又旁無聞者、豈此士人爲鬼揶揄、尚肯自述耶。先生掀髯曰、鉏麑槐下之詞、渾良夫夢中之譟、誰聞之歟。子乃獨詰老夫也。

『閱微草堂筆記』『槐西雜志』巻一

「鉏麑槐下の詞」とは『春秋左氏傳』宣公二年の條に見える。獨り自殺する者の自殺する直前の呟きを知るものはいないはずである、という話。

「渾良夫夢中の譟」とは『春秋左氏傳』哀公十七年の條に見える。他人が何を夢に見たのかは、當の本人が話してもしない限り知ることはできない、という話。

　要するに、最も權威あるとされる經書の注釋にも同じような例があるから、このくらいまではかまわない、というのが紀昀の考えなのであろう。

中蒼嶺先生という人物は、『閲微草堂筆記』『灤陽消夏録』巻四に、「中蒼嶺先生は名は丹、謙居先生の弟なり」とある。紀昀の父（姚安公）の友人だったようだ。

だが、意地の悪い政敵でも存在していたら、これは『十三經』の權威を貶めるものだという解釋も成り立つし、乾隆帝が元氣な時代に、紀昀以外の人物が書いたとすれば、文字獄にも發展しかねない可能性はある。

五　『子不語』と『閲微草堂筆記』の捻れ

子不語に收録された鬼求代說話は、他にも、

1『蔡書生《さいしょせい》』巻一。2『瓜棚下二鬼《うりたなしたにき》』巻三。3『鬼有三技過此鬼道乃窮《きにさんぎありこれをすぎればきどうはきわまる》』巻四。4『周若虛《しゅうじゃくきょ》』巻六。5『鬼逐鬼《きがきをおう》』巻十六。6『縊死鬼畏魄字《いしきははくのじをおそる》』續新齊諧巻二。7『打破鬼例《きれいをうちやぶる》』續新齊諧巻三。8『認鬼作妹《きをいもうととみとめる》』續新齊諧巻十。

などがある。

この中で、紀昀の姿勢から考えて、最後の『認鬼作妹』を除いては、「何處から見ていたのか、あるいは、どうして筆者にそのことを傳え得たのか」という批判を受けそうなものはないし、『認鬼作妹』は『續新齊諧巻十』なので、印刷されたのは嘉慶に入ってからである。紀昀が生前に見た可能性はない。

この『鬼争替身人因得脫《きたいしんとあらそひひとよりてだつするをえたり》』は『子不語』の巻九である。果たして紀昀は『子不語』の何處までに目を通していたのか。

常識的に考えて、巻九を讀んでいるとすれば、1〜4までは紀昀は目を通していると考えてよいだろう。しかし1〜4までは複數の「求代の鬼」が登場する話ではない。巻九まで讀み進んで複數の「求代鬼」が登場する話に至り、その面白さの所以がフィクションにある、と氣づいて紀昀は、一言嫌味を付け加えるために「從兄弟の息子である秀山から聞いた話」を書かざるべからず、という氣になったのだろう。

たしかに『子不語』の面白さはフィクションにある。より具體的には描寫、特に心理描寫が面白い。反對にノンフィクション派の紀昀の文には、敍述はあるが描寫はない。

袁枚も『閲微草堂筆記』には目を通していたようだ。『續新齊諧』巻五に十一篇の『閲微草堂筆記』からの引用がある。しかし引用とはいっても、出所を明記しているわけではないし[9]、適當に切り捨てる部分は切り捨てている。特に、文末につけられた紀昀の「世道人心」に關するコメントなどは、完全に切り捨てているのである。面白い話は、面白く讀めばいいのであって、下らない說教などは要らないというのが袁枚の考えなのだろう。

【注】

（1）澤田瑞穗『修訂鬼趣談義』。平河出版社。一九九〇・九。一三一〜三頁

（2）『到清江再呈四首幷序』、『小倉山房詩集』巻十。

（3）李元度『國朝先正事略』巻四十二による。李元度が何によったのかは不明。

（4）この件については、早くアーサー・ウエイリーの指摘がある。アーサー・ウエイリー前掲書。一四七頁

（5）『送裘叔度同年歸覲』、『小倉山房詩集』巻二。

（6）例えば『裘秀才』、『子不語』巻三。

（7）『漢書』藝文志に「虞初周說九百四十三篇」とある。漢の武帝に重用され、周代の傳說を集めた。小說の祖とされる。

（8）ここで「傳記」と言っているのは、唐宋の傳奇小說のことである。傳奇小說は歴史書の列傳のスタイルにならったものが多いのでこういう。

（9）『軍校妻』・『飛天夜叉』（袁枚が付けた題）の二篇だけは、書き出しに「紀曉嵐先生在烏魯木齊時」・「先生在烏魯木齊」とある。

第二章　『子不語』『柳如是爲厲』に關して――紀昀への批判

一　はじめに

『子不語』巻十六に『柳如是爲《りゅうじょぜ》　厲《たたりをなす》』という一則が有る。(1)秦淮の八艶(2)と稱せられた名妓であり、後に錢謙益の事實上の妻となり、錢の死後自殺した柳如是の鬼が、身代わりを求めたという話である。

この話には、『子不語』にはほとんどないことだが、按語が付されている。この按語を仔細に檢討していくと、「正命に死すれば、應《まさ》に厲を爲すべからざるや否や（正しい使命のために死んだのなら、たたりをするはずがあろうか）」、という、紀昀の「鬼求代の定義」に對する袁枚の批判が仄《ほの》見えてくるのである。

しかし袁枚の批判にも、これから說明するようにかなり杜撰な點が有り、結局は痛み分けのような、何とも複雜な樣相を呈してくるのである。

二　紀昀による「鬼求代」の定義

自殺鬼或いは横死鬼が、自分と同じ死に方で、或いは自分が死んだ場所やその近くで、もう一人の人を死なせないとあの世に行けないという俗信を、「鬼求代」・「鬼求替」・「鬼討替」・「鬼索替」（討・索ともに求めるの意）などと呼ぶが、嚴密に定義するのはなかなか難しいし、少なくとも現代人が大まじめに論議すべきものではないようだ。

論理的に整合性のある説明というのがそもそも無理な世界の話であるがために、この「鬼求代」については、今まで様々な議論がなされてきたのである。

比較的まとまって論理的な「鬼求代」の定義は、紀昀の『閲微草堂筆記』に見える以下の二條である。『灤陽消夏録』巻三に、「勵庵先生から又こんな話も聞いた」として、聶という人が西山（北京）に墓參に行き、縊死鬼の佛僧？と出會うという一條がある。

その中で縊死鬼の口を借りて、以下のように「鬼求代」を定義している。

①聶が遠くから幽鬼が身代わりを待つ理由をたずねた。幽鬼が言うには、

「上帝は生を好んでいるので、人が命を自分で絶つのを望まない。だが忠臣が節をつらぬき、烈婦が貞節を守るために自殺するのは、横死であり若死にであっても壽命を全うしたのと違いはない。だから身替わりを必要としないのである。情勢が切迫していて、生きる道がなかった者の場合は、上帝はやむを得なかった點を憐

れんで、輪廻に入ることができるようにしている。その生涯を検討し、善惡によってそれぞれ報いを受けるのだが、やはり身代わりを待つ必要はない。もしも一筋でも生きのびる道があるのに、小さな怒りを我慢できなかったり、または人に祟ろうとして、復讐心をかりたてて輕率に首を吊ったりすれば、天地にある物を生かそうという上帝の御心に大いに逆らうことになるので、身代わりを待たせて罰とするのである。死んだ土地に繋がれて囚人のように、ややもすれば百年もそのままにされる理由なのである」

人を誘惑して死なせ、身代わりにする幽鬼もいるのではないかとたずねると、

「私はそんなことはできないのだ。およそ人が縊れて死ぬときには、節義のために死ぬ場合は、魂が頭頂から上にぬけるので速く死ねる。怒りや嫉妬のために死ぬ場合は、魂が胸から下降していくので死ぬのが遅いのだ。息がまだ絶へないあいだは、血脈は逆流して皮膚がどこも一寸づつ裂けそうになり、肉が引き裂かれるように痛いのだ。胸の中も腹の中も強い火で炙られるようで、とても我慢ができるものではない。こういう苦しみが十刻以上續いて、肉體と魂はやっと離れるのだ。こういう苦しさを思い出すから、首を括ろうとしている人を見かければ、なんとかそれを阻んで速く家に歸らせようとするのだ。どうして誘惑して自殺などさせるであろうか。

　聶遙かに替《みがわり》を待つの故を問ふ。鬼曰く、上帝は生を好めば、人の其の命を自ら戕《そこな》ふを欲せず。忠臣節を盡し、烈婦貞を完うするが如きは、是れ横夭なりと雖も、正命と異なる無し。必ずしも替を待たず。其の情に迫られ勢に窮し、更に生の路を求むる無き者は、其の事の已むを得るに非ざるを憫みて、亦た轉輪に付せらる。仍りて生平を核計し、善惡に依りて報を受くるも、亦た必ずしも替を待たず。倘《も》し一線の生くる可き有るも、或ひは小忿に忍びずし、或ひは借るに人を累はすを以てし、其の戾氣を逞しゅうして、率爾に繯に投ずれば、則ち大に天地生物の心に拂ふ。故に必ず替を待たしめて

以て罰を示す。幽囚となり沉滯せられ、動《やや》もすれば百年に至る所以なり、と。

人を誘いて相ひ替らんとする者有らざるかと問ふに、鬼曰く、吾れ忍びざるなり。凡そ人の縊に就く、節義の爲に死する者は、魂頂より上升し、其の死すること速かなり。忿嫉の爲に死する者は、魂心より下降し、其の死すること遲し。未だ絶へざるの頃、百脈は倒湧し、肌膚は皆な寸寸として裂けんと欲し、痛きこと臠の割くるが如く、胸膈と腸胃の中は烈餤の燔燒するが如し。忍受す可からず。是くの如きこと十許刻にして、形神乃ち離る。是の楚毒を思へば、縊る者を見れば方にこれを阻み速かに返さんとするも、肯へて相ひ誘はんやと。

聶遙問待替之故。鬼曰、上帝好生、不欲人自戕其命。如忠臣盡節、烈婦完貞、是雖横夭、與正命無異。不必待替。其情迫勢窮、更無求生之路者、憫其事非得已、亦付轉輪。仍核計生平、依善惡受報、亦不必待替。倘有一線可生、或小忿不忍、或借以累人、逞其戾氣、率爾投繯、則大拂天地生物之心。故必使待替以示罰。所以幽囚沉滯、動至百年也。問、不有誘人相替者乎。鬼曰、吾不忍也。凡人就縊、爲節義死者、魂自頂上升、其死速。爲忿嫉死者、魂自心下降、其死遲。未絶之頃、百脈倒湧、肌膚皆寸寸欲裂、痛如臠割、胸膈腸胃中如烈餤燔燒。不可忍受。如是十許刻、形神乃離。思是楚毒、見縊者方阻之速返、肯相誘乎。

『灤陽消夏錄』巻三

また紀昀は『槐西雜志』巻三で以下のようにも述べる。

②縊死鬼や溺死鬼がみな身代わりを求める話は、小説では珍しいものではない。しかし自ら首をはねたり鴆毒を呷《あお》ったりしたものや、燒け死んだり壓死したりしたものは古來代を求めるという話は聞かない。これはどういう理屈なのであろうか。熱河の羅漢峰はその形が趺坐《ふざ》する老僧に酷似しているので、多くの人が登りに行く。近ごろ一人が崖から墜ちて死んだ。それからは町の人にも、急に發狂して理由もなく羅漢峰の頂上に駈けのぼり、自分から身を投げて落ちて死ぬものが出てきた。人々が鬼求代だと騒ぎだし、僧を呼んで供養をしたが、

なにも験《ききめ》が無い。役所では巡邏の兵隊を警備に出したので、やっと騒ぎがおさまったのである。そもそも自殺した幽靈が身代わりを捜さねばならない罰を受けるのは、自分の生命を輕んじたからである。足を滑らせて死ぬのは、自分の生命を輕んじているわけではない。幽靈に迷わされ投身自殺するのは、なかでも自分の生命を輕んじているわけではない。それなのに順々に身代わりを求めるというのは、それはどういう理屈なのであろうか。私の考えでは、或いは無實の譴責なのか、或いは山に住む妖怪が祟りをして供え物でも取ろうというのか。全てを身代わりを求めるものだと見ることはできないのではなかろうか。

　縊鬼溺鬼皆な代を求むるは、説部に見える者一ならず。而して自剄自鴆以及《およ》び焚死壓死せる者は、則ち古來代を求むる事を聞かず。是れ何の理なるか。熱河の羅漢峰は、形趺坐する老僧に酷似すれば、人多く登眺す。近時一人有り崖より墜ちて死す。俄にして市人時に故無くして發狂し、奔りて其の頂に上り、自ら倒擲して隕《お》つる者有り。皆な鬼求代なりと曰ひて、僧を延《まね》き禮懺するも驗無し。官守るに邏卒を以てして乃ち止む。夫れ自ら戕《そこな》ふの鬼の代を候つは、其の生を輕んずるが爲なり。失足して死するは、其の自ら生を輕んずるに非ず。鬼の迷はす所と爲りて自投するは、尤も其の自ら生を輕んずるに非ざるに、必ず輾轉として相ひ代らしむるは、是れ又た何の理なるか。余謂へらく是れ或ひは寃讁、或ひは山鬼の祟を爲して祭享を求むるのみ。未だ概《すべ》て目するに求代を以てす可からざるなり、と。

　縊鬼溺鬼皆求代、見説部者不一。而自剄自鴆以及焚死壓死者、則古來不聞求代事。是何理歟。熱河羅漢峰、形酷似趺坐老僧、人多登眺。近時有一人墜崖死。俄而市人時有無故發狂、奔上其頂、自倒擲而隕者。皆曰鬼求代也、延僧禮懺無驗。官守以邏卒乃止。夫自戕之鬼候代、爲其輕生也。失足而死、非其自輕生。爲鬼所迷而自投、尤非其自輕生、必使輾轉相代、是又何理歟。余謂是或寃讁、或山鬼爲祟、求祭享耳。未可概目以求代也。　『槐西雜志』巻三

①の定義が目新しいのは、「忠臣が節をつらぬき、烈婦が貞節を守るために自殺するのは、横死であり若死に

であっても壽命を全うしたのと違いはない。だから身替わりを必要としないのである。情勢が切迫していて、まったく生きる道がなかった者の場合は、やむを得なかった點を憐れんで、輪廻に入ることができるようにしている」と、はっきり求代する鬼の範圍を限定している點である。

これは紀昀の立場上の發言なのであろうが、だがなんとも儒家的な「忠節鬼觀」である。「そんなにはっきりきれいに人の分類ができるのか」という反撥は當然あるはずだ。

②の面白い點は、

「しかし自ら首をはねたり鴆毒を呷《あお》ったりしたものや、燒け死んだり壓死したりしたものは、古來代を求めるという話は聞かない。これはどういう理屈なのであろうか」と、「求代しないですむ鬼」を分類整理している點である。紀昀の博學を以て斷じられれば、恐れ入る他はない。

次に興味深いのは、「そもそも自殺した幽靈が身代わりを捜すという罰を受けるのは、自分の生命を輕んじたからである。足を滑らせて死ぬのは、自分の生命を輕んじているわけではない。幽靈に迷わされ投身自殺するのは、なかでも自分の生命を輕じているわけではない。それなのに順々に身代わりを求めるというのは、それはどういう理屈なのであろうか」と、眞劍に理で割りきろうとして、憤りを隱さない點である。

やはり存在が意識を決定するのであろう。十八世紀の中國人である紀昀は、「冤譴」だとか、「山鬼の祟を爲して、祭享を求む」などということを本當に信じているようである。

三　袁枚の「紀昀の鬼求代說」に對する批判

『子不語』巻十六に、錢謙益の死後に自殺した柳如是の鬼が、身代わりを求めたという話がある。

蘇州府昭文縣(3)の縣廳舍は、前の明朝の錢（謙益）尚書の故居である。その東廂の三部屋は、柳如是が縊死した場所だというので、歷代の知縣も封をして閉め切り、決して開かなかった。乾隆庚子の歲（四十五年、一七八〇）に、直隸出身の王某《なにがし》公が赴任して來たが、家族が多く部屋が少ないので、この部屋の封印を解いて、妾の某氏に婢女《はしため》を二人つけて住まわせることとした。そしてもう一人の妾には婆やをつけて西廂に住まわせた。

その晩まだ眞夜中にならないうちに、西廂から婆やの助けを呼ぶ聲が聞こえてきた。王公が走ってゆくと、妾はすでにベッドには居らず、ベッドの後ろにまわると、眼に傷を受け額は碎けて、裸で血を流し、ふるえながら立っている。「私が横になろうとして燈をまだ吹き消す前でした。ちょっと枕についたらすぐに一陣の暗い風が吹きカーテンが開きました。體を縮めていると、高い髻を結い、紅い上着をきた女がいて、ベッドの帳《とばり》を開けて私を手招きするのです。それから私の髮の毛を引っぱって無理矢理私を立たせました。私は怖くて怖くて、急いで逃げて帳《とばり》の裏にまわったら、眼が衣紋掛《えもんかけ》けにぶつかり怪我をしたのです。婆やが私の叫び聲を聞いて、すぐに走ってきたので、幽靈はやっと私を放して、窓の外に逃げていきました」と言う。役所のものはみな大變に驚いたが、東廂の妾は娶ったばかりであるし、膽っ玉が小さいのを心配して、知らせに行かなかった。だが次の日の晝になっても、東廂は結局ドアを開けない。無理にこじ開けて入ってみると、なんと妾と二人の婢女は一すじの長い帶を使って三人ならんで縊れ死んでいた。そこで王公は以前のように、この部屋を封鎖することを命じた。その後は、それ以上の異變は起きなかった。

ある人の考え方にしたがえば、柳如是は錢謙益のために節に殉じたのだから、壽命を全うしたのと違いはない。だから身替わりを必要としないと言うことになるはずだ。按ずるに、『金史』の『蒲察琦傳』に、琦が御史だったとき、崔立の叛亂に卷き込まれやむなく自殺しようとして、家に歸り母に別れを告げようとした。母はちょうど晝寢していたが、忽然として驚き目を醒ました。琦が「お母さんどうしたのですか」とたずねると、「いま二人が梁に潛んでいる。それで驚いて目を醒ましたんだよ」と母が言う。琦はひざまづいて、「梁の上にいるのは幽靈なのです。私は節に殉じて死のうと思い、梁で首をくくる氣になっています。だからあの幽靈どもが梁の上で待っているのです。お母さんの見た者は、要するに幽靈なのです」と言って、すぐに縊れ死んだ。つまり節義に殉じた柳如是のような幽鬼でも、生きた者の手引きをして身代わりとなることを求めるのも仕方のないということが見て取れるのである。

蘇州昭文縣の署は、前明錢尚書の故宅なり。東廂三間、柳如是此處に縊死するに因り、歴任するもの封閉して開かず。乾隆庚子、直隸の王公某任に涖《のぞ》むも、家口多くして屋少なく、此の房を開き妾某氏を居らしめ、二婢伴を作す。又た一妾を西廂に居らしめ、老嫗伴を作す。未だ三鼓ならずして、西廂に老嫗の救命を喊《さけ》ぶ聲を聞く。王公奔り往けば、妾は已に牀上に在らず。尋《つ》いで牀後に至るに、其の人眼は傷つき額は碎け、赤身にして血を流し、觳觫として立つ。云く、我臥せんとして燈を吹かず、方に枕に就けば、便ち一陣の陰風吹きて帳幔を開く。遍體噤作するに、高髻を梳り大紅襖を披する者有りて帳を掲げ我を招く。隨ひて我が髪を挽き、我に強いて起たしむ。我大に懼れ、急ぎ逃れて帳後に至り、眼目衣架に觸れて傷つけらる。老嫗我が喊聲を聞きて、隨卽《すなは》ち奔り至れば、鬼才《はじめ》て我を放ち、窗外に走《に》げ去る。合署大に駭《おどろ》くも、東廂の妾は新娶にして膽小なるを慮り、亦た往きて告げず。

次日午に至るも、東廂竟に門を開かず。啓きて入れば則ち一姫二婢一條の長帶を用ゐて相ひ連なりて縊死せり。是に於て王公仍りて命じて此の房を封鎖す。後に他異無し。

或ひと謂《おも》へらく、柳氏尚書の爲に節に殉ずるは、正命に死すれば、應に厲を爲すべからず。按ずるに、金史蒲察琦傳に、琦御史と爲る、將に崔立の難に死せんとして、家に到り母に別る。母方に晝寢するも、忽ち驚きて醒む。琦問ふ、阿母何をか爲す、と。母曰く、適たま三人梁閒に潛伏す。故に驚きて醒む、と。琦跪づきて曰く、梁上の人は乃ち鬼なり。兒節に殉ぜんと欲し、意は梁に懸かるに在り。故に彼の鬼は上に在りて相ひ候つ。母の見る所の者は、即ち是れなり。旋《つい》で即ち縊死す。忠義の鬼も引路替代を用ゐるは、亦た免れざる所なるを見る可し。

蘇州昭文縣署、爲前明錢尚書故宅。東廂三閒、因柳如是縊死此處、歷任封閉不開。乾隆庚子、直隸王公某涖任、家口多屋少、開此房居妾某氏、二婢作伴。又居一妾於西廂、老媼作伴。未三鼓、聞西廂老媼喊救命聲。王公奔往、妾已不在牀上。尋至牀後、其人眼傷額碎、赤身流血、觳觫而立。云、我臥不吹燈、方就枕、便一陣陰風吹開帳幔。遍體作噤、有梳高髻披大紅襖者揭帳招我。隨挽我髮、强我起。我大懼、急逃至帳後、眼目爲衣架觸傷。老嫗聞我喊聲、隨即奔至、鬼才放我、走窗外去。合署大駭、慮東廂之妾新娶膽小、亦不往告。

次日至午、東廂竟不開門。啓入則一姫二婢用一條長帶相連縊死矣。於是王公仍命封鎖此房。後無他異。或謂、柳氏爲尚書殉節、死於正命、不應爲厲。按『金史・蒲察琦傳』、琦爲御史、將死崔立之難、到家別母。母方晝寢、忽驚而醒。琦問、阿母何爲。母曰、適夢三人潛伏梁閒、故驚醒。琦跪曰、梁上人乃鬼也。兒欲殉節、意在懸梁。故彼鬼在上相候。母所見者、即是也。旋即縊死。可見忠義之鬼用引路替代、亦所不免。

『柳如是爲厲』、『子不語』巻十六

この「或ひと謂《おも》へらく」とある「或ひと」は、紀昀であると見て間違いはあるまい。互いに相手を意識して、袁枚は『閲微草堂筆記』を讀み、紀昀は『子不語』を讀むと言う關係であった。

だから「紀昀の考え方にしたがえば、柳如是は錢謙益のために節に殉じたのだから、壽命を全うしたのと違いはない。だから身替わりを必要としないと言うことになる」が、しかし柳如是は、昭文縣署の東廂で、三人もの身替わり求めた。ゆえに紀昀の定義もあてにならないものだ、と言いたいのであろう。

この論が成立するためには、昭文縣署の東廂で三人を「長帶を用ゐて相ひ連なりて縊死せ」しめたのが、柳如是の鬼であることが證明されなくてはならないはずだが、判斷材料は少ない。

「高い髻を結い、紅い上着をきた女がいて（高髻を梳り大紅襖を披する者有りて）」という部分が、いかにも身分の高そうな女ではあるが、決め手にはならない。

だが、「歴代の知縣も封をして閉め切りけっして開かなかった」場所だから、他の可能性はない、と袁枚は判斷したのだろう。

次の『金史』からの引用の部分だが、この部分が正確な引用であればなにも問題はない。だが、たぶん記憶に基づいて、『金史』の本文を確認せずに書いたのであろう。かなり不正確、というよりは完全にまちがいなのである。

袁枚は、「求代の鬼が蒲察琦の自縊を待って梁上に居る」かのように書いている。

しかし『金史』の本文に當たってみると、これは求代の鬼の話ではないのである。

阿母何をか爲す。母曰く、適たま三人を夢みる、梁間に潛伏す。故に驚きて寤《さ》む。仁卿跪きて曰く、梁上の人は鬼なり。兒の意は梁に懸かるに在れば、阿母夢に先に見るのみ。

阿母何爲。母曰、適夢三人。潛伏梁閒。故驚寤。仁卿跪曰、梁上人鬼也。兒意在懸梁、阿母夢先見耳。

『蒲察琦傳』、『金史』卷一百二十四（列傳第六十二、忠義四）

とあるのである。

要するに、自殺しようと思っている息子の、近接未來の姿（鬼）を母親が夢に見たという話なのである。豫知夢の話なのである。

この『金史』からの引用は、本當にまったく「求代の鬼」とは關係のない話なのである。これは故意に改めたものではないはずだ。

もし故意に改めたのなら、惡質な話だが、『金史』を參照すればすぐに明らかになるような改竄をわざわざするはずはない。誤った記憶を信じ續けていたということなのだろう。

袁枚の文章には、地名人名等の誤りが多いことは、すでに同時代人からも批判されている。だが袁枚は些末な事實にこだわると性靈が消え失せてしまうので、そんなことはどうでも良いという態度をとり續けてきた。この場合はしかしかなり致命的な放肆さを露呈した觀があるというしかないようだ。

【注】

（1）柳如是（一六一八～一六六四）は、本名は楊名愛だが、後に改名して柳如是、字は蘼蕪。秦淮の名妓で、陳子龍から詩書畫を學び、妓女をやめて自作の書畫を賣る文人生活に入る。錢謙益と出逢い事實上の妻となり、錢の死後に自殺する。

（2）秦淮八艷は、明末南京秦淮の八人の名妓。馬守眞・卞賽・李香君・柳如是・董小宛・顧媚・寇湄・陳圓圓。明末の政治腐敗を批判する「復社」や「幾社」の成員の戀人だった者も多い。

（3）昭文縣は江蘇蘇州府に屬する。民國になり廢して常熟縣に編入された。

第三章　『子不語』の「鬼求代妨害說話」──「擊退する」と「論破する」

はじめに

『子不語』（『新齊諧』・『續新齊諧』）に收錄されているはなしのうち、「鬼求代說話」と考えられるものには、以下の十四則がある。

①『蔡書生』　『子不語』卷一。
②『瓜棚下二鬼』　『子不語』卷三。
③『鬼有三技過此鬼道乃窮』　『子不語』卷四。
④『陳清恪公吹氣退氣』　『子不語』卷四。
⑤『周若虛』　『子不語』卷六。
⑥『釘鬼脫逃』　『子不語』卷六。
⑦『朱十二』　『子不語』卷八。
⑧『鬼爭替身人因得脫』　『子不語』卷九。

⑨『柳如是爲厲』　『子不語』巻十六。
⑩『鬼逐鬼』　『子不語』巻十六。
⑪『縊死鬼畏魄字』　『續新齊諧』巻二。
⑫『打破鬼例』　『續新齊諧』巻三。
⑬『抜鬼舌』　『續新齊諧』巻四。
⑭『認鬼作妹』　『續新齊諧』巻十。

「鬼求代説話」というのは、ほとんどが「求代」が妨害されて失敗するはなしである。もしも「鬼」が「求代」に成功したのであれば、まわりのものには理由が不明な自縊《くびつり》・入水死《みなげ》などがあった、というだけのはなしになる。だから、「縊鬼」の「求代」についての先行研究に、

「（前略）これは意外に變化に乏しく、同工異曲・大同小異の話が多かった。たとえば、某人が某處に宿泊する。夜半紐を手にした一婦人の影を見かける。すると隣室で女が縊死を圖《はか》る。男が紐を斷って女を救助する。影は縊鬼で、邪魔されたのを怨んで消える。縊死しかけたのは宿の女房か嫁女で、自殺の意志も動機もなく、ふらふらと誘われたのであった……。ほぼこれを骨子として、その男が讀書人で、易經を投げつけて縊鬼を退散させたとか、または男が實は盜みに入って忍んでいたのだが、我を忘れてその場に跳び出し、女を救助したなどという變《バリエーション》化をつける（後略）(1)」

などとある。

だが、基本的には事實の記録という姿勢をくずすことができない紀昀とはちがい、『子不語』というこの書物は、みな有るはずもないことばかりの、ふざけた戲言《たわごと》です。どうして出典など必

要としましょうか。だから作者の姓名も載せていないのです。

子不語の一書、皆有る須《べ》き莫きの事にして、遊戯の讕言なり。何ぞ典要を爲すに足らん。故に作者の姓名を錄せず。

子不語一書、皆莫須有之事、遊戲讕言。何足爲典要。故不錄作者姓名。　『答楊笠湖』、『小倉山房尺牘』巻七

如何に面白く書くのかが、腕の見せ所という立場の袁枚が、「同工異曲・大同小異」のはなしを書くはずがない。

この十四話中、鬼が「求代」に成功するのは、わずかに⑨『柳如是爲厲』と、⑬『認鬼作妹』の二話だけである。あとは全て、なんらかの形で求代が妨害されるものであるが、このうちの⑧と⑨については、すでに前章及び前々章で詳しく検討したので、ここでは觸れないこととする。

本章は「鬼の求代」を如何に撃退するか、如何に妨害するのかを、分類整理して、袁枚の「求代」に対する姿勢を伺ってみようという試みである。

一　簡單に撃退する

繩を持った縊死鬼が現れても、「求代」という行動に及ばないうちに、あっけなく撃退されるものに、⑬の『拔鬼舌』がある。

蔣敬五の僕《しもべ》の阿眞は、勇み肌で酒好きであった。主人の供をして、北京の西直門に宿をとった。この土地は幽鬼がよく出るので、わざわざ宿をとるものもいないのだが、阿眞はここに泊まった。夜、幽鬼が髮をふりみだして出てきたが、彼は醉っていたので少しも恐がらなかった。幽鬼が舌を一丈《3メートル》ものばして威嚇する。阿眞

は起きあがって手でつかみ、いきなり幽鬼の舌を引き拔いた、冷たく軟かく綿のような手ざわりだった。幽鬼は叫び聲をあげて逃げ去ったので、舌を席《むしろ》の下に入れておいた。次の朝よく見ると、ただの藁繩だった。これ以後この地には幽鬼が出なくなった、という。

蔣敬五の僕阿眞は、勇にして酒を好み、嘗て主に隨ひて西直門に寓す。其の地鬼多く、人敢て居せざるも、阿眞ここに居す。夜鬼有り披髮して來るも、某方《まさ》に醉ひ、懼れざるなり。鬼舌を伸ばすこと丈許り以てこれを嚇す。阿眞起き手を以てこれを執り、竝びて鬼の舌を拔くに、冷軟なること綿の如し。鬼大いに號《さけ》びて去れば、乃ち舌を席下に置く。次早これを視るに、一草繩なるのみ。鬼此れ從り絶えたり。

蔣敬五之僕阿眞、勇而好酒、嘗隨主寓西直門。其地多鬼、人不敢居、阿眞居之。夜有鬼披髮而來、某方醉、不懼也。鬼伸舌丈許以嚇之。阿眞起以手執之、竝拔鬼舌、冷軟如綿。鬼大號而去、乃置舌席下。次早視之、一草繩耳。鬼從此絕。

『拔鬼舌』、『續新齊諧』巻四

勇敢で酒好きな阿眞が、一丈ばかりも舌を伸ばして威嚇する縊鬼に、醉っているとはいえ恐れもせずに立ち向かい、其の舌を拔いてしまう。その結果、鬼の多かった北京の西直門周邊には、鬼が居なくなった、というのである。なんとも單純直截な、「不怕鬼的故事（幽鬼など怖がらない話）」ではある。

二　吹き消す

④の『陳淸恪公吹氣退鬼』は、「鬼を吹き消す話」として有名なものである。

陳鵬年《ちんほうねん》公がまだ科擧に合格する前のこと、同鄉の李孚《りふ》と親しくしていた。ある秋の夜、月が良いので、李の家に遊びに行った。李はもともと貧乏インテリであった。「妻に酒があるかと聞いたら、無いと言うんだ。君ちょっと待っていてくれ。私が酒を買ってきてから、月見をしよう」と言う。陳は彼の詩稿を讀みながら待つことにした。すると玄關の外に女があらわれた。藍色の着物に、亂れた髮である。扉を開けて入って來ようとしたが、陳を見ると後ずさりする。陳は、李の親戚のものが、客に遠慮して入ってこないのだろうと思い、座をわきに移し、通り道をあけてやった。女はそでから何かを取り出して、扉の枠の下に隱し、家の中に入っていった。陳は何を隱したのだろうと思い、扉の枠をよく見ると、一本の繩であった。臭いし血痕もある。陳は首吊り幽鬼だったのだと氣づき、その繩を自分の長靴の中に隱し、もとのように坐っていた。しばらくして、亂れ髮の女が出てきて、隱した場所を探したが、繩がないので怒り、陳の前に驅けよって、「私のものを返せ」と叫んだ。「どんなものだね」と陳が言っても、女は答えず、そりかえって口を開け、陳を吹く。氷のような冷風に、陳は毛が逆立ち、齒の根も合わず、燈火は暗くなり青くなり消え入りそうであった。陳はひそかに、「幽鬼にも氣があるのなら、私にないはずはない」と思い、こちらも息を吸いこんで女を吹いた。すると陳公が息を吹きかけたところだけ、女の體に空洞ができていった。最初は腹に穴があき、ついで胸にも穴があき、ついには頭部まで消えてしまった。しばらくすると、うすい煙のように散ってしまい、すがたが消えてしまった。ほどなく、李が酒を持って歸ってきたが、大聲で妻が首を吊っていると叫ぶ。陳は笑いながら、「なんともないよ。幽鬼の繩はまだ私の長靴に入っているから」と言って、わけを話し、一緒に奥に入り妻を介抱して、生姜湯を飲ませると息を吹きかえした。自殺しようと思った理由を問いただすと、妻は、「うちはこんなに貧乏なのに、主人は客好きで、私の頭には簪《かんざし》が一本しか殘っていないのに、それを拔いて、酒を買いに行きました。むしゃくしゃするけれど、表にはお客様がおいでになるので、大聲を出すわけにもいきません。ふとわきに亂れ髮の女が現れて、隣の家の者だと言います。そして主人が簪を拔いたのはお客様のためではなく、バクチを打ちに行こうとしているだけなのだ、と言うのです。私はますます恨みがつのりました。夜も更けたことだし、主人も歸ってこないのに、お客様はまだいらっしゃる。どうやってお客様にお斷りしたらよいのか悩みつづけました。すると亂れ髮の女が、手で輪を作って、『ここから入れば、すぐに佛の國。無量の歡喜がありますよ』と言うので、私はその輪から入りましたが、手の握りが弱いので、輪が何度も消えてしまいました。女は、『佛の帶を取ってくれれば、成佛できますよ』と言って、帶を取りに行きましたが、なかなか歸って來ません。私が夢をみているようにぼんやりしていたら、あなたが助けに來てくださったのです」と言う。隣を訪ねてみると、やはり數カ月前に農婦が首を吊って死んでいたとのことだった。

陳公鵬年未だ遇はざる時、鄕人の李孚と相ひ善し。秋の夕、月色に乘じて李に過ぎりて閒話す。李は故《もと》より寒士なれば、陳に謂ひて曰く、婦と酒を謀るも得ず。子少《しばら》く坐せ。我外出して酒を沽《か》ひ、子と月を賞《め》でん、と。陳其の詩卷を持し坐して觀てこれを待つ。門外に婦人有り藍衣蓬首にして戶を開きて入り、陳を見て便《すなは》ち卻《しりぞ》き去らんとす。陳李氏の戚にして、客を避くるが故に入らざると疑《おも》へば、乃ち坐を側《そばだ》てて婦人を避く。婦人物を袖し來り、門檻の下に藏し、身は走して內に入る。陳心に何物ならんと疑ひて、檻に就きこれを視るに、一の繩なり。臭くして血痕有り。陳此れ乃ち縊鬼なりと悟り、其の繩を取りて靴中に置き、坐すること故の如し。少頃《しばらく》して、蓬首の婦出で、藏せし處を探すも、繩を失ひ、怒りて直《ただ》ちに陳の前に奔《はし》り、呼びて曰く、我が物を還せ、と。陳曰く、何物ぞ、と。婦答へず。但だ聳立して口を張り陳を吹く。冷風一陣氷の如く、毛髮噤齘《きんかい》して、燈は熒熒《けいけい》として色を靑うし將に滅せんとす。陳私《ひそ》かに念《おも》へらく、鬼すら尙ほ氣有り、我獨《なん》ぞ氣無からんや。乃ち亦た氣を鼓して婦を吹く。婦の公の吹く處に當りて一空洞と成る。始め腹穿たれ、繼ぎて胸穿たれ、終に乃ち頭滅す。頃刻にして、輕煙散り盡くるが如く、復た見えず。

少頃《しばらく》して、李酒を持して入り、大に呼ぶ、婦牀に縊れり、と。陳笑ひて曰く、傷《いた》む無かれ、鬼の縄は尚ほ我が靴に在り、と。これに故を告げ、乃ち共に入りて解き救ひ、灌ぐに薑湯を以てするに蘇る。問ふ、何の故にか死を尋ぬる、と。其の妻曰く、家貧しきこと甚しきに、夫君客を好みて已まず。頭に一釵を止むるのみなるに、拔き去りて酒を沽はんとす。心に悶むこと甚だしきも、客も又た外にあり、未だ便ち聲張らず。旁に忽ち蓬首の婦人有り、自ら左鄰なりと稱し、我に告ぐるに夫は客の爲に釵を拔くに非ずして、將に賭錢場に赴かんとするのみなるを以てす。我愈いよ鬱恨し、且つ夜深くして夫歸らず、客も去らず、客を辭するに面目無きを念ふ。蓬首の婦手もて圈を作りて曰く、此れ從り入れば卽ち佛國にして、歡喜無量なり、と。余此れ從り圈に入るも、而して手套緊ならず、圈屢しば散ず。婦人曰く、吾が佛帶を取り來れば、則ち成佛せん、と。走り出でて帶を取らんとするに、良や久しくするも來らず。余方《まさ》に冥然として夢の若きに、而して君來り我を救へり、と。これを鄰に訪ふに、數月前に果して縊死せる一村婦あり。

陳公鵬年未遇時、與鄉人李孚相善。秋夕、乘月色過李閒話。李故寒士、謂陳曰、與婦謀酒不得、子少坐。我外出沽酒、與子賞月。陳持其詩卷坐觀待之。門外有婦人藍衣蓬首開戶入、見陳便卻去。陳疑李氏戚也、避客故不入、乃側坐避婦人。婦人袖物來、藏門檻下、身走入內。陳心疑何物、就檻視之、一繩也。臭有血痕。陳悟此乃縊鬼、取其繩置靴中、坐如故。少頃、蓬首婦出、探藏處、失繩、怒直奔陳前、呼曰、還我物。陳曰、何物。婦不答、但聳立張口吹陳。冷風一陣如冰、毛髮噤齘、燈熒熒青色將滅。陳私念、鬼尚有氣、我獨無氣乎。乃亦鼓氣吹婦。婦當公吹處、成一空洞。始而腹穿、繼而胸穿、終乃頭滅。頃刻、如輕煙散盡、不復見矣。

少頃、李持酒入、大呼、婦縊於牀。陳笑曰、無傷也、鬼繩尚在我靴。告之故、乃共入解救、灌以薑湯蘇。問、何故尋死。其妻曰、家貧甚、夫君好客不已。頭止一釵、拔去沽酒。心悶甚、客又在外、未便聲張。旁忽有蓬首婦人、自稱左鄰、告我以夫非爲客拔釵也、將赴賭錢場耳。我愈鬱恨、且念夜深、夫不歸、客不去、無面目辭客。蓬首婦手作圈曰、從此入卽佛國、歡喜無量。余從此圈入、而手套不緊、圈屢散。婦人曰、取吾佛帶來、則成佛矣。走出取帶、良久不來。余方冥然若夢、而君來救我矣。訪之鄰、數月前果縊死一村婦。

『陳清恪公吹氣退鬼』、『子不語』巻四

「不怕鬼的故事（幽鬼を恐れない話）」の代表的なものとして、引用されることが多いものである。これも夙《つと》に指摘されていることだが、この話には誤りがある。ここに「陳清恪公」とされている人物は、陳鵬年、字は北溟《ほくめい》。滄州と號す。湖南省湘潭《しょうたん》の人。康熙の進士で、江寧《こうねい》の知府、河道總督を歴任した。謚《おくりな》は恪勤《かくきん》であり、清恪ではない。

三　暴力的に撃退を試みる

⑦の『朱十二』は、粗暴な豚殺しがなんとか縊鬼を追い拂ったが……、という話。

杭州望仙橋の許という姓のものが住む樓《にかいや》は、縊死鬼が出ると噂されていた。屠殺人の朱十二という男は勇ましいのが自慢で、豚殺しの大庖丁を持って樓に登り、燈りを持って横になっていた。三鼓の後、燈りの色が青く變わり、果して一人の老婆が髮をふりみだし繩を持ってやって來た。朱は庖丁で切りつけたが、老婆は繩を卷きつけようとする。庖丁で繩を切っても、繩はまた繋がる。繩が庖丁に卷きつくと、庖丁も煙のように消える。格鬥をしばらく續けたが、老婆は力がだんだんと弱くなり、「朱十二め、私はお前などを恐れているわけではない。お前の福分の内に、まだ十五千銅錢を受け取る、というのが殘っている。だからしばらくのあいだ、大目に見てやろう。お前が受け取ったら、この金《きん》お婆さまの手竝を見せてやろう」と罵り、繩を引きずって逃げた。朱は樓から下り人びとに知らせ、その庖丁を見ると、紫色の血の跡があり生臭かった。一年餘りたち、朱は家を賣り、錢十五貫を得たが、その晩に果して死んだ。

杭州望仙橋の許姓の住む樓は、縊死鬼有りと相ひ傳ふ。屠戸朱十二なる者其の勇を恃み、殺豬刀を取りて樓に登り、燭を秉りて臥す。三鼓の後、燭光青色たりて、果して一老嫗披髮し繩を持して至る。朱斫《き》るに刀を以てし、嫗は套《かさ》ぬるに繩を以てす。刀繩を斫れば、繩斷たるるも復た續く。繩刀に繞《めぐ》るも、刀も亦た煙の如し。格鬥すること良《や》や久しうして、老嫗の力漸く衰へ、罵りて曰く、朱十二、我は你《なんぢ》を怕るるに非ず。你《なんぢ》の福分の内に尙ほ十五千銅錢の未だ得ざる有り。故に我且《しばら》く你《なんぢ》を饒《ゆる》す。你《なんぢ》の得たる後を待ち、我が金老親娘の手段を試みん、と。言ひ畢り繩を拖《ひ》きて走《に》ぐ。朱樓より下り衆人に告げ知らせ、其の刀を視るに、紫血有り且つ臭し。年餘にして、朱屋を賣り價錢十五千を得るも、是の夕果して卒す。

杭州望仙橋許姓住樓、相傳有縊死鬼。屠戸朱十二者恃其勇、取殺豬刀登樓、秉燭臥。三鼓後、燭光青色、果一老嫗披髮持繩而至。朱斫以刀、嫗套以繩。刀斫繩、繩斷復續。繩繞刀、刀亦如煙。格鬥良久、老嫗力漸衰、罵曰、朱十二、我非怕你、你福分內尙有十五千銅錢未得。故我且饒你。待你得後、試我金老娘手段。言畢拖繩走。朱下樓告知衆人、視其刀、有紫血且臭。年餘、朱賣屋得價錢十五千、是夕果卒。

『朱十二』、『子不語』巻八

杭州望仙橋の許という姓のものが住む樓には、縊死鬼が現れるという噂があった。豚殺しの朱十二という男が勇を誇って屠殺庖丁を持って泊まり込み、夜中に老女の縊鬼と大立ち回りを演ずる。なんとか追い拂いはしたものの、鬼は「まだお前には十五貫文を得るという福分が殘っているので、しばらく許してやるが、福分を得た後、この金おばさんのお手並みを見せてやる」という捨て臺詞を殘す。一年あまりたって朱は家を十五貫文で賣り、その晩に死んだ、というのである。

屠殺用の庖丁を振り回しても、鬼を殺すことはできないはずである。鬼を殺して「聻《せき》」にするというのは、冥界での刑罰など一部の例外を除いて無いはずである。

だから鬼を單に暴力だけで撃退しようとするのは、無理なのだ。暴力は生命を守ろうとする人間だけには有效であるが、すでに守るべき生命を失った鬼には無効である。だからこのような暴力的な撃退は、成功したようにみえても、結局は、自分が生命を失うことになる、ということなのであろう。

⑥の『釘鬼脱逃』は、刑事が格鬥のすえに鬼を捕らえたが、結局は逃げられてしまうという話。

句容《こうよう》の目明かし殷乾《いんけん》は、捕り物では有名だった。毎夜、人を隠れ場所から見張っていた。ある村に行こうとしていたとき、縄を持って走ってきた男が、いきなり殷の背にぶつかった。殷はまちがいなく泥棒だと思ったので、跡をつけていった。ある家につくと、かきねをのりこえて入っていった。殷は心中ひそかに、「捕まえるよりは見張っていたほうがよい。捕まえて役所につき出しても、ほうびを貰えるとはかぎらないし、見張っていて、出てきたところで盗品を奪えば、もうけが多くなる」と考えた。そのうちに女の泣き聲が、かすかに聞こえてきた。殷は變だと思って、かきねをのりこえて入っていくと、一人の女が鏡に向かって化粧をしている。梁の上には髪ふり亂した男が、縄で女を引っかけて吊ろうとしていた。殷は、首吊り幽鬼が身代わりを求めているのだ、と氣づいたので、大聲をあげ、窓を破って入っていった。近所の人々も驚いて集まって來る。殷は詳しくわけを話したが、はたして女が梁からぶら下がっているので、助けて下ろした。女の舅や姑も出て來て彼に禮を言い、酒を出してねぎらった。その家を後にして、殷はもと來た道を歸っていった。夜はまだ明けていなかったが、後ろからサッサッと足音がする。振り向くと、縄を持った幽鬼である。罵って、「俺があの女の命を取っても、それがお前となんの關係があるんだ。俺の法を破りやがって」と言いながら、兩手で撲りかかってくる。殷はもともと肝の太い男だから、相手になって撲りかえしたが、拳骨のあたるところが、冷たくて生臭い。そのうちにだんだん明るくなってくると、縄を持った幽鬼の力がだんだん衰えてくる。殷は、かさにかかって相手に抱きつき離れなかった。人が通りかかり、殷が枯れ木に抱きつきながら、口でガアガア怒鳴っているの見て、近づいて見ると、殷は夢から覺めたようにぼんやりとなった。そして枯れ木もまた地に倒れた。殷は腹を立てて、「幽鬼がこの木に憑いているんだ。俺はこの木を逃がしはしない」と言って、釘を持ってきて、自分の家の庭の柱に、枯れ木を打ちつけた。すると毎晩、哀しげに泣く聲が聞こえる。痛みに耐えられないようである。數日後の晩、枯れ木のところにやって來て、一緒に話をするもの、慰めるもの、代わりに許しを請うものなどが現れた。キーキーと高い小兒のような聲であったが、殷は一切とりあわなかった。そのうちの一人の幽鬼が、「幸いなことにこの家の主人は、釘でお前を打ちつけた。もし縄で縛られでもしたら、お前はもっと苦しくなったはずだ」と言う。他の幽鬼たちが、騒ぎだして、「言うな。言うな。祕密が漏れちゃうぞ。殷を利口にするだけだ」と言うので、次の日、殷は、幽靈どもが言っていたように、釘の代わりに縄で縛ることにした。すると夜になっても、幽鬼の泣き聲は聞こえない。明くる朝、見に行くと、枯れ木はすでにどこかに逃げていったあとだった。

句容の捕者殷乾は、賊を捕へて名有り。毎夜人を陰僻處に伺ふ。將に一村に往かんとするに、縄索を持する者有りて貿貿然として急ぎ奔り、其の背に衝突す。殷私かに憶ふに、此れ必ずや盜ならん、と。これを尾《つ》くるに、一家に至る。則ち垣を逾へて入れり。殷又た私かに憶へらく、これを捕ふるはこれを伺ふに如かず。これを捕ふるも官に獻ずるに過ぎず、未だ必ずしも賞を獲ず。其の出ずるを伺いてこれを劫《うば》へば、必ず重利を得ん、と。俄にして隱隱然として婦女の哭聲有るを聞く。殷これを疑ひ、亦た垣を逾へて入るに、一婦の鏡に對して梳妝するに、樑上に蓬頭者有りて縄を以てこれを鉤《か》けんとするを見る。殷此れ乃ち縊死鬼の代を求むるのみなるを知り、大に呼び窗を破りて入る。鄰佑驚き集まるに、殷具《つぶ》さに所以を道《い》へば、果して婦の梁に懸かるを見る。乃ち救けてこれを起たしむ。婦の公姑咸《み》な來りて謝を致し、酒を具《そな》へて款を爲す。散じて後、原路從り歸らんとするも、天猶ほ未だ明ならず。背に簌簌として聲り。回顧すれば、則ち繩を持するの鬼なり。罵りて曰く、我自ら婦を取るは、汝に於て何事ぞ。而も我が法を破る、と。雙手を以てこれを搏つ。殷は膽《きも》素より壯なり。これと對して搏つに、拳の着く所の處は冷にして且つ腥し。天漸く明ならんとすれば、繩を持す者の力漸く憊《つか》れたり。殷愈いよ勇を奮ひ、抱き持して釋《ゆる》さず。路に過ぐる者有りて殷の一朽木を抱き口に喃喃として大に罵るを見て、前に上《むか》ひて諦視すれば、殷恍として夢より醒むるが如く、而して朽木も亦た地に墜ちたり。殷怒りて曰く、鬼此の木に附けば、我は木を赦さず、と。釘を取り之を庭の柱に釘うつ。毎夜哀泣の聲を痛楚に勝《た》へざるを聞く。數夕を過ぎて、來りて共に語る者有り、慰唁する者あり、代りて恩を乞ふ者あり、啾啾然として聲小兒の如きものあるも、殷皆理《かま》はず。中に一鬼有りて曰く、幸に主人釘を以て汝を釘うつ。若し繩を以て汝を縛すれば、則ち汝愈いよ苦からん、と。群鬼噪ぎて曰く、言ふ勿れ。言ふ勿れ。機關を泄漏して殷に乖《かしこき》を學ばるるを恐る、と。次日、殷繩を以て釘に易ふること其の法の如くす。夕に至るも鬼の泣聲を聞かず。明旦朽木を視るに、竟に遁がれ去れり。

句容捕者殷乾、捕賊有名。毎夜伺人於陰僻處。將往一村、有持繩索者貿貿然急奔、衝突其背、殷私憶此必盜也、尾之。至一家、則逾垣入矣。殷又私憶捕之不如伺之。捕之不過獻官、未必獲賞。伺其出而劫之、必得重利。俄聞隱隱然有婦女哭聲、殷疑之、亦逾垣入。見一婦梳妝對鏡、梁上有蓬頭者以繩鉤之、殷知此乃縊死鬼求代耳。大呼破窗入。鄰佑驚集、殷具道所以、果見婦懸於梁。乃救起之。婦之公姑咸來致謝、具酒爲款。散後、從原路歸、天猶未明。背簌簌有聲、回顧則持繩鬼也。罵曰、我自取婦、於汝何事。而破我法。以雙手搏之。殷膽素壯、與之對搏、拳所著處冷且腥。天漸明、持繩者力漸憊、殷愈奮勇、抱持不釋。路有過者見殷抱一朽木、口喃喃大罵、上前諦視、殷恍如夢醒、而朽木亦墜地矣。殷怒曰、鬼附此木、我不赦木。取釘釘之庭柱、每夜聞哀泣聲不勝痛楚。過數夕、有來共語者、慰唁者、代乞恩者、啾啾然聲如小兒、殷皆不理。中有一鬼曰、幸主人以釘釘汝、若以繩縛汝、則汝愈苦矣。群鬼噪曰、勿言。勿言。恐泄漏機關、被殷學乖。次日、殷以繩易釘如其法。至夕、不聞鬼泣聲。明旦視朽木、竟遁去。

『釘鬼脫逃』、『子不語』巻六

鬼の仲間内のかばい合い、口裏合わせという、甚だひねった話であるが、暴力的に鬼を捕らえたが、結局は鬼にだまされて逃がしてしまう、というのが基本のモチーフである。

四　論破する

③の『鬼有三技過此鬼道乃窮』は、鬼に技を出し盡くさせてから、「求代の非を諭す」という「不怕鬼的故事」の代表的作品である。

孝廉の蔡魏公はいつも、「幽鬼には三つのワザがある。一は迷わせる。二は遮《さえぎ》る。三は嚇《おど》かすだ」と言っていた。ある人が、その三つのワザというのはどんなものなのでしょうと訊ねたら、こんな話をした。「私の母方の從兄弟に、松江の呂という稟生《りんせい》（稟膳生員。成績優秀で每月銀四兩を給される）がいるのだが、豪放な性格でみずから豁達《かったつ》先生と號していた。ある日、泖湖《ぼうこ》の西にある村にでかけて、そろそろ暗くなるという時間に、化粧をした婦人が手に繩を持ってよろよろしながら走ってくるのを見かけた。女は遠くから呂のすがたを見つけると、大木のかげに隠れたが、手に持っていた繩は地上に落としていった。呂が拾いあげてよく見ると、藁の繩なのだが、嗅ぐと血なまぐさい。首吊り幽鬼だと氣づいたので、呂は繩を懷中にしまいこみ、まっすぐに歩いていった。女は木陰から出て來て、呂の前に立ち、遮ろうとする。左に寄ると女も左に寄るし、右に寄ると女も右に寄る。呂はこれが俗に言う「幽鬼の結界《バリアー》」というものだと氣づいたので、まっすぐに突き抜けていったところ、幽鬼はどうすることもできず、口をすぼめて一聲叫び、髪をふり亂し血を流したすがたに變り、舌を一尺ほども垂らし、こちらに飛びかかろうとする。呂が、『お前がさっき化粧をしていたのは、私を迷わせるためだ。前に立ってとうせんぼしたのは、私を遮るためだ。今こんな怖ろしいすがたになったのは、私を嚇かすためだ。三つのワザを出し盡くしてしまったが、私はまったく恐くはない。もう他にできるワザはないのじゃないか。私が以前から豁達先生と稱しているのを、お前は知らなかったのか』と言うと、幽鬼はもとのすがたにもどり、跪いて、『私は城内に住む、施という姓の娘です。亭主と口げんかをし、一時の短慮で首を吊って死にました。今日、泖湖の東に住む、某家の妻が亭主と仲が惡いと聞きましたので、身代わりにしようと思ってやって來たのですが、途中であなたに止められてしまい、繩まで奪われようとは思いもしませんでした。もうどうしようもありません。どうか往生させていただきたいものです』と言う。呂が、『どうすれば往生できるのだ』と問うと、『城内の施家に知らせ、高僧を招いて法事をさせてください。往生咒《おうじょうじゅ》を何度も唱えれば、私は生まれ變わることができるのですが……』と言う。呂は笑って、『我こそが高僧である。私の往生咒をお前のために唱えてやろう』と言い、すぐに高らかに、『よきかな大世界、遮《さえぎ》るなく礙《さまた》げるなし。死し去りて生まれ來る。何の身代わりが必要であろう。行きたければ行け。爽やかなものだ』と唱えた。幽鬼は聞き終わると、はっと悟った樣子で、地に伏して再拜し、走り去った。この後、土地の人々は、『このあたりは昔から變なことが多かったが、豁達先生がお通りになってから、まったく祟りがなくなった』と言いあったそうだ」

蔡魏公孝廉常に言ふ、鬼に三技有り。一は迷、二は遮、三は嚇なり、と。或ひと問ふ、三技は云何《いかん》、と。曰く、我が表弟の呂某は、松江の廩生なり。性豪放にして、自ら豁達先生と號す。嘗て泖湖の西鄕に過ぎるとき、天漸く黑く、婦人の面に粉黛を施し、貿貿然として繩索を持して奔るを見る。呂を望見し、走りて大樹の下に避け、而して持する所の繩は則ち地上に遺墜す。呂取りて觀るに、乃ち一條の草索なり。これを嗅ぐに、陰霾《いんばい》の氣有り。心に縊死鬼爲るを知れば、取りて懷中に藏し、逕《ただ》ちに前に向かひて行く。其の女樹中より出でて、前に往きて遮攔す。左に行けば則ち左に攔り、右に行けば則ち右に攔る。呂心に俗に稱する所の鬼の打牆は是れなりと知れば、直に衝きて行くに、鬼奈何ともする無く、長嘯すること一聲、變りて披髮流血の狀を作し、舌を伸ばすこと尺許、これに向かひ跳躍す。呂曰く、汝の前の塗眉畫粉するは、我を迷はすなり。前に向かひて阻拒するは、我を遮るなり。今此の惡狀を作すは、我を嚇するなり。三技畢はれり。我總て怕れず、想ふに他の技の施す可き無からん。爾も亦た我れ素より豁達先生を名とするを知らんや、と。鬼仍りて原形に復して地に跪き曰く、我は城中の施姓の女子にして、夫と口角して、一時の短見にて自ら縊る。今泖東の某家の婦も亦た其の夫と睦じからざるを聞き、故に我往きて替代に取らんとす。料らざりき半路にして先生に截住せられ、又た我が繩を將《も》って奪ひ去らる。我實《まこと》在に計に窮す。只だ先生に超生を求めん、と。呂問ふ、何の超法を作さん、と。曰く、我が替《ため》に城中の施家に告知し、道場を作し、高僧に請ひ、多く往生咒を念ぜしむれば、我便ち托生す可し。呂笑ひて曰く、我は卽ち高僧なり。我に往生咒有り、汝の爲に一誦せん。卽ち高く唱へて曰く、好《よ》きかな大世界、遮る無く礙ぐる無し。死し去り生れ來るに、何の替代か有らん。走る要《べ》くば便ち走れ。豈に爽快ならずや、と。鬼聽き畢り、恍然として大悟し、地に伏して再拜し、奔趨《はし》りて去る。後に土人云ふ、此の處向《さき》に平靜ならざるに、豁達先生過りて後自り、永く祟を爲す者無し、と。

蔡魏公孝廉常言、鬼有三技。一迷、二遮、三嚇。或問、三技云何。曰、我表弟呂某、松江廩生。性豪放、自號豁達先生。嘗過泖湖西鄕、天漸黑、見婦人面施粉黛、貿貿然持繩索而奔。望見呂、走避大樹下、而所持繩則遺墜地上。呂取觀、乃一條草索。嗅之、有陰霾之氣。心知爲縊死鬼。取藏懷中、逕向前行。其女出樹中、往前遮攔、左行則左攔、右行則右攔。呂心知俗所稱鬼打牆是也。直衝而行。鬼無奈何、長嘯一聲、變作披髮流血狀、伸舌尺許、向之跳躍。呂曰、汝前之塗眉畫粉、迷我也。向前阻拒、遮我也。今作此惡狀、嚇我也。三技畢矣。我總不怕、想無他技可施。爾亦知我素名豁達先生乎。鬼仍復原形跪地曰、我城中施姓女子、與夫口角、一時短見自縊。今聞泖東某家婦亦與其夫不睦、故我往取替代。不料半路被先生截住、又將我繩奪去。我實在計窮、只求先生超生。呂問、作何超法。曰、替我告知城中施家、作道場、請高僧、多念往生咒、我便可托生。呂笑曰、我卽高僧也。我有往生咒、爲汝一誦。卽高唱曰、好大世界、無遮無礙。死去生來、有何替代。要走便走、豈不爽快。鬼聽畢、恍然大悟、伏地再拜、奔趨而去。後土人云、此處向不平靜、自豁達先生過後、永無爲祟者。

『鬼有三技過此鬼道乃窮』、『子不語』卷四

豪放ではあるが、理をわきまえた知識人の豁達先生が、鬼の三技を破った上で、

「我が替《ため》に城中の施家に告知し、道場を作し、高僧に請ひ、多く往生咒を念ぜしむれば、我便ち托生す可し」

という鬼の依頼を斷り、卽興の往生咒を唱えて、鬼の迷妄を諭す。

余平生二氏之説を喜《この》まず。[2]

私は普段から釋・道二氏の説を好まない。

迷信や宗教などに對して、一貫して懐疑的な立場をとり續けてきた、袁枚の面目躍如という説話である。

次に①の『蔡書生』だが、これも同じく鬼を論破するものだが、ストーリーは單純である。

杭州の北關門の外に一軒家があり、しばしば幽靈が出るというので、わざわざ住む人もいない。カギをかけてしっかりと封鎖していた。蔡という姓の書生がその家を買おうとした。人々は危ぶんだが、蔡は耳をかさな

かった。契約書ができても、家族は住むことを承知しない。蔡は自分で家を開き、あかりを手に持って坐っていた。夜半になると、一人の女がしずしずとやって來て、首に紅い絹を巻き、蔡に向かって再拜し、繩を梁に結び、首を伸ばして入れようとした。蔡はまったく恐れなかった。女は再び繩をかけて蔡を招いた。蔡は片足をその輪に入れた。「あなたは間違っています」と女は言うと、蔡は笑ひながら、「お前が間違いをしたので今日のすがたになっているのだ。私は間違っていない」と言った。幽鬼は大聲で哭し、地に伏し再拜して去った。このことがあってから怪しいできごとも跡を絶ったのである。蔡も試験に合格した。これは蔡炳侯方伯の若いころの話であると、言う人もいた。

杭州の北關門の外に一屋あり、鬼屢しば見《あらは》るれば、人敢て居せず。扃鎖すること甚だ固し。書生の蔡姓なる者將に其の宅を買はんとす。人これを危ぶむも、蔡聽かず。劵成るも、家人入るを肯んぜず。蔡親自《みづか》ら屋を啓き、燭を秉りて坐す。夜半に至り、女子有り冉冉として來り、頸に紅帛を拖《ひ》き、蔡に向かひて伏拜し、繩を梁に結び、頸を伸ばしてこれに就かんとす。蔡に怖るる色無し。女子再び一繩を掛けて蔡を招く。蔡一足を曳きてこれに就く。女子曰く、君誤てり、と。蔡笑ひて曰く、汝誤ちて才《ここ》に今日有り。我誤つ勿きなり、と。鬼大に哭して、地に伏し再拜して去る。此れ自り怪遂に絕えたり。蔡も亦た登第す。或ひと云ふ、卽ち蔡炳侯方伯なり、と。

杭州北關門外有一屋、鬼屢見、人不敢居。扃鎖甚固。書生蔡姓者將買其宅。人危之、蔡不聽。劵成、家人不肯入。蔡親自啓屋、秉燭坐。至夜半、有女子冉冉來、頸拖紅帛、向蔡伏拜、結繩於梁、伸頸就之。蔡無怖色。女子再掛一繩招蔡。蔡曳一足就之。女子曰、君誤矣。蔡笑曰、汝誤才有今日、我勿誤也。鬼大哭、伏地再拜去。自此遂絕。蔡亦登第。或云卽蔡炳侯方伯也。

『蔡書生』、『子不語』巻一

杭州の北關門外にある家に、鬼が出るというので、住む者もなく封鎖されていた。蔡という書生が周りの反對を押し切ってその家を買い、一人で待っていると縊鬼が現れ、縊死の手本を示す。蔡がまねをして片足を入れると、縊鬼は首の吊りかたが間違っていると言う。蔡はお前は間違ったまねをしたので、今日の姿になったのだ、言い返す。

これは聞いたままを書いたようなものだが、この話は『子不語』巻一の第二話である。袁枚が故郷の杭州で鬼話を採集し、『余續夷堅志未成、到杭州得逸事百餘條、賦詩志喜。（余夷堅志を續《つ》がんとするも未だ成らず、杭州に到りて逸事百餘條を得て詩を賦して喜びを志るす）』と題する詩を作り、

載せ得たり杭州の鬼一車

と詠じたのは『小倉山房詩集巻二十六』なので、乾隆四十五年庚子（一七八〇）の歳である。この時に杭州で採集した話なのだろう。話は單純で、特に創作の跡らしい點も見えない。しかし文末にある、「蔡炳侯方伯」という人物が誰をさすのかが、まったく不明である。「方伯」は清朝の官職では「布政使」にあたるが、杭州出身の蔡という姓の布政使經驗者は見つからないのである。また袁枚の惡い癖で、確認を怠ったのであろう。

⑫の『打破鬼例』は『子不語』唯一の「溺鬼」求代の話である。

李という書生が夜中まで書を讀んでいた。家が運河の宿場にあったので、水中から幽鬼の話が聞こえて來た。「明日、某《なにがし》がこの河を渡りに來るが、彼は私の替身なんだ」と言っている。次の日になって、そのとおりに河を渡ろうとやって來た人がいる。李はなんとか說得して、その人は渡らずに立ち去った。夜に幽鬼が出て來て、「お前となんの關係があって、俺が替身を得られないようにしたんだ」と責める。李は「お前たちが輪廻に入

るのに、替身を必要とするはなぜなのか」と訊ねた。

幽鬼は、「陰司《あのよ》の前例がそうなっているのだ。俺もそれが何時から始まったのかは知らない。この世の年貢の蔵を補充したり、官員を補充するのに必ず缺員が必要なのと同じだろう。そういう理屈だと思うよ」と言う。李は教え諭して「お前は間違っている。藏に年貢の米が有り、官員に俸給があるのは、みな國家が必要とする錢と糧だから、カラにするわけにはいかないのだ。だから準備する額に決まりがあり、守らないわけにはいかない。だが人が天地の間に生まれて、陰と陽が交流し、生まれてまた死に、自分ではたらいて得たものを食う。造化の神はどうして、人の生き死になどという暇な帳簿を管理する時間があるのだ」と言った。

幽鬼は、「轉輪王がこの帳簿を管理していると聞いています」と言う。李は言った。「お前はすぐに、私のこの言葉を轉輪王に傳えに行け。王が必ず替代を必要とする言うのならば、お前はすぐに來て、私を替身にすればよい。そうすれば私が轉輪王にあって、面と向かって罵ってやれる」。幽鬼は大喜びして跳躍して去っていった。そしてそれから二度とは來なかった。

李生夜讀む。家水次に臨めば、鬼の語るを聞く。明日某來りて水を渡らん。此れ我が替身なり、と。次日に至り、果して人有り來りて渡らんとす。李力《つと》めてこれを阻み、其の人渡らずして去る。夜鬼來りてこれを責めて曰く、汝と何事ありてか我をして替身を得ざらしむる、と。李問ふ、汝輪回を等《ま》つに、替身を必須とするは何ぞや、と。鬼曰く、陰司の向の例は此の如し。我も亦た其の自りて始まる所を知らず。猶《あたかも》之人間の廩を補ひ官を補ふに必ず缺出を待つがごとし。想ふに是の一理なり、と。李これを曉して曰く、汝誤まてり。廩に糧有り、官に俸有るは、皆な國家の錢糧なれば、虛靡す可からず。故に額限ありて、然《しか》せざるを得ず。若し人天地の間に生まれて、陰陽鼓蕩し、自ら滅び自ら生じ、自ら其の力《つと》むるを食ふ。造化那《なん》ぞ工夫《いとま》有りて此の閒帳を管するか、と。鬼曰く、轉輪王實に此の帳を管すると聞く、と。李曰く、汝卽ち我の此の語を以て去り轉輪王に問へ。王以て必ず替代を需むと爲さば、汝卽ち來りて我を拉し替身と作せ。以て我轉輪王に見え、將にこれを面罵するに便なり、と。鬼大に喜び跳躍して去る。此れ從り竟に再びは來らず。

李生夜讀。家臨水次、聞鬼語、明日某來渡水、此我替身也。至次日、果有人來渡。李力阻之、其人不渡而去。夜鬼來責之曰、與汝何事。而使我不得替身。李問、汝等輪回、必須替身何也。鬼曰、陰司向例如此、我亦不知其所自始。猶之人間補廩補官必待缺出、想是一理。李曉之曰、汝誤矣。廩有糧、官有俸、皆國家錢糧、不可虛靡。故有額限、不得不然。若人生天地閒、陰陽鼓蕩、自滅自生、自食其力。造化那有工夫管此閒帳耶。鬼曰、聞轉輪王實管此帳。李曰、汝卽以我此語去問轉輪王、王以爲必需替代、汝卽來拉我作替身、以便我見轉輪王、將面罵之。鬼大喜、跳躍而去、從此竟不再來。

『打破鬼例』、『續新齊諧』巻三

夜讀書していた李生は、家が運河の宿驛に臨んでいたので、水死鬼の話を聞いてしまう。替身に擬せられた人を說得して、川を渡らせず、求代の妨害をする。その晩、文句をつけに來た水鬼を徹底的に論破する。要するに、「單なる習慣で求代しているだけで、本當は『造化』の神だって、そんな所までは管理できるわけがない」というのである。

もしも轉輪王がどうしても求代する必要があると言うのならば、「汝卽ち我の此の語を以て去り轉輪王に問へ。王以て必ず替代を需むと爲さば、汝卽ち來りて我を拉し替身と作せ。以て我轉輪王に見え、將に之を面罵するに便なり」と胸のすくような啖呵を切っている。

この李の言葉は、そのまま袁枚の「鬼求代」觀を表していると見ることができるだろう。懷疑主義的合理主義である。

要するに、「暴力」よりは「理」なのである。

近年の、袁枚研究者も、この點は高く評價しているようである。

一例をあげれば、

　『子不語』中記敍的不怕鬼的故事、實際上也従另一方面表現了對鬼神迷信的態度。其中有些篇目寫得壯氣凜然、具有鼓舞人心的力量。[3]

【注】

（1）澤田瑞穗『鬼趣談義』、平河出版社。一九九〇年九月。一三三頁

（2）『二月八日記夢』、『小倉山房詩集』巻三十二

（3）申孟・甘林『前言』、『子不語』上海古籍出版社。一九八五年。一〇頁

第四章　『子不語』の鬼求代說話の顚末――鬼が鬼を逐う

はじめに

『子不語』（『新齊諧』・『續新齊諧』）に收錄された「鬼求代說話」と考えられるものには、以下の十四則がある。

①『蔡書生』　『子不語』卷一。
②『瓜棚下二鬼』　『子不語』卷三。
③『鬼有三技過此鬼道乃窮』　『子不語』卷四。
④『陳淸恪公吹氣退氣』　『子不語』卷四。
⑤『周若虛』　『子不語』卷六。
⑥『釘鬼脫逃』　『子不語』卷六。
⑦『朱十二』　『子不語』卷八。
⑧『鬼爭替身人因得脫』　『子不語』卷九。
⑨『柳如是爲厲』　『子不語』卷十六。

⑩『鬼逐鬼』　『子不語』卷十六。
⑪『縊死畏魄字』　『續新齊諧』卷二。
⑫『打破鬼例』　『續新齊諧』卷三。
⑬『拔鬼舌』　『續新齊諧』卷四。
⑭『認鬼作妹』　『續新齊諧』卷十。

このうち⑧については第一章、⑨については第二章で詳しく檢討した。⑬・④・⑦・⑥・③・①・⑫については第三章で檢討を加えた。

本章は殘る⑩・⑤・⑪・②・⑭の各則について、いささかの檢討を加え、袁枚の「鬼求代觀（假にそういうものがあるとすれば）」を探ってみようという試みである。

小見出しの番號は通し番號とする。

五　鬼が鬼を逐う

身替わりを求めてやって來た鬼を、身替わりと目された者の身内《みうち》の鬼が追い拂うというモチーフのものが三件ある。

⑤の『周若虛』。⑩の『鬼逐鬼』。⑪の『縊死鬼畏魄字』である。

⑤の『周若虛』は、題名だけでは何のことやらわけが解らないが、これは『子不語』・『續新齊諧』の各則に付された題名が、袁枚にとってのメモのようなものであり、袁枚自身がどの話か特定できれば良い、という付され

かたをしているからである。

『周若虛』は人名であり、浙江省慈溪縣は袁枚の祖籍の地である。(1) だから姓名だけで記憶がよみがえる同鄕人なのであろう。

慈溪の周若虛は、ながいあいだ科擧に運がなかったので、慈溪縣の城外の謝家店で、四十年以上も塾を開いて教えていた。村内の老人から幼年に至るまで、彼の授業を受けなかったものはいないほどであった。ある日、夕飯の後、塾にひとりで坐っていると、學生の馮《ふう》某がやって來て、お辭儀をし、若虛を彼の家にまねいて、重要なことで助けていただきたい、と言う。言い終わると別れを告げるのだが、その聲音《こわね》がなんとも悲慘なのである。若虛は、馮某はすでに死んでいるのではないか、いま現れたのは幽鬼であろうと思い、なんとなくぞっとしてすぐに彼の家に行ってみた。

馮某の父親、夢蘭《ぼうらん》が門の外にひとりたたずんでいたが、若虛を見ると引きとめて酒をだした。若虛も訪ねてきた理由は特に話さずに、世間ばなしをしていると、氣づかないうちに三鼓（零時）になっていた。もう家に歸るわけにもいかない。夢蘭は、若虛に二階に泊まってもらうことにした。まん中の部屋に長椅子が用意してあった。となりの部屋は馮某の妻、王氏の部屋である。泣き聲がかすかに聞こえるような氣がする。若虛は燈りを持ったまま、横にならずにいた。ふと見ると、階段にひとりの青い着物をきた婦人がいて、しょっちゅう首を伸ばして、様子をうかがっているようである。はじめは顔の半分しか見えなかったが、ついで全身が現れた。若虛は、「何ものだ」と怒鳴った。その女もすごい聲で、「周先生。今は寝ていなけりゃいけない時間でしょ」と言う。若虛が、「わしが寝ていようがいまいが、お前になんの關係がある」と言うと、女は、「私が何ものか。

そんなこと先生になんの關係があるの」と言い、そのとたんに髪をふり亂し、血を滴らせ、繩を持ってこっちに向かってくる。若虛はびっくりして倒れそうになると、ふと背後に人がいて、手で若虛をささえ、「先生恐がらないでください、學生がここにいてお守りします」と言う。よく見ると、なんとすでに死んだはずの馮であったが、その姿はすぐに消えた。若虛は大聲をあげて馮の父を呼んだ。夢蘭が燈りを持ってあがってきたので、若虛は見たことをすべて話した。夢蘭はすぐに嫁の王氏に、戸を開けるように叫んだが、部屋の中は、杳《よう》として氣配もない。戸をこじ開けて入ってみると、彼女はもう梁にぶらさがっていた。若虛と夢蘭は協力して、王氏を助けおろし介抱した。一時ほどたってやっと息を吹き返した。聞いてみると、午前中に王氏と小姑とが言い爭いをし、ご隱居の祖父にきびしく注意され、短慮のあまり命を粗末にし、惡い幽鬼がその機に乘じてこんなことになったらしい。しかしその夫が、黃泉の國でそれを知り、若虛に助けを求めたということなのである。

　慈溪の周若虛久しく場屋に困しみ、城外の謝家店に在りて教讀すること四十餘年なり。凡そ村内の長幼、業を受けざるなし。一日、晩膳の後に館に在りて獨坐するに、學生の馮某有り前に向ひ揖を作し、若虛を邀へて家に至らしめ、要事の相ひ懇ぜんとする有り。言ひ畢りて別れを告ぐるに、辭色の閒、甚だ慘惋なるを覺ゆ。若虛馮某は已に死し、見る所の者は鬼に係ると憶ひ、覺へず大に驚きて、即ち其の家に詣る。馮某の父夢蘭は門外に在りて佇立す。見れば即ち挽留して小飮せしむ。若虛も亦た其の所以を道はず。家常を閒話す。覺えず漏三鼓に下り、家に回《かへ》る能わざれば、夢蘭を留めて樓上に宿せしむ。中閒に在りて榻を設くるも、壁を閒《へだ》つるは即ち馮某の妻王氏の住む房なり。隱隱として哭聲あるに似たり。若虛燭を秉りて寐ねず。樓の梯上に靑衣の婦人有るを見る。屢屢《しばしば》頭を伸し窺ひ探り、始め半面を露し、繼ぎて全身を現す。若虛呵して、何人ぞ、と問ふに、其の婦聲を厲《はげま》して曰く、周先生、此の時應該《まさ》に睡るべし、と。若虛曰く、我の睡ると睡らざると、汝と何をか干する、と。婦曰く、我は是れ何人なるも、先生と何をか干する、と。卽ち披髪して血を瀝ぎ、縄を持して奔り犯さんとす。若虚驚駭し倒れんと欲するに、忽ち背後に人有り手を用つて持扶して、曰く、先生怕るるを休めよ。學生ここ在りて保護せん、と。これを諦視するに、卽ち已に故となるの馮生なり。隨ひて亦た見えず。若虚喊叫《さけ》べば、其の父の夢蘭燭を持して樓に上る。若虚具《つぶさ》に見る所を道ふ。夢蘭卽ち媳婦王氏をして門を開かしめんとするも、杳として聲息無し。門を抉りて入れば、則ち身は已に樑上に懸かれり。若虚協同して解救するに、時を逾えて始めて蘇る。午前に王氏と小姑と爭鬧し、翁に責罵せらるるに因り、短見して生を輕んずれば、惡鬼機に乘じて至る。其の夫泉下に在りてこれを知り、故に援を若虚に求むるならん。

慈溪周若虚久困場屋、在城外謝家店教讀四十餘年。凡村内長幼、靡不受業。一日、晩膳後在館獨坐、有學生馮某向前作揖、邀若虚至家、有要事相懇。言畢告別、辭色之間、甚覺慘惋。若虚憶馮某已死、所見者係鬼、不覺大驚、卽詣其家。馮某之父夢蘭在門外佇立、見卽挽留小飲。若虚亦不道其所以、閒話家常。不覺漏下三鼓、不能回家、夢蘭留宿樓上、在中間設榻、間壁卽馮某之妻王氏住房、隱隱似有哭聲。若虚秉燭不寐。見樓梯上有青衣婦人、屢屢伸頭窺探、始露半面、繼現全身。若虚呵問、何人。其婦厲聲曰、周先生、此時應該睡矣。若虚曰、我睡與不睡、與汝何干。婦曰、我是何人。與先生何干。卽披髮瀝血、持繩奔犯。若虚驚駭欲倒、忽背後有人用手持扶、曰、先生休怕、學生在此保護。諦視之、卽已故之馮生也。隨亦不見。若虚喊叫、其父夢蘭持燭上樓、若虚具道所見。夢蘭卽叫媳婦王氏開門、杳無聲息。抉門入、則身已懸樑上矣。若虚協同解救、逾時始蘇。因午前王氏與小姑爭鬧、被翁責罵、短見輕生、惡鬼乘機而至。其夫在泉下知之、故求援於若虚。

『周若虚』、『子不語』巻六

周若虚の學生である馮某が、自分の妻を求代鬼から守るために、周若虚の加勢を求めるという話である。馮某は鬼ではあって、求代鬼に一人で向かう力がないという事なのであろう。周若虚は塾師であるから、言うまでもなく儒家でありまた人格者である。人としての力を借りたということか。
次の⑩の『鬼逐鬼』は、題名がほぼ内容を暗示している。

桐城の左某《なにがし》という秀才は妻の張氏と、夫婦仲が睦まじかった。張氏は病氣で死んだが、左秀才は離れたくないので、一日中棺にそばにいて、夜も横で寝た。七月十五日になり盂蘭盆會があった。家族は、みな屋外に祭壇を設け佛に禮拜していた。秀才は一人で妻の棺のわきで雑書を看ていた。そこに一陣の陰風が吹き、縊死した幽鬼がザンバラ髮をふり亂し縄を手にして現れ、まっ直ぐに秀才に向かってきた。秀才は恐れ慌てて、棺を叩いて叫んだ。「おまえ私を助けておくれ」。すると妻は棺の蓋をはね上げて立ち上がり、「惡幽鬼が家の旦那様に無禮をはたらこうというのか」と怒鳴りつけ。拳をふるって幽鬼を撲りつけたので、幽鬼はよろよろと逃げ去った。妻は秀才に「あなたはバカです。夫婦の愛情といってもいったいここまでやるものでしょうか。あなたは福分が薄いので惡い幽鬼につけ狙われるのです。私と一緒にこの世を去り、また人に生まれ變わって、もう一度共白髮までという計を立てましょう。」秀才は「そうだねそうだね」と頷いている。妻はまた棺に入って横になった。秀才は家族を呼んで見せたのだが、棺の蓋に幾重にも打ってあった釘は皆な斷たれており、妻の裙《スカート》はまだ半分ほど蓋とのすきまに挾まったままだった。その年のうちに秀才も亡くなった。

桐城の左秀才某は其の妻張氏と伉儷甚だ篤し。張病みて卒するも、左は相ひ離るるに忍びず、終日棺に伴ひて寢《い》ねたり。七月十五日其の家盂蘭の會を作す。家人倶に外に在りて佛に禮し醮を設く。秀才獨り妻の棺に伴ひて書を看る。忽ち陰風一陣あり。縊死鬼の披髮流血し縄を拖きて至る有りて、直ちに秀才を犯さんとす。秀才惶急し、棺を拍ちて呼びて曰く、妹妹我を救へ、と。其の妻竟に勃然として棺を掀げて起ち、罵りて曰く、惡鬼敢て無禮にも我が郎君を犯さんとするか、と。臂を揮ひて鬼を打てば、鬼踉蹌として逃れ出づ。妻秀才に謂はく、汝は癡なり。夫婦の鍾情一に是に至るか。汝の福薄きに緣りての故に惡鬼敢て相ひ犯さんとす。盍《なん》ぞ我と同に歸し去りて人身に投じて、再び偕老の計を作さざるか。秀才唯唯たり。妻仍りて棺に入りて臥せり。秀才家人を呼びてこれを視しむるに、棺の釘は數重なるも皆な斷たれ、妻の裙は猶ほ半幅を棺縫の中に夾めり。年を逾へずして秀才も亦た卒す。

桐城左秀才某與其妻張氏伉儷甚篤。張病卒、左不忍相離、終日伴棺而寢。七月十五日其家作盂蘭之會。家人俱在外禮佛設醮。秀才獨伴妻棺看書。忽陰風一陣。有縊死鬼披髮流血拖繩而至、直犯秀才。秀才惶急、拍棺呼曰、妹妹救我。其妻竟勃然掀棺而起、罵曰、惡鬼敢無禮犯我郎君耶。揮臂打鬼、鬼踉蹌逃出。妻謂秀才、汝癡矣。夫婦鍾情一至於是耶。緣汝福薄故惡鬼敢於相犯。盍同我歸去投人身、再作偕老計耶。秀才唯唯。妻仍入棺臥矣。秀才呼家人視之、棺釘數重皆斷、妻之裙猶夾半幅於棺縫中也。不逾年秀才亦卒。

『鬼逐鬼』、『子不語』巻十六

桐城の左秀才夫婦は仲がよかった。左は妻に死なれて、一日中棺の脇にいた。盂蘭盆會のとき、縊死鬼が求代にあらわれる。秀才が妻の棺をたたいて助けを求めると、妻の鬼が棺から出てきて縊鬼を撃退する。こんなに深い愛情を持ってくれるのならば、あなたは福分が薄いのだから、私と一緒にもう一度、生まれ變わって偕に老いる計畫を立てましょう、と言って棺にもどる。その年のうちに秀才も死ぬ。

左の妻張氏は鬼としての力が、⑤の馮某よりも强烈で、特に加勢を必要としていない。

⑤と⑩はともに配偶者の鬼が、その連れあいを守るという話である。⑤の馮某は弱い男で、師匠の助けを借り、妻を守る。⑩の張氏は強い女で、獨力でその夫を守る。

⑪の『縊鬼畏魄字』は、かなりひねったものである。

瀨江（溧水縣）の甲・乙二人の士（讀書人）は仲の良い友人だった。甲は年長で端正嚴格な性格であった。乙の妻は甲を伯《にいさん》と呼んでいて、互いに家族のようにつきあっていた。あるとき乙の妻が急死したので、わかい後妻をめとった。甲はなんとなくいやな氣がして、付き合いはだんだんなくなっていった。ある日、夕暮に雨がふったので、甲は茶畑の四阿《あずまや》で雨宿りをしていた。乙の家から二里（1㎞）ほどのところである。そこにふと乙の前妻がやってくるのが見えた。甲は內心動搖し顏色がかわった。乙の妻は、「伯《にいさん》怖がらないでください。お願いがあるのです。夫が後妻にした人は、家事を良くするし、息子も娘も可愛がってくれますが、今日ちょっとイザコザがあって、首つり幽靈がこれをかぎつけ、首をつらせようとたくらんでいます。後妻がもし死んでしまったら、私の家はメチャクチャになります。行って私の夫を救ってください」と言う。

甲は、「私は巫《まじないし》ではない、行ったとしても、幽靈をどうやって追い拂ったらいいのか。あんたはあの世にいるのに、邪魔することはできないのか」と言ったが、乙の妻は、「この妖氣では、私なんかでは到底かなないません。伯《にいさん》に行ってもらうしかありません」と言う。甲はやむをえずこの言葉にしたがった。門のところまで行くと、門は閉まっている。乙の妻はもうすきまから中にはいり戶を開いた。何時かわからないがあかりは燃えつきている。椅子を中庭に運んできて、甲に向かい、「伯はここに坐ってください。美人が來て通してくださいと言ったら、それが首つり幽靈です。動かずにすわっていてください。彼女は進めないはずです。私は椅子の後で見ています」と言う。しばらくして一人の女が手に紅い絹を持ち、ほほ笑みながらやってきた。しなを作り、「私は用事があって中に行きたいのです、少しどいてくださいませんか」と言う。甲が答えずにいると、女は後ずさりをして行ってしまった。乙の妻は「彼女はまたやって來ます。今度來ると恐ろしい形相になっていますが、伯《にいさん》怖がらないでください」、と言う。ちょっとして女が來て、「あなたはどうして、どいてくれないのですか」、と言う。甲は相手にしないでいた。すると、女はいきなり髮をふりみだし血を吹いて、甲の前までせまって來た。甲が大聲をだしてしかりつけたら、幽靈は消えてしまった。乙の妻が言うには、「惜しかったですね伯《にいさん》。聲を出してはいけません。ただ左手の二本の指で魄という字を書いて、その字を指さして地面に押しこむのです。あの幽靈は地面に押しこまれれば、出てくることはできなかったのです。今しばらくは消えていますが、あいつは必ずひそかにわが家へ行っているはずです。伯《にいさん》急いで夫の寢室のドアをたたいてください」。甲は言われたとおりドアをたたいた。乙は夢うつつだったが甲の聲を聞きわけて、「兄さんなんでこんな夜更けにきたのだね」と言う。「まあ質問はあとにしてくれ。ところで君の奥さんはどこにいるんだね」、と言うと、乙はベッドのまわりを手探りしていたが見つからない。急いでドアを開けて甲を呼び入れた。あかりをつけて捜してみると、なんとベッドの後ろで首をつっている。二人がかりで繩をほどき、湯を飲ませると、だんだんに蘇った。「なにか惱みがあって死のうとしたのか」と、乙の妻にたずねると、妻が言うには、「よくおぼえていないのですが、いつの閒にか女の人が來ました。私を庭園のようなところにつれて行き、ひとしきり遊んでいたのですが、そこに圓窓《まるまど》のようなものが見えました。私を引っぱってその中に入りました。私の頭が窓に入ると、もう出ることができなくなっていました」とのこと。甲は自分がここにやって來た理由をこまかく說明した。この後、乙の前妻はまったく現れない。瀨江の西に住んでいる風水師の陸在田は、甲と仲がよかった。それで私にこのはなしをしてくれたのだ。

瀨江に二士有り相ひ友たること善し。甲は年長にして性は凝重なり。乙の妻は甲を呼ぶに伯を以てし、相ひ見ること家人の如し。俄にして乙の妻死し、續いで少艾を娶る。甲は嫌を以て往かず、蹤跡久しく疏なり。一日暮に雨ふり、避けて茶亭に宿る。乙の家に距たること二里許り。忽ち乙の前妻の至るを見る。甲心動じ色變ず。乙の妻曰く、伯懼るる無かれ。妾は方に伯に求むる有り。吾が夫の後に娶る者家事に勤めて、善く妾の子女を撫するも、今日微に反目あり、縊鬼有りてこれを知り、将に繯に投ぜしめんとす。此の人若し死せば、吾が家は蕩然たらん。一たび往きて吾が夫を救はんことを祈る、と。甲曰く、吾は師巫に非ず、往くも何ぞ能く鬼を驅らん。汝冥中に在るに、反って禁ずる能はざるか、と。乙妻曰く、是の惡戾の氣は、妾焉《いづく》んぞ敢へて敵せん。伯の一たび往くを須《ま》つ、と。甲已むを得ずこれに随ふ。行きて門に至れば、門已に閉ず。乙妻已に旁隙より入りて戸を啓く、何れの時か知らず已に燈燃えたり。一椅を移して中庭に至り甲に告げて曰く、伯此に坐せ。麗人の來りて道を假りんとする者有れば、卽ち縊鬼なり。堅く坐して動く勿れ。彼れ自ら敢て前《すす》まざらん。妾當に座の後に在りてこれを視るべし、と。少頃にして、果して一女の手に紅帕を執り笑を含むを見る。婉言して曰く、妾事有りて前《すす》まんと欲す、盍ぞ少《いささ》か退かざる、と。甲應へざるに、女乃ち卻って退く。乙妻曰く、彼去るも當に復た來たるべし。來れば則ち意態甚だ惡からんも、伯怖るる勿れ、と。須臾にして女至りて曰く、君胡ぞ避けざる、と。甲仍ほ睬せず。女忽ち披髮し噀血して突して甲の前に至る。甲聲を厲ませてこれを叱するに、鬼も亦た滅す。乙妻曰く、惜いかな、伯呼ぶ勿れ。但だ左手の兩指を以て一の魄の字を寫し、これを指して地に入れよ。彼一たび入れば、出づる能はず。今暫く滅すと雖も、彼れ必ず暗かに吾が家へ往かん。伯急ぎ吾が夫の寢門を叩くべし、と。甲は言の如くす。乙は夢中より其の聲を辨じて曰く、兄何ぞ暮夜に此に至れる、と。曰く、君我れに問ふ勿れ。且らく問ふ尊嫂は安《いづく》にか在る、と。乙牀を繞りこれを捫《さぐ》るも見えず。急ぎ門を啓きて甲を呼び入らしむ。これを燭すに、乃ち牀後に懸れり。共に其の縊るるを解き、灌ぐに湯を以てするに、徐徐にして蘇る。乙妻に問ふ、何をか苦しみて死を尋《もと》むる、と。妻曰く、吾れ初めは知らず。恍惚として婦人有り。我れを邀へて園中に至り、尋いで片時玩ぶに、圓窗の若き者有るを見る。我をして引《ひき》領ひてこれに望ましむ。我が頭窗に入るに、遂に出づる能はず、と。甲因りて具さに遇ふ所を道ふ。而して乙の前妻は杳として跡無し。江の西の堪輿《かんよ》陸在田は甲と善し。其の事を言う。

瀨江有二士相友善、甲年長而性凝重、乙妻呼甲以伯、相見如家人。俄乙妻死、續娶少艾、甲以嫌不往、蹤跡久疏。一日暮雨、避宿茶亭、距乙家二里許、忽見乙前妻至、甲心動色變。乙妻曰、伯無懼、妾方有求於伯。吾夫後娶者勤于家事、善撫妾子女、今日微反目、有縊鬼知之、將令投繯。此人若死、吾家蕩然矣。祈一往救吾夫。甲曰、吾非師巫、往何能驅鬼。汝在冥中、反不能禁耶。乙妻曰、是惡戾之氣、妾焉敢敵。須伯一往。甲不得已隨之。行至門、門已閉矣。乙妻已從旁隙入啓戶、不知何時已燃燈矣。移一椅至中庭告甲曰、伯坐此、有麗人來假道者、即縊鬼也、堅坐勿動、彼自不敢前、妾當在座後視之。少頃、果見一女手執紅帕含笑婉言曰、妾有事欲前、盍少退。甲不應、女乃卻退。乙妻曰、彼去當復來、來則意態甚惡、伯勿怖也。須臾女至曰、君胡不避。甲仍不睬。女忽披髮噀血突至甲前、甲厲聲叱之、鬼亦滅。乙妻曰、惜哉、伯勿呼、但以左手兩指寫一魄字、指之入地、彼一入、不能出矣。今雖暫滅、彼必暗往吾家、伯可急叩吾夫寢門。甲如言、乙從夢中辨其聲、曰、兄何暮夜至此。曰、君勿問我、且問尊嫂安在。乙繞牀捫之不見、急啓門呼甲入。燭之、乃懸於牀後、共解其縊、灌以湯、徐徐而蘇。乙問妻、何苦尋死。妻曰、吾初不知、恍惚有婦人邀我至園中、尋玩片時、見若有圓窗者、令我引領望之。我頭入窗、遂不能出。甲因具道所遇、而乙前妻杳無跡矣。江西堪輿陸在田與甲善、言其事。

『縊鬼畏魄字』、『續新齊諧』巻二

瀬江は瀬水、溧水の別名である。溧水縣のこと。甲乙二人の讀書人が仲良くしていた。甲は年長で重々しいひとがらだった。乙の妻は、甲を伯《にいさん》と呼び家族同様にしていた。急に乙の妻が死んで、若い美人を娶ったので、甲は何となく嫌になりだんだん付き合いも減っていった。ある日、日暮れ時に雨が降ったので、甲は乙の家から二里ばかりの所の、茶畑の四阿《あずまや》に雨宿りをした。そこに乙の前妻が現れてお願いがあると言う。後妻になった者は家を好く治めているが、今日もめ事があった。それを縊鬼が知り替身として首を括らせようとしている。この後妻がいなくなれば家はつぶれる。だから助けてくれ、と言う。甲はやむを得ず乙の家に同道した。椅子を中庭に置いてそこに坐り、道を譲れと言ってくる者がいればそれが縊鬼だから、動かないようにと言い含める。やってきた求代鬼は取り合わないでいると帰るが、次にはすさまじい形相でやってきたので、甲は思わず大聲をだし、鬼は消える。前妻の鬼が「惜しかった。聲を出さないで、左手の二本の指で『魄』の一字を書いて、それを指さして地に入れれば、彼は地に入って出ることができない」という。そして、乙の寝室に急げと言う。乙を起こして燈りをつけると、果たして乙の後妻が首をつっていたので救助した。江の西の風水師陸在田は甲と仲良かった。この話をしてくれた、というのである。

　この話を最後まで讀ませるのは、意外性であろう。「俄にして乙の妻死し、續いで少艾を娶る。甲は嫌を以て往かず、蹤跡久しく疏なり」のあたりまで讀んで、「亡妻嫉妬（亡くなった前妻が後妻に嫉妬する類いの話）」だと思いこむ。

　しかし前妻の鬼が現れて、「吾が夫の後に娶る者家事に勤めて、善く妾の子女を撫するも、今日微に反目あり、縊鬼有りてこれを知り、將に繯に投ぜしめんとす。此の人若し死せば、吾が家は蕩然たらん」というところまできて、はじめて「前妻が後妻を守る」という世に稀なる美談であることがわかる。

　鬼が直線的にしか進むことができない點をついて、鬼の通路上に椅子を置き甲を坐らせ、一度目の鬼の侵入を阻む。二度目は惡鬼の形相に驚いた甲が、聲をあげて鬼が消える。

「惜しかった。聲を出さないで、左手の二本の指で『魄』の一字を書いて、それを指さして地に入れれば、彼は地に入って出ることができない」という部分は、實行されたわけではないので、今ひとつよくわからない部分である。

　だいたい「魄」の字を云々などということは、甲が知るはずもないことである。

後から言われてもできるはずはない。

珍しいことに最後に陸在田という、甲と親しかった堪輿（風水師）から聞いた話だと記している。要するにひねった話だが、人から聞いた話だからあまり脚色を加えてはいないということを暗示しているのだろう。

しかし、ここからは臆說だが、そもそも風水などは信じないと公言している袁枚が、風水師から聞いた話をそのまま記すであろうか。或いは、風水師から聞いたのは「魄」の字を書いて、という部分だけなのではなかろうか。內容が理解しにくく、呪術的な部分はここだけであるというのも、傍證になるのではなかろうか。

ここまでが「求代鬼から身內を守る鬼」である。

六　求代鬼を裝って供養を求める

②の『瓜棚下二鬼』は、求代鬼だと名乘る鬼が、實は供養を求めていたのだが、という複雜な話である。

海陽（江蘇省常熟の北）の村に住む劉氏の娘が、ある夏の日に瓜棚の下で刺繡をしていた。薄暮れ時に家族が蒲《がま》の席《むしろ》をしいて涼んでいたところに、娘は坐ったまま後をふり向いて、影とヒソヒソなにかを語り出した。家族はその異常さをとがめて怒鳴りつけたが、大聲で、「私はお前の娘じゃない。わたしゃ某村の某の妻だ。怒りのあまり首を吊ってから何年もたつ。身替りを探すためにここまで來たんだ」と言う。話し終えると大聲で笑い、帶を取り出して自分の首を吊ろうとする。家中の者は驚き慌てて米や小豆を投げかけて、厭勝しようとしたが退散しない。そこで悲しげにお願いをして言った。「家の娘は永年のあいだ他人のために金の絲を刺し、錢と換えて米を買っていますが、この家は憐れなほど貧乏です。あんたとはもともと怨みがあるわけじゃないのだから、放っておいてくれませんか。そうしてくれないのなら、張天師がもうすぐ巡回にみえます。私は訴えにまいります」。幽鬼は怖がり、「嚇かすな。嚇かすな。それはそうだが、私としても手ぶらでは帰れない。私にも何かお供えがあってもいいじゃないか」、と言った。家族が、「線香と楮《こうぞ》の紙をお供えするというのはどうですか」と言うが、答えない。「酒一斗と鶏を一羽足したらどうでしょう」、と言うと、嬉しそうな顔をして頷く。言うとおりにお供え物をあげると、娘は果して意識が戻った。それから三日もたたぬうちに、家族が喜びあっていると、娘の着物の袖がまたヒラヒラと動きだし、ブツブツ言い始め、「お前らはこんなに私を薄情にあつかった。思い出すだに腹が立つから、やはり身替わりにしてやるぞ」と言い、前よりも恐ろしい顔をして、帯を頸に巻きつける。家族が聲を聞いても、前の幽鬼に似てはいない。驚き迷っていると、いきなり瓜棚の下からサッサッサと履音《くつ》が聞こえてくる。そして娘の口を借りて叱りつけ、「賤しき幽鬼め。私の姓名を名乗って、錢を詐《かた》り取ろうとするとは。死ぬほど恥ずかしいことだ。すぐに去れ、すぐに去れ。去らねば、お前を城隍神に訟えてやる」と言う。そして娘の家族をいたわって、「こんな無頼女の幽鬼なぞ恐がらんでいい。私はここにいるから、この女に祟りはできない」と言う。娘の頰は紅くなり、羞ぢて縮じんでいるようにみえる。しばらくすると、二人の幽鬼もそっと立ち去ったようだ。次の日、娘はいつものように鏡に向かっていた。この出來事を訊ねても、ぼんやりして夢のようだったという。

　老人の李某も海陽の人である。薄暮れ時に村から家に歸ったが、腰になにか重い物が取り付いたように感じた。帯を解いて確かめてもなにもないので、無理をして歸った。月もすでに上ったころ、家人が扉を叩く音を聞き、あいさつをして扉を開けても、老人は目を見開いてなにも言わないでいる。酒や肴を用意しても、食べようともしない。いよいよおかしいと思っていると、布を一幅手に取り、梁に懸けて首を吊る仕草をして、言った。「儂《わし》は首吊り幽鬼だ。今お前の家の爺さんを身替わりにする」。家族は驚いて、理由を問い糾した。幽鬼は、「私は李姓の家の娘で、城内をさまよっていた。まえに某家に行って瓜棚の下でその娘に祟ったのだが、家族が悲しげに願うし、私もその娘が弱々しいのを憐れみ、許してやって立ち去り、別に身替わりを探そうとしていた。城門まで行くと、城門神が二人いて嚴重に管理しているので、通ることができない。そういうわけで、毎日、一言では言えないような苦しい思いをしているのだ」と言う。家族たちが、「城門の神様が通さないと言うのに、あんたは今日どうやってここまで來たんだ」と訊ねると、「ヒッヒッヒ」と笑いながら言った。「こんなに巧くいったこともない。今朝、村の人が糞桶を門の側に寄せて置いていった。門神はあんまりにも臭いので、二人して『昨夜からの雨も止んで、山の景色もさぞかし美しいはずです。山に上って眺めませんか』などと言い合って、とうとう二人して山登りに行ってしまった。私はその隙に城から出ることができたんだ。そこでお前のところの爺さんが歸って來るのに出會い、彼の腰の帯の間にくっついて、運んできてもらったんだ。急いで生まれ變わりたいので、爺さんの命を借りたいと思っているんだ」。家族は幽鬼の言葉遣いが軟いので、情で動かせばなんとかなるように思い、哀しげに頼んで、「お爺さんは年老いて、墓も棺ももう用意はできています。あんたは若い娘には同情するのに、何でこんなハゲ爺さんに付きまとうんだ。もしも見逃してくれるのならば、名僧を呼んで法事をしてもらい、あんたを天人界に生まれられるようにしてあげるが、どんなもんだね」と言った。幽鬼は手を拍って喜び、「私は前に行った瓜棚のある家で、こういう功德をしてもらいたいと思っていたのだが、その家が貧乏なので、言い出せなかったのだ。今、居士様たちがこんな有り難いことを言ってくださる。そうしていただけるのがいちばんです。それはそうだが、この頃の人は幽鬼をあしらう技がなかなかうまい。だから居士様よ、お願いだから、今の言葉を忘れないで下され」と言った。家族がすぐに承諾すると、幽鬼はなんと頂禮《ちょうらい》の形をした。しばらくして、老人は起き上がって水を求めて飲んだ。翌日、多くの僧を招き、七日間の法事をしてもらった。瓜棚の下はこの後、怪しいことは起きなくなった。

　海陽の邑中の劉氏の女、夏日瓜棚の下に在りて刺繡す。薄暮家人蒲席を鋪きて涼を招くに、女忽ち座間に於て影を顧みて絮語す。衆其の誕なるを怪しみこれを呵すれば、乃ち大聲に曰く、唉《ああ》我れ豈に若《なんぢ》が女《むすめ》ならんや。我れは某村の某の婦なり。氣忿りて縊死して多年、替人を得んと欲するが故に此に在り、と。語り畢りて大に笑ひ、帶を擧げて自ら其の頸を勒せんとす。闔室盡く驚き、米豆を取りてこれを厭勝せんとするも退かず。乃ち哀求して曰く、我が女年年他人の爲に金線を壓し、錢を取りて米に易ふるも、家貧なること憐むべし。汝と素より寃無ければ、幸《ねが》はくは相ひ捨てよ。然らずんば、天師將に至らんとす。我當に往きて訴ふべし、と。鬼懼れて曰く、人を嚇す。人を嚇す。然りと雖ども、我は以って虛しく返るべからず。當に以て我に送る所を思ふべし、と。衆曰く、香と楮を供するは何如、と。應へず。曰く、斗酒と只雞を加ふるは何如、と。乃ち喜色有り且つこれに頷く。其の言の如くするに、女果して醒む。未だ三日ならずして、家人方に相ひ慶ぶに、女の衣袖忽ち又た翩舞し、憒語して曰く、汝等此の如く我を薄待す。回想するに休むを干《もと》むるを肯へんぜず。仍《よ》りて討替を須《もと》めん、と。更に惡狀を作し、帶を以て頸に套す。衆其の音を察するに、前鬼に類《に》ず。正に驚き疑ふ間に、俄にして瓜棚の下に綷綷《さいさい》として履の響くを聞く。仍りて女の口に在りて叱して曰く、鬼の婢よ。我が姓名を冒し、來りて錢鏹を詐らんとす。辱沒なること煞人なり。亟《すみやか》に去れ。亟《すみやか》に去れ。然らずんば、我將に汝を城隍神に訟へんとす、と。又た女の家を勞り問ひて、此の無賴鬼を怕るる勿れ。我れ此に在れば、他《かれ》敢て厲を爲さず、と。言ひ畢るに、其の女の頰暈は紅潮して、狀は羞ぢて縮する者の若し。食頃にして、兩鬼寂然として皆な退く。次日、其の女舊に依りて鏡に臨む。其の事を詢《たづ》ぬるも、杳然として夢の如し。

老人李某は海陽の人なり。薄暮邑中自り家に還り、腰に重物を纏ふを覺ゆるに、解きて視るも有る無ければ、勉め荷《にな》ひて歸る。時已に月上れば、家人扉を叩くの聲を聞き、走りて相ひ安を問ふも、老人目を瞪きて言ふ無く、爲に酒脯を設くるも、亦た食はず。愈いよ益ますこれを怪しむ。既にして布を取ること幅許、樑閒に懸けて縊狀を作し、曰く、余は縊死鬼なり。今汝が翁と交代を作す、と。衆驚き詰るに前因を以てす。曰く、余は李氏たりて城中に棲泊す。曾て某家に至り其の女に瓜棚の下に祟る。其の家中の哀求するに因り、我も亦た伊《その》女の婉弱なるを念ひ、是を以て捨てて去り、別に替代を尋ねんとす。奔りて城門に及ぶに、二大人有りて司管すること甚だ嚴なれば、敢て走過せず。此を以て日日苦みを受くるは、一言にして盡し難し、と。衆家人曰く、城門の大人既《すで》然にして攔阻するに、汝今日何ぞ能く復た來る、と。乃ち嘻嘻として笑ひて曰く、此れ實に大巧事なり。今早《けさ》鄕人糞桶を以て門の側に寄すれば、大人は其の臭きを惡《にく》み、兩《ふた》つながら相ひ謂ひて曰く、昨宵の雨歇みて、城頭の山色當に佳なるべし。盍ぞ一たび憑りて眺めざるか、と。遂に約して伴に山に登りて去れり。余閒に乘じて城より出づるを得たり。汝が翁の歸るに遇ひ、他の腰帶の閒に附し、其の負ひ荷ふを蒙る。生を得るに急なれば、故に仍ほ重きを相ひ借りんと欲するのみ、と。衆其の言の軟なるを聞くに、情を以て動かしむ可き者に似れば、乃ち哀求して曰く、翁年老いて、墓木已に拱す。你弱女に忍びずして、寧《なん》獨ぞ禿翁に甘心する。如し哀憐を蒙むらば、當に名僧を延きて法事を修むべし。你をして天人の境界に生まれしむるは何如、と。鬼手を拍ち喜びて曰く、我れ前に瓜棚の下に在りて、原《も》と彼を挽きて此の功德を作さしめんと欲するも、其の家の貧なるを視て、是を以て言ふ勿し。今衆居士既に能く大願力を發す、余又た何をか求めん。然りと雖も、世人鬼を哄《あしら》ふの伎倆を慣《なる》作れば、惟だ居士に求む、此の言を忘る勿れ、と。衆唯唯たり。鬼卽ち頂禮の狀を作す。食頃にして、老人已に起ち水漿を索めて飲む。翌日、廣く僧衆を延き七日の道場を作さしむ。瓜棚の下此れより清淨なり。

海陽邑中劉氏女、夏日在瓜棚下刺繡。薄暮家人鋪蒲席招涼、女忽於座閒顧影絮語。衆怪其誕、呵之。乃大聲曰、唉。

我豈若女耶。我爲某村某婦、氣忿縊死多年、欲得替人、故在此。語畢大笑、舉帶自勒其頸。闔室盡驚、取米豆厭勝之不退。乃哀求曰、我女年年爲他人壓金線、取錢易米、家貧可憐。與汝素無冤、幸相捨。不然、天師將至、我當往訴。鬼懼曰、嚇人嚇人。雖然、我不可以虛返、當思所以送我。衆曰、供香楮何如。不應。曰、加斗酒只雞何如。乃有喜色且頷之。如其言、女果醒。未三日、家人方相慶、女衣袖忽又翩舞、憒語曰、汝等如此薄待我、回想不肯干休、仍須討替。更作惡狀、以帶套頸。衆察其音、不類前鬼。正驚疑閒、俄聞瓜棚下綷綷履響、仍在女口叱曰、鬼婢。冒我姓名、來詐錢鏹、辱沒煞人。亟去。亟去。不然、我將訟汝於城隍神。又勞問女家、勿怕此無賴鬼。我在此、他不敢爲厲。言畢、其女頰暈紅潮、狀若羞縮者。食頃、兩鬼寂然皆退。次日、其女依舊臨鏡。詢其事、杳然如夢。

老人李某、海陽人。薄暮自邑中還家、覺腰纏重物、解視無有、勉荷而歸。時已月上、家人聞叩扉聲、走相問安。老人瞪目無言。爲設酒脯、亦不食。愈益怪之。既而取布幅許、懸樑閒作縊狀、曰、余縊死鬼也。今與汝翁作交代。衆驚詰以前因。曰、余爲李氏棲泊城中。曾至某家祟其女於瓜棚下。因其家中哀求、我亦念伊女婉弱、是以捨去、別尋替代。奔及城門、有二大人司管甚嚴、不敢走過。以此日日受苦、一言難盡。衆家人曰、城門大人既然攔阻、汝今日何能復來。乃嘻嘻笑曰、此實大巧事。今早鄉人以糞桶寄門側、大人者惡其臭也。兩相謂曰、昨宵雨歇、城頭山色當佳、盍一憑眺乎。遂約伴登山去矣。余得乘閒出城。遇汝翁歸、附他腰帶閒、蒙其負荷。急於得生、故仍欲相借重耳。衆聞其言軟、似可以情動者、乃哀求曰、翁年老、墓木已拱、你不忍於弱女、寧獨甘心於禿翁。如蒙哀憐、當爲延名僧修法事。令你生天人境界何如。鬼拍手喜曰、我前在瓜棚下、原欲挽彼作此功德。視其家貧、是以勿言。今衆居士既能發大願力、余又何求。雖然、世人慣作哄鬼伎倆、惟求居士勿忘此言。衆唯唯。鬼即作頂禮狀。食頃、老人已起索水漿飲矣。翌日、廣延僧衆、作七日道場、瓜棚下從此淸淨。

『瓜棚下二鬼』、『子不語』巻三

海陽（江蘇省常熟の北）の劉氏の娘が瓜棚の下で刺繡をしていて、鬼に取りつかれる。自ら「替人を得んと欲す」と言うのだが、結局、お供え物をあげることで話をつける。三日もたたずにまた鬼に取りつかれる。聲が前の鬼とは違うようだと思っていると、前の鬼がやってきて、大いに罵り、追い拂う。

海陽の老人李某は、何かが腰に纏いついたような重みを覺えるが、ともかく家に歸る。しばらくして布を梁にかけて首をつる格好をして、縊死鬼だと言う。話し續けるうち、結局、名僧を招いて七日間の法事を營むことで決着する。

自ら「我れは某村の某の婦なり。氣忿りて縊死して多年、替人を得んと欲するが故に此に在り」と、名乘りをあげて登場する求代鬼というのは、考えられない存在である。

二軒目では、「餘は縊死鬼なり。今汝が翁と交代を作す」と、また名乘りをあげる。

そしてひたすら語る。

「糞桶」の臭さに嫌氣がさした門神が、「昨宵の雨歇みて、城頭の山色當に佳なるべし。盍ぞ一たび憑りて眺めざるか」と語り合い、「遂に約して伴に山に登りて去れり」と、自分が城門を如何に通過したかを説明する。

そして、法事の話になると、「鬼手を拍ち喜びて曰く、我れ前に瓜棚の下に在りて、原《も》と彼を挽きて此の功徳を作さしめんと欲するも、其の家の貧なるを視て、是を以って言ふ勿し」と手の内を明かし、「今衆居士既に能く大願力を發す」などと、老人の家族を「居士」とおだてあげ、「鬼卽ち頂禮の狀を作す」という大サービスまでしている。

このセリフの部分が無類のおもしろさで、すぐれた創作である。

劉氏の娘に、二度目に祟る鬼を追い拂うという部分が、やや「鬼が鬼を逐う」にちかいが、ともに本當の求代鬼ではなく、供養や法事をゆすり取ろうという鬼であるようだ。

七　賄賂で妨害をやめさせる

⑭の『認鬼作妹』は、求代に成功する唯一の話である。

浙江布政司の夜廻り陳某は、酒好きで豪膽だった。ある晩、垣根の外を巡回していた。時刻はもう三鼓（午前零時）だが月は常にもまして明かるかった。年のころ十八九歳の美しい顏つきの女がいるのを見つけた。立ち入り禁止の役所の土地だから、こんなところで逢い引きの約束をするものもいないだろう、と陳は思い、心のなかで、これは人ではないとひらめき、しばらくからかってやろうというので、近寄って腕をとり、「あんたがこんな夜なかに出歩いているのは、いい相手を探しているのだろう。私があんたのムコどのになるというのはどうだね」と言った。女は、「私は人ではなくて、首くくりの幽鬼なんです」と言いながら、獰猛な顏つきに變った。陳は、「幽鬼はみんなすきなように顏を變られると聞いている。あなたはひどい顏だけれど、私はまったくかまわないよ」と言う。幽鬼はどうしようもなくなって、「しばらく放うっておいてくれれば、十五貫文をあげるというのは、どうよ」と言う。陳が、「錢はどこから手に入れるのだ」と訊ねると、幽鬼は、「薦橋で錢莊を開いている家に娘がいるんです。私が明日祟りに行って病氣にしますから、あなたは私を妹だということにしてください。あなたに十五貫文をわたせば、病氣はすぐに治ると敎へておきます。だけど、あなたが錢を手に入れたら、私はここでしなければならないことがあるので、もう私の邪魔はしないでくださいね」と言う。陳が承諾すると、幽鬼は立ち去った。明くる日の午後、果して人が陳を訪ねて來て、こんなことを言う。「あなたの妹の幽鬼はタチが悪い。昨日、主人のお嬢さんが芝居を見に出かけたのですが、帰って來てあなたの妹に祟られたました。解決策をいろいろ訊ねたのですが、どうしても兄に會いたいのだと言います。兄に會えればすぐに立ち去ると言っています。ですからあなたにご足労を願いたいのです」。陳はそこで一緒に行き、門から入ると、幽鬼は、「兄が來てくれた」と、大聲で泣いて走り出てきた。陳も泣いたふりをして、抱き合って大聲で泣いた。幽鬼は、「私の兄は貧しくて、まともな生活もできません。あんたの家はこんなに金持ちなのだから、兄さんに錢十五貫文を與え生活が成り立つようにしてください。そうしたら私は立ち去りましょう」と言う。店の主人はやむを得ず、言われたとおりに錢を與えた。娘の病氣も果して愈えた。陳が錢を貰って歸ってから、三日も經たないうちに、役所で婦人が縊死したという噂が聞こえてきた。思うに幽鬼が身替わりを求めていたのだが、陳が邪魔をするのを恐れて、賄路を使ったと言うことなのだろう。

浙の藩司の吏夫陳某は、飲むを喜びて膽最も豪なり。一夕、垣牆の外を巡伺す。時に三鼓にして月甚だ明かなり。一婦人の年十八九にして、容貌頗る麗しきを見る。陳念ふに官衙の禁地なれば、必ず私に約する者無からん。心に人に非ずと知り、姑《しばら》くこれに戯れんとし、乃ち往きて其の腕を握りて曰く、子夜行くは、佳耦を覓むる無きを得んや。我若《なんぢ》の壻と爲るは何如、と。婦曰く、我は人に非ずして乃ち縊鬼なり、と。其の貌を變ずること甚だ獰惡なり。陳曰く、我鬼は皆な能く貌を改むと聞く。卿は卽ち陋劣なるも、我嫌はざるなり、と。鬼奈《いかん》ともする無くして乃ち曰く、子姑く我を捨つれば、錢十五千有り子に與ふるは何如。陳問ふ、錢は何《いづ》く從り得ん、と。鬼曰く、薦橋の某錢莊に女有り、我明る日往きてこれに祟らん。子我を認め妹と作す須し。我若し子に錢十五千を與へば、其の病卽ち愈ゆと敎へん。但だ子錢を得し後に、我此に在りて一二の事に勾當すれば、自後再び我を阻むを得る毋れ、と。陳これを諾するに、鬼乃ち去る。明る日の午後、果して人の陳を來訪する有りて、且つ曰く、汝が妹は鬼爲ること太だ良からず。昨日主人の女出でて戯を看る。歸りて其の祟る所と爲る。百計解を求むるも、必ず其の兄を尋ねんと欲す。來れば乃ち去らんと云ふ。故に子を招き往かん、と。陳乃ち同《とも》に往き、門に入るに、鬼卽ち內に在りて曰く、吾が兄至れり、と。大に慟して趨り出づ。陳も亦た佯《いつは》り泣きて、相ひ抱きて慟す。已にして鬼曰く、吾が兄は貧にして、以って生を爲す無し。汝が家は富なれば、吾が兄に錢十五千豫へて生計を作さしむるを須《ま》ちて、我當に去るべし、と。店の主人已むを得ず、數の如くにこれに豫ふるに、女の疾果して愈えたり。陳錢を得て歸るに、三日ならずして、廨中に果して婦人の縊死する者有るを聞く。蓋し鬼代を求むるも、陳のこれを阻むを恐れ、故に賄を行ふのみ。

浙藩司更夫陳某、喜飮而膽最豪。一夕、巡伺垣牆外、時三鼓月甚明。見一婦人年十八九。容貌頗麗。陳念官衙禁地、必無私約者。心知非人、姑戲之、乃往握其腕曰、子夜行、得無覓佳耦乎。我爲若壻何如。婦曰、我非人、乃縊鬼也。變其貌、甚獰惡。陳曰、我聞鬼皆能改貌、卿卽陋劣、我不嫌也。鬼無奈、乃曰、子姑捨我、有錢十五千與子何如。陳問、錢從何得。鬼曰、薦橋某錢莊有女、我明日往祟之、子須認我作妹、我敎若與子錢十五千、其病卽愈。但子得錢後、我在此勾當一二事、自後毋得再阻我。陳諾之、鬼乃去。明日午後、果有人來訪陳、且曰、汝妹爲鬼太不良、昨日主人女出看戲、歸爲其所祟、百計求解、云必欲尋其兄來乃去、故招子往。陳乃同往。入門、鬼卽在內曰、吾兄至矣。大慟趨出。陳亦佯泣、相抱而慟。已而鬼曰、吾兄貧、無以爲生、汝家富、須豫吾兄錢十五千作生計、我當去矣。店主人不得已如數豫之、女疾果愈。陳得錢歸。不三日、聞司廨中果有婦人縊死者。蓋鬼求代、恐陳阻之、故行賄耳。

『認鬼作妹』、『續新齊諧』卷十

浙江布政司の夜回り陳某は、酒好きで豪膽だった。月の明るい三更に立入禁止の役所内に美女がいる。まず人ではないと見當をつけ、からかいに行く。女は自分は縊鬼だと告げ、すさまじい顔つきに變ったが、陳は取り合わずに迫る。女はどうしようもなくなって、私を放っておいてくれるなら錢十五千をお前にやろう、ともちかける。錢莊の娘に祟って十五貫を貰えるようにするから、兄だということにして、鎮めて禮金を取れというのである。次の日、錢莊から迎えがきて、祟っている妹をなんとかしてくれという。同行して、話を合わせ、鎮めて禮金十五貫を手に入れる。そのあと三日もたたないうちに、役所内でで縊死したものがあり、求代鬼が賄賂を使ったのだということがわかる。

求代の妨害を賄賂で封ずるという、まことに意外な展開で、すぐれた短篇小説になっている。陳某が鬼の兄のふりをして、錢莊で金を貰った後、風の便りにといった感じで、女性の縊死者が役所に出たので、どうやら求代に成功したようだ、という落ちになる。

結　語

前章で論じた部分は、

「一　簡單に擊退する」の『抜舌鬼』は酔餘の夢裏のという話であり、加工を加えず、聞き書きのままである。あまりに單純な話なので、脚色しようがないのであろう。

「二　吹き消す」の『陳淸恪公吹氣退氣』は、陰の氣に陽の氣が勝つはずだという、理の勝利である。

「三　暴力的に擊退を試みる」の『朱十二』では、朱は結局死ぬことになるし、『釘鬼脫逃』では、鬼に逃げられている。

「四　論破する」の『鬼有三技過此鬼道乃窮』と『蔡書生』はともに理を以て縊鬼を論破するものだし、『打破鬼例』は單なる習慣による求代を非とする論陣をはる。まさに懷疑主義的合理主義である。

ここまでを要するに、人が暴力的に求代鬼を追い拂おうとしても、結局は不可能であるということをいっている。

理を以て吹き消すか、或いは理を以て論破するという、人の「理」のみが、人が鬼に勝るもの、という考え方である。

本稿の、

「五　鬼が鬼を逐う」の、『周若虚』は、自分の妻を求代鬼から守ろうという馮某の鬼が、力量不足で周若虚の力を借りる。

『鬼逐鬼』は、妻の鬼が夫を求代鬼から守る。

『縊死鬼畏魄字』は、乙の前妻の鬼が、後妻を求代鬼から守るために、甲の力を借りるという話である。

人の力を借りる場合もあるが、基本的には「鬼が鬼を逐う」ものである。

「六　求代鬼を装って供養を求める」の『瓜棚下二鬼』は、求代鬼を装った、供養や法事を求める鬼の話で、嚴密には「求代妨害説話」とは言えないであろう。

「七　賄賂で妨害をやめさせる」の『認鬼作妹』は、暴力的求代妨害にちかい話だが、鬼のほうが先に折れて賄賂を使い、求代に成功する。

これを要するに、人が鬼の求代を妨害するのは、暴力ではできず、理によるしかない。鬼が鬼の求代を妨害することは不可能ではないが、それぞれの鬼の力量で、人の助けを借りることもある、ということになるだろう。

登場人物の名前と、その事件の起きた土地の名前だけを入れ替えただけの、凡百の鬼求代説話は確かに多い。

しかし、少なくとも子不語の鬼求代説話は、「同工異曲・大同小異」のものはない。周到な筋立て、すぐれた描寫、ユーモラスなセリフなど、短篇小説としての條件をすべて備えた見事な創作である。

【注】

（1）袁枚が生まれ育ったのは浙江の錢塘縣（現在の杭州市）だが、祖籍は慈溪であり、慈溪縣に祖先の祠堂があった。例えば、『到西湖住七日卽渡江遊四明山赴克太守之招』（『小倉山房詩集』卷三十六）に、

路過慈溪水竹村、祠堂一拜最消魂。

とあり、その自注に、「五代祖察院之槐眉公有祠堂。余入翰林、香亭成進士扁額倶存（五代の祖察院の槐眉公に祠堂有り。余は翰林に入り、香亭は進士と成るの扁額は倶に存す」）とある。袁枚の高祖袁槐眉は明の崇禎朝の侍御史。

第二部　「僵尸説話」研究

第一章　『子不語』の僵尸說話の創作性

はじめに

一九八〇年代のなかばころ、香港映畫『靈幻道士』シリーズがヒットし、續けて臺灣ドラマ『幽幻道士』がテレビで放映されて以來、「キョンシー」という存在、ないしは言葉がひろく知られるようになった。子供用のテレビ番組で、「キョンシーダンス」やら「キョンシー體操」などというものまで發明されるに至って、「キョンシー」が、なにやら親しむべき存在であるかの如きものになってしまったのは、いささか困惑を禁じ得ない。

しかし、中國固有の古典的妖怪である「僵尸《きょうし》・僵屍」が、特別な說明を必要とせずに、「あのキョンシー」というだけで、さして正確ではないものの、さほど見當違いではないイメージを共有できるという意味では、映畫・テレビドラマによる「キョンシー」像の普及、或いは市民權?の獲得に感謝すべきなのかも知れない。

「僵尸」は大きく、死後間もないものと、死後歳を經たものとに區別できる。停柩・淺厝という風習の生んだ、極めて中國的妖怪である。

死後間もないものは、死後硬直前後の關節や筋肉の動きをオーバーに語り傳えたものであろうと言われている。

大多數の死體が、腐朽し白骨化していくにもかかわらず、例外的に腐朽せずミイラ化する死體がある。すると例外であるが故に凡百の死體とは違ってなにか特殊な祟る力を持つと考えたのが、死後歳を經た「僵尸」なのであろう。人を追い、爪を立てて襲い、あるいは人の血を飲み、果ては空を飛び幼兒を捕らえて食べる。

先行研究[1]に、「中國の幽鬼妖怪には、あまり怖いと思うようなのは多くはないが、この僵屍だけはその形貌行動ともに凶厲無比で、迫力のあること妖怪の秀逸ということができる」とある。

しかし「僵尸」をここまで「凶厲無比なるもの」に仕立て上げたのは、實は『子不語』(『新齊諧』・『續新齊諧』)なのではないかと筆者は考えている。

これから取り上げる、ディテイルまで描き込まれた「僵尸」像が、『子不語』以前にあったであろうか。惡く言えば思いつきだが、また一方では性靈の發露の所産と言うこともできる、サブストーリーや伏線を追加していく手法がさらなるリアルな恐怖を生む仕組みをみていこうと思う。

『子不語』(『新齊諧』・『續新齊諧』)に收錄された「僵尸說話」と考えられるものには、以下の二十三則がある。

①『秦中墓道』　『子不語』巻二。
②『石門尸怪』　『子不語』巻五。
③『畫工畫僵尸』　『子不語』巻五。
④『批僵尸頰』　『子不語』巻八。
⑤『飛僵』　『子不語』巻十二。
⑥『兩僵尸野合』　『子不語』巻十二。

⑦『僵尸手執元寶』　『子不語』卷十二。
⑧『僵尸求食』　『子不語』卷十三。
⑨『僵尸貪財受累』　『子不語』卷十三。
⑩『牛僵尸』　『子不語』卷十四。
⑪『旱魃』　『子不語』卷十八。
⑫『僵尸抱韋駄』　『子不語』卷二十二。
⑬『鬼吹頭彎』　『子不語』卷二十三。
⑭『僵尸夜肥晝瘦』　『子不語』卷二十四。
⑮『焚尸二則』　『子不語』卷二十四。
⑯『僵尸食人血』　『續新齊諧』卷二。
⑰『犼』　『續新齊諧』卷三。
⑱『旱魃有三種』　『續新齊諧』卷三。
⑲『僵尸拒賊』　『續新齊諧』卷四。
⑳『乾麂子』　『續新齊諧』卷四。
㉑『尸奔』　『續新齊諧』卷五。
㉒『飛僵』（題は同じだが④とは別の物）『續新齊諧』卷五。
㉓『僵尸貪財』　『續新齊諧』卷六。
㉔『尸變』　『續新齊諧』卷八。

㉕『僵尸挾人棗核可治』　『續新齊諧』卷八。
㉖『僵尸』　『續新齊諧』卷十。
『僵尸說話』が多く書かれた時期には、ふたつのピークがある。『子不語』卷十二から十四までと、『續新齊諧』卷三から卷六までである。
今回取り上げたいのは、『子不語』卷十二から卷十四まで、通番でいえば、⑤から⑩までである。どの程度加工があるか、或いはほぼ創作かは、この六則を検討することによっても、かなり明らかにできると考えている。

一　加工がされていない例

⑦『僵屍手執元寶』
雍正九年（一七三一）の冬、西北地方に地震があった。山西省介休縣の某村の地面が一里ばかりも陷沒した。完全には埋まっていない所があったので住民が掘ってみると、一軒の仇という姓の家は、家族が全員そろって埋まっていた。死體は僵《ミイラ》化して腐っていないし、一切の道具類や食器などももとのまま傷一つない。主人はちょうど、天秤を持って銀の兩替をしようとしていたようで、右手には元寶銀を一つ持ち、固く握りしめていた。

雍正九年の冬、西北に地震あり。山西介休縣の某村の地里許《ばかり》陷る。未だ坑を成さざる者有り、居民掘りてこれを視るに、一家仇姓の者全家倶に在り。屍は僵して腐らず、一切の什物器皿は完好なること初めの如し。主人方《まさ》に天平を持し銀を兌せんとし、右手に猶ほ一元寶を執る。把握すること甚だ牢なり。

雍正九年冬、西北地震。山西介休縣某村地陷里許。有未成坑者、居民掘視之、一家仇姓者全家倶在、尸僵不腐、一切什物器皿完好如初。主人方持天平兌銀、右手猶執一元寶、把握甚牢。　『僵尸手執元寶』、『子不語』巻十一。

雍正九年の冬に西北地方で地震があり、山西省介給縣の某村の地面が一里ばかりも陷沒した。完全には埋まっていない所があったので住民が掘ってみると、仇という姓の一家が全員一緒に見つかった。死體はミイラ化して腐らず、家財道具もそのままであった。主人はちょうど天秤を持って銀の兩替をしようとしていたようで、右手には元寶銀を一つ持ち、固く握りしめていた、というのである。

まるで新聞記事のように餘計なことはなにひとつ書いていない。これは傳聞を記錄しただけで、加工を加えていないものの代表と言えるであろう。

「金融資本家」が多く輩出した山西省だけに、某村というレベルの土地にも、兩替屋がいたというのは、妙にリアリティーがある。

二　多少の加工が見られる例

⑩『牛僵尸』

江寧（南京）の銅井村の人が一頭の牝牛を飼っていた。十數年間で子牛を二十八頭も生んだ。主人はずいぶん利益を得た。牛が老いて、田を耕すことができなくなった。何人もの牛の屠殺業者が買いに來たが、主人は殺すに忍びず、牧童をつけて養わせ、自然に死ぬのを待って、土の中に埋めた。その夜、門外になにかが暴れまわる音が聞こえた。毎夜そういう騒ぎがある。初めのうちはこの牛だとは思わなかった。一月餘り經って、祟りがますます激しくなった。吼える聲や蹄の響きも聞こえてくる。そこで村中の者が、みなこの牛が怪かしをしているのではないかと疑ひ、掘り起こして驗べてみた。牛の死體は腐りもせず、兩眼はキラキラして生きいるようで、四本の蹄には稻の穗が挾まっている。夜中に土を破って出て暴れているようだ。主人は怒りのあまり、庖丁で四本の蹄を斷ち切り、その腹を割き、糞尿を浴びせかけて埋めた。その後はひっそりとして何ごとも起きない。もう一度掘り起こして見ると、牛の死體は腐っていた。

　江寧の銅井村の人一牝牛を畜ふ。十餘年に犢凡そ二十八口を生む。主人頗る其の利を得たり。牛老いて耕す能はず、牛を宰《ほふ》る者咸《み》なこれを買ふを請ふ。主人忍びずして、童を遣はして喂養せしめ、其の自ら斃るるを俟ちて、乃ち土中に掩埋す。是の夜、門外に撃撞の聲有るを聞く。是の如きこと夕を連ぬ。初めは卽ち此の牛なるを意《おも》はず。月餘にして祟りを爲すこと更に甚し。吼聲蹄響を聞く。是に於て一村の人皆な此の牛の怪を作すを疑へば、掘りてこれを驗ぶ。牛尸は壞れず、兩目は閃閃として生くるが如く、四蹄の爪に皆な稻芒あり、夜閒土を破りて出づる者に似たり。主人大に怒り、刀を取りて四蹄を斷ち、竝びて其の腹を剖き、糞穢を以てこれに沃豬す。嗣後寂然たり。再び土を啓きてこれを視るに、牛朽腐せり。

　江寧銅井村人畜一牝牛。十餘年生犢凡二十八口。主人頗得其利。牛老不能耕、宰牛者咸請買之。主人不忍、遣童喂養、俟其自斃、乃掩埋土中。是夜、聞門外有撃撞聲。如是者連夕。初不意卽此牛。月餘爲祟更甚。聞吼聲蹄響。於是一村之人皆疑此牛作怪、掘驗之。牛尸不壞、兩目閃閃如生。四蹄爪皆有稻芒、似夜閒破土而出者。主人大怒、取刀斷四蹄、竝剖其腹、以糞穢沃豬之。嗣後寂然。再啓土視之、牛朽腐矣。

『牛僵尸』、『子不語』巻十四

南京の近郊で、牛が死後「僵尸」になって祟ったという珍しい話だが、「牛僵尸」が如何に暴れ回ったかという細かい描寫がないので、ほぼ傳聞の記錄と見ていいであろう。

加工の跡があるとすれば、「十餘年に犢凡そ二十八口を生む。主人頗る其の利を得たり」という部分の二十八という數字とか、「牛老いて、耕す能はず、牛を宰る者咸なこれを買ふ請ふ。主人忍びずして、童を遣はして喂養せしめ、其の自ら斃るるを俟っちて、乃ち土中に掩埋す」という部分の、主人としては充分に感謝の意を表している、という部分が、祟りの後の主人の怒りの强さの伏線になっている點などである。

「四蹄の爪に皆な稻芒あり、夜閒土を破りて出づる者に似たり」という部分も、蹄に稻の穗がはさまっているという妙なリアルさは、加工といえないこともないだろう。

「主人大に怒り、刀を取りて四蹄を斷ち、竝びて其の腹を剖き、糞穢を以てこれに沃灒す」の「糞穢を以てこれに沃灒す」と念入りに魘勝をする部分も、或いは加工かも知れないが、なんといっても、リアルな「牛僵尸」の描寫が無い點が物足らない。

三　出來の良い說話をほぼ聞いたまま記したであろう例

⑤『飛僵』

穎州の蔣太守が直隸の安州で一老人と遇った。兩手がいつも顫え動き、鈴を振るような手つきであった。その理由を問いただすと、「私の家は代々某村に住んでいます。村には家が僅に數十戸あるだけです。近くの山の中から僵尸が出るようになり、空中を飛んで、人の小さいこどもをさらって食べるんです。毎日日暮れ時になると、みんなで警戒して戶を閉めこどもを隱しても、それでもしょっちゅうさらわれます。村のものがそのすみかの穴を探しあてたのですが、深さが計り知れないので、中に入って行こうという者もありません。城内の某という道士が法術を知っていると聞いて、皆で金や絹織物などをかき集め、城内に出かけこの僵尸を捕まえてくれと頼みました。道士は承諾して、日を擇んで村に來て、法壇を設け、皆に向かって、「我の法術は天地に網を張りめぐらし、飛び去ることをできなくさせるのだが、やはりお前たちも武器を持って助けてくれなくてはならん。なかでも度胸のいい人が僵尸の穴に入ってくれなくてはいけない」、と言いました。誰も答える者がいませんでしたが、私は進み出て、どのようにやればいいのでしょう、と訊きました。法師は、「だいたい僵尸というものは鈴の音をいちばん恐がるのだ。お前は夜中に僵尸が飛び出すのを待って、すぐに穴の中に入り、二つの大きい鈴を持って振り、手を休めてはいけない。もし少しでも休んだなら、僵尸が穴に入って來て、お前は傷つけられるだろう」と言います。夜中になろうという時に、法師は壇に登って法術を始めました。私も二つの鈴を握って、僵尸が飛び出すのを待って穴に入り、力一杯に鈴を振りました、手は雨垂れが續くように、少しも休みません。僵尸が穴の入り口まで戻って來て、獰猛な顔で睨みつけても、鈴の音がリンリンするのを聞くと、ためらって入ってきません。前は人に圍まれ、逃る場所もないので、臂を突っ張り手を振るって村人と格闘していましたが、夜が明けようという時になると、地に倒れました。みんなは火をおこして焚きました。私はその時はまだ穴の中に居て、知りませんでした。やはり前と同じように鈴を振り續けました。晝近くになって、みんなが大聲で呼んでくれて、私はやっと穴から出てきました。だけどそれから兩手は、このように動搖し續けて止まりません。とうとう今に至るまでの病となったのです」と話した。

　穎州の蔣太守直隷の安州に在りて一老翁に遇ふ。兩手時時顫動し、鈴を搖するの狀を作す。其の故を叩くに、曰く、余が家は某村に住む。村居は僅に數十戶。山中に一僵尸を出し、能く空中に飛行し、人の小兒を食ふ。每《つね》に日未だ落ちざるに、群相ひ戒めて戸を閉ぢ兒を匿すも、猶ほ往往にして攫はる。村人其の穴を探るも、深さ測る可からざれば、敢て犯す者無し。城中の某道士に法術有るを聞き、因りて金帛を糾積して、往きて怪を捉へんと求む。道士許諾し、日を擇びて村中に至り法壇を設立し、衆人に謂ひて曰く、我が法は能く天羅地網を布き、飛び去るを得ざらしむるも、亦た爾が輩兵械を持し相ひ助くるを須め、尤も一膽大人の其の穴に入るを需む、と。衆人敢へて對ふる莫きも、余聲に應じて出でて問ふ、何ぞ差し遣はさるる、と。法師曰く、凡そ僵尸は最も鈴鐺の聲を怕る。爾夜間に到り其の飛び出づるを伺ひ、卽ち穴中に入り兩大鈴を持しこれを搖り、手住むる可からず。若し稍も息まば、則ち尸穴に入り、爾傷を受けん、と。漏將に下らんとするに、法師壇に登り法を作す。余因りて雙鈴を握り、尸の飛び出づるを候ち、力を盡して亂搖すること、手は雨の點ずるが如くし、敢て小《いささか》も住めず。尸穴門に到れば、果して猙獰として怒視するも、鈴の聲の瑯瑯たるを聞けば、逡巡して敢て入らず。前面は人に圍住せられ、又た逃るる處無ければ、乃ち手を奮ひ臂を張り村人と格鬥す。天將に明けんとするに至り、地に仆れて倒る。衆火を舉げてこれを焚く。余時に穴中在りて、未だ知らざるなり。猶ほ鈴を搖りて敢て停めざること故の如し。日の中するに至り、衆大に呼べば、余始めて出づ。而して兩手動搖して止まず。遂に今に至るも疾と成れり、と。

潁州蔣太守在直隸安州遇一老翁、兩手時時顫動作搖鈴狀、叩其故、曰、余家住某村、村居僅數十戶。山中出一僵尸、能飛行空中、食人小兒。每日未落、群相戒閉戶匿兒、猶往往被攫。村人探其穴、深不可測、無敢犯者。聞城中某道士有法術、因糾積金帛、往求捉怪。道士許諾、擇日至村中設立法壇、謂衆人曰、我法能布天羅地網、使不得飛去、亦須爾輩持兵械相助、尤需一膽大人入其穴。衆人莫敢對、余應聲而出、問、何差遣。法師曰、凡僵尸最怕鈴鐺聲、爾到夜間伺其飛出、卽入穴中持兩大鈴搖之、手不可住。若稍息、則尸入穴、爾受傷矣。漏將下、法師登壇作法、余因握雙鈴。候尸飛出、盡力亂搖、手如雨點、不敢小住。尸到穴門、果猙獰怒視、聞鈴聲瑯瑯、逡巡不敢入。前面被人圍住、又無逃處、乃奮手張臂與　村人格鬥。至天將明、仆地而倒、衆擧火焚之。余時在穴中、未知也。猶搖鈴不敢停如故。至日中、衆大呼、余始出、而兩手動搖不止、遂至今成疾云。　　　『飛僵』、『子不語』卷十二

潁州出身の蔣太守（知府）が直隸の安州で一人の老人と出會った。潁州は江南鳳陽府潁州（現在は安徽省）。安州は直隸保定府。

その老人の話が延々と續く。手が震える病氣を得た原因が、若いころの「僵尸」退治にあるという、一人稱獨白體の、謂わば、ホラ吹き中風老人が語った、若いころの武勇傳である。

「僵尸」の描寫は、ほとんど無いといってよい。

「尸穴門に到れば、果して猙獰として怒視するも」の「猙獰」などは猫寫とはいえない。

潁州の蔣太守は言うまでもなく高官である。當然、袁枚の知人であろう。その蔣太守から聞いた話を、ほぼそのまま記したもの考えてよいであろう。

考えられるのは、すでに出來上がった說話、「手が震える老人の若き日の武勇傳」があって、それを蔣太守が、袁枚に話した、ということなのだろう。

四　創作であろう例

⑧『僵尸求食』

武林（杭州）の錢塘門内に更樓（夜間に時を知らせる建物）が有る。人夫を雇って拍子木を打たせ、裏表くまなく巡回させていた。大衆が金を集めて維持しているのだが、その由來は古いものである。康熙五十六年（一

七一七）の夏、更夫の任三という者が町を一回りして、小さな寺廟の前を通ると、毎日二更になると拍子木の音を聞いて、一人の男が廟から出て、ヨロヨロとしながらも速く歩く。五更になろうというときには、拍子木の音がする前に廟に歸る。しょっちゅうこんな事があった。任三は廟の僧が何か惡いことを企んでいるのではないかと思って、探りを入れて酒や肉の代金くらいはせびり取ろう考えた。次の夜、月が晝のように明るい。よく見るとその人の顔は黑く痩せ細って臘肉《ラーロウ》のようである。眼窩は深くくぼみ、兩肩には銀錠を掛けて歩いて、ガサガサと音をたてて、いつものように出入りをしている。任三は僵尸であると氣づいた。山門の中に、置きっぱなしになっていて、ホコリが一寸ばかりも積もっている古い棺がある。僧に訊ねてみたが、先々代の時のことなので、誰がおいていった棺なのかも判らないと言う。

仲間内の世間話で話題になったときに、利口者が言うには、「幽鬼は赤豆と鐵屑と米を恐がるという話を聞いた事がある。この三種を一升ばかり買ってきて、棺から出て來るのを待ち、棺のまわりに撒いておけば、やつは棺に入れないだろう」。任は彼の言ったとおりにしようと、三つの物を買い、夜の二更を待っていたが、僵尸はまた棺から出て來た。遠くまで行くのを待ち、燈を持って見に行くと、棺の後の四角い板が一つ、俗に和頭という部分が、外されて地面に落ちていた。棺の中にはまったくなにも無い。そこで三物を取り出して棺のまわりにたっぷりと撒いた。撒き終えてすぐに歸って更樓で寢ていると、五更になって「任三の旦那」と大聲で呼ぶものがいる。任が「誰か」とたずねると、「山門の中で眠る者です。子孫が無いので、お供えもあげてもらえず、外に出てて飢えをいやしていたのだが、今あんたに魘勝されて、棺に戻れない。このままでは死ぬから、急いで赤豆と鐵屑を片付けてくれ」と言う。任が恐がって答えずにいると、また呼びかけてこんなことを言う。「あなたとは仇どうしでもないのに、何を憎んでこんなひどいことをするんですか」。

任は、「彼のために圍みを解いてやったとしても、その後、彼が私を殺してから棺に入ろうとしたら、どうやって防ぐことができるだろう」、と思い、とうとう答えなかった。鶏が鳴きだした。鬼は悲しげにお願いし、續けて罵詈雜言をならべ、しばらくすると静かになった。明けてから樓の下を通るものが、僵尸が横たわっているのを見て、人びとに知らせ役所に通報し、尸を棺に戻して焼いた。以後このあたりは平穏になったのである。

　武林の錢塘門内に更樓有り。更夫を僱ひて柝を撃たしめ、表裡に巡邏せしむ。大衆貲を斂めてこれを爲す、由來は舊し。康熙五十六年夏、更夫任三なる者巷外を巡り、路に小廟を過ぐるに、毎に二更に至り柝の聲を聞けば、則ち一人有り廟中從り出で、踉蹌として捷走す。漏五に下れば、則ち柝の聲に先んじて廟に入る。是《かく》の如くすること屢しばなり。任三廟中の僧に邪約有らんと疑ひ、將にこれを伺ひて酒肉を詐るの計を爲さんとす。次夕、月明きこと晝の如く、其人の面は枯黑にして臘の如きを見る。目眶は深く陷み、兩肩に銀錠を掛けて行き、窸窣として聲有り、出入すること前の如し。任三僵尸爲るを知り、山門の内に停まる舊櫬ありて、塵を積むこと寸許なるに因り、これを僧人に詢ふ。云ふ、其れ師祖の時にして誰何氏の寄する所の厝なるを知らざるなり、と。

　儕輩と語りてこれに及ぶに、其の中の黠き者曰く、吾鬼は赤豆鐵屑と米子を畏ると聞く。此の三物の升許を備へ、其の棺を破りて出づるを伺ひ、潛《ひそか》に取りて以て棺の四周を繞《めぐ》れば、則ち彼は入る能はざらん、と。任其の言の如くせんとし、三物を購買し、夜の二更を待つに、尸復た出づ。其の去ること遠きを伺ひ、燈を攜へ入りて視るに、棺の後の方板一塊、俗語に謂ふ所の和頭なる者、已に掀られて地に在り、中は空空として有る所無きを見る。乃ち三物を取りて棺を繞りて密に灑ぐ。事畢りて逕ちに歸り更樓上に臥す。五更に至り、聲を厲まして任三爺と呼ぶ者有り。任誰爲るを問ふに、曰く、我は山門内の長へに眠る者なり。子孫無く、久く血食するを得ず。故に外營に出でて求むるに腹の餒ゑを救ふを以てするも、今爾の魘する所と爲り、棺に入る能はず。吾れ其れ死せん。急ぎ起きて赤豆鐵屑を將《もっ》てこれを拂ひ去る可し、と。任懼れて敢て答へず。又た呼びて曰く、我爾と何の仇かある。何をか苦みて此の虐を爲すか、と。任念へらく、彼が與《ため》に圍を解くの後、彼我を殺して後に入らば、何を以てかこれを禦がん、と。終に答へず。雞初めて鳴けば、鬼哀懇し、繼ぎて詈罵を以てするも、これを久しうして寂然たり。明くる日、樓下に過ぎる者尸の僵臥する有るを見て、乃ち衆に告げて官に鳴し、尸を以てこれを棺に還し火もてこれを焚く。一方寧きを得たり。

武林錢塘門內有更樓、僱更夫擊柝、表裡巡邏。大衆斂貲爲之、由來舊矣。康熙五十六年夏、更夫任三者巡巷外、路過小廟，每至二更、聞柝聲、則有一人從廟中出、踉蹌捷走。漏五下、則先柝聲入廟、如是者屢矣。任三疑廟中僧有邪約、將伺之爲詐酒肉計。次夕、月明如晝、見其人面枯黑如臘、目眶深陷，兩肩掛銀錠而行、窸窣有聲、出入如前。任三知爲僵尸、因山門之內停有舊櫬、積塵寸許。詢諸僧人、云、其師祖時不知誰何氏所寄厝者也。與儕輩語及之、其中黠者曰、吾聞鬼畏赤豆、鐵屑及米子、備此三物升許、伺其破棺出、潛取以繞棺之四周、則彼不能入矣。任如其言、購買三物。待夜二更、尸復出。伺其去遠、攜燈入視、見棺後方板一塊、俗語所謂和頭者、已掀在地、中空空無所有。乃取三物繞棺而密灑之。事畢遝歸臥更樓上。至五更、有厲聲呼任三爺者。任問爲誰、曰、我山門內之長眠者。無子孫、久不得血食。故出外營求以救腹餒。今爲爾所魘、不能入棺。吾其死矣。可急起將赤豆、鐵屑拂去之。任懼不敢答。又呼曰、我與爾何仇、何苦爲此虐耶。任念與彼解圍之後，彼殺我而後入、何以禦之。終不答。雞初鳴、鬼哀懇、繼以詈罵、久之寂然。明日、過樓下者見有尸僵臥、乃告衆鳴官、以尸還諸棺而火焚之、一方得寧。

『僵尸求食』、『子不語』巻十三

小廟から、毎晩決まって二更に外出し、五更に帰るものがいる。
そこで更夫の任三が、廟中の僧がなにか悪いことをしにでかけるのであろうと疑い、探りを入れて酒や肉をせびり取ろう考える。

しかし次の晩、明るい月光のもとで見ると僵尸である。兩肩に紙製の銀錠を掛けているので、ガサガサと音を立てる。山門の中に放置されている棺の主だと思い、僧に尋ねるが古いことなのでわからないという。

仲間内の賢い男が、鬼の類は赤豆と鐵屑と米を怖がるから、この三つを少しばかり準備し、出掛けたすきに棺の周りにまいておけば、やつは棺の中に戻れないはずだという。

そのとおりにして、すぐに歸って更樓で寝ていると、五更になって「任三の旦那」と大聲で呼ぶものがいる。任が「誰か」とたずねると、「山門の中で眠る者です。子孫が無いので、お供えもあげてもらえず、外に出て飢えをいやしていたのだが、今あんたに魘勝されて、棺に戻れない。このままでは死ぬから、急いで片付けてくれ」と言う。

任が怖がって答えずにいると、泣き落としにかかる。

任は、「彼のために圍みを解いたら、彼が俺を殺して棺に入るだろう」と考え、答えずにいると、鷄が鳴きだし、哀願から罵詈になり、しばらくして靜かになった。

明けてから樓の下を通るものが、僵屍が横たわっているのを見て、通報し、屍を棺に戻して燒き、怪は絕えた。

「武林の更夫もの」というジャンルを作りたくなるほど、武林（杭州）の更夫が主人公になる、三人稱小說はすぐれたものが見られる。(2)

更夫は、初更から五更までの、時を知らせて歩く、謂わば夜勤專門の仕事なので、怪とであう機會が多く、三人稱小說の主役として恰好の存在なのであろう。

「更夫を僱ひて柝を擊たしめ、表裡に巡邏せしむ。大衆貲を斂めてこれを爲す、由來は舊し」という、お國自慢から始まる。「廟中の僧がなにか悪いことをしにでかけるのであろうと疑い、探りを入れて酒や肉をせびり取ろう考える」という任三の小役人根性が描かれる。

明るい月光のもとでの、「其人の面は枯黑にして臘の如きを見る。目眶は深く陷み」という面貌の猫寫はみごとである。「臘」は「臘肉」のこと。風乾した豚肉である。

「兩肩に銀錠を掛けて行き、窸窣として聲有り」という部分は、滑稽なリアルさである。

紙製の銀錠（紙錠）は元寶銀を型取り錫箔を貼ったもので、紙錢よりやや贅澤なもの。武林の近くの紹興が產地であることもよりリアルさを增す。

そして、「我は山門内の長へに眠る者なり。子孫無く、久く血食するを得ず。故に外營に出でて求むるに腹の餒ゑを救ふを以てするも、今爾の魘する所と爲り、棺に入る能はず。吾れ其れ死せん。急ぎ起きて赤豆鐵屑を將ってこれを拂ひ去る可し」というセリフのユーモラスな點である。

食欲に負けた僵尸が、夜ごとに外食に行くというのである。そして、一度死んで僵尸になったものが、棺に戻れなければ死ぬというナンセンス。

また、「彼が與に圍を解くの後、彼我を殺して後に入らば、何を以てかこれを禦がん」と考える任三の、臆病なのに小ずるい性格が見事に描かれている。

僧の弱みを見つけてゆすろうとしたり、僵尸の心理を讀んだり、かなり打算的だが、僵尸に聲を掛けられると、答えることもできない弱さと、僵尸になっても食欲に負ける弱さとが、描き切れていると言える。

同じく、創作であろう例として、

⑨『僵尸貪財受累』

紹興の王生某は、廩膳生員の給與で永年暮らしていた。村の金持ちが家庭教師に雇ってくれたが、家が狹いので、たまたま一里ほど離れたところにある新築の賣り家を、買い取って王に住まわせることにした。そして言うには、「家の中の造作がまだなので、學生と兒童は、明朝行かせる。先生一晩一人で怖くありませんか」。王は膽が太いと自負していたし、まして新築である。何も怖がることはないので、童僕にお茶の道具を用意させて、書齋に行った。建物の内部をひとわたり見回り、椅子をドアの前に移した時には、すでに夜中になっていた。月が明るく、山の下に火が明々と見える。見に行くと、一つの白木の棺の中から光が出ている。王は「これが幽鬼の燐《りん》だったら、色は碧いはずだが、火がかすかに赤いのは、金銀の氣があるからだろう。たしか智嚢に『胡人が數人喪服を着て棺をかつぎ、城外に藁をかけて葬った。目明かしが跡をつけ、あばいてみたら棺の中は金銀だった』という話がある。この棺もそうかも知れない。幸に人もいないので、かっさらってやろう」と考え、石ころで叩いて棺の釘を拔き、後から棺の蓋をはずすと、夜目にもはっきりと僵尸がいる。青紫色の顏で腹は膨張し、廝冠に草履ばきである。浙江の風俗で、父母在世中に子が先に死ぬとこのよう葬るのだ。王がびっくりして後戻りすると、僵尸は跳んで進む。また戻ると僵尸はガバッと立ち上がる。王は全力で逃走するが、僵尸は追ってくる。王が二階にのぼり、ドアに鍵を掛ける。息が靜まって、僵尸はもういないのかと思い、窗を開けると、僵尸は上を見て大喜びし、跳びこんで來ようとする。何回もドアを叩くが、開かない。突然僵尸が大聲で三回叫ぶ。するとすべてのドアが、誰かが開けでもしたように開き、とうとう僵尸が二階に登ってくる。王はしょうがなく棍棒を持って待ち伏せした。僵尸が二階に上がってきたところを、棍棒で肩を一撃する。肩に掛けた銀錠のネックレスがバラバラになり床に落ちる。僵尸が拾い取ろうと背を丸めたところを、力まかせに押すと、階段を轉げ落ちていく。すぐに鶏が鳴き、靜寂が訪れる。夜が明けてるみると、僵尸は腿の骨を折り横たわっていた。そこで近所の人々を呼び、かついでいって焼いた。王は嘆いて、「私が貪欲なために、僵尸を呼んで二階にまで攻め込まれた。僵尸も貪欲なせいで、結局火で焼かれることになった。幽鬼であっても貪欲ではいけない。まして人であればなおのこと、貪欲は愼まねばならぬ」と言った。

紹興の王生某は、饘を食ひて年有り。村中の富家これを延きて師と爲すも、屋宇の湫隘なるに因り、適たま相距たること里許に新室の售るを求むる者有れば、遂に買ひて居らしめ、且つ曰く、家中の摒擋は未だ盡さざれば、學徒と館童輩とは明晨に館に進ましめん。先生一夜獨り眠るに、能く懼るる無きか、と。王は膽の壯なるを自負す。且つ新室なり。何の畏るることかこれ有らん。乃ち童に命じて茗具を攜へしめ引きて書齋に至る。王周く室内を視畢り、復た門前に至り椅を徙す。時に已に夜にして、月色大に明く、山下に熁火熒熒たるを見る。趨き往きてこれを視るに、光は一の白木の棺中より出づ。王念へらく、此れ鬼の磷なるか。色宜しく碧なるべし。而して欲微に赤を帶ぶ。金銀氣の爲る無きを得んや。憶ふに智囊の載する所に、胡人數輩の凶服して櫬を輿ぎて城外に槀葬する者有り。捕人これを跡くるに、櫬中は皆な黄白なり、と。此の棺も乃ち是に類する毋からん。幸に人無ければ、攫ひて取る可きなり。遂に石塊を取りて撃ちて其の釘を去り、棺の後從り其の蓋を卸せば、則ち赫然として一尸あり。面は靑紫にして腹は膨亨し、麻冠にして草履なり。越の俗に、凡そ父母堂に在《いま》して子先に亡するは、例此れを以て殮す、と。王愕然として退縮すれば、一縮する毎《ごと》に則ち尸は一躍す。再び縮するに尸蹶然として起つ。王力を盡して狂奔するも、尸後自りこれを追ふ。王戸に入りて樓に登り、門を閉し鍵を下す。喘息甫めて定まり、尸は已に去るかと疑ひ、窗を開きてこれを視る。窗啓けば尸は首を昂げて大に喜び、外從り躍り入らんとして、連ねて門を叩くも、入るを得ず。忽ち大聲もて悲呼すれば、三呼して諸もろの門洞開く。これを啓く者有るが若し。遂に樓に登る。王奈何ともする無く、木棍を持してこれを待つ。尸甫《はじ》めて上れば、即ち擊つに棍を以てす。其の肩に中りて、掛くる所の銀錠散りて地に落つ。尸俯して拾ひ取らんとす。王其の傴僂する時に趁じ、力を盡してこれを推せば、尸樓下に滾す。旋ぎて雞の啼くを聞く。此れ從り寂として聲の響く無し。明くる日これを視るに、尸は腿骨を跌傷し、地に橫臥す。遂に衆人を召し扛《にな》ひてこれを焚く。王歎じて曰く、我貪の故を以て、尸を招きて樓に上らしむ。尸は貪の故を以て、火もて燒き燬《こぼ》たる。鬼すら尚ほ貪なる可からず、而《しか》るを況はんや人に於てをや、と。

紹興王生某、食饘有年。村中富家延之爲師。因屋宇湫隘、適相距里許有新室求售者、遂買使居、且曰、家中摒擋未盡、學徒暨館童輩明晨進館。先生一夜獨眠、能無懼乎。王自負膽壯。且新室也。何畏之有。乃命童攜茗具引至書齋。王周視室內畢、復至門前徙倚。時已夜矣、月色大明、見山下燐火熒熒。趨往視之、光出一白木棺中。王念、此鬼燐耶。色宜碧。而燄帶微赤。得無爲金銀氣乎。憶智囊所載、有胡人數輩凶服舁櫬而藁葬城外者。捕人跡之、櫬中皆黃白也。此棺毋乃類是。幸無人、可攫而取也。遂取石塊擊去其釘、從棺後推卸其蓋、則赫然一尸。面青紫而腹膨亨、麻冠草履。越俗、凡父母在堂而子先亡者、例以此殮。王愕然退縮、每一縮則尸一躍。再縮而尸蹶然起。王盡力狂奔、尸自後追之。王入戶登樓、閉門下鍵。喘息甫定、疑尸已去、開窗視之。窗啓而尸昂首大喜、從外躍入。連叩門、不得入。忽大聲悲呼、三呼而諸門洞開。若有啓之者。遂登樓。王無奈何、持木棍待之。尸甫上、即擊以棍。中其肩、所掛銀錠散落於地。尸俯而拾取。王趁其傴僂時、盡力推之、尸滾樓下。旋聞雞啼。從此寂無聲響矣。明日視之、尸跌傷腿骨、橫臥於地。遂召衆人扛而焚之。王歎曰、我以貪故、招尸上樓、尸以貪故、被火燒燬。鬼尚不可貪、而況於人乎。

『僵尸貪財受累』、『子不語』卷十三

紹興の王某という書生は、長年貧で碌なものが食えない。「食饘」は、廩膳生員の手當（月銀四兩）だけで生活すること。

村の金持ちが家庭教師に雇ってくれたが、家が狭いので、近所に新しい家を買って住まわせてくれた。「家の中の造作がまだなので、學生と兒童は、明朝行かせる。先生一晩一人で怖くありませんか」と言う。王は膽が太いと自負していたし、まして新築である。何も怖がることはないので、お茶の道具を用意させて、書齋に行った。門の前に椅子を出すと、もう夜になっていた。月が明るく、山の下に火が明々と見える。見に行くと、棺の中から火が出ている。

王は「これが鬼の磷だったら、色は碧いはずだが、火がかすかに赤いのは、金銀の氣があるからだろう。たしか智囊に『胡人が數人喪服を着て棺をかつぎ城外に藁をかけて葬むった。目明かしが跡をつけ、あばいてみたら棺の中は金銀だった』という話がある。(3)この棺もそうかも知れない。幸に人もいないので、かっさらってやろう』と考え、棺の蓋をはずすと、僵尸が入っている。

青紫色の顔で腹は膨張し、痲冠に草履ばきである。浙江の風俗で、父母在世中に子が先に死ぬとこのよう葬るのだ。

王がびっくりして後戻りすると、僵尸は跳んで進む。また戻ると僵尸はガバッと立ち上がる。王は全力で逃走するが、僵尸は追ってくる。王が二階にのぼり、ドアに鍵を掛ける。

息が靜まって、僵尸はもういないのかと思い、窗を開けると、僵尸は大喜びして、跳びこんで來ようとする。突然僵尸が大聲で三回叫ぶ。するとすべてのドアが開き、とうとう僵尸が二階に登ってくる。王はしょうがなく棍棒で肩を撃つと、肩に掛けた銀錠が床に落ちる。僵尸が拾い取ろうと背を丸めたところを、力まかせに押し落とす。すぐに鷄が鳴き、靜寂が訪れる。夜が明けてるみると、僵尸は腿の骨を折り横たわっていた。そこでこれを燒いた。王は戒めの名言を吐く。

こんどは金錢欲の話である。

金錢欲で棺をあばく書生と、紙製の銀錠を惜しんで體勢を崩す僵尸という、貪欲は身を滅ぼす話。貧が續いたが故に、貪に負け、「此れ鬼の磷なるか。色宜しく碧なるべし。而して欿微に赤を帶ふ。金銀氣の爲る無きを得んや。憶ふに智囊の載する所に、胡人數輩の凶服して櫬を輿ぎて城外に槀葬する者有り。捕人これを跡くるに、櫬中は皆な黃白なり、と。此の棺も乃ち是に類する毋からん。幸に人無ければ、攫ひて取る可きなり」という、王の心理描寫が素晴らしい。ここまでの心理描寫は、文言小說ではまさに稀有なものである。そして、やはり僵尸の面貌の猫寫。「則ち赫然として一尸あり。面は靑紫にして腹は膨亨し、厤冠にして草履なり。越の俗に、凡そ父母堂にいま在して子先に亡するは、例此れを以て殮す」とある部分。越の俗にの部分がリアリティを增す。

最後に、創作以外に考えられない例。

⑥『兩僵尸野合』

某という壯士がいた。湖廣（湖北省・湖南省）に旅をして、一人で古い寺に泊まっていた。ある晚、月が佳いので、門外を散步していると、林の中に唐巾を戴きフラリフラリと步いてくるものがいる。幽鬼かと思い跡をつけると、松林の茂った中にある、古い墓に入っていったので、僵尸だとわかった。前々から僵尸は棺の蓋を失うと、祟ることができないと聞いていたので、次の夜、まづ林の中に隱れて、僵尸が出て來るのを待ち、棺の蓋を取ってやろうと待っていた。二更が過ぎてから、僵尸は果して出て來たが、行き先が決まっているように步く。つけていくと、大きな屋敷の門外に來た。二階に紅い衣の婦人がいて、白い練り絹投げ下ろし引き上げようとする。つけていくと、僵尸はその絹をつかんで上っていき、小聲で何かを話しているが、はっきりとは聞き取れなかった。壮士はとって返し、棺の蓋を取って隠し、なお松林の中に伏せていた。夜も更けきったころ、僵尸は慌ただしく歸って來たが、棺の蓋が無くなっているのを見て、慌てにあわて、蓋を探しまわったが、結局もとの道をとってヨロヨロと走り去った。また跡をつけていくと、二階屋の下に行き躍りあがって叫んで、ギャーギャーいった。階上の女もやはり向き合ってギャーギャーいいながら、手を振って拒んでいる。來るべきではないものを咎めているようだ。鶏がふと鳴くと、僵尸は道端に倒れた。明くる朝、通行人が集まって、驚きあっている。みなで二階屋の下まで行ってみると、周という姓の家の祠堂だった。二階に一つ棺があり、女の僵尸がやはり棺の外に倒れていた。人々は僵尸の野合という怪事件であるとわかり、二體の僵尸を同じ場所で一緒に焼いた。

壮士某なる有り。湖廣に客たりて、獨り古寺に居る。一夕、月色甚だ佳ければ、門外に散歩するに、樹林の中に隠隠として唐巾を戴し飄然として來る者有るを見る。其の鬼爲るを疑ふも、旋《っ》ぎて松林の最も密なる中に至り、一古墓に入れば、心に僵尸爲るを知る。素より僵尸棺上の蓋を失へば便ち祟りを作す能はざるを聞けば、次の夜、先づ樹林中に匿れ、尸の出づるを伺ひ、将に竊かに其の蓋を取らんとす。二更の後、尸果して出で、往く所有るに似たり。これを尾《っ》くるに、一大宅の門外に至る。其の上樓の窗中に先に紅衣の婦人有り、白練一條を擲下しこれを牽引す。尸攀援して上り、絮語の聲を作すも、甚しくは了了ならず。壮士先に回り、其の棺蓋を竊みてこれを藏し、仍りて松の深き處に伏す。夜將に闌ならんとするに、尸匆匆として還り、棺の蓋を失ふを見て、窘しむこと甚しく、遍く覓むること良や久しうし、仍りて原の路に從ひて踉蹌として奔り去る。再びこれを尾くるに、樓の下に至り且つ躍り且つ鳴きて、噃噃として聲有り。樓上の婦も亦た相ひ對して噃噃たるも、手を以て搖り拒む。其の應に再び至るべからざる者を訝しむに似たり。雞忽ち鳴くに、尸路側に倒る。明くる早《あさ》、行人盡く至り、各おの大に駭く。同に樓の下に往きこれを訪ふに、乃ち周姓の祠堂なり。樓に一柩を停む。女の僵尸ありて、亦た棺外に臥す。衆人僵尸野合の怪爲るを知り、乃ち尸を一處に合してこれを焚く。

有壯士某。客於湖廣、獨居古寺。一夕、月色甚佳、散步門外、見樹林中隱隱有戴唐巾飄然來者。疑其爲鬼、旋至松林最密中、入一古墓、心知爲僵尸。素聞僵尸失棺上蓋便不能作祟、次夜、先匿於樹林中、伺尸出、將竊取其蓋。二更後、尸果出、似有所往。尾之、至一大宅門外。其上樓窗中先有紅衣婦人、擲下白練一條牽引之。尸攀援而上、作絮語聲、不甚了了。壯士先回、竊其棺蓋藏之、仍伏於松深處。夜將闌、尸匆匆還、見棺失蓋、窘甚、遍覓良久、仍從原路踉蹌奔去。再尾之、至樓下且躍且鳴、啃啃有聲。樓上婦亦相對啃啃、以手搖拒。似訝其不應再至者。雞忽鳴、尸倒於路側。明早、行人盡至、各大駭。同往樓下訪之、乃周姓祠堂。樓停一柩。有女僵尸、亦臥於棺外。衆人知爲僵尸野合之怪、乃合尸於一處而焚之。

『兩僵尸野合』、『子不語』巻十二

某壯士が湖廣に旅をして、僵尸を見かけ跡をつけると、大邸宅の二階の紅い衣の女性と密會していた。戻って棺の蓋を隱す。歸ってきた僵尸は蓋を探し、見つからないので大邸宅に戻るが、女性に拒まれる。結果、雙方ともに時間切れで倒れる。

これは僵尸の不倫話という、性欲の話である。

女僵尸が男を誘惑する話は多いし、その逆も無くはない。しかし、僵尸同士の不倫という、そもそも題材からして、他の誰もが考え得ない話であるから、これは創作以外にないであろう。少なくとも文章化するものは、他にはいないはずだ。

この話は湖廣という袁枚にはなじみのない土地が舞臺になっている爲か、前半には特にすぐれた猫寫はない。

しかし、僵尸（男）が、棺の蓋が見つからず、大邸宅に戻ったときの、「樓の下に至り且つ躍り且つ鳴きて、啃啃として聲有り。樓上の婦も亦た相ひ對して啃啃たるも、手を以て搖り拒む。其の應に再び至るべからざる者を訝しむに似たり」部分は、拒む女のエゴイズムを、さりげなく描いていて、人の業《ごう》も性《さが》も知りつくした袁枚でなければ書けない作品である。

以上、傳聞の記録から、創作に至る過程にいささか検討を加えみたが、これから最晩年（『續新齊諧』）にかけての検討は、稿を改めることとする。

【注】

（1）澤田瑞穂『鬼趣談義』。平河出版社、一九九〇・九。二八九頁

（2）例えば、『認鬼作妹』、『續新齊諧』巻十

（3）馮夢龍『智囊』察智部詰奸巻十。「蘇無名」、『太平廣記』巻一七二「精察」一にもとづく。

第二章　『子不語』僵尸説話の加工

『子不語』（『新齊諧』・『續新齊諧』）に收録された「僵尸説話」と考えられるものには、前章にあげた二十六則がある。

今回検討を加えようとするのは、通番でいえば①から④までと、⑫から⑮までである。

これで、『續新齊諧』を除く『子不語（新齊諧）』の僵尸説話のほぼ全てを検討することとなる。

ただし、『子不語』の中、⑪『旱魃』だけは、『續新齊諧』の「旱魃關係」のものとまとめて、次章にゆずる。

今回、検討するものは、一言でいえば、みなあまり作意の見られないものが多い。

前章で、創作意欲の高まった時期のものを取り上げたので、今回は、「加工がされていない例」・「多少の加工が見られる例」がほとんどである。「創作であろう例」は無い。

だがこの「多少の加工が見られる例」の「加工」に、なかなかみごとな物があるのである。

一　加工がされていない例

①『秦中墓道』

秦中（陝西省）は土地に大變厚みがあり、三丈（九・六メートル）から五丈（十六メートル）掘っても水脈に達しないこともある。鳳祥府より西の地の習俗では、人が死んでもすぐには土葬せず、多くはそのまま地に曝しておき、白骨化するのを待って、その後で埋葬する。そうしないと凶氣を發するといわれている。死體がまだ腐敗しつくさないうちに埋めてしまえば、いったん地の氣を得ると、三月後に、體じゅうに毛を生じ、白い者は白凶、黑い者は黑凶と呼び、人家に押し入って惡さをする。劉刺史の家の隣りに孫という姓の者がいたが、溝を掘っていて石の門を掘り當てた。その門を開けてみるとトンネルがそのまま殘っている。素焼きの鶏・犬・罍（水つぼ）・尊（酒つぼ）が竝べてある。中に二つの棺があり、その周りに男女數人が、壁に釘で打ちつけられている。たぶん昔の殉死させられた者で、倒れないように、釘で打ち付けられたものなのだろう。服裝や顔つきはだいたいわかるのだが、近づいてみようとしたところ、穴から風が吹き出てきて、くずれて灰のようになり、骨もくずれて、白いホコリのようになった。しかし釘はまだ壁にそのまま殘っていた。どの時代の王の墓なのかはわからない。土人形の横になったものも掘り出したが、頭蓋骨と手足はあるが耳と目がないものであった。これらはみな古い死體が變化してできたものであろうか。

秦中は土地極めて厚く、掘ること三五丈にして未だ泉に及ばざる者有り。鳳翔以西は、其の俗、人死するも卽ちは葬らず、多くこれを暴露し、其の血肉の化し盡くるを俟ちて、然る後に葬埋す。否なれば則ち凶を發するの說有り。尸未だ消化せずして葬すれば、一たび地氣を得て、三月の後、遍體に毛を生じ、白なる者は白凶と號し、黑なる者は黑凶と號し、便ち人家に入りて孽《わざはひ》を爲す。劉刺史の鄰の孫姓の者、溝を掘りて一石門を得たり。これを開くに、隧道宛然たり。雞・犬・罍・尊を陳べ設け、皆瓦もてこれを爲す。中に二棺を懸け、旁に男女數人列《なら》び、身を牆に釘うたる。蓋し古の殉ぜ爲《ら》れし者にして、其の仆るるを懼るるが故にこれに釘うちしならん。衣冠と狀貌は、約略《ほぼ》睹《み》るべきも、稍《や》や逼りてこれを視んとするに、風穴より起こり、悉く化して灰と爲り、竝びて骨も白塵の如くなれり。其の釘は猶ほ左右の牆上に在り。何れの王の墓なるを知らず。亦た土人の臥形を作す者を掘り得たる有るも、頭角四肢有りて耳目無し。疑ふらくは皆な古尸の化する所なるか。

秦中土地極厚、有掘三五丈而未及泉者。鳳翔以西、其俗、人死不卽葬。多暴露之、俟其血肉化盡、然後葬埋。否則有發凶之說。尸未消化而葬者、一得地氣、三月之後、遍體生毛、白者號白凶、黑者號黑凶、便入人家爲孽。劉刺史之鄰孫姓者、掘溝得一石門、開之、隧道宛然。陳設雞・犬・罍・尊、皆瓦爲之。中懸二棺、旁列男女數人、釘身於牆。蓋古之爲殉者、懼其仆故釘之也。衣冠狀貌、約略可睹、稍逼視之、風起於穴、悉化爲灰、竝骨如白塵矣。其釘猶在左右牆上。不知何王之墓。亦有掘得土人作臥形者、有頭角四肢而無耳目。疑皆古尸之所化也。

『秦中墓道』、『子不語』巻二

たまたま溝を掘っていて、古墓を見つけ發掘したところ、ミイラ化した死體があったが、風にあたって粉と化した、という話である。「古墓發掘奇譚」くらいのもので、所謂、「凶惡なキョンシー說話」とは言えないものであるが、『子不語』が書き始められて間もない「巻二」に現れるものであり、廣い意味での「僵尸說話」の第一例としておく。

この話は、劉刺史から取材したものである。劉刺史から取材したものには、他に以下のものがある。同じ『子不語』巻二『馬盼盼』に、

壽州刺史劉介石扶乩を好む。泰州に牧たりし時、仙を西廳に請ふ。

とあり、同じく巻二『劉刺史奇夢』に、

陝西の劉刺史介石、官を江南に補せられ、蘇州の虎丘に寓す。（中略）此の語介石親《みづか》ら余が爲に言ふ。

とある。

また、『子不語』巻十一の『紅衣娘』に、

劉介石太守少《わか》きとき乩仙に事《つか》ふ。自ら言ふ泰州分司に任ずる時（後略）、

とある。

陝西と袁枚の接點というと、まず考えられるのは、乾隆壬申（十七年、一七五二）の陝西への赴任だが、赴任してまもなく、父の死によって、喪に服するため南京に歸るので、この時期の知り合いとは考えにくい。

袁枚は、乾隆四十一年に時期は不詳だが蘇州に滯在し(1)、四十三年秋にまた蘇州に滯在しているし(2)、四十四年の一月から(3)、杭州に息子の阿遲を伴って歸り、會稽への旅行をはさんで、五月まで滯在し、多くの奇談を蒐集している(4)。そして一度南京に歸り、その後、またたぶん一人で、蘇州に滯在している(5)。

ちょうどこの時期は、『子不語』の材料を集めていた時期である。『子不語』巻二に、劉介石から取材した『馬盼盼』・『劉刺史奇夢』・『秦中墓道』の三則が集中していることから考えて、劉介石が、江南に補せられて蘇州の虎丘に寓していた頃（それが何時なのかは判然としないが、たぶん乾隆四十一年から四十四年の間と見ていいだろう）、蘇州で知り合ったのではないかと思われる。

⑭『僵尸夜肥晝瘦』

兪蒼石先生の話によると、だいたい僵尸の夜に人を襲うものは、顔つきも豊かで、生きている人と變わりはない。ただ晝閒に棺を開けてみると、まるで乾し肉のように痩せ細っており、それを火に付すと、キューキューと聲を上げるものもいる、とのことである。

兪蒼石先生云ふ、凡そ僵尸の夜出でて人を攫ふ者は、貌は多く豊腴《ほうゆ》にして、生くる人と異なる無し。其の棺を開けば、則ち枯痩すること人腊《じんせき》の如し。これを焚くに、啾啾として聲を作《な》す者有り、と。

兪蒼石先生云、凡僵尸夜出攫人者、貌多豊腴、與生人無異。書開其棺、則枯痩如人腊矣。焚之有啾啾作聲者。

『僵尸夜肥晝痩』。『子不語』巻二十四

兪蒼石先生から聞いた話を、そのまま記録したものである。創作もなにもあるはずもない。兪蒼石は浙江仁和の人、兪葆寅である。蒼石は號であろう。先輩が話してくれたので、記録だけはしておこう、ということなのだろう。

「人腊」の「腊」は乾し肉。江南人が好む「臘肉《ラーロウ》」のことであろう。排印本には「人臘」に作るものもある。

⑮『焚尸二則』

平湖（浙江省平湖市）南門外の某集落で、三つの墓を掘りあてた。二つはすでに空だったが、一つは棺がそのまま殘っていた。レンガに趙處士の墓と書いてある。死體は年齢四十歳ほど、顔は生きているようで、雲の模様がついた靴をはき、蟹青（水色）の絹の上着をきていた。絹は一錢銅貨ほどの厚みがあり傷んでいない。掘った馬某は棺をひっくり返して、死體を燒こうとしたが、火がうまく熾きないので、なんと死體を水に投げこんだ。この夜、幽鬼が泣き叫び、村中が驚いた。物好きなものが、殘りの死體を引き上げてると、血がドクドクと流れ出た。そこでまた棺におさめ、土をかけて葬った。この晩は何ごとも起きなかった。馬姓の男は今に至るまで祟りもなく、縣の小役人の使い走りをしている。

平湖の小西溪の西に住む蔣という姓の家は、農家であった。冬至の一日前、日が西に傾く頃、父親の死體を燒こうとして、棺のフタを開けたところ、死體が跳びだして蔣を追った。蔣は鋤で打ち、死體が倒れたので燒いた。夜歸ると、父親が現れて、「お前に燒かれて、ひどく苦しかった。どうしてここまで親不孝ができるのだ」、と罵るのがきこえた。蔣の頭は、瓢簞のように腫《は》れあがり、正午になり死んだ。張熙河が自分で目擊したことだという。

平湖の南門外の某鄉掘りて三穴を出だす。二穴は已に空なるも、中の一穴は棺木依然たり。磚に趙處士の墓と書す。尸は年四十許《ばかり》、貌は生くるが如く、雲履を穿《うが》ち、蟹青の綢《きぬ》の袍《うわぎ》。綢は一錢の厚みの如くして壞せず。掘る者馬某は、其の尸を覆し出してこれを焚くも、火旺《さか》んなる能はざれば、乃ちこれを水に投ず。是の夜鬼大に哭し、一村皆な驚く。事を好む者爲に殘尸を扛《あ》げ起こすに、血縷縷として注ぐが如し。乃ち仍りて棺中に納め、土を加へてこれを葬す。是の夕遂に安し。馬姓は今に至るも恙《つつが》無く、典史の皂役《そうえき》を爲《な》す。

平湖小西溪の西の蔣姓は田家なり。冬至の前一日、日方《まさ》に西するに、父の尸を燒かんとす。方に棺を開くに、尸走り出《い》でてこれを追ふ。蔣擊つに鋤を以てするに、尸地に倒るれば、乃ちこれを焚く。晩に歸るに、其の父の罵りて、汝我を燒きて甚だ苦し。何ぞ不孝のここに至れる、と曰ふを聞く。其の人の頭は腫れて匏の如く、午に及びて死す。張熙河の目擊する所なり。

平湖南門外某鄉掘出三穴、二穴已空、中一穴棺木依然、磚書趙處士之墓。尸年四十許、貌如生、穿雲履、蟹青紬袍、綢如一錢厚不壞。掘者馬某覆出其尸而焚之、火不能旺、乃投諸水。是夜鬼大哭、一村皆驚。好事者爲扛起殘尸、血縷縷如注、乃仍納棺中、加土葬之、是夕遂安。馬姓至今無恙、爲典史皂役。

平湖小西溪之西蔣姓田家也。冬至前一日、日方西、燒父尸。方開棺、尸走出追之、蔣擊以鋤尸倒地。乃焚之。晚歸聞其父罵曰、汝燒我甚苦。何不孝至此。其人頭腫如匏、及午而死。張熙河所目擊也。

『焚尸二則』、『子不語』巻二十四

この二則は張熙河から聞いた話である。崇るか、崇らないかには、特に一定の法則はない、という話なのだろう。張熙河は張諴《かん》。字は熙河、平湖の人。袁枚の知人。旅行家である。

ここまでの三則は、袁枚にとっては、先輩かあるいは、いくらかは遠慮しなければならない相手が話してくれたことを、そのまま記録したものだろう。

二　多少の加工が見られる例

②『石門尸怪』

浙江石門縣の村役人の李念先が、租税の催促のために、管轄の集落に出かけた。夜になってから荒れた村に着いたが、宿屋がない。はるかかなたの茅屋《ぼうおく》に燈りが見えるので、燈りをめざして歩いていった。近づいていくと、垣根は破れ扉が腐った家の中から、呻き聲が聞こえてくる。李は大聲で、「わしは村役人だ。年貢の催促に來たのだ。宿を借りたい。すぐに戶を開けよ」と呼びかけたが返事がない。李が垣根の外から、家の中を覗いてみると、稻藁が家中にしいてあり、藁の中に人がいるのだが、痩せこけて、灰色の紙を糊付けしたような顔色である。顔の長さは五寸ほど、幅は三寸くらいに痩せ、氣息奄々として横たわり、身體を折り曲げている。李は重病人だと氣づいて、再三、呼びかけると、やっとかすかな聲で、「お客さん。自分で戶を開けてください」という。李が自分で戶を開けてはいると、病人は、傳染病に感染し、家中死に絶えてしまったのだ、と悲惨な話をする。李が、外に酒を買いに行ってこい、と強いると、病人は、無理だと斷ったが、錢二百を駄賃にやるというと、無理をして這うように起き、錢を持って出かけた。壁の燈りも消えた。李はひどく疲れていたので、藁の中に倒れ込んだ。すると藁の中からガサッガサッと音がする。人が起きあがろうとしているようだ。李はおかしいと思い、火打ち石を出して打ってみると、ざんばら髪の、ひどく痩せこけて顔の幅が三寸ばかり、閉じた目から血を流した僵尸のようなものが、藁にもたれて立っていた。問いかけても答えはない。李は驚いて、續けて火打ち石を打つと、火花が飛ぶたびに、僵尸の顔が暗闇に浮かびあがる。李は逃げだそうとして、坐ったまま後ずさりをした。一歩分だけ退くと、僵尸は一歩進んでくる。李はいよいよ恐ろしくなって、垣根を破って驅けだした。僵尸は追いかけてくる。草を踏むガサッガサッという、僵尸の足音が聞こえる。狂ったように一里ばかり走ると、酒屋がある。李は飛びこんで、大聲をあげて倒れた。すると僵尸も倒れた。酒屋のものが生姜湯を、口に注ぎ込んでくれたので、正氣にもどり、詳しくわけを話した。そこで分かったのだが、この集落には傳染病が流行していて、追いかけてきたのは、あの病人の妻だという。死んでもまだ棺に入れていなかったので、生きた人の陽氣に感じて、魄が走ったようだ。村人たちが皆で酒を買いに出た病人を探したが、錢を持ったまま橋のたもとで倒れていた。酒屋から五十歩あまりの距離だった。

浙江石門縣の里書李念先は、租を催さんとして鄕に下り、夜に荒村に入るも、旅店無し。遙に遠處を望むに茅舍に燈有り、光に向ひて行く。稍《や》や近づけば、破れし籬《まがき》攔《くづ》れし門を見る。中に呻吟の聲有り。李、里書某糧を催し宿を求む。速かに門を開くべし、と大呼するも、竟に應へず。李籬《まがき》の外より望むに、地に稲草を遍くし、草中に人有るを見る。枯れ瘠《や》せること灰紙を用《もっ》て其の面に糊する者の如し。面は長きこと五寸許《ばかり》、闊《ひろ》きこと三寸許《ばかり》、奄奄然として臥して宛轉たり。李病ひ重き人爲るを知り、再三呼べば、始めて低聲に應《こた》へて曰く、客自ら門を推せ、と。李其の言の如くして入る。

病人告ぐるに疫に染り危に垂《なんなん》とし、家を舉げて死し盡すを以てす。言甚だ慘たり。其に外出し酒を買へと強ひるも、能くせずと辭す。謝錢二百を許せば、乃ち勉め強ひて爬ひ起き、錢を持して行く。壁閒の燈は滅し、李倦むこと甚しく、倒れて草中に臥するに、草中に颯然として聲有るを聞く。人の起立する者の如し。李これを疑ひ、火石を取りて火を撃つに、一蓬髮の人を照らし見る。枯れ瘦せること更に甚しく、面も亦た闊きこと三寸許《ばかり》、眼は閉じて血流れ、形は僵尸に同じく、草に倚りて直立す。これに問ふも應へず。李驚きて、乃ち益ます火石を撃つ。火光一亮する每に、則ち僵屍の面一現す。李遁げ出でんと思ひ、坐して倒退せんとす。一步を退けば、則ち僵屍一步を進む。李愈いよ駭き、籬を抉りて奔る。尸これを追ひて、草上を踐み、簌簌《そくそく》として聲有り。狂奔すること里許《ばかり》にして、酒店に闖入し、大に喊びて仆るれば、尸も亦た仆る。酒家灌ぐに薑湯を以てすれば蘇り、具に其の故を道ふ。方めて村を合せ瘟疫あるを知る。人を追ふの屍は、卽ち病者の妻にして、死するも未だ棺殮せず、陽氣に感じて魄を走せしむるならん。村人共に往きて酒を沽ふ者を尋ぬるに、亦た錢を持して橋側に倒る。酒家を離るること尚ほ五十餘步なり。

浙江石門縣里書李念先、催租下鄉、夜入荒村、無旅店。遙望遠處茅舍有燈、向光而行。稍近、見破籬攔門。中有呻吟聲。李大呼、里書某催糧求宿、可速開門。竟不應。李從籬外望、見遍地稻草、草中有人。枯瘠如用灰紙糊其面者。面長五寸許、闊三寸許、奄奄然臥而宛轉。李知爲病重人、再三呼、始低聲應曰、客自推門。李如其言入。病人告以染疫垂危、舉家死盡。言甚慘。強其外出買酒、辭不能。許謝錢二百、乃勉強爬起、持錢而行。壁閒燈滅、李倦甚、倒臥草中、聞草中颯然有聲。如人起立者。李疑之、取火石撃火、照見一蓬髮人。枯瘦更甚、面亦闊三寸許、眼閉血流、形同僵尸、倚草直立。問之不應。李驚、乃益撃火石。每火光一亮、則僵尸之面一現。李思遁出、坐而倒退。退一步、則僵尸進一步。李愈駭、抉籬而奔。尸追之、踐草上、簌簌有聲。狂奔里許、闖入酒店、大喊而仆、尸亦仆。酒家灌以薑湯蘇、具道其故。方知合村瘟疫。追人之尸、卽病者之妻、死未棺殮、感陽氣而走魄也。村人共往尋沽酒者、亦持錢倒於橋側。離酒家尚五十餘歩。

『石門尸怪』、『子不語』巻五

浙江に石門という縣はない。崇德縣石門鎭の誤りであろう。

里書は里正の下役人である。

清朝の保甲制では百戸を一甲とし、十甲を一保として、保長を一人おいた。里正は保長の俗稱である。

戸籍の管理年貢收納の代行を任されていたので、里書が租稅の督促にでかけるというのは、設定として無理はない。ここで謂う一歩は距離の單位で六尺。

そして、里書が重病人に酒を買いに行かせるという、おかみの横暴ぶりも描きこまれている。

基本的には、「生人の陽氣に感じて、僵尸が生人と同じ行動をする」という話である。生人が倒れれば僵尸も倒れる。

この話の、素晴らしい點は、僵尸と對面する場面の描寫である。

「草中に颯然として聲有るを聞く。人の起立する者の如し。李これを疑ひ、李驚きて、乃ち益ます火石を擊つ。火光一亮する每に、則ち僵屍の面一現す」、「(火打ち石の) 火花が飛ぶたびに僵尸の顔が暗闇に浮かびあがる」という、まるでホラー映畫の一場面のような描寫である。

この部分はなんとも映像的なのである。暗闇の中での、それこそ「石火の光中」に、浮かぶ僵尸の瘦せ衰えた顔。なんとも視覺的・映像的なのである。

そして、

「李遁げ出でんと思ひ、坐して倒退せんとす。一歩を退けば、則ち僵尸一歩を進む。李愈いよ駭き、籬を抉りて奔る。尸これを追ひて、草上を踐み、簌簌《そくそく》として聲有り」。

「李は逃げだそうとして、坐ったまま後ずさりをした。一歩分だけ退くと、僵尸は一歩進んでくる。李はいよいよ恐ろしくなって、垣根を破って駆けだした。僵尸は追いかけてくる。（稲）草を踏むガサッガサッという、僵尸の足音が聞こえる」

ここは聴覚的なのである。音響である。

床に布いてある稲藁を踏む音で、暗闇の中を追い迫る僵尸を描いている。

「映像的な効果」だの「音響的効果」だの、今の我々には、取りたてて新しさもなにもない。

だが、映畫もテレビもない時代に、どうして映像的なイメージだの音響的イメージを持つことができるようになったのか？

考えられるのは芝居である。

袁枚が戲迷《しばいくるい》だったとする資料は全くない。一般に、士大夫はたてまえの上では、芝居などは下賤のものの見るものという姿勢をとっていた。

勿論、袁枚はそんなたてまえとは無關係な人間であるし、士大夫もたてまえはたてまえとして、芝居好きも多いし、役者好きも多いのである。

そして、詩人であり戲曲作家でもある蔣士銓は、袁枚に兄事し、乾隆癸巳（三十八年・一七七三）に蔣の『四弦秋』が揚州で、初めて上演された時には、招かれて觀劇に行き、その主演俳優惠郎を見初めたりもしている。

袁枚は、この惠郎以外にも、多くの美少年俳優とも親しく付き合って、スキャンダラスな話題を、乾隆文壇に提供していた。(6)

これだけ條件がそろっていて、だが芝居はあまり見なかったという可能性はないはずだ。

幾人かの、中國人の中國文學研究專家（全て故人であるので名は出さない）が、雜談のおり、『聊齋』より『閱微』より、なんと言っても『子不語』がいちばん怖い、と話してくれたことがある。

現代人にとって『子不語』が、何故いちばん怖いのか、それは視覺的イメージ喚起力が強く、音響的效果にまで氣配りが届いているからではなかろうか。そしてそれは、袁枚が實はかなりな戲迷であったからなのかもしれない。

③『畫工畫僵尸』

杭州の劉以賢は肖像畫に巧みであった。隣に息子一人と父親で、間借りをしている者がいた。その父親が死んだ。息子は棺を買いに出かけたので、以賢に父親の肖像を描いてくれるようにと、隣の人に言い置いて行った。以賢はその部屋に出かけたが、誰もいない。きっと死者は二階だろうと思い、階段を上っていくと、死人の寢臺があった。そばに坐って筆を取り出すと、死骸がいきなりガバッと起きあがった。以賢は走尸《ツォシー》だと思ったので、坐ったまま動かないようにした。すると死骸も動かない。ただ目を閉じて口を開き、眉根を寄せて、顔に皺をよせているだけである。以賢は、「自分が逃げれば、死骸も絕對に追ってくるから、繪を描いてしまったほうがいい」と思い、紙をのばして筆を執り、死骸の樣子を描きだした。以賢が手を動かし、指を動かすと、死骸も同じように動く。以賢は大聲をあげて助けを呼んだが、答えるものは誰もいない。そこに息子が歸ってきて、二階に上がってきたが、父の死骸が起きあがっているのを見て、驚いて氣絕してしまった。そこにまた隣の人が上がってきたが、やはり死骸が起きあがっているのを見ると、驚いて階段を轉げ落ちてしまった。以賢は窮地に追い込まれてしまったが、なんとか耐えて待ち續けた。すると棺桶屋が棺を運んで來た。走尸が芦《あし》の箒《ほうき》をきらうことを、以賢はやっと思い出し、「お前たち、芦の箒を持ってこい」と怒鳴った。棺桶屋は慣れているから、走尸ができかかっていると氣づき、箒を持って上がってくると、死骸をひと拂いして死骸を倒した。それから生姜湯を持ってきて、倒れた者たちに飲ませて、死骸を納棺したのである。

杭州の劉以賢は善く照を寫す。鄰人に一子一父にして室に居る者有り。其の父死し、子は外出して棺を買はんとし、鄰人に囑し代りて以賢に其の父の爲に形を傳へんことを請ふ。以賢往きて其の室に入るに、虛として人無し。死者は必ず樓上に居ると思へば、乃ち梯を躡《ふ》みて樓に登り、死人の牀《とこ》に就き、坐して筆を抽《ひ》く。尸忽ち蹶然として起つ。以賢走尸爲るを知り、坐して動かず。尸も亦た動かず、但だ目を閉じて口を張り、翕翕《きふきふ》然として眉は撐《つか》へ肉は皺よるのみ。以賢念《おも》へらく身走れば則ち尸は必ず追はん、竟に畫くに如かず、と。乃ち筆を取りて紙を申べ、尸の樣に依りて描き摹す。臂動き指運ぶ每に、尸も亦たかくの如くす。以賢大に呼ぶも、人の答應《こた》ふる無し。俄にして其の子樓に上り、父の尸の起つを見て、驚きて仆る。又た一鄰の樓に上るに、尸の起つを見て、亦た驚き滾《ころ》げて樓下に落つ。以賢窘《くる》しむこと甚しきも、強ひて忍びてこれを待つ。俄にして棺を擡ぐ者來たる。以賢徐《おもむろ》に尸走は苕帚を畏るるを記し、乃ち呼びて曰く、汝等《なんぢら》苕帚を持し來たれ、と。棺を擡ぐ者心に走尸の孽有るを知れば、帚を持して樓に上り、これを拂へば倒る。乃ち薑湯を取り灌ぎて仆るる者を醒めしめ、而して尸を納めて棺に入る。

杭州劉以賢、善寫照。鄰人有一子一父而居室者。其父死、子外出買棺、囑鄰人代請以賢爲其父傳形。以賢往、入其室、虛無人焉。意死者必居樓上、乃躡梯登樓、就死人之牀、坐而抽筆。尸忽蹷然起、以賢知爲走尸、坐而不動。尸亦不動、但閉目張口、翕翕然眉撐肉皺而已。以賢念身走則尸必追、不如竟畫、乃取筆申紙、依尸樣描摹。每臂動指運、尸亦如之。以賢大呼、無人答應。俄而其子上樓、見父尸起驚而仆。又一鄰上樓、見尸起、亦驚滾落樓下。以賢窘甚、強忍待之。俄而擡棺者來。以賢徐記尸走畏苕帚、乃呼曰、汝等持苕帚來。擡棺者心知有走尸之孽、持帚上樓拂之倒。

乃取薑湯灌醒仆者、而納尸入棺。

『畫工畫僵尸』、『子不語』巻五

これも基本的には、「生人の陽氣に感じて、僵尸が生人と同じ行動をする」という話である。「以賢念《おも》へらく身走れば則ち尸は必ず追はん、竟に畫くに如かず、と」、あるように、劉以賢が終止冷静に對處し、動かずにいたので、なんとか難にあわずにすむ。

動きがないぶん、パントマイム劇のような面白さがあり、進退谷《きわ》まった以賢の内心の苛立ち、顔つきなどが容易に想像できる。そして最後に、こういう場面に出くわす確率の高い葬儀屋が、苕帚で魘《えんしよう》勝するというわけである。

同じ『子不語』巻五で、『石門尸怪』の次が『空心鬼』、その次がこの『畫工畫僵尸』である。ほぼ同時期に書かれたと考えても無理はないであろう。

要するに、袁枚はこの二則で「僵尸」の描き方をほぼ決定した、といえるのではないか。

「苕帚による魘勝」が、この則で初めて現れることも注目に値する。

④『批僵尸頬』

安徽省桐城縣出身の錢という姓の男は、南京の儀鳳門外に住んでいた。ある晩、家に歸ろうとしたが、時刻はすでに二鼓（午後十時）である。同僚は、朝になってから歸れと勸めたが、錢は承知せず、提燈をさげて馬に乘り、酔ったいきおいででかけた。掃家灣地方まで來ると、荒れた墓が密立している。樹林の中から、飛び跳ねながらやってくる人がいる。ザンバラ髪に裸足で、顔は漆喰の壁のようである。馬は驚いて前に進まないし、提燈の明かりもだんだんと綠色になっていく。錢は酔っぱらって大膽になっているので、手でその頬をひっぱたいた。たたけばへこむがまたすぐもとに戻り、まるで絲でつるした操り人形のようであり、腥い風が吹きつけてくる。幸い後ろから人がやって來たので、その怪物は退き逃げ、樹林のところで消えた。次の日、錢の手は墨のように黑くなっていた。三四年たって、やっと黑色は消えた。土地の人に尋ねてみると、僵尸になったばかりで、まだ技が完成していないのだという。

桐城の錢姓の者儀鳳門外に住む。一夕家に回《かへ》らんとするに、時已に二鼓たり。同事勸むるに明日の早《あさ》に行くを以てするも、錢肯《がへん》ぜず、燈を提げて馬に上り、醉に乘じて行く。掃家灣地方に到るに、荒塚叢密し、樹林內に人有り跳躍して來るを見る。披髮跣足にして、面は粉牆の如し。馬驚きて前まず、燈色漸く綠なり。錢醉に倚りて膽壯なり、手もて其の頰を批《う》つ。其の頭批《う》つに隨《したが》ひ轉ずるに隨《したが》ふも、少頃にして又た回《かへ》ること、絲を木偶中に牽くが如く、陰風人を襲ふ。幸に後面に人至れば、其の物退き走《に》げ、仍りて樹林に至りて滅す。次の日、錢の手は黑きこと墨の如し。三四年の後、黑始めて退き盡す。これを土人詢ぬれば、曰く、此れ初めて僵尸と做るも、未だ材料を成さざる者ならん、と。

桐城錢姓者、住儀鳳門外。一夕回家、時已二鼓、同事勸以明日早行。錢不肯。提燈上馬、乘醉而行。到掃家灣地方、荒塚叢密、見樹林內有人跳躍而來。披髮跣足、面如粉牆。馬驚不前、燈色漸綠。錢倚醉膽壯、手批其頰。其頭隨批隨轉、少頃又回、如牽絲於木偶中、陰風襲人。幸後面人至、其物退走、仍至樹林而滅。次日錢手黑如墨。三四年後黑始退盡。詢之土人、曰、此初做僵尸、未成材料者也。

『批僵尸頰』、『子不語』卷八

儀鳳門は南京城の北門である。その儀鳳門外に住んでいた、桐城出身の錢という男が、醉って家に歸る途中、掃家灣という土地で僵尸にであい、大膽にもその頰を打つ。

意外な描寫は、「其の頭批《う》つに隨《したが》ひ轉ずるに隨《したが》ふも、少頃にして又た回《かへ》ること、絲を木偶中に牽くが如く、陰風人を襲ふ」という部分である。

要するに、ひもで吊した操り人形を叩いたように、手應えが無いということなのだろうが、僵尸の一般的なイメージは、「硬く強張っている」ものであるはずだ。

一般的なイメージとはいっても、實は誰も本當のことは知っているわけではない。本物の僵尸は、實は硬く強張ってはいない、という所が妙なリアリティーをもつのではなかろうか。

⑫『僵屍抱韋駄』

宿州の李九は、布を賣って生活をしていた。道中霍山を過ぎて、日が暮れたが旅館は客でいっぱいである。やむを得ず佛廟に宿をとった。夜の兩鼓（二鼓。午後十時）を過ぎ、熟睡していたのだが、夢に韋駄神が現れて彼の背を撫でて、「急いで起きろ、急いで起きろ、大災難がやってくる。私の後に隠れていれば、お前を助けることができる」と言う。李は驚いて目覺め、よろよろと起き上がると、ベッドの後に置いてあった棺で、ガバッという音がして、死體が跳びだしてきた。體中に白い毛がはえ、いいづなの上着を、裏返して着ているようである。顔にも毛が滿ちていて、兩眼は深い黑の中に、綠色の瞳がありピカピカと光り、まっすぐ李に毆りかかってきた。李は厨子に跳びこんで、韋駄神の背後にかくれた。僵尸は兩腕で韋駄神を抱えこみ、ガリガリと音をたてている。李は大聲で叫んだ。僧たちがみな起き出て棍棒を持って、燈りをつけてやってくる。僵尸は棺の中に逃げこんだが、棺の蓋はもとのとおりぴったりとしまった。夜が明けてから僵尸にこわされた韋駄神を見ると、持っていた楯は三つに分かれ、あらためて僵尸の力が、こんなにも強いということを知った。僧たちは役所に知らせて、この棺を燒いた。李は韋駄神の恩に報いるため、韋駄神の塑像に金の塗裝をほどこしたのである。

宿州の李九なる者は、布を販《う》るを生と爲す。路に霍山《くわくざん》を過ぐるも、天晩《おそ》く店は客に滿ちたり。已むを得ずして佛廟中に宿る。漏兩鼓に下り、睡りは已に熟せるに、夢に韋駄神其の背を撫して曰く、急ぎ起きよ、急ぎ起きよ、大難至らんとす。我が身後に躱《かは》せば、以て你《なんぢ》を救ふ可し、と。李驚き醒め、踉蹌として起つに、牀後の厝《そ》棺に砉然《くわくぜん》として聲有り、走り出でたる一尸を見る。遍身は白毛にして、反《かへ》って銀鼠の套《うはぎ》を穿つ者の如く、面上も皆な滿ちて、兩眼は深黑にして、中に綠眼有りて、光ること閃閃然として、直ちに來たりて李を撲つ。李奔りて佛櫃に上り、韋駄神の背後に躱《かは》す。僵尸兩臂を伸し韋駄神を抱きて口にこれを咬み、嗒嗒《たふたふ》として聲有り。李大に呼べば、群僧皆な起き、棍を持し火を點じ把り來る。僵尸逃げて棺中に入るに、棺合さること故の如し。次の日、韋駄神の僵尸に損壞せらるるをみるに、持する所の杵《しよ》は折れて三段と爲り、方めて僵尸の力の猛なること此《かく》の如きを知る。群僧官に報じて、其の棺を焚く。李韋駄の恩に感じ、塑像の爲に金を妝す。

　宿州李九者、販布爲生。路過霍山、天晩店客滿矣。不得已宿佛廟中。漏下兩鼓、睡已熟、夢韋駄神撫其背曰、急起、急起、大難至矣。躱我身後、可以救你。李驚醒、踉蹌而起。見牀後厝棺砉然有聲、走出一尸。遍身白毛、如反穿銀鼠套者、面上皆滿、兩眼深黑、中有綠眼、光閃閃然、直來撲李。李奔上佛櫃、躱韋駄神背後。僵尸伸兩臂抱韋駄神而口咬之、嗒嗒有聲。李大呼、群僧皆起、持棍點火把來。僵尸逃入棺中、棺合如故。次日見韋駄神被僵尸損壞、所持杵折爲三段、方知僵尸力猛如此。群僧報官、焚其棺。李感韋駄之恩、爲塑像妝金焉。『僵尸抱韋駄』、『子不語』卷二十二

宿州は、現在の安徽省宿州市。霍山は、ここでは山ではなく、安徽省六安市の南にある、霍山縣のことであろう。

韋駄神は所謂、韋駄天である。佛法の守護神として、中國の禪寺では本堂の前に祀られることが多い。道教の韋将軍（梁の将軍韋放。北魏との戰いに功あった）信仰と習合し、武将の姿をしている。

だから「杵」は「きね」ではなく、武具の「杵《しよ》」で、楯《たて》のようなものである。表現が面白いのは、「遍身は白毛にして、反《かへ》って銀鼠《いいづな》の套《うはぎ》を穿つ者の如く、面上も皆な滿ちて、兩眼は深黑にして、中に綠眼有りて、光ること閃閃然として、直ちに來たりて李を撲つ」という部分である。ここでいう「銀鼠」は吉林省山中に產する齧齒類。高級な毛皮が取れる。日本のいいづなの近緣種なので假に「いいづな」と譯しておく。

「反」は、「裏返し」ということ。保溫のために毛皮のものを着るのなら、毛は內側になる。「裏返せば」毛が外になる。だから「體中に白い毛がはえ」、その樣はというと、「いいずなの上着を、裏返して着ているようである」というのである。

⑬『鬼吹頭彎』

林千總は、江西の武擧人である。租稅を都に押送する途中、山東を過ぎたあたりで、古い廟に宿をとった。僧が言うには、「この樓《にかいや》には怪しいものがおります。お氣をつけなさいまし」とのこと。林は自分の武勇に誇りを持っていたので、夜中まで燈りをつけ、出て來るのを待った。眞夜中をすこし過ぎると、コトコトと音がして、紅い着物をきた女がハシゴを登ってくる。まず佛前に額《ぬか》づき、禮を終わってから、林に笑いかけた。林が相手にしないでいると、女は髮を振り亂し、目を怒らせて、まっすぐ林に毆りかかってきた。林は小机《こづくえ》を取り投げつけた。女は身をそらせてかわし、つかみかかってきた。林がその手をつかむと、硬く冷たく鐵のようである。女は手をつかまれ動くことができないので、息を吹きかけてきた。耐えられない臭さである。林はやむを得ず、顔をそむけて息を避けた。しばらく取っ組み合っていたが、一番鶏の啼く時間になると、女は倒れた。僵尸である。夜が明けてから役所に知らせ、この僵尸を焼いた。その後怪しいことは絶えて起こらなかったが、しかし林は頭から首までがナスのように曲がり、なおすことは遂にできなかったのである。

　林千總なる者は、江西の武舉なり。餉《ぜい》を解《おく》りて都に入らんとし、路に山東を過ぎ、古廟の中に宿るに、僧言ふ、此の樓に怪有り、宜しく小心すべし、と。林勇を恃《たの》み、夜燈燭を張り、坐して以てこれを待つ。半夜の後槖槖《たくたく》として聲有り、一紅衣の女梯を踏みて上り、先づ佛前に向かいて膜拜し、禮を行い畢り、林を望みて笑ふ。林意と爲さざれば、女髪を被《かうむ》り目を瞋らせ、前に向ひて林を撲つ。林几を取りてこれを擲《なげ》うてば、女身を側《そば》めて几を避け、而して手を以て來り牽かんとす。林其の手を握るに、冷たく硬きこと鐵の如し。女握られて動く能はず。乃ち口を以て林を吹くに、臭氣耐へ難し。林已むを得ず頭を回らせてこれを避く。格鬥すること良や久しくして、雞鳴の時に至れば、女の身地に倒る。乃ち僵尸なり。明くる日官に報せてこれを焚く。此の怪遂に絶へたり。然れども林は此れ從り頭頸は彎《ゆが》むこと茄瓢《なす》の如く、復た正す能はざりき。

　林千總者、江西武舉。解餉入都、路過山東、宿古廟中。僧言、此樓有怪、宜小心。林恃勇、夜張燈燭、坐以待之。半夜後槖槖有聲、一紅衣女踏梯上、先向佛前膜拜、行禮畢、望林而笑。林不爲意、女被髪瞋目、向前撲林。林取几擲之、女側身避几、而以手來牽。林握其手、冷硬如鐵。女被握不能動。乃以口吹林、臭氣難耐。林不得已、回頭避之。格鬥良久、至雞鳴時、女身倒地、乃僵尸也。明日報官焚之、此怪遂絶。然林自此頭頸彎如茄瓢、不復能正矣。

『鬼吹頭彎』、『子不語』巻二十三

林千總の「千總」は武官で六品官。下級將校であるが、武舉人ではこのへんまでが限界という地位。その林千總が、解餉すなはち租税を都に押送する、という任務の途中、古廟で僵尸と戰い、息を吹きかけられて、頭頸部がまがった、という話である。

文飾の見られるのは、せいぜい、「林其の手を握るに、冷く硬きこと鐵の如し。女握られて動く能はず、乃ち口を以て林を吹くに、臭氣耐へ難し」くらいのものである。

だが見方によっては、說話（あるいはホラ話）というものが誕生する、一つの典型的な狀況だ、とみることもできるのである。

任務中に、說明できないような（不都合な）理由で、怪我をし、後遺障害が殘ったとしたら、どういう言いわけ（あるいはホラを）を考え出すかという問題である。

二百年以上前の、幽鬼などの存在を誰もが信じていた時代である。

林千總がこういう武勇傳をでっちあげて、自分の失敗を取り繕った、と見ることもできるのではなかろうか。武擧人の武勇傳ではあるが、「頭頸部がまがっている人の武勇傳」である可能性もある、と考えたいのである。病氣や怪我の後遺症などで、障碍の殘ったものが、障碍について質問されたときに、はぐらかすためにこういう小話が用意され、あるいは口承されてきたのではなかろうか。

これなら障碍が體のどの部分にあっても、どのようにでも應用できる。

鬼・僵尸あるいは妖怪などと戰い、息を吹きかけられあるいは毆られ・蹴られした、そのため今でもこの障碍がある、という說話の誕生である。

「出來の良い說話をほぼ聞いたまま記したであろう例」⑤『飛僵』『子不語』巻十二）にかなり近いものと見てよいだろう。

以上、「多少の加工が見られる例」の「多少の加工」は、創作へと進む爲の、描寫の研鑽過程と考えられるのである。

【注】

（1）『過蘇州有懐南溪太守新遷観察轉漕北行』、『小倉山房詩集』巻二十五

（2）『戊戌九月余寓呉中』、『随園詩話』巻五

（3）『正月二十二日出門作』、『小倉山房詩集』巻二十六

（4）載得杭州鬼一車。『余續夷堅志未成、到杭州得逸事百餘條、賦詩志喜』、『小倉山房詩集』巻二十

（5）『蘇州徐西圃居士招（後略）』、『小倉山房詩集』巻二十

（6）『揚州秋聲館即事寄江鶴亭方伯兼簡汪獻西』八首、『小倉山房詩集』巻二十三

第三章 『子不語』の僵尸說話――旱魃との關聯について

『子不語』・『續新齊諧』に見える、「僵尸」と「旱魃」に關係するものは、僅かに以下の三則に過ぎない。

『旱魃』 『子不語』巻十八。

『犼』 『續新齊諧』巻三。

『旱魃有三種』 『續新齊諧』巻三。

前前章の通番でいえば、⑪⑰⑱である。

そも「旱魃」と「僵尸」に、どのような關係があるのであろうか。

旱魃時の「打旱骨(墓曝き)」は、中國北部(特に、山東・河北・河南)では、珍しくはない惡習である。

たぶんこの「打旱骨」の話に尾ヒレがついて、「僵尸」が旱魃を起こすということになっていったのであろう。

しかし、「旱魃」と「僵尸」が結びつけられて語られるのは、實はそんなに古くからの事ではないのである。

『旱魃』

乾隆二十六年(一七六一)北京一帶で旱魃があった。飛脚の張貴というものが、ある都統のために公文書を良鄉縣へ運ぶことになった。遲くに北京城を出て、人氣のない場所までにやってくると、黑い風が捲き起り、明かりを吹き消した。そこで驛館に雨宿りをした。燈を持った女がやって來た。年は十七八くらいで、美貌である。招かれその家を訪ねると、お茶をすすめ、馬を柱につなぎ、泊まっていけと言う。飛脚は意外な申し出に喜び、朝になるまで絡まりあっていた。一番鶏が啼いた時に、女は着物をきて起きていった。止めたが嫌だという。飛脚は疲れていたので、また寝りこんだ。夢うつつのうち鼻が露で冷たく、口のあたりを草の葉が刺すように感じた。空が明るくなりはじめ、荒れはてた墓の脇で寝ている自分に氣づいた。驚いて馬を捜すと、馬は樹に繫がれたままであった。届ける文書は半日以上も期限を過ぎている。

役所では調査を始め、この都統にまでたどり着いた。飛脚は包みかくさずに事情を話した。都統が命じてその墓を調べるために、都統は佐領に命じて嚴しく訊問させた。壓力がかかったり、情實が絡んだりするのを避けるために、張という姓の女子のものであった。まだ嫁にも行かぬうちに姦通し、ことが明らかになると、恥ずかしさと憤りによって首をつり自殺したもので、往往にして路行く人に祟るのだという。ある人が言うには、これは旱魃である。猿に似た形で髪ふりみだし一本足に歩くものは、獸魃と言う。首つり死體のミイラ化したがもの人を迷はすのは、鬼魃と言う。捕獲して燒けば、雨を呼ぶことができると。こまかく報告して棺を開けると、やはり女の僵尸があり、容貌は生きているかのようであったが、體中に白い毛が生えていた。火葬にすると、次の日大雨がふった。

乾隆二十六年京師大に旱《ひでり》す。健步の張貴なるもの有り、某都統の爲に公文を遞《つた》へて良鄉に至らんとす。漏下に城を出で、行きて人無き處に至るに、忽ち黑風捲き起り、吹きて其の燭を滅すれば、因りて雨を郵亭に避く。女子有り燈を持ち來る。年は十七八可《ばかり》にして、貌は殊に美なり。招かれて其の家に至れば、飲ましむるに茶を以てし、爲に其の馬を柱に縛し、與に同宿せんと願ふ。健步喜び望外に出でて、綢繆《ちうびう》して旦に達す。雞鳴の時、女衣を披《き》て起く。これを留めんとするも可とせず。健步は體疲れたれば、乃ち復た酣寢す。夢中に露其の鼻を寒うし、草其の口を刺すを覺ゆ。天色微に明け、方《はじめ》て身は荒塚閒に臥するを知る。大に驚き馬を牽かんとすれば、馬は縛して樹の上《ほとり》に在り。投ぜんとする所の文書は已に期限を誤ること五十刻なり。

官司査を行ひ本都統に至る。捺擱して情弊有るを慮《おもんぱか》れば、都統は佐領に命じて嚴く訊ねしむ。健歩具《つぶさ》に所以《ゆえん》を道《い》ふ。都統命じて其の墳を訪はしむるに、張姓の女子爲《な》るを知る。未だ嫁せずして人と姦を通じ、事發《あら》はれ羞ぢ忿《いか》りて自ら縊《くび》る。往往にして路人に魘祟《たた》る。或ひと曰く、此れ旱魃なり。猱《だう》形にして披髮し一足に行く者は、獸魃と爲す。縊死せし尸の僵して出で人を迷はす者は、鬼魃と爲す。獲へてこれを焚けば、以て雨を致すに足る、と。乃ち奏すること明にして棺を啓けば、果して一の女僵尸あり。貌は生くるが如く、遍體に白毛を生ず。これを焚くに、次の日大に雨ふる。

乾隆二十六年京師大旱。有健歩張貴爲某都統遞公文至良鄉。漏下出城、行至無人處、忽黑風捲起、吹滅其燭。因避雨郵亭。有女子持燈來。年可十七八、貌殊美、招至其家、飮以茶、爲縛其馬於柱、願與同宿。健歩喜出望外、綢繆達旦。雞鳴時、女披衣起、留之不可。健歩體疲、乃復酣寢。夢中覺露寒其鼻、草刺其口。天色微明、方知身臥荒塚閒、大驚牽馬、馬縛在樹上、所投文書、已誤期限五十刻。

官司行查至本都統、慮有捺擱情弊、都統命佐領嚴訊、健歩具道所以。都統命訪其墳、知爲張姓女子。未嫁與人通姦、事發羞忿自縊、往往魘祟路人。或曰、此旱魃也。猱形披髮一足行者、爲獸魃。縊死尸僵出迷人者、爲鬼魃。獲而焚之、足以致雨。乃奏明啓棺、果一女僵尸。貌如生、遍體生白毛。焚之次日大雨。　『旱魃』、『子不語』巻十八

「健歩」というのは、官設の飛脚のようなもの。公文書などを運ぶ。その「健歩」が、ある「都統」のために公文書を良鄉縣に運ぶことになった。

「都統」は、八旗の一つの「旗」の長官で、武職従一品。別に滿語で「固山額眞」ともいう。

「良鄉」は直隸順天府良鄉縣。現在の北京市房山區にあたる。「漏下」は「漏（水時計）」の水が「下りきる」、

要するに無くなることで、深夜ということ。

飛脚が夜遅く北京をたって良郷に向かった。人氣のない場所までくると、黑い旋風に明かりを消されてしまう。「郵亭」は驛館・宿驛で、宿場のようなもの。

驛館に雨宿りをしていると、女がやって來る。十七八くらいの美人である。家を訪ねると、お茶をすすめ、馬を柱につなぎ、泊まっていけと言う。

「飲ましむるに茶を以てす」というのは、大變に歡待されたということ。

北京周邊は言うまでもないが、茶の產地ではない。乾隆帝が特に龍井茶を愛したのは有名な話だが、龍井茶ではなくとも、當時の北京では、茶はとんでもない貴重品なのである。

飛脚はおお喜びで、朝まで絡まりついていた。「綢繆」は絡まりつくこと。

鷄鳴とともに、女は出て行く。飛脚はまた寢りこむ。明るくなりはじめ、荒れはてた墓場で寢ている自分に氣づいた。驚いて馬を捜すと、馬は繫がれたままであった。

ここまでは、「女に誘われ一夜を過ごし、朝氣がつくと墓場であった」という、凡百な「怪談集」に頻出する、ありふれた話である。場所だの、時代だのの設定を變えて、量產されている。

投ぜんとする所の文書は已に期限を誤ること五十刻なり。

古代、一晝夜を百刻としていたので、五十刻のというのは半日。

古代の一刻は、十四分二十四秒ということになるが、清朝になってからは、自鳴鐘が普及し、大差のない所から、現在と同じく、十五分を一刻としている。(1)

捺擱して情弊有るを慮《おもんぱか》れば、都統は佐領に命じて嚴く訊ねしむ。

「捺擱」は、押さえつけること。「情弊」は、情實に絡む不正。「佐領」は、滿語で「牛錄章京」。武職正四品。八旗の下部組織である牛錄の長。旗の管理職。

飛脚は事細かに説明した。その墓を調べると、張姓の女子のものだ。嫁にも行かぬうちに姦通し、ことが明らかになり、恥じ憤りて首つり自殺したもので、往往にして路行く人に祟るのだという。

ここまでも、凡百な「怪談集」なみの、ありふれた話である。

このありふれた話を、どう修飾を加へていくのか。

ここで、文頭に「乾隆二十六年京師大に旱《ひでり》す」、とあるのに聯《つな》げて、强引に「旱魃」と「僵尸」に話を持っていく。

ある人が、これは旱魃であると言う。猿に似て一本足に歩くものは、獸魃である。首をつって死に僵尸化したは、鬼魃である。捕獲して燒けば、雨を呼ぶ。

棺を開けると、女の僵屍があり、體中に白毛が生えていた。燒くと、次の日大雨がふった。

路行く人に祟り、墓場に引き込む「娘の幽鬼」の話の、「幽鬼」を「僵尸」に置き換えて、それを旱魃に結びつけただけのものなのである。

たぶん隨園自身も、「旱魃」と「僵尸」に何らかの關係がある、という話を聞いたのは、「最近」のことなのであろう。

僵尸には二種類ある。死後硬直と、ミイラ化である。死後硬直は、旱《ひでり》とはなんの關係も無いので、ここで問題になるのはミイラ化した僵尸と、「旱魃」がいつ頃から結びつけられ語られるようになったのか、という點である。

例えば、紀昀の『閱微草堂筆記』に、

近世云ふ所の旱魃は則ち皆な僵尸にして、掘りてこれを焚けば、亦た往往にして雨を致す。

近世所云旱魃則皆僵尸、掘而焚之、亦往往致雨。

『閱微草堂筆記』、『如是我聞』巻一

紀昀も「近世」と言っているように、「旱魃」と「僵尸」を結びつけた話は、この時代（乾隆五十年代）以前のものには全くないのである。

ここでは注意すべきは、旱魃の種類が、獸魃と鬼魃の二種しか擧げられていない點、また鬼魃も縊死した鬼と限定されている點である。

『犼』

常州出身の縣知事蔣さんが言うには、佛が乘っている獅子や象は誰でも知っているが、佛が乘っている犼については、知っている人もいないようだ。犼というのは實は僵尸から變じてできたものなのだ、とのこと。某というものが夜出歩いて、死體が棺の蓋を開けて出て來るのを見た。某は僵尸だと氣づいたので、僵尸が棺から出るのを待って、拾い集めた煉瓦や石ころを棺の中に投げ込んで一杯にし、自分は農家の二階にあがりこんで見物していた。そろそろ四更（午前二時）になろうという頃、僵尸は大股に歩いて歸って來たが、なにかを抱えているようである。棺の前まで來たが入ることができないので、目を見張って睨み付けるが、目の光が強い。二階に人がいるのを見て、とうとう登って探しに來ようとする。だが腿が枯木のように硬くなっているので、梯子を登ることができないので、怒って梯子を外してしまった。某は下りることができなくなると恐れ、樹の枝に緣りすがって地に下りた。僵尸が氣づいて追いかけてくる。某は焦ったが、幸なことに普段から水泳が得意だったので、僵尸は水に入ることができないのではないか、と見當をつけ、川を泳ぎ渡って對岸に立った。僵尸は地團駄踏んで悔しがり、氣味の惡い聲で哀しげに叫び、三回跳躍して、獸の形になって立ち去った。地上にのこしていったものは子供の死體であった。食べられたため體の半分だけ殘っていて、血液は全っく無くなっていた。ある人が言うには、僵尸は初め旱魃に變化し、再び變化すると犼になる。犼には神通力があって、口から煙火を吐いて、龍と戰うことができる。だから佛はこれに乘って鎭め壓しているのだ、と。

常州の蔣明府言ふ、佛の騎する所の獅・象は人の知る所なるも、佛の騎する所の犼は、人の知らざる所なり。犼は乃ち僵尸の變ずる所なり、と。某有りて夜行くに、尸の棺を啓きて出づるを見る。某これ僵尸なるを知り、其の出づるを俟ちて、瓦石を取り塡めて其の棺を滿し、而して己は農家の樓上に登りてこれを觀る。將に四更に至らんとするに、尸大踏步して歸り、手に抱持する所の物有るが若し。棺の前に到るも入るを得ず、目を張りて怒視するに、其の光睒睒たり。樓上に人有るを見、遂に來りて尋ね求めんとす。腿の硬きこと枯木の如きに苦しみ、梯を登る能はざれば、怒りて梯を去る。某下るを得ざるを懼れ、乃ち樹枝に攀じ夤緣《いんえん》して墜つ。僵尸知りてこれを逐ふ。某窘しむこと急なるも、幸に平生善く泅《およ》げば、心に尸は水に入る能はざらんと揣《はか》り、遂に水を渡りて立つ。尸果して躑躅《ぢやくちよく》すること良や久しうし、怪聲哀號を作し、三躍三跳し、化して獸形に作りて去る。地下の遺物は是れ一孩子の尸なり。其に咀嚼せられて只だ半體のみ存し、血は已に全て枯る。或ひと曰く、尸は初め旱魃に變し、再び變ずれば卽ち犼と爲る。犼に神通有りて、口に煙火を吐き、能く龍と鬥ふ。故に佛騎して以てこれを鎭壓す、と。

常州蔣明府言、佛所騎之獅・象人所知也。佛所騎之犼、人所不知。犼乃僵尸所變。有某夜行、見尸啓棺而出。某知是僵尸、俟其出、取瓦石塡滿其棺、而己登農家樓上觀之。將至四更、尸大踏步歸、手若有所抱持之物。到棺前不得入、張目怒視、其光睒睒。見樓上有人、遂來尋求。苦腿硬如枯木、不能登梯、怒而去梯。某懼不得下、乃攀樹枝夤緣而墜。僵尸知而逐之。某窘急、幸平生善泅、心揣尸不能入水、遂渡水而立。尸果躑躅良久、作怪聲哀號、三躍三跳、化作獸形而去。地下遺物是一孩子尸、被其咀嚼只存半體、血已全枯。或曰、尸初變旱魃、再變卽爲犼。犼有神通、口吐煙火、能與龍鬥。故佛騎以鎭壓之。　『犼』、『續新齊諧』巻三

まず「常州蔣明府」に關して、氣づいたことを記しておく。

『子不語』巻八『蔣厨』という一則があり、「常州蔣用庵御史の家の厨利貴が」と始まる。

また『子不語』巻十二『誤嘗糞』にも、「常州の蔣用庵御史四友と同に徐兆璜の家に飲む」と始まる一則がある。この蔣用庵御史は、監察御史で引退した蔣用庵ということである。

蔣和寧字は用庵、一に用安に作る。蓉庵と號す。江蘇陽湖（現在の常州市）の人。乾隆十七年（一七五二）の進士にして、官は御史に至る。(3)

この蔣和寧は、袁枚が乾隆四年に進士になり、翰林院に在籍していたころ、親しく行き來していた友人である。

あの頃君は秀才の身分のまま寧親王邸の食客になっていて、親王邸を出れば私の家に泊まっていた。二人とも酒も飲まずにいにしえの歴史談義が大好きで、蠟燭の芯を折って（蠟燭の芯は木である）向かい合い、この三千年の國家の治と亂、人材の善し惡しについて見解を述べあい、ともすると意見が一致し、机を叩いて大聲をあげて喜び、そういうわけで益々仲良くなっていった。家內も君があそびに來ると聞くと、蠟燭を準備させて待っていたものだ。程なくして私は江南に轉勤ということになったが、君は寧親王邸の食客であった。（中略）晩年には次男の重耀さんが蕭山縣（現在は杭州市蕭山區）の知縣となっていたので、浙江で隱居していた。たまたま私が天臺山に旅行に行った歸りに、君と一緒に杭州府の同治（司馬は明淸では府の同治を指す）方さんの役所で飲んだ。時間も遲くなり月が沈んでも、名殘惜しく歸ることができなかった。四年たって私はまた武

威山に旅行しようとして、浙江に立ち寄ったが君はその十日前に亡くなっていた。

其の時君は諸生を以て寧邸に上客と爲り、毎《つね》に城を出づれば則ち余の家に宿す。兩人とも飲まずして古を論ずるを好み、聖を折りて相ひ對し、凡そ三千年の國家の治亂、人材の臧否、見解する所有りて、動《やや》もすれば輒《すなは》ち相ひ合ひて、几を拍ちて叫び呼び、故を以て益ます相ひ得たり。家人君の來るを聞けば、必ず治めて濡蠟を具へしめ以て待つ。何《いくばく》も亡《な》くして余官を江南に改めらるるも、君は藩邸に在ること故《もと》の如し。（中略）晩年次子重耀蕭山縣の事を攝るを以て、就ち浙に養はる。適たま余天臺に遊びて歸り、君と同に方司馬の署中に飲む。漏沈み月落つるも、依依として去らず。四載を隔てて余再び武威に遊び、浙に過ぎるに君十日に先んじて亡す。

其時君以諸生以寧邸上客、毎出城則宿余家。兩人不飲而好論古、折聖相對、凡三千年國家治亂、人材臧否、有所見解、動輒相合、拍几叫呼、以故益相得。家人聞君來、必治具濡蠟以待。亡何余改官江南、君在藩邸如故。（中略）晩年以次子重耀攝蕭山縣事、就養于浙。適余遊天臺歸、與君同飲方司馬署中。漏沈月落、依依不去。隔四載余再遊武威、過浙而君先十日亡。(4)

「明府」は知縣だから、蕭山知縣であった蔣和寧の次男蔣重耀のことであろう。

その常州の蔣明府が言う、「佛像が獅子や象に乗っているのは誰でも知っているが、佛像が乗っている犼は誰も知らないようだが、犼とは實は僵尸から變じてできたものなのだ」、と。

動物に乗っている佛像は見たことがあるが、そのどれもが寫實的なものではなく、かなりディフォルメされている。牙が六本の象だの、獅子といってもライオンとは似ても似つかぬものがある。

そのうちの一種に、「犼」というものがいるのであろう。

某が夜出歩いて、僵尸が棺から出て來るのを見て、煉瓦や石ころで棺を滿たし、農家の二階から見物していた。

これは、魘勝法としては一般的なもので、時間切れを狙う方法である。棺に滿たされた瓦石を、僵尸が取り除いているうちに朝になり、僵尸は倒れる。

あるいは修理不能なほど棺を壞す、棺の蓋を隱す、などというやり方も似たような、魘勝法である。

四更頃、僵尸はなにかを抱えて歸って來た。棺の前まで來たが入れないので、目をむく。

目を張りて怒視するに、其の光睒睒たり。

睒睒は光の强いさま。

二階に人がいる氣配を察して、探しに來ようとする。だが、

腿の硬きこと枯木の如きに苦しみ、梯を登る能はざれば、怒りて梯を去る。

足が枯木のように硬いので、梯子を登れず、怒って梯子を外した。膝が曲がらないということなのだろう。僵は、固くなる・こわばるだから、なるほどと思わせる。この部分は、妙にリアリティがある。

梯子を外されたので、側に生えている樹に絡みついて地に降りた。

僵尸が氣づいて追ってくる。某は幸なことに水泳が得意だったので、僵尸は水に入れない、と見當をつけ、川を渡って對岸に立った。僵尸は地團駄踏んで悔しがり、氣味の惡い聲で哀しげに叫び、三回跳躍して、獸の形になって立ち去った。

この獸が「犼」だということなのだろうが、特に說明はない。

また「旱魃」との關係についても、ここまでなんの說明もない。地上に子供の死體があり、體の半分だけ殘り、血液は全く無い、というのも、一般的僵尸譚から出ていないありふれた話である。

要するにここまで、「僵尸」が「獸」に變化したというだけの話である。

ある人が言うには、僵尸は初め旱魃に變化し、再び變化すると犼になる。これもおかしな話である。もしこの通りだとすれば、「僵尸」が變化した獸は、「旱魃」だということになる。犼に神通力があり、口からに煙火を吐いて、龍と戰うことができる。だから佛はこれに乘って鎭め壓しているのだ、と。

『西遊記』の第七十一回に、孫悟空が麒麟山獬豸《かいち》洞の賽太歲を火攻めにしている時に、觀音菩薩が現れて、賽太歲は實は三年前に逃げ出した、觀音の乘り物の金毛犼であるという場面がある。「麒麟」も「獬豸」も「犼」も、言うまでもなく、想像上の獸である。しかし「麒麟」と「獬豸」は『三才圖會』に載っているが、この「犼」は『三才圖會』には載っていないのである。あまりポピュラーではない幻獸である。

なんとか「旱魃」と「僵尸」を結びつけた話を、作ろうとして、傳聞をよせあつめたのだろうが、理屈に合わない話になっている。細部には、さすがと思わせる、妙にリアリティがある部分もあるが、失敗作と言ってよいと思う。

『旱魃有三種』

一種は獸に似ていて、もう一種はなんと僵尸から變じたものだという。どちらも旱《ひでり》をおこし、風雨を止めることができる。ただ山の上に住む旱魃で格という名のものは、なかでも害がひどい。人に似ているが細長い頭の頂に一つの目がある。龍を食うことさえでき、雨請い師たちはみないちばん恐れている。雲ができはじめるのを見ると、仰向いてうそぶく、すると雲はすぐに散って、日差しはますます強くなり、こうなると人の力ではどうしようもなくなる。ある人が言うには、旱魃が起きようとする時になれば、山川の氣の結びがほどけてできる。ふと見えなくなれば、雨がふる、と。

一種は獸に似て、一種は乃ち僵尸の變ずる所にして、皆な能く旱を爲し、風雨を止む。惟だ山上の旱魃の格を名とするは、害を爲すこと尤も甚し。人に似て長き頭の頂に一目有り。能く龍を喫し、雨師皆これを畏る。雲の起くるを見、首を仰け嘘吹けば、雲卽ち散じて日愈いよ烈しく、人制する能はず。或ひと云ふ、天應に旱すべくんば、則ち山川の氣結を融けしめ成る。忽然として見えずんば、則ち雨ふる、と。

一種似獸、一種乃僵尸所變。皆能爲旱、止風雨。惟山上旱魃名格、爲害尤甚、似人而長頭、頂有一目、能喫龍。雨師皆畏之。見雲起、仰首吹嘘、雲卽散而日愈烈、人不能制。或云、天應旱、則山川之氣融結而成。忽然不見則雨。

『旱魃有三種』、『續新齊諧』巻三

ここでは旱魃を三種に分類している。一種が獸魃で、一種が僵尸の變ずる所、だから鬼魃。もう一種は「格」であるという。この「格」は初登場である。まだ話が煮詰まっていない。いろいろな說が出始めた時期なのだろう。この「格」について、もともと何らかの知識が有ったのならば『犼』を書く時點で、なにかを書き加えているはずである。

『犼』を書き終えてから、「格」の話を誰かから聞いて、急いで書きくわえたようだ。だからメモのような書き方で、說話にはなっていない。

『旱魃』は『子不語』巻十八である。

『犼』とこの『旱魃有三種』は、同じ『續新齊諧』巻三である。

執筆時期は特定できないが、『旱魃』が書かれて、その後五・六年たって、『犼』が書かれ、數ヶ月で『旱魃有三種』が書かれたと考えて、さほど外れてはいないであろう。

『續新齊諧』巻三が執筆されたのは一七九一年～一七九三年頃と推定される。(2)

だから、先行研究(5)に、「妖怪學の權威であった袁隨園先生の說によると、旱魃には三種あるとして次のように分類する」などとあるのはおかしいのである。『旱魃有三種』がいちばん執筆時期が新しいのである。

『閲微草堂筆記』に、

僵尸に二有り、其の一は新尸にして未だ殮せざる者、忽ち躍り起ちて人を搏つ。其の一は久しく葬むりて腐らざる者、變形して魑魅の如く、夜或ひは出遊し、人と逢へば則ち攫ふ。或ひと旱魃は卽ち此なりと曰ふも、能く詳にする莫し。(中略)、袁子才前輩の『新齊諧』に、南昌の士人行尸し夜その友に見ゆる事を載するも、始め祈り請ひ、繼ぎて感激し、繼ぎて凄戀し、繼ぎて變形し搏ち噬まんとす。(以下略)

僵尸有二、其一新尸未殮者、忽躍起搏人。其一久葬不腐者、變形如魑魅、夜或出遊、逢人則攫。或曰旱魃卽此、莫能詳也。(中略)、袁子才前輩『新齊諧』載南昌士人行尸夜見其友事、始而祈請、繼而感激、繼而凄戀、繼而變形搏噬。

『閲微草堂筆記』、『如是我聞』巻四

「よく判らないが、「旱魃」は「僵尸」だという人がいる」と言っている。

『新齊諧』の「南昌の士人行尸して」というのは、『子不語』巻一にある『南昌士人』のこと。

直接に、本論の論旨とは關係はないが、紀昀が「袁子才前輩」と書いていることによっても、意識していたことが明白であろう。袁枚は、紀昀にとっては翰林院の先輩である。

『閱微草堂筆記』の『如是我聞』の出版は、乾隆五十六年（一七九一）である。『子不語』は乾隆五十三年（一七八八）に出版されている。紀昀が『子不語』の第三冊目までは讀んでいたことは間違いない。(6)

だから、袁枚にとっても、紀昀にとっても、「旱魃」と「僵尸」の關係は、「近頃耳にするようになったが、よく判らない」ものだ、と言うところなのだろう。

そして袁枚は、『旱魃』と『犼』という二作をとりあえず書いてはみたが、結局、いろいろな噂を綜合すると、實は三種らしいというので、メモのような『旱魃有三種』を作り、補足ということにしたようである。

【注】

（1）漢の哀帝の時、晝夜を百二十刻とし、梁の武帝の時、晝夜を九十六刻とし、八刻を一辰とした、などと史書にはあるが、ここでは煩瑣を避け、これ以上觸れない。

（2）これらの推測の根據は、本書第四部第一章、「袁枚『子不語』の增補」を參照。

（3）申孟選注『子不語選注』、文化藝術出版社。一九八八年一二月。北京。三四頁

（4）『誥授奉政大夫湖廣道監察御史蔣公墓誌銘』、『小倉山房（續）文集』卷三十一

（5）澤田瑞穗『鬼趣談義―中國幽鬼の世界―』、平河出版社。一九九〇年九月 。三二五頁

（6）本書第一部第一章、「袁枚『子不語』の鬼求代說話の筆法―紀昀の批判から―」を參照。

第四章 『續新齊諧』の僵尸說話

あらためて『續新齊諧』のうちの「僵尸說話」と考えられるものの一覽を、擧げておく。

⑯『僵尸食人血』 『續新齊諧』卷二。
⑰『犼』 『續新齊諧』卷三。
⑱『旱魃有三種』 『續新齊諧』卷三。
⑲『僵尸拒賊』 『續新齊諧』卷四。
⑳『乾麂子』 『續新齊諧』卷四。
㉑『尸奔』 『續新齊諧』卷五。
㉒『飛僵』 『續新齊諧』卷五。
㉓『僵尸貪財』 『續新齊諧』卷六。
㉔『尸變』 『續新齊諧』卷八。
㉕『僵尸挾人棗核可治』 『續新齊諧』卷八。
㉖『僵尸』 『續新齊諧』卷十。

今回檢討を加えようとするのは、第二部第一章の通番でいえば、⑯・⑲・㉑から㉖の八則である。

要するに『續新齊諧』のうち、すでに第二部第三章で検討を加えた「旱魃關聯のもの」（⑰・⑱）を除いたものである。

ただし⑳のみ、僵尸說話とは言い難い面もあるので、次章の『僵尸說話補遺及び結語』で觸れる事とする。『續新齊諧』が書かれたのは、晩年と言ってよい。この時代になると、「加工されていない」ものと、「創作」と、作風が二極化するのである。

一　加工がされていない例

㉑『尸奔』

僵尸が人を追って走ることができるのは、陰の氣と陽の氣が合わせ集まってもたらす結果である。人が死ねば陽の氣はすべて絕え、死體は純陰な存在ということになる。そも生きている人の陽氣は盛んだから、しばらくこれに觸れていると、陰氣が開き、陽氣を吸いおわると、人の後を追って走ることができるようになる。かたく縛られつなげられているもののように動く。これは『易經』にいう、「陰の陽に凝れば必ず戰ふ」というものである。だから死體のそばに居なければならないものは、足を向かい合わせして橫になることを嫌う。人が橫になれば、陽氣は足の裏の湧泉穴から出る。弓の矢が弦を離れれば、障礙などがないように強く突き刺さる。もしも死者と足を向かい合わせれば、生きている人の陽氣は全て死者の足の中に注ぎこまれ、死者はすぐ立ち上がることができる。俗に走影（影のように付き從う）と呼んでいるものである。それが陽の氣に感じたためなのかどうかは分からないが、ただ口でものを言うことだけはできない。ものを言うことができるのは、黃小二の類《たぐい》だけである。老いた魅に取り附かれたものである。陳聶恆の『邊州聞見錄』に、以下のような話がある。旅人が山を行き、途中で名前を呼ぶ者がいる。ふと答えてしまった。日暮に宿に泊まり、その話をした。店主が、「お客さん心配しないでください。私が退治して見せましょう」と言う。夜になると劍を持って客とともに横になった。外で三更を知らせる太鼓が鳴ると、やはり客の名をを呼ぶ者がいる。垣根の外から呼んでいるようである。誰なんだと訊ねると、俺は黄小二だと答える。門をあけて追いかけると、人のような物がいるのが見える。走ってある墓の中に入っていった。明くる日隣近所を訊ねまわると、死んで葬ったばかりの者であるとことが判ったので、みなで役所に知らせ檢證してもらった。その死體は腐りかけ變色していたが、店主は「これですよ。だけれどもこいつはまだ精にはなっていませんね」と言う。人々と四方八方探しまわり、深く山中にわけ入ると一體の遺體が見つかった。やはり腐りかけ變色していたが、毛が生えていた。「これが黄小二です」と言う。燒いたところやはりキューキューと音をたてる。新たに死んだ遺體を燒くのと、特に違いはなかった。思うに、野に死んだ人の魂は、年月がたつとついには魅に成り、新たに死んだ人の體を借りて人に禍いをもたらす。借りる死體がなければ、また長い時間をかけて眚《アニマ》というものになる。もし雷に擊たれ、その氣を散らされなければ、また廣くひろがり疫病になるのである。これもみな山や川の荒々しい氣が、たまたま死後の體にぶつかるためであろう。

尸の能く隨ひ奔るは、乃ち陰陽の氣の翕合《きふがふ》の致す所なり。蓋し人死すれば陽は盡く絕へ、體は純陰に屬す。凡そ生人の陽氣は盛んにして驟《しば》しばこれに觸るれば、則ち陰氣忽ち開き、陽氣を將《も》って吸ひ住《をは》れば、卽ち能く人に隨ひて奔走す。擊縛し旋轉せらるる者の若く然り。此れ易《えき》に謂ふ所の、陰の陽に凝れば必ず戰ふ、なり。故に尸に伴ふ者は最も對足して臥するを忌む。人臥せば則ち陽氣は多く足心の湧泉穴より出づ。箭の弦を離るるや、勁く透ること礙無きが如し。若し死者と對足すれば、則ち生者の陽氣は盡く死者の足中に貫注し、尸は卽ち能く起立す。俗に呼びて走影と爲す。其の陽に感ずる爲《ため》なるかを知らざるも、唯だ口言《ものい》ふ能はず。其の能く言ふ者は黄小二の類《たぐひ》と爲す。老魅の附す所と爲る。陳聶《でふ》恆邊州聞見錄に載す、客有りて山行し、途中其の名を呼ぶ者を聞く。覺えずこれに應ふ。暮に主人の宿に投じ、告ぐるに故を以てす。店主曰く、客憂ふる無かれ。我能くこれを治む、と。夜劍を攜へ客と同に寢ぬ。外に三更を打つに、果して客を呼ぶ者有るを聞く。聲は牆外に在り。誰爲ると問ふに、答へて曰く、我は黄小二なり、と。門を啓きてこれを逐ふに、物の人の如き有るを見る。奔りて一塚に入りて沒す。明くる日其の居鄰を詢《たづ》ぬるに、新に死して葬する者爲《た》るを知り、相ひ與に官に報じ驗を起す。其の尸斑《まだら》に爛《ただ》れ五色なるも、店主曰く、是れなり。然れども猶ほ未だ精と成らず、と。衆と四《よ》も覔《もと》めて、深山中に入るに、遺骸一具を見る。亦た五色にして毛を生ず。曰く、此れ其の黄小二なり、と。これを焚くに、果して啾啾として聲を作す。新葬の屍を焚くと、了に他異無し。蓋し槁死するの魂は、久しくすれば則ち魅と成り、特に新死の體を借り以って人に禍ふ。借る所無ければ、則ち久しくして眚《しやう》と爲る。若し雷火に遇ひ其の氣を擊散せられば、又た能く布きて疫と爲る。此れ皆な山川の沴戾の氣の、偶たま身後に中るの故なり。

尸能隨奔、乃陰陽之氣翕合所致。蓋人死陽盡絕、體屬純陰。凡生人陽氣盛者驟觸之、則陰氣忽開、將陽氣吸住、卽能隨人奔走。若擊縛旋轉者然。此易所謂、陰凝於陽必戰也。故伴尸者最忌對足臥。人臥則陽氣多從足心湧泉穴出。如箭之離弦、勁透無礙。若與死者對足、則生者陽氣盡貫注死者足中、尸卽能起立。俗呼爲走影。不知其爲感陽也、唯口不能言。其能言者、爲黄小二之類。爲老魅所附。陳聶恆邊州聞見錄載、有客山行、途中聞呼其名者。不覺應之。暮投主人宿、告以故。店主曰、客無憂。我能治之。夜攜劍同客寢。外打三更、果聞有呼客者。聲在牆外。問爲誰、答曰、我黄小二也。啓門逐之、見有物如人。奔入一塚而沒。明日詢其居鄰、知爲新死而葬者、相與報官起驗。其尸斑爛五色、店主曰、是也。然猶未成精。與衆四覔、入深山中、見遺骸一具。亦五色生毛。曰、此其黄小二矣。焚之、果啾啾作聲。

與焚新葬之尸、了無他異。蓋槁死之魂、久則成魅、特借新死之體以禍人。無所借、則久而爲眚。若遇雷火擊散其氣、又能布而爲疫。此皆山川沴戾之氣偶　中於身後故也。　『尸奔』、『續新齊諧』巻五。

僵尸がなぜ人を追って走るのか、ということを、自分でも少し整理しておきたい、と考えたのかもしれない。袁枚自身の「僵尸はなぜ走るか論」と、他書からの引用なので、創作の入る餘地はない。

まず「陰陽の氣の翕合」という理屈で、說明しようとする。『易經』を引いて、「易に謂ふ所の、陰の陽に凝れば必ず戰ふなり」と言っている。これは以前から何回も指摘してきたことだが、うろ覺えのままの「人名・地名」・「經書・史書などからの引用」の典型である。

『易』の『坤卦』には、「陰の陽に疑はるれば必ず戰ふ」とある。「疑」を「凝」と間違えては意味をなさないのである。

陳聶恒[1]の『邊州聞見錄』は未見だが、陳聶恒は康熙三十九年の進士で、「荔浦の令を授けられ、後に長寧に調せらる」とあるので、廣西の荔浦の縣令と、廣東の長寧の縣令をつとめたようだ。

荔浦縣は桂林の南六十キロメートルほど、柳州の東にやはり六十キロメートルほどの所。長寧縣は惠州府に屬するので沿岸部に近い。この二つの邊境での見聞を記した書なのであろう。

「黃小二」については、管見に入る範圍では他書に見えない。廣西地方の傳承なのであろう。

袁枚は西南地方について書かれた筆記類は、かなり讀んでいたようである。この件については、次節『僵尸說話補遺及び結語』でも觸れる。

「眚」というのはどういうものなのかよく判らないし、同じ意味の日本語の語彙はないので、借りに「アニマ」

としておく。性靈・精靈くらいなのだろうが、具體的にどのようなものなのかはわからない。

㉒『飛僵』

そも僵尸というものは、古くなれば空を飛べるようになり、二度と棺に戻ることはない。體中の毛は一尺ほどの長さになり、ふさふさと垂れ下がる。出入りするたびに光りがある。またもっと古くなると飛天夜叉になり、雷に撃たれない限り死ぬことはない。ただ鐵砲で撃てば倒すことができる。福建の山中の人々はいつもこれに出會うと、みなで獵師を呼んで樹の枝に踞って鐵砲で撃つのである。この物は熊のように力が強く、夜中に出てきては人をさらったり、作物を荒らしたりする。

凡そ僵尸は、久しければ則ち能く飛びて、復《ふたた》びは棺中に藏《もど》らず。遍身の毛は皆な長きこと尺餘にして、毿毿《さんさん》として披《なが》く垂れ、出入するに光有り。又た久しければ則ち飛天夜叉と成る。雷擊つに非ずんば死せず。惟だ鳥槍のみこれを斃す可し。閩中の山民每每《つねづね》此に遇へば、則ち群は獵者を呼び分かれ樹杪に踞りてこれを擊つ。此の物の力大なること熊の如く、夜出でて人を攫《さら》ひ稼を損ず。

凡僵尸、久則能飛、不復藏棺中。遍身毛皆長尺餘、毿毿披垂、出入有光。又久則成飛天夜叉。非雷擊不死。惟鳥槍可斃之。閩中山民每每遇此、則群呼獵者分踞樹杪擊之。此物力大如熊、夜出攫人損稼。　『飛僵』、『續新齊諧』卷五

これは閩中の山民から、誰かが聞いた話を整理しただけのものであろう。

『續新齊諧』卷五には、紀昀の『閱微草堂筆記』の『灤陽消夏錄』から十一則を借用している。(4)勿論、忠實な引用ではなく、省略もあり、出處も明記してはいないし、もともと『閱微草堂筆記』には無い、一則每の小題を付している。

しかしそのうちの二則、『軍校妻』・『飛天夜叉』（袁枚が付けた題）の二篇だけは、書き出しに「紀曉嵐先生在烏魯木齊時」「先生在烏魯木齊」とある。

『飛天夜叉』ははもともとは、『灤陽消夏錄五』にある。

「飛天夜叉」という名はもともとは佛典に見えるようだが、中國の古小說に現れるものでは、『太平廣記』巻三五七にある「出博異傳」と注記のある『薛淙』が、現在確認できる最古のものである。

㉔『尸變』

鄞縣（寧波）の湯阿達は北京に居たが、その兄が訪ねて來ても無禮な態度であった。ある人がその理由を訊ねると、「二十年前に兄と一緒に鄰の女の死體をお守りしていた。兄は二階から茶を取りに下りて行った。阿《お》達《れ》は死體があんまり美しいので、變な氣を起こした。ずーっと死體を見つめていると、死體はふと立ちあがり、部屋の中をぐるぐる回って俺を追ってくる。阿《お》達《れ》はドアから逃げだそうとしたんだが、ドアは外からカギがかけられていた。兄が二階に上がろうとした時に死體が俺を追いかけているのを見て、怖がってドアのカギをかけたんだろうと思う。阿《お》達《れ》は窗から跳び下りて逃げようとした。死體は跳び下りることができない。阿《お》達《れ》は瓦の上で氣を失い、死體はその場で固まったまま立っている。朝になって家族が二階に上ってみると、死體はまだ突っ立ったままだった。そこで死體に米をふりかけて棺に納めた。それから三日して、阿《お》達《れ》は市場から歸って來て、白日のもとこの女の死體を見て、そのどう猛さをののしってやった。阿《お》達《れ》は城内に行き、それから北京に來て、今に至るまで二十年だがもう歸りたくない」と言った。

鄞縣の湯阿達京に在り、其の兄來たるも禮あらず。或ひとこれに故を問ふに、曰く、廿年前曾て兄と一鄰女の尸を守る。兄樓より下り茶を取るに、阿達尸の美なるを慕ひ、邪心有り。これを看ること良久しくするに、尸忽ち立ち起き、室を繞りてこれを逐ふ。阿達門に至り走《に》げんと想ふも、而れども門已に外より扣《か》く。蓋し其の兄樓に上りし時尸の相ひ逐ふを見て、故にこれを畏れて門を扣くならん。阿達窗より跳びて走《に》げんとす。尸は跳ぶ能はず。阿達瓦上に暈死し、尸も亦た僵立して動かず。次の早《あさ》家人樓に上りてこれを視るに、尸は猶ほ僵立す。乃ち米を取り尸に篩《ふる》ひ降《ふら》してこれを殮す。隔つること三日、阿達市より歸り、白日此の女を見て其の不良を詈る。阿達城に入り、再び京に入り、今に至るも敢て歸らず。

鄞縣湯阿達在京、其兄來而不禮。或問之故、曰、廿年前曾與兄守一鄰女之尸。兄下樓取茶、阿達慕尸之美、有邪心。看之良久、尸忽立起、繞室逐之。阿達至門想走、而門已外扣。蓋其兄上樓時見尸相逐、故畏之而扣門也。阿達跳窗走。尸不能跳。阿達暈死瓦上、尸亦僵立不動。次早家人上樓視之、尸猶僵立。乃取米篩降尸而殮之。隔三日、阿達從市歸、白日見此女詈其不良。阿達入城、再入京、至今不敢歸。

『尸變』、『續新齊諧』巻八

これも湯阿達という男の語るままを記したものと考えて良いであろう。一人稱に「阿達」をそのまま使っているので、素朴な印象を受けるが、とりたてて創作らしい箇所はない。

㉕『僵尸挾人棗核可治』

知縣の尤佩蓮がまだ科擧に受かる前に、河南に行っていたことがあるという。こんな話をしてくれた。河南の地では棺はほとんど野に置いておくだけなので、しょっちゅう人が僵尸に抱きつかれる事件があった。土地の人には對處法があって、特に怖がりもしない。僵尸に抱きつかれたものが有れば、摑む力がたいへん強いので、兩手で引きはがそうとしても、僵尸の爪が人の皮膚にくい込んで逃げられない。そこで棗《なつめ》のタネ七個を用意して、僵尸の背にある經穴に打ち込めば、手の力はだんだんとゆるんでくる。何度も試してみたがいつも效果があった。新たに死んだ尸が走るのは、走影と呼ぶ。陽氣に感じて動きだすのである。抱きつかれた人がいても、やはりこの方法で救うことができる。

尤明府佩蓮未だ達せざる時、曾て河南に客たり。言はく、其の地の棺は多く野厝なれば、常に僵尸人を挾むの患有り。土人に治するの法有り、亦たこれを異とせず。凡そ尸に挾《さしはさ》まる被《る》者有れば、把握すること至って緊にして、兩手もて斷裂せんとすと雖も、爪甲人の膚に入りて終に脱する可からず。棗核七個を用て、尸の脊背の穴上に釘入すれば、手隨ひて鬆出す。屢しば試みれば輒ち效あり。新死の尸奔るの如きは、名づけて走影と曰ふ。乃ち陽氣に感じ觸れ動きて然す。人に挾《さしはさ》ま被《る》る有るも、亦た此の法を以てこれを治む可し。

尤明府佩蓮未達時、曾客河南。言、其地棺多野厝、常有僵尸挾人之患。土人有法治、亦不之異。凡有被尸挾者、把握至緊、雖兩手斷裂、爪甲入人膚、終不可脫。用棗核七個、釘入尸脊背穴上、手隨鬆出。屢試輒效。如新死尸奔、名曰走影、乃感陽氣觸動而然。人有被挾、亦可以此法治之。

『僵尸挾人棗核可治』、『續新齊諧』巻八

これも尤佩蓮という知縣から聞いたままなのであろう。尤明府佩蓮という書き方からも、多少の遠慮がある相手から聞いたことをそのまま記した例であろう。

二　創作であろう例

⑯『僵尸食人血』

呉江の劉某という秀才は、元和縣の蔣家で住み込み家庭教師をしていた。清明節に休暇をもらい、家に歸り墓まいりをした。終わって、また蔣家にもどろうという時に、妻に、「私は明日、某處に友を訪ねるつもりだ。その後、船を下り閶門に行く。だから明日は朝起きたら飯を炊いてくれ」と言った。妻は言われたとおりに、一番鷄が鳴くと起き出して家事を始めた。劉の家は山を背にして、河に面しているので、妻は河で米を研ぎ、菜園で菜をとり、全て準備はできた。明るくなっても夫は起きてこない。催促しようと部屋に入り、何度も呼んだが答えがない。ベッドの帳《とばり》をあけてみると、夫はベッドの上に横たわっているが、首の上に頭が無く、血の跡も無かった。驚いて隣近所の人を呼んで見てもらった。人々は妻が夫を殺したのではないかと疑い、役所に訴え出た。役人が調べに來て、しばし棺に納めるよう命じ、妻を拘束して拷問したが、結局、本當のことはわからない。妻を獄中にとどめて、一箇月を過ぎても判らない。その後鄰人が薪を取りに山に登ったが、古い墓の土がくずれて、棺が現れているのを見つけた。棺はこわれていないが、棺の蓋がわずかに開いている。盗掘にでもあったのかと思い、人々を呼んで開けてみると、死者の顏色は生きているようで、白い毛が體じゅうにはえており、兩手で人の頭を抱えている。仔細に見ると劉秀才の頭であった。そこで役所に訴へでて死體の檢證を願った。役人が首を取らせようとしたが、首は死體の手でかたく抱えられ、數人がかりで引っぱっても、開くことができない。役人の命令で斧で僵尸の腕を斬ると、鮮血が吹き出してきた。だが劉某の頭には全く血が無かった。たぶん全部僵尸に吸い取られたのであろ。役人の命令で僵尸を焼き、妻を獄中から出し、この事件は終わった。

吳江の劉秀才某は、徒に元和縣の蔣家に授く。淸明の時に假《いとま》り歸りて墓を掃く。事畢りて、將に復た館に進まんとして、妻に謂ひて曰く、予來たる日某處に往き友を訪ふ。然る後船より下り閶門に到る。汝須らく早《あさ》起きて炊を作すべし、と。婦言の如く雞鳴に身を起し料理す。劉の鄕居は其の屋山を背にし河に面すれば、婦米を河に淅《と》ぎ、蔬を圃に擷《つ》み、事事齊《ひとし》く備る。天已に明くるも夫起きず。室に入りて催促せんとし、頻りに呼ぶも應《こた》へず。帳を掲げてこれを視るに、其の夫牀上に横臥するを見るも、頸上に頭無く、又た血迹無し。大に駭き、鄰里を呼び來りて看しむ。群は婦に奸有りて夫を殺すと疑ひ、これを官に鳴らす。官至り検驗《しら》べて、暫く收殮するを命じ、婦を拘し拷訊するも、卒に實情無し。婦を獄中に置き、月を累ぬるも決せず。後に鄰人山に上り樵を採るに、廢塚中に棺の暴露せらるる有るを見る。棺木は完固なるも、而して棺蓋は微《かすか》に啓《ひら》く。人に竊に發《あば》か爲《る》ると疑ひ、衆を呼び啓き視るに、尸の面色は生くるが如く、白毛は體に遍く、兩手に一人頭を抱くを見る。審さに視るに劉秀才爲るを識る。乃ち官に訴へ尸を驗ぶ。官命じて首を取らしめんとするも、首は尸の手に緊く捧げ爲《ら》れ、數人の力もて、挽《ひ》くも開く能はず。官命じて斧もて僵尸の臂を砍らしむるに、鮮血淋漓たり。而して劉某の頭に反って血無し。蓋し盡く僵尸の吸ふ所と爲るならん。官命じて其の尸を焚かしめ、婦を獄中より出し、案乃ち結す。

呉江劉秀才某、授徒於元和縣蔣家。清明時假歸掃墓。事畢、將復進館、謂妻曰、予來日往某處訪友。然後下船到閶門。汝須早起作炊。婦如言雞鳴起身料理。劉鄉居其屋背山面河、婦淅米於河、擷蔬於圃、事事齊備。天已明而夫不起。入室催促、頻呼不應。揭帳視之、見其夫横臥牀上、頸上無頭、又無血迹。大駭、呼鄰里來看。群疑婦有奸殺夫、鳴之官。官至檢驗、命暫收殮、拘婦拷訊、卒無實情。置婦獄中、累月不決。後鄰人上山採樵、見廢塚中有棺暴露。棺木完固、而棺蓋微啓。疑爲人竊發。呼衆啓視、見尸面色如生、白毛遍體、兩手抱一人頭。審視識爲劉秀才。乃訴官驗尸。官命取首、首爲尸手緊捧、數人之力、挽不能開。官命斧砍僵尸之臂、鮮血淋漓。而劉某之頭反無血矣。蓋盡爲僵尸所吸也。官命焚其尸、出婦獄中、案乃結。

『僵尸食人血』、『續新齊諧』卷二

住み込み家庭教師をしていた劉秀才が、清明節に休暇をもらい、家に歸った。家は山を背にして、河に面し、妻は河で米を研ぎ、菜園で菜をとり、という、平和でのどかな田園生活の風景が、ベッドの帳《とばり》をあけてみると、夫はベッドの上に横たわっているが、首の上に頭が無く、血の跡も無かった、と一轉して、「獵奇的殺人事件」に變る。

近所の人々は妻を疑い、訴え出た。妻は拘束され拷問を受けたが、結局、一箇月を過ぎてもわからない。迷宮入りになりそうであったが、薪を取りに山に登った近所の人が、古い墓を見つけ、人々を呼んで開けてみると、白い毛がはえた僵尸が、劉秀才の頭を抱えている。この偶然の發見によって、妻の冤罪は晴れ、一氣に事件は解決する。

のどかな田園の朝の生活が、首のない劉秀才の死體の發見によって、「獵奇的殺人事件」へと暗轉する。妻が疑われ、拷問まで受けるが解決せず、迷宮入りになるかという時に、廢塚内の僵尸と劉秀才の頭部が、偶然に發見されたことによって、妻の冤罪が晴れる。劉秀才の死體が發見された時、血痕が無かった理由も、最後に判明する。

謎解きミステリーとしては、一級品に屬するみごとなストーリーの展開である。

そしてなによりも文がいい。書き下し文で引いても、良さは傳らないので、敢て原文を引く。

「婦如言、雞鳴起身料理。劉郷居、其屋背山面河、婦淅米於河、擷蔬於圃、事事齊備」

のどかな田園での、つかの閒の樂しい生活なのだろう。

「入室催促、頻呼不應。揭帳視之、見其夫橫臥牀上、頸上無頭、又無血迹。」

急に暗轉する場面だが、ここまでほとんど、七言と四言の句である。

「見尸面色如生、白毛遍體。兩手抱一人頭。審視識爲劉秀才。乃訴官驗尸。官命取首、首爲尸手緊捧、數人之力、挽不能開。」

偶然發見された廢塚から出てきた、僵尸の面色が生きているようである、というのは通常の僵尸とは違う。通常は枯痩である。秀才の頭部を緊く捧げて放さない。

「官命斧砍僵尸之臂、鮮血淋漓。而劉某之頭反無血矣。蓋盡爲僵尸所吸也。」

やむなく斧で僵尸の腕を斬る。すると鮮血ほとばしり、ここで遺體が發見されたときに、血痕がなかった理由もやっと判るというわけである。

⑲『僵尸拒賊』

杭州の洋市街石牌樓に住む魚賣りの男は、毎朝五鼓になると艮山門から出て魚を賣り歩いた。林の中の一軒家の燈りの下で、美しい女性が一人坐って絲紡ぎをしているのを見かけた。毎日絲を紡いでおり、全く他に人はいない。幽鬼かとも思ったが、恐いとは思わなかった。ある日、白い鬚の老人が現れ、「君はこの女を慕わしく思い、妻にしたいのかね。よい方法がある。私の言うとおりにすれば、うまくいくはずだ。明くる朝、握り飯を一つ持って、彼女の部屋に押し入り、彼女の口を開けさせ、飯で口を塞いで、背負って歸って來ればいい。陽の光を見せなければ、人と違う點はない」と言う。

教えられたとおりにして、この女を手に入れた。二階に閉じこめていたが、夫婦の仲はたいへん良く、一年餘りで子が生まれた。普通に飲み食いでき、曇った日には二階から下り炊事もした。二十數年たち、子に嫁をむかえ孫もできた。家にもまた餘裕ができ、葉茶屋を開いた。ある日、暑く、日光が火のようであった。子の嫁が、姑が二階から下りて來るのを聞きつけ、階段に行ったが音がしない。よく見ると、血がひとたまり有り、僵尸になっていた。その夫は心の中でわけは分かっていたので、それほど悲しみもしなかった。棺を買って收めても、毎夜棺の中より出入りしている。ある時、賊が前門から押し入ろうとしたが、人がさえぎる。後門から入ろうとしても、また人がさえぎる。みな僵尸が家族を護っているのである。

杭州洋市街石牌樓の魚を販《う》る人、毎に五鼓に艮山門より出て魚を販る。樹林の内に燈光隱隱として美女子有り獨り坐して紡績するを見る。毎日此の如くして、竝びて別人無く、鬼爲るかと疑ふも、亦た懼れず。一日、白鬚の叟有りこれに語《つ》げて曰く、君此の女を慕ひ、以って妻と爲すを欲するか。我に法有り、敎に依れば則ち事圖る可し。明くる早《あさ》須く一飯團を持し彼の室に闖入し、彼を誘ひて口を開かしめ、則ち飯を以て其の口を塞ぎ、これを負ひて歸るべし。天光を見しむる勿くんば、便ち人と異なる無し、と。其の敎への如くすれば、果して此の女を得たり。樓中に閉するも、伉儷甚だ篤く、年餘にして子を生む。亦た能く飲食し、天陰なれば則ち樓より下り炊を執る。積むこと廿餘年、媳を娶りて孫を生み、家も亦た小康にして、茶肆を開く。一日、天大に熱く、日光火の如し。其の媳姑の樓より下るを聞き、梯に至るも聲無し。これを視るに、血水一攤《たま》り有りて、變じて僵尸と作る。其の夫心に其の故を知るも、亦た甚しくは痛苦せず。但だ棺を買いて收殮するに、毎夜棺中より出入す。嘗て賊有りて前門に入るも、人有りてこれを擋《さへ》ぎる。後門に入るも、又た人有りてこれを擋《さへ》ぎる。皆な僵尸これが爲に護衞するなり。

杭州洋市街石牌樓販魚人、毎五鼓出艮山門販魚。見樹林内燈光隱隱有美女子獨坐紡績。毎日如此、竝無別人、疑爲鬼、亦不懼。一日、有白鬚叟語之曰、君慕此女、欲以爲妻乎。我有法、依敎則事可圖。明早須持一飯團闖入彼室、誘彼開口、則以飯塞其口、負之而歸。勿令見天光、便與人無異矣。如其敎、果得此女。閉樓中、伉儷甚篤、年餘生子。亦能飲食、天陰則下樓執炊。積廿餘年、娶媳生孫、家亦小康、開茶肆。一日、天大熱、日光如火。其媳聞姑下樓、至梯無聲。視之、有血水一攤、變作僵尸。其夫心知其故、亦不甚痛苦。但買棺收殮、毎夜於棺中出入。嘗有賊入前門、有人擋之。入後門、又有人擋之。皆僵尸爲之護衞也。

『僵尸拒賊』、『續新齊諧』巻四

深夜か早朝かという時刻に出歩く商賣の魚屋が、美女を見初める。幽鬼かとも疑ったが、ある日、白鬚の老人が女の誘拐法を教える。陽の光を見せなければ、人と違う點はないとのこと。

この白い鬚の老人というのが、よく判らない存在である。あるいは幽冥界と現世をつなぐ、媒婆ならぬ媒爺なのか。

とにかく教わったとおりに略奪し、教わったとおりに日光に當てず暮らしたら、一年餘りで子が生まれた。普段は飲み食いもし、曇った日には炊事もした。二十數年たち、子に嫁をむかえ孫もできた。家にもまた餘裕ができ、葉茶屋を開いた。

ある暑い日、暑さのあまり僵尸にもどった。夫はうすうす察していたので、悲しまなかった。棺を買って収めても、毎夜棺の中より出入りしている。ある時、賊が押し入ろうとしたが、僵尸に邪魔される。

浙江は當時、略奪婚が盛んな土地である。しかし略奪した相手が、僵尸であって、子供まで生まれるというのは考えられない設定である。

こういう話は、どういういきさつから生まれるのであろうかか。

「家も亦た小康にして、茶肆を開く」というのは成功譚である。

成功者に對する、「嫉み・妬み」による「惡口・デマ・中傷」に、徐々に尾ヒレがついて、こういう話が成立していくのではあるまいか。

あまり表に出ない妻、近所の付き合いが惡い。魚屋が儲けて葉茶屋を開いたのは、なにか裏があるはずだし、泥棒まで撃退された。

というような近所の人々のやっかみが、こういう話を作るのだろう。とするとこれはこれで、正常な中國の說話の誕生過程であろう。

㉓『僵尸貪財』

金陵（南京）の張愚谷は李某と仲が良かった。一緒に廣東に物を仕入れに行った。張は用事ができて南から歸らねばならなくなった。李は家への手紙を託した。張は歸りついてから、李家に手紙を届けようと出かけたが、李の家の正堂に棺が有るのを目にした。李の父が亡くなったのだ。祭壇を設け禮拜しようとした。李家の人々はありがたがり、李の妻がわざわざ奥から會いに來た。年齢はまだ二十餘りで、容貌はかなり美しく優雅であって、食事を用意して張をもてなした。日暮れになったので、張を引き留めて家に泊まらせた。泊まったのは柩を置いてある所と中庭を隔てた場所だった。夜の二鼓になり、月が明るく、李の妻が奥から出て來て、窗の隙間から張の部屋を覗いている。張はびっくりして、「男と女の疑いがかかるので、このようなことはしてはいけない。もしもドアを開けて入って來たら、顔色を正して拒否しなければならない」と思った。續けて李の妻が手に線香を持ち、李の父の靈前でムニャムニャとなにかを願っているようなそぶりが見えた。願い終わり、また張の寝ている部屋の前に來て、腰の帯を解き、ドアノッカーの鐵環を緊く縛り、ゆっくりと歩み去った。張はますます驚き疑い、ベッドに上ったが眠れなかった。棺を置いてある所でドーンと大きな音がした。すると棺の蓋は地面に落ち、坐る姿勢の人、顔色は深い黑色で、兩眼は落ち窪み、その中にギラギラ光る綠色の眼がある、異常に獰猛である。大股に歩き出して、まっ直ぐに張の寝所に向かってくる。大きく嘯き聲をあげると、暗い風が四方から起きて、ドアノッカーを縛っていた帯はあっという間に寸斷された。張は力をこめてドアを押さえていたが、力では敵わない、僵尸はひと突きで押し入ってきた。幸なことにかたわらに大きな戸棚が有ったので、張は戸棚を盾のようにして僵尸を止めようとした。戸棚が倒れてうまい具合に僵尸の身體を壓しつぶした。僵尸は戸棚の下に倒れている。張も氣を失ってしまった。李の妻は變事を聞きつけ、下男たちをひきつれ燈りを持って驅けつけてきて、生姜湯を張の口から注ぎこんで氣をとりもどさせ、「これは私のしゅうとです。素行が惡く、死んだ後に僵尸になりました。しょっちゅう出て來ては祟るのです。もともと錢金にきたない人で、前の夜に夢の中で私に言いつけて『張なにがしという人が手紙を届けに家に來るだろう。二百金も持っているので、私は殺してその金を取ろうと思う。半分を私の棺の中に置き、半分はお前が家計費にすればいい』と言うのです。私は惡夢だと思って、信じませんでした。思いがけなくあなたがやって來てここに泊まることになりました。だから私は線香をあげて祈り、しゅうとが惡い氣を起こさないようにと願ったのです。彼がドアを破ってあなたを殺そうとするのを恐れて、帶でドアノッカーを縛ったのです。だけれども幽鬼の力があんなにも強いとは思いもしませんでした」と言う。そして下男達と一緒にその遺體を棺に入れた。張は急いで火葬にして、その妖を斷つことを勸めた。「前からそう思ってはいたのですが、しゅうとなので、そこまではしたくないという氣持ちもありましたが、もうそうせざるを得ませんね」と言う。張は法事をする費用を援助し、名僧を招いて引導を渡してもらい遺體を燒いた。李家にはこれから何ごとも起きなくなった。

金陵の張愚谷は李某と交ること好し。同に貨を廣東に買ふ。張に事有りて南より歸らんとするに、李托して家信を帶びしむ。張歸りて後、信を李家に寄せんとするに、棺有りて堂に在るを見る。李の父亡ずるを知る。爲に祭を設け禮を行はんとす。李家これを德とし、其の妻出でて見《まみ》ゆ。年才《わずか》に二十餘、貌は頗る姸雅にして、饌を設けて張を款《もてな》す。時に天は晩《おそ》し。張を留めて其の家に宿せしむ。宿する處は停柩の所と一天井を隔つ。夜二鼓に至り、月色大に明く、李の妻內より出で、窗縫中に在りて相ひ窺ふを見る。張愕然として以爲《おも》へらく男女嫌疑の際、應に此の如くすべからず。倘《も》し門を推して入らば、當に色を正してこれを拒むべし、と。旋《つ》ぎて此の婦手に一炷の香を持し、其の翁の靈前に向かひ喃喃然として訴ふる所有るが若きを見る。訴へ畢はり、仍りて張の住む所の處に至り、腰帶を將《も》って解き下し、其の門上の鐵環を緊縛し、徐徐に歩み去る。張愈いよ驚き疑ひ、敢て牀に上り寢に就かず。忽ち停棺の所に豁然として聲有るを聞く。則ち棺蓋は地に落ち、坐起せる一人、面色は深黑にして、兩眼は凹み陷ち、中に綠睛の閃閃たる有り、獰惡なること常に異なり。大步《また》に走《あゆ》み出でて、直ちに張所に奔る。鬼嘯一聲を作せば、陰風四《よも》より起りて、門上に縛する所の帶登時に寸斷す。張力を竭し門を攔るも、力竟に敵はず、尸一たび衝きて入る。幸に其の旁に大なる木廚一口有り、張廚を推して尸を擋《と》めんとす。廚倒れ正に尸の身を壓す。尸倒れ廚の下に在りて、張も亦た昏迷して醒めず。李の妻變を聞き、家丁を率ゐ燭を持し奔りて至り、姜湯を將《も》って灌ぎて張を醒めしめこれに告げて曰く、此れ妾が翁《しうと》なり。素より行ひ端《ただ》しからず、死後變じて僵尸と作り、常に出でて祟を爲す。性最も財を愛し、前夜夢に我に託して曰く、將に信を寄するの人張某有りて我が家に來らんとす。身に二百金を帶ぶれば、我將に其の身を害殺してこれを取らんとす。一半を以て我が棺中に置き、一半を以て汝が家用に賜はん、と。妾以って妖夢と爲し、其の語を信ぜず。料らざりき君果して來りて此に宿る。我れ故に香を焚き禱祝《いの》り、其の惡念を萌《きざ》す勿れと勸む。他《かれ》の門を推し君を害せんとするを怕るるが故に、帶を以て門環を縛り住《とど》む。而れども料らざりき鬼の力是の如くの大なるを、と。乃ち家丁と與に其の尸を扛《あ》げて棺に入る。張速《すみやか》に火化を作し以て其の妖を斷つを勸む。曰く、久しく此の意有るも、翁《しうと》を以ての故に、心に於て忍びざるも、今俗に從はざるを得ず、と。張助くるに道場を作すの費を以てし、名僧を召して超度を爲してこれを焚く。其の家始めて安し。

金陵張愚谷與李某交好。同買貨廣東。張有事南歸、李托帶家信。張歸後、寄信李家、見有棺在堂。知李父亡矣。爲設祭行禮。李家德之、其妻出見。年才二十餘、貌頗妍雅、設饌款張。時天晚矣。留張宿其家。宿處與停柩之所隔一天井。至夜二鼓、月色大明、見李妻從内出、在窗縫中相窺。張愕然以爲男女嫌疑之際、不應如此。倘推門而入、當正色拒之。旋見此婦手持一炷香、向其翁靈前喃喃然若有所訴。訴畢、仍至張所住處、將腰帶解下、緊縛其門上鐵環、徐徐步去。張愈驚疑、不敢上牀就寢。忽聞停棺之所豁然有聲。則棺蓋落地、坐起一人、面色深黑、兩眼凹陷、中有綠睛閃閃、獰惡異常。大步走出、直奔張所。作鬼嘯一聲、陰風四起、門上所縛帶登時寸斷。張竭力攔門、力竟不敵、尸一衝而入。幸其旁有大木廚一口、張推廚擋尸。廚倒正壓尸身、尸倒在廚下、而張亦昏迷不醒矣。李妻聞變、率家丁持燭奔至、將姜湯灌醒張而告之曰、此妾翁也。素行不端、死後變作僵尸、常出爲祟。性最愛財、前夜托夢於我曰、將有寄信人張某來我家。身帶二百金、我將害殺其身而取之。以一半置我棺中、以一半賜汝家用。妾以爲妖夢、不信其語。不料君果來宿於此。我故焚香禱祝、勸其勿萌惡念。怕他推門害君、故以帶縛住門環。而不料鬼力如是之大也。乃與家丁扛其尸入棺。張勸作速火化、以斷其妖。曰、久有此意、以翁故、於心不忍、今不得不從俗矣。張助以作道場之費、召名僧爲超度而焚之。其家始安。

『僵尸貪財』、『續新齊諧』巻六

張愚谷が李某と廣東にでかけた。張は用事ができて歸る時、李から手紙を預かった。張は李家に手紙を届けに行く。李の家では李の父が亡くなっていた。張が禮をつくしたので、若く美しい李の妻がもてなす。そのまま家に泊まった。夜の二鼓、李の妻が、張の部屋を覗いている。張は氣を回す。續けて李の妻が、李の父の靈前でなにかを願っている。終わって、また張の部屋の前に來て、腰の帶を解き、ドアノッカーの鐵環を縛り去った。張は驚き疑い、眠れなかった。棺を置いた場所で大きな音がした。棺の蓋は地面に落ち、僵尸が現れる。嘯くと、ドアノッカーを縛っていた帶は寸斷された。張はドアを押さえていたが、僵尸はひと突きで押し入ってきた。戸棚が有ったので、張は戸棚を盾のようにして僵尸を止めようとした。戸棚が倒れて僵尸の身體を壓しつぶした。張も氣を失った。

李の妻は變事を聞き、驅けつけてきて、張の氣をとりもどさせ、種明かしをする。

この僵尸はしゅうとです。銭金にきたない人で、前の夜に夢の中で私に、張を殺して金を取り山分けにしようと言うのです。私は信じませんでした。あなたが來て泊まることになりました。しゅうとが悪い氣を起こさないよう祈ったのです。彼がドアを破ってあなたを殺そうとするのを恐れて、帯でドアノッカーを縛ったのです、と言う。

張は火葬して、妖を斷つことを勸めた。張は法事を援助し、名僧を招いて引導を渡してもらい遺體を焼いた。

李の妻の謎の行動と、張の勘違いの部分。

「訴畢、仍至張所住處、將腰帯解下、緊縛其門上鐵環、徐徐歩去」

勘違いをした張の心理は、

「張愕然以爲男女嫌疑之際、不應如此。倘推門而入、當正色拒之」

男のうぬぼれ心理をみごとに描いていて、滑稽味がある。

映像的な部分は、みごとである。誰も見ていた者はいないはずなのだが。

僵尸登場の部分。

「忽聞停棺之所豁然有聲。則棺蓋落地、坐起一人、面色深黑、兩眼凹陷、中有綠睛閃閃、獰惡異常。大歩走出、直奔張所。作鬼嘯一聲、陰風四起、門上所縛帯登時寸斷」

ほとんど講釋師の調子である。芝居や講釋が好きでなければ、こうは書けない。

㉖『僵尸』

紹興の徐という姓の者が、あらたに抵當流れで豪邸を手に入れた。書齋が三間あり、高樓まであるので、家庭教師の章の爲に寝室を用意した。章は夜遅くまで讀書して二更を過ぎたころ、ふと東房で窗が開いた音がした。泥棒かと思って、窗のすきまから覗いてみると、一人の若い女が月を眺め、築山に登り、樹の枝に登り、鄰との垣根をこえて行った。私通するために近道を行くのかもしれない、と思い、讀書をやめ燭《あかり》を消して寝た。鶏がまだ夜が明けないうちに鳴き、樹のあたりにざわざわと音がする。バルコニーに誰かが來たようである。日が出てすぐに、童僕が洗面の湯を持ってきた。「東房は誰が住んでいるのか。内室と通じているのか」とたずねた。童僕は、「通じていません。以前の持ち主が封鎖したので、空室になっています」と言う。章は聞いて疑問をもち、見に行こうと思ったが、ドアは封鎖されているし、窗は閉じられたままである。覗いてみると、室内には棺が一つ置いてある。夜になりまた注意深く觀察したが、やはりなにも起きない。章はそこで燭《あか》りを持って窗を開け入ってみたら、なんと棺の蓋は斜めにずれており、中はカラでなにも入っていない。章生はそこで棺の蓋をきちんと閉めて、「易經」を取りだして細かく裂いて、棺の上にすきま無くならべてから歸り、二階にあがって待っていた。五更に成ろうという時、女が窗から入ってくる。易經を目にして退き、棺のまわりを一周し、うろたえた樣子でまわりを見回している。上をむいて章と目があって彼の仕業だと知り、拜禮して哀げに易經を取り除くように願った。章生は笑って斷った。幽鬼は、「もしあなたが二階から下りたくないのならば、私のほうから上っていきたい」と言う。章はやはり聞きいれなかった。鬼はそこで青い顏に長い牙の恐ろしい姿に變じ、まっすぐ飛び上がってやって來た。章は目をくらませられて二階から落ち、人事不省になった。童僕が茶湯を持って書齋にやって來て、あちこち章生を搜したが見つからないので、徐家の主人と一緒に二階に上って搜した。東房の内に人がいるように見えるので、無理やりこじ開けて入ってみると、章生と女僵尸が竝んでたおれている。介抱すると章の體はまだ溫いので、二人で擔ぎ出し氣付けを飲ませたところ、しばらくすると蘇生して有ったことを話した。こと細かに役所に報告し、僵尸の身元を調べ受け取らせて埋葬させようとしたが、僵尸の親族はすでに全家族が遠くに引っ越しており、東房はかえりみるものもいず、だから抵當になっていたのである。徐家の物になるまでにもう三回も持ち主が替わっているのも、僵尸が祟りをなすという理由からであろう。そこで棺ごと燒いたところ、鬼病をわずらっていた鄰の家の子も、これですっかりなおったのである。

紹興に徐姓の者有り新に巨宅を典す。書屋三閒、臺榭倶に備はれば、館師章生の爲に帳所を設く。章夜讀みて二更の後に至るに、忽ち東房に窗を啓くの聲を聞く。暴客爲らんと疑《おも》ひ、窗隙に即《つ》きこれを窺ふに、一少婦の月を玩び、假山に登り、樹の杪《こずゑ》に攀《よ》ぢ、鄰垣を逾えて去る。疑ふらくは是れ私奔し徑を行くならん、と。遂に書を輟《や》め燭を息《や》めて寢《いね》たり。雞未だ曙ならざるに鳴き、樹頭に簌簌として聲有るを聞く。是れ陽臺に赴き歸り來たる者に似たり。凌晨、書童湯沐を送りて至る。これに問ひて曰く、東房は何れの人の住む爲《ところ》にして、內室に通ずるか、と。童曰く、通ぜず。乃ち前の業主これを封鎖すれば閒房なるのみ、と。章聞きて大に疑ひ、因りて往きこれを覩んとするも、則ち門は封鎖せられ、窗は閉ずること故の如し。これを窺ふに、內に靈柩の停まれる有り。夜に至り心を留めて觀察するも、又た復た是の如し。章因りて燭を秉りて窗を啓き入りて觀るに、則ち棺蓋斜に起ち、中は空にして有る所無し。章生乃ち棺蓋を將《も》って代りて扶起を爲し、易經を取りて拆《さ》き開き、密に棺上に鋪き、然る後に歸り、樓に登りてこれを俟つ。五更に及ぶ時、女の窗より入るを見る。易經を睹て卻《しりぞ》歩き、棺を繞りて一周し、旁皇《さまよ》ひ四顧す。頭を擧げ章を見て、其の爲す所と知り、拜して哀求す。章生笑ひて許さず。鬼曰く、汝若し樓を下らずんば、吾即ち上らん、と。章仍《な》ほ聽《ゆる》さず。鬼物乃ち變じて靑面獠牙の狀を作し、騰踔《とうたく》して直に上る。章遂に眩せられて樓より墜ち、人事に不省なり。書童茶湯を送り齋に至るに迨《およ》び、遍く章生を尋ぬるも得ざれば、乃ち主人と與に樓に登りてこれを觀る。樓下東房の內に人の在る有るに似るを見て、關《と》じたるを啓きてこれを視れば、則ち章生と女尸と地上に竝び臥す。これを撫するに、章の體は猶ほ溫く、因りて共に擡《もた》げ出し灌ぎ救はんとすれば、半晌にして始て蘇り、其の見る所を述ぶ。具《つぶさ》に官に呈し、これが爲に尸の親を査《しら》べ喚《よ》び領《う》け埋めしめんとするも、而して尸の親は已に全家遠く出で、因りて房は人の看守する無く、故に出典せ爲《ら》る。徐に至るに已に三たび其の主を易えたるも、亦た僵尸の祟を爲す故に由るのみ。是に於て其の棺を焚けば、鄰家の子鬼病を患ふ者、此れ從り跡を絶てり。

紹興有徐姓者新典巨宅。書屋三間、臺榭俱備、爲館師章生設帳所。章夜讀至二更後、忽聞東房啓窗之聲。疑爲暴客、卽於窗隙窺之、見一少婦玩月、登假山、攀樹杪、逾鄰垣去。疑是私奔行徑。遂輟書息燭而寢。雞鳴未曙、聞樹頭簌簌有聲。似是赴陽臺歸來者。凌晨、書童送湯沐至。問之曰、東房爲何人住、通內室耶。童曰、不通。乃前業主封鎖之閒房耳。章聞大疑、因往觀之、則門封鎖窗閉如故。窺之、內有靈柩停焉。至夜留心觀察、又復如是。章因秉燭啓窗入觀、則棺蓋斜起、中空無所有矣。章生乃將棺蓋代爲扶起、取易經拆開、密鋪棺上、然後歸、登樓俟之。及五更時、見女從窗入。睹易經而卻步、繞棺一周、旁皇四顧。舉頭見章知其所爲、拜而哀求。章生笑而不許。鬼曰、汝若不下樓、吾卽上矣。章仍不聽。鬼物乃變作靑面獠牙狀、騰踔直上。章遂眩而墜樓、不省人事。迨書童送茶湯至齋、遍尋章生不得、乃與主人登樓觀之。見樓下東房內似有人在、啓關視之、則章生與女尸竝臥地上。撫之、章體猶溫、因共擡出灌救、半晌始蘇、述其所見。具呈於官、爲之查喚尸親領埋、而尸親已全家遠出、因房無人看守、故爲出典。至徐已三易其主矣、亦由僵尸爲祟故耳。於是焚其棺、鄰家子患鬼病者、從此絕跡矣。

『僵尸』、『續新齊諧』巻十

徐が豪邸を手に入れた。家庭教師の章の爲に寢室つきの書齋を用意した。章が夜中まで讀書して、異音を聞く。若い女が垣根をこえて行く。私通のために近道を行くのだと思い寢たが、未明にまた異音がする。童僕に東房の詳細を訊ねても、要領を得ない。章は疑問をもち、見に行く。棺が有り中にはなにも入っていない。章は「易經」

を細かく裂いて、棺の上にならべて、二階で待っていた。夜明け前に、女がもどり、易經を目にしてうろたえる。章の仕業だと知り、易經を除くように願った。章生が斷ると、僵尸は青い顔に長い牙に變じて飛び上がって來た。章は二階から落ち、人事不省になる。朝、童僕が章を捜したが見つからない。主人と探しまわり、東房の內まで行くと、章生と女僵尸が竝んでたおれている。章はしばらくして蘇生し、事情を說明した。役所に報告したが、僵尸の身元は判らない。棺ごと燒いた。

というのであるが、この話は、まるで映畫のように、映像的な作品である。視點がかなり上から見下ろす感じなのである。

ここも書き下し文では、なにも判らぬ。敢て原文を引く。

「見女從窗入。睹易經而卻步、繞棺一周、旁皇四顧。擧頭見章、知其所爲、拜而哀求。章生笑而不許」

ここまでは四言句と六言句だけであるが、極めて整った敍述であり、裝飾らしきものはない。

「鬼曰、汝若不下樓、吾卽上矣。章仍不聽。鬼物乃變作青面獠牙狀、騰踔直上。章遂眩而墜樓、不省人事」

この部分は緊迫感が、強まってくる。女のきつい言葉と、突如「青面獠牙」になって、飛び上がってくるなど、まるで川劇の變臉の芝居の一場面のようである。

あとは勝手な想像である。以前、袁枚は戲迷ではなかったのかと書いたことがある。(3)上から見下ろす感じというのは、芝居小屋でいえば、二階の最前列からの舞臺を見るアングルである。

『續新齊諧』卷九と卷十とは、袁枚の生前に刊行されてはいない。(4)初版『隨園二十八種』には卷八までしかないのである。

たぶん草稿のまま遺されていたものであろう。それを後に、やや廉價版の全集『隨園三十種』の上梓時に、二巻分増補したものである。ということは、少なくとも七十代後半の作であるはずだ。最晩年に至って、ますます完成度を高めていくというのは、驚異的なことである。

【注】

（1）陳聶恆。（生卒年不詳）清散文家・詞人。字曾起、武進人。康熙三十九年（一七〇〇）進士、授荔浦令、後調長寧、建清溪橋、捐置渡口義田、民懷其德。又授刑部主事、改翰林院檢討、未幾卒。所著有『栩園詞』・『朴齋文集』・『邊州聞見錄』・『嶺海歸程記』。http://baike.baidu.com。二〇一六・八・一二、確認。

（2）この件については、「第三部第一章」参照。

（3）この件については、『第二部第三章』参照。

（4）注（2）に同じ。

第五章　『子不語』の僵尸說話——補遺及び結語

『子不語』と『續新齊諧』に見える「僵尸說話」の中で、拙論でまだ取り上げていないものは、以下の四則である。

『南昌士人』　『子不語』卷一
『掘塚奇報』　『子不語』卷九
『鞭尸』　『子不語』卷十
『乾麂子』　『續新齊諧』卷四

『南昌士人』

江西省南昌縣（現在の南昌市）に某と某という士人がいて、北蘭寺で勉強していた。一人は年長で、一人は若かったが、仲のよい友人であった。年長の者が家に歸って急病で死んだ。若い方はそれを知らずに、いつもどおり寺で勉強を續けていた。夜になって寢ようとしていると、年長のものがドアを開けて入って來た。ベッドに上がり、若い方の背を撫でて、「君と別れてから十日もたたないが、急病で死んでしまったのだ。だから今の私は幽靈なんだ。友情は割きがたいもので、わざわざ別れを告げに來たんだ」と言う。若い方は恐くなって、口をきくこともできなかった。死んだ方は慰めて言った。「私があなたに危害を加えるつもりなら、正直に幽鬼だというわけがない。どうか恐がらないでおくれ。私がここに來たのは、今後のことを頼みたいからなのだ」。若い方は氣持ちがいくらか落ち着いてきた。「何を頼みたいのだ」とたずねると、「私には老母がいて、年は七十を過ぎている。妻はまだ三十になっていない。數石の米があれば、なんとか生きていくことができよう。あなたに助けてもらいたい。これが一つ。私にはまだ出版していない原稿がある。あなたにこれを刊行してもらい、つまらぬ名だがなんとか埋もれないようにしてくれ。これが二つめだ。筆屋に數千文のツケがあり、まだ拂っていないのだ。これを拂っておいてもらいたい。これが三つめだ」と言う。若い方は引き受けた。死んだほうは立ち上がって、言った。「あなたにひきうけてもらったので、私はもう歸ろう」。話が終って歩き出そうとした。若い方は、彼の言葉に人情味があり、顏つきも普段どおりなのを見て、だんだん恐怖心もなくなり、泣きながらひきとめて言った。「これで長いお別れなんだ。もう少しゆっくりしていってもいいだろう。なんですぐに歸ろうとするのだ」。死んだ方も泣きながら、ベッドに戻り、思い出話をした。少し話すとまた立ち上がり「もう歸るよ」と言った。だが立ち上ったがそのまま動かず、兩眼を見開いて、顏つきは少しずつ醜惡になっていく。若い方は恐ろしくなり、「話は終わったのだから、もう歸ってくれ」言った。だが死體は動かない。若い方はベッドを叩いて大聲で叫んだが、やはり動かない。前のようにつっ立ったままである。若い方は恐くなって、立ち上がって逃げ出すと、死體も後ろから追って走る。若い方が速度をあげると、死體も速度をあげる。數里も追われて追われたあげく、若い方は塀を乘りこえて倒れたが、死體は塀を越えることができず、首を塀の上にのせ、よだれが若い方の顏にだらだらと垂れ落ちてくる。夜明けになり、旅人が通りかかって見つけ、生姜汁を飲ませたので、若い方は息を吹きかえした。死體の家族はあちこち探していたが手がかりがない。知らせを聞いて、かついで歸り棺に納めた。識者の說によると、「人の魂は善だが魄は惡である。人の魂は靈妙なものだが魄は愚かである。幽靈が最初に來たときには、靈妙な部分がまだ滅んでいなかったので、魄は魂にしたがっていた、歸ろうというときには、用事は全て終わっていたので、魂は消えてしまい魄だけ殘った。魂があるうちは人格がある。魂が去ってしまえば、それは人ではない。世間の死體が移動して影のように走るなどというのは、みな魄のしわざであり、道術を心得た人だけが魄を制することができる」のだとのことである。

江西の南昌縣に士人某なる有り、書を北蘭寺に讀む。一は長じ一は少きも、甚だ相ひ友たること善し。長ずる者家に歸り暴《には》かに卒す。少き者知らざるなり。寺に在りて書を讀むこと故の如し。天晩くして睡らんとするに、長ずる者闥を披して入るを見る。牀に登り其の背を撫して曰く、吾兄に別るること十日ならず、竟に以て暴《には》かに疾み亡ず。今我は鬼なり。朋友の情は自ら割く能はず、特に來りて訣別するのみ。少き者畏懼《おそ》れ、言《ものい》ふ能はず。死する者これを慰めて曰く、吾兄を害せんと欲せば、豈に肯て直に告げんや。兄愼みて怖《おそ》るる弗《なか》れ。吾の此《ここ》に來たる所以は、身後を以て相ひ托せんと欲すればなり、と。少き者の心稍く定まる。問ふ、何事を托せんとする、と。曰く、吾に老母有り、年七十餘りにして、妻は年未だ三十ならず。數斛の米を得ば、以て生を養ふに足らん。願はくは兄周くこれを恤《あは》れめ。此れ其の一なり。吾に文稿の未だ梓せざる有り。願はくは兄鐫刻を爲し、微名をして泯《ほろ》びざら俾《し》めよ。此れ其の二なり。吾筆を賣る者に錢數千を缺《か》り、未だ償還を經《おさ》めず。願はくは兄これを償へ。此れ其の三なり、と。少き者唯唯たり。死する者起立して曰く、既にして兄の擔承を承くれば、吾も亦た去らん、と。言ひ畢りて走《さ》らんと欲す。少者は其の言人情に近く、貌も平昔の如きを見て、漸く怖るる意無く、乃ち泣きてこれを留めて曰く、君と長く訣れんとす。何ぞも稍《やや》も緩《ゆるやか》ならずして須臾《しゆゆ》にして去らんとするか、と。死者も亦た泣き、坐を其の牀に回し、更に平生を敘す。數語にして復た起ちて曰く、吾去らん、と。立つも行かず、兩眼は瞠視し、貌は漸く醜敗たり。少き者懼れこれを促して曰く、君の言既に畢れば、去る可し、と。尸竟に去らず。少き者牀を拍ち大に呼ぶも、亦た去らず、屹立すること故の如し。少き者愈いよ駭き、起ちて奔れば、尸これに隨ひて奔る。少き者奔ること愈いよ急なれば、尸も奔ること亦た急なり。追逐ふこと數里、少き者牆を逾へて地に仆れ、尸は牆を逾ゆる能はず、而して首を牆外に垂れ、口中の涎沫少き者の面に相ひ滴りて涔涔たり。天明にして、路人ここに過り、飲ましむるに薑汁を以てすれば、少き者は蘇る。尸の主家方に尸を覓むるも得ず。信を聞き、舁き歸りて殯を成す。識者曰く、人の魂は善にして魄は惡なり。人の魂は靈にして魄は愚なり。其の始め來るや、一靈泯びず、魄は魂に附して以て行くも、其の既に去さらんとするや、心事は既に畢れば、魂は一散して魄は滯る。魂在れば則ち其の人なり。魂去れば則ち其の人に非ざるなり。世の移尸と走影は、皆魄これを爲し、惟だ有道の人のみ能く魄を制するを爲す。

江西南昌縣有士人某、讀書北蘭寺、一長一少、甚相友善。長者歸家暴卒。少者不知也。在寺讀書如故。天晩睡矣、見長者披闥入、登牀撫其背曰、吾別兄不十日、竟以暴疾亡。今我鬼也。朋友之情不能自割、特來訣別。少者畏懼、不能言。死者慰之曰、吾欲害兄、豈肯直告。兄愼弗怖。吾之所以來此者、欲以身後相托也。少者心稍定、問、托何事。曰、吾有老母、年七十餘。妻年未三十、得數斛米、足以養生。願兄周恤之、此其一也。吾有文稿未梓、願兄爲鐫刻、俾微名不泯。此其二也。吾缺賣筆者錢數千。未經償還、願兄償之、此其三也。少者唯唯。死者起立曰、既承兄擔承、吾亦去矣。言畢欲走。少者見其言近人情、貌如平昔、漸無怖意。乃泣留之曰、與君長訣、何不稍緩須臾去耶。死者亦泣、回坐其牀、更敘平生。數語復起曰、吾去矣。立而不行、兩眼瞠視、貌漸醜敗。少者懼、促之曰、君言既畢、可去矣。尸竟不去。少者拍牀大呼、亦不去。屹立如故。少者愈駭、起而奔尸隨之奔。少者奔愈急、尸奔亦急。追逐數里、少者逾牆仆地、尸不能逾牆。而垂首牆外、口中涎沫與少者之面相滴涔涔也。天明路人過之、飲以薑汁、少者蘇。尸主家方覓尸不得、聞信舁歸成殯。識者曰、人之魂善而魄惡。人之魂靈而魄愚。其始來也、一靈不泯、魄附魂以行。其既去也、心事旣畢、魂一散而魄滯。魂在則其人也。魂去則非其人也。世之移尸走影、皆魄爲之。惟有道之人爲能制魄。

『南昌士人』、『子不語』巻一

この話の前半部は、幽鬼が友人に別れを告げ、後事を託すという、ごくありふれた話である。しかし「數語にして復た起ちて曰く、吾去らん、と。立つも行かず」から後は、死後硬直の僵尸が、人の跡を追う「走尸・走影」說話になっている。

果たして「僵尸說話」なのか、或いは「幽鬼說話」なのかという區別がつけにくい話である。通常の「僵尸說話」では、死後硬直の僵尸は、人の陽氣に觸れて走るものであるが、「長ずる者家に歸り暴《には》かに卒」した後で、たぶんかなりの長距離を、どのように移動してきたのであろうか。

とは言っても、理屈で片のつくものではないことは言うまでもない。『子不語』巻一の、第三話である。まだ試筆の段階なのだろう。

だが、紀昀は、この話を『僵尸說話』と看做したようである。

袁子才前輩『新齊諧』載南昌士人行尸夜見其友事、(1)とある。

『掘塚奇報』

杭州の朱某は墓をあばくことで一家をたて、手下を六七人集めて、深夜まっ暗になると、鋤を持ちだしてあちこちに出かけた。掘っても骨ばかり多く金銀が少いのを嫌い、なんと乩盤（こっくりさんのようなもの）を設置し、あらかじめ何が埋められているのかを卜なっていた。ある日岳王が壇に降りてこう言った。「お前は墓をあばいて死人の財産を取っている。その罪は盗賊以上である。ここで改悛しなかったなら、わしがお前を斬り捨てるぞ」。朱は驚いて、これから仕事をしなかった。一年ほどして、朱の手下たちは行き場も無く、なんとまた朱を誘って再び乩神に祈って盗掘を始めようという。彼らの言うとおりにすると、又たある神が降って言った。「わしは西湖の水仙である。保俶塔の下に石の井戸が有って、その井戸の西に金持ちの墓が有る。掘れば千金を得ることができる」。朱は喜んで、手下どもと鋤を持って出かけた。もれなく探したのだが石の井戸は見つからない。うろうろしていると、耳もとで誰やらが言う。「塔の西の柳の樹の下は井戸ではあるまいか」。よく見るとずいぶん前に埋めた涸れ井戸である。三四尺も掘ると大きな石槨が出てきた。長さも幅も異常に大きい。手下六七人と持ち上げようとしても、上がらない。聞く所によると淨寺の僧に「飛杵咒」を知っているものがいて、咒文を百回あまり誦すると、棺槨は自然に開く、という。そこで僧を迎えに行き、手に入った財寶は山分けにすると言うと、この坊主も妖術使いの匪賊なので、山分けと聞いてよろこんで出かけた。咒文を百回あまり誦すると、石槨はガバッと開いた。石槨の中から一本の青い臂が出てきた。その長さは一丈あまりで、坊主をつかんで石槨に引きずりこみ、裂いて食べた。血や肉片が飛び散り、骨は地に落ちてゴンゴンと音をたてる。朱と手下どもは驚いて四方八方に逃げ出した。次の日、井戸を探しに行ったが見つからない。だが淨寺は一人の僧を失い、朱に呼び出されたことは皆知っていたので、僧たちは官に訴えた。朱は訴訟で破産し、獄中で首を括って死んだ。朱が嘗て話したところに依ると、棺中の僵尸の様は皆違っていたという。紫僵・白僵・綠僵・毛僵など多様なものが有った。その中でも最も珍しいものは六和塔の西で掘った墓である。これ圈門が有り石戸も有り、數丈の廣さがあり、その中に鐵の鎖で吊した金飾りのついた朱色の棺が有った。これを斧で切ってみると、なんと犀の皮で作られており、木ではない。棺の中の死體は冠をつけた王のようで、白い鬚のいかめしい風貌であったが、風に當って灰になってしまった。護衛の兵士の鎧兜も衣裳はサラサラとして絹に似ているが、綿《もめん》でもなく絹でもない。またある陵墓の朱塗りの棺は非常に大きく、大綱で吊っているのではない。四體の宦官のような銅人が、跪いて首で棺を受け、兩手で捧げ持っている。青銅器の銹び色は青く綠だが、どの時代の陵墓なのかは判らなかった。

　杭州の朱某は塚を發くを以て家を起し、其の徒六七人を聚め、深夜昏黑になる毎に、便ち鋤を持し四もに出づ。掘る所の者枯骨多く金銀少なきを嫌ひ、乃ち乩盤を設け、預め其の藏を卜す。一日岳王壇に降りて曰く、汝塚を發きて死人の財を取る、罪は盜賊より浮《す》ぐ。再び悛改せずんば、吾れ將に汝を斬らんとす、と。朱大に駭き、此れ自り業を歇む。年餘にして、其の黨歸する所無く、乃ち其《かれ》を誘ひて再び乩神に禱りて以てこれを試みんとす。其の言の如くするに、又た一神降りて曰く、我は西湖の水仙なり。保俶塔の下に石井有り、井の西に富人の墳有り、掘れば千金を得可し、と。朱大に喜び、其の徒と鋤を持して往く。遍く覓むるも石井は得ず、正に徘徊する間に、耳語する者有るが若くして曰く、塔の西の柳樹の下は井に非ずや、と。これを視るに已に塡むるの枯井なり。掘ること三四尺にして大石槨を得たり。長く闊きこと常と異なり。其黨六七人と共にこれを扛げんとするも、能く起つ莫し。相ひ傳ふるに淨寺の僧に能く飛杵咒を持する者有り、咒を誦すること百餘にして、棺槨自ら開く、と。乃ち共に僧を迎へ、得たる財を以て朋分するを許す。僧も亦た妖匪なれば、言を聞きて踴躍して往く。咒を誦すること百聲にして、石槨豁然として開く。中より一青臂を伸ばして出づ。長は丈許りにして、僧を攫ひて槨に入れ、裂きてこれを食ふ。血肉狼藉として、骨は地に墜ち琤琤として聲有り。朱と群黨と驚き奔りて四散す。次日、往きて井を視るに井は見えず。然るに淨寺は竟に一僧を失ひ、皆な朱に喚び去らるるを知れば、徒衆官に控《うった》ふ。朱は訟事を以て家を破り、獄に自ら縊る。朱嘗て言ふ、見る所の棺中の僵尸は一ならず。紫僵・白僵・綠僵・毛僵の類有り。最も奇なる者は六和塔の西邊に在りて掘る墳なり。圈門石戶有り、廣きこと數丈、中に鐵索もて懸けたる金飾の朱棺有り。これを斧るに、乃ち犀皮もて爲る所にして、木に非ざるなり。中の一尸は冕旒《べんりゅう》して王の如き者にして、白鬚偉貌なるも、風に見りて悉く化して灰と爲る。侍衛の甲裳は層層として繭紙の爲る所なるに似るも、絲に非ず絹に非ず。又た一陵中の朱棺は甚だ大にして、紼索もて懸くる所に非ず。四銅人有り宦官の狀の如く、跪きて首を以て棺を承け、雙手もてこれを捧ぐ。土花青綠なるも、何の代の陵寢なるを知らず。

杭州朱某、以發塚起家、聚其徒六七人、每深夜昏黑、便持鋤四出。嫌所掘者多枯骨少金銀、乃設乩盤、預卜其藏。一日岳王降壇曰、汝發塚取死人財、罪浮於盜賊、再不悛改、吾將斬汝。朱大駭、自此歇業。年餘其黨無所歸、乃誘其再禱於乩神以試之。如其言、又一神降曰、我西湖水仙也。保俶塔下有石井、井西有富人墳、可掘得千金。朱大喜、與其徒持鋤往。遍覓石井不得。正徘徊間、若有耳語者曰、塔西柳樹下非井耶。視之已塡枯井也。掘三四尺、得大石槨。長闊異常、與其黨六七人共扛之、莫能起。相傳淨寺僧有能持飛杵咒者、誦咒百餘、棺槨自開。乃共迎僧、許以得財朋分。僧亦妖匪、聞言踴躍而往。誦咒百聲、石槨豁然開。中伸一青臂出、長丈許、攫僧入槨、裂而食之、血肉狼藉、骨墜地琤琤有聲。朱與群黨驚奔四散。次日往視井、井不見。然淨寺竟失一僧、皆知爲朱喚去。徒衆控官、朱以訟事破家、自縊於獄。朱嘗言所見棺中僵尸不一。有紫僵・白僵・綠僵・毛僵之類。最奇者在六和塔西邊掘墳。有圈門石戶、廣數丈、中有鐵索懸金飾朱棺。斧之乃犀皮所爲非木也。中一尸冕旒如王者、白鬚偉貌、見風悉化爲灰。侍衛甲裳似層層繭紙所爲、非絲非絹。又一陵中朱棺甚大、非紼索所懸。有四銅人如宦官狀、跪而以首承棺、雙手捧之。土花青綠、不知何代陵寢。

『掘塚奇報』、『子不語』卷九

杭州の朱某という盜掘團の首領が、扶乩で卜して盜掘地點を決めようとしていると、岳王（岳飛）が降りてきて、これ以上惡さを續けると斬る、と警告する。岳飛の墓（岳王廟）は西湖の北岸にあるので、岳飛が降りてくるというのは不思議ではない。

岳飛の警告を受けて一年あまり仕事をしなかったが、やはり、「其の黨歸する所無く、乃ち其《かれ》を誘ひて再び乩神に禱りて以てこれを試みんとす。其の言の如くするに、又た一神降りて曰く、我は西湖の水仙なり。」と、再開しようとする。

そしてその結果、掘りあてた墓からは、

「中より一青臂を伸ばして出づ。長は丈許りにして、僧を攫ひて槨に入れ、裂きてこれを食ふ。血肉狼藉として、骨は地に墜ち琤琤として聲有り。」

一丈ばかりもある青い腕が出て來て、僧をつかみ裂いて食べる。この「青い腕」という部分は、いささか唐突な感じがするが、岳王の警告どおりになったということなのだろう。

あとは盜掘團の首領が見た樣々な死體・陵墓というだけで、說話としての面白さはあまりない。

『鞭尸』

桐城（安徽省）の張と徐の二人は江西に商賣に出かけた。旅を續けて廣信（廣信府。現在の上饒市）まで來たところ、徐は旅店の二階で亡くなった。張は市場に行き棺を買って納めようとした。店の主人が價格は二千文だというので、取引は成立した。しかし帳場の横に坐っていた老人が割って入り、四千文はらえという。張は腹を立てて歸った。その晩、張が二階に上って行くと、死體が立ち上がり毆りかかってくる。張は恐怖のあまり、急いで二階から下りた。次の朝、また棺を買いでかけ錢千文を足そうとしたが、店の主人は全く一言も口をきかないのに、邪魔をする老人がもう帳場に上がりこんでいて、怒鳴り聲をあげて、「俺は店の主人じゃないが、この土地で俺は坐山虎と呼ばれている。俺にも同じように二千文の錢をよこさなければ、いくら主人がいいと言っても、棺は手に入らんのだ」と言う。張はもともと貧乏で、そんなに金を待っていない。どうにもしようがなく、野をさまよい歩いていた。そこにまた一人の白い鬚の老人が現れた。藍色の長い袍《うわぎ》を著て、笑いながらこう言った。「あなたは棺を買おうというお人かな」。「そうです」と言うと、「あなたは坐山虎にインネンをつけられているのか」と言う。「そのとおりです」と答えると、白い鬚の老人は手にひとふりの鞭を持って、「これは伍子胥が楚の平王の死體を叩いた鞭だ。今晩、死體が立ち上がって毆りかかってきたら、この鞭で叩いてやりなさい。そうすれば棺も手に入り災難も終わるだろう」と言う。話し終えると老人は消えた。張は宿に歸って二階に上がった。死體がまた躍りかかってくる。老人の言葉どおりに鞭で叩くと死體は倒れた。次の日店に棺を買いに行くと、店の主人が、「昨夜、坐山虎が死にました。この土地の災害がひとつなくなりました。二千文で棺を持っていっていいですよ」と言う。理由をたずねると、「あの老人は洪という姓で、妖術を使います。幽鬼や精靈を使って、死體に人を襲わせるのが巧いのです。人が死んで棺を買いにくると、あいつも私の店に居ついて、無理やり半額を取ろうとするんです。こんな事が永年續き、被害を受けた人が多いんです。昨夜、急に死んだというのですが、どんな病氣なのかは分かりません」と話す。張は白い鬚の老人に鞭を贈られた話をした。二人で急いで見に行くと、坐山虎の死體には鞭の痕がはっきり殘っていた。ある人が言うには、白い鬚に藍色の袍《うわぎ》を着た老人は、この地方の土地神だとのこと。

桐城の張・徐の二友は江西に貿易す。行きて廣信に至るに、徐は店樓に卒す。張は市に入り棺を買ひ殮を爲さんとす。棺店の主人價二千文を索め、交易は成れり。櫃旁に坐する一老人これを遮攔《さへぎ》りて、必ず四千を須めんと。張忿りて歸る。是の夜張樓に上れば、尸起ちて相ひ撲つ。張大に駭れ、急ぎ避けて樓より下る。次の日の淸晨《あさ》、又た往きて棺を買はんとし錢千文を加へんとす。棺の主人竝びて一言も無きも、而して梗を作すの老人、先に櫃上に在りて罵りて曰く、我は是れ主人にあらずと雖も、然れども此の地に我は坐山虎と號す。我に二千錢を送るに非ずんば、主人と一樣に、棺は得可からず、と。張素より貧にして、力能くせざる有りて、奈何ともす可き無く、野に徬徨するに、又た一白鬚の翁あり、藍色の袍を著け、笑ひて迎へて曰く、汝は棺を買はんとする人か、と。曰く、然り、と。曰く、汝は坐山虎の氣を受けたるか、と。曰く、是なり、と。白鬚の翁一鞭を手にして曰く、此れ伍子胥の楚の平王の尸を鞭うちし鞭なり。今晩尸起ちて相ひ撲たんとするに、汝此を持してこれを鞭うたば、則ち棺は得られ大難は解けん、と。言ひ畢れば見えず。張歸りて樓に上れば、尸又た躍起す。其の言の如くするに、鞭に應じて倒る。次の日店に赴き棺を買はんとするに、店の主人曰く、昨夜坐山虎死せり。我が一方の害は除かれたり。汝仍りて二千文の原價を以て來り棺を擡ぐるも可なり、と。其の故を問ふに、主人曰く、此の老は洪を姓とし、妖法有り。能く鬼魅を役使して、死尸をして人を撲たしむるに慣れたり。人死して棺を買はんとするに、彼も又た我が店に在りて居奇し、強ひて半價を分けんとす。是の如きこと多年、累を受くる者衆し。昨夜暴に死するも、未だ何の病なるを知らず、と。張乃ち告ぐるに白鬚の翁鞭を贈るの事を以てす。二人急ぎ往きてこれを視るに、老人の尸上に果して鞭の痕有り。或ひと曰く、白鬚にして藍袍を著けたる者、此の方の土地神なり、と。

桐城張・徐二友貿易江西。行至廣信、徐卒於店樓。張入市買棺爲殮。棺店主人索價二千文、交易成矣。櫃旁坐一老人遮攔之、必須四千。張忿而歸。是夜張上樓、尸起相撲。張大駭、急避下樓。次日淸晨、又往買棺加錢千文。棺主人竝無一言、而作梗之老人先在櫃上罵曰、我雖不是主人、然此地我號坐山虎。非送我二千錢、與主人一樣、棺不可得。張素貧、力有不能、無可奈何、徬徨於野、又一白鬚翁、著藍色袍、笑而迎曰、汝買棺人耶。曰、然。曰、汝受坐山虎氣耶。曰、是也。白鬚翁手一鞭曰、此伍子胥鞭楚平王尸鞭也。今晚尸起相撲、汝持此鞭之、則棺得而大難解矣。言畢不見。張歸上樓、尸又躍起。如其言、應鞭而倒。次日赴店買棺、店主人曰、昨夜坐山虎死矣。我一方之害除矣。汝仍以二千文原價來擡棺可也。問其故、主人曰、此老姓洪、有妖法。能役使鬼魅、慣遣死尸撲人。人死買棺、彼又在我店居奇、强分半價。如是多年、受累者衆。昨夜暴死、未知何病。張乃告以白鬚翁贈鞭之事。二人急往視之、老人尸上果有鞭痕。或曰、白鬚而著藍袍者、此方土地神也。『鞭尸』、『子不語』巻十

棺を買いにきたものに、マージンを要求する坐山虎という妖老人を、伍子胥の鞭で退治するという話なのだが、参差《ちぐはぐ》な印象がある。

この坐山虎という老人は、新死體に憑依して、棺を買うものがマージンをはらうまで、祟りを續けるという惡物だが、あまりスケールの大きい惡物ではない。地回り程度のものである。

それを退治するのに、伍子胥の鞭というのは釣り合わないのではなかろうか。鞭を貸した老人が、土地神だというのも、捻りが無さ過ぎて面白くない。

伍子胥の「倒行逆施」の鞭といえば、この時代から二千年以上前のものである。

なぜ土地神程度のものが、人に貸したりできるのか。神のレベルが違いすぎるのではないか。關帝か、大きな街の城煌神ぐらいが扱うレベルではなかろうか。

あまりまじめに考える必要はないが、リアリティが無い。これは傳聞を單に記録したものだろう。

『皂莢下二鬼』

丹陽（江蘇省）南門の外に住む呂姓の家に皂莢《さいかち》の畑があった。たいへんに利益があがるので、實を結ぶころになると、呂氏の父子が見回りをして、盗みにくるものから守っていた。ある明るい月の晩に、父親が石に坐って樹を見張っていると、樹の下からフサフサとした亂れ髪が出てくる。恐くなってよく見もせず、息子を呼びにいってつれてきた。紅い衣を着た女がガバッと立ち上がった。父親は驚いて地に倒れ、息子は走って逃げだ

し屋内に入った。女は息子を追って大門まで來たが、そこで僵《かた》まったまま動かなくなった。片足は門の外にあり、片足は門のなかにある。息子が大聲で叫ぶと、家族が武器を持って集まってきたが、冷氣を吹きかけられるのを恐れて、近づこうとするものがいない。女はおちついた様子で歩きはじめ、身體を曲げてベッドの下にもぐり込んでいき、見えなくなった。息子は氣付けの生姜湯を父親に飲ませて、隣近所の人を呼び集めベッドの下を掘ったところ、果して朱塗り棺が出てきた。中には紅い衣の女の僵尸が有る。夜に見たのと同じ様子である。それ以後、父子は皂莢を看守るのをやめた。三日たって、皂莢の樹の下に、また倒れているものがある。呂の息子がまた生姜湯で氣付けをし、理由をたずねると、「私は西隣のものです。この家には皂莢が大變に多いが見張りがいないので、盗もうと思ってきたのです。だが思いもしないことに樹の下に首のない人がいて私を手招きするのです。びっくりして地面に倒れました」と、言う。息子が人々を呼び集めて掘ってみると、黒い棺が出てきた。中には首のない死體が入っていた。ミイラ化して腐ってはいない。まとめて焼いたが、その後怪しいことは起きなかった。

丹陽南門外の呂姓の者に皂莢園有り。利を取ること甚だ大なり。毎に實を結ぶ時、呂氏父子これを守り、偷む者有るを防ぐ。一夕月下に、其の父石上に坐して樹を看るに、樹下に蓬髪の鬖鬖然として土中從り出づる有り。懼れて視ず。其の子を呼びて往きこれを曳く。紅衣の女子有り闖然として起つ。父驚きて地に仆れ、其の子狂奔して室に入る。女これを追ひて大門に至れば、忽ち僵立して動かず。一足は門外に在り、一足は門内に在り。子大に呼べば、家人刀杖を持して齊しく集うも、其の冷氣人を射るを畏れ、倶に敢へて近づかず。女子從容として起ち行き、身を傴《かが》ませて牀下に入り、遂に見へず。其の子薑湯を持し灌ぎて其の父を醒めしめ扶けて以て歸り、鄰人を招き共に牀下を掘るに、果して一朱棺ありて、中に紅衣の女尸有り。夜に見る所の如し。嗣後父子敢て園を看樹を守らず。逾へて三日、皂莢の樹下に又た地に仆るる者有り。呂氏の子亦た灌ぎてこれを醒めしめ、其の由來を問ふに、曰く、我は西鄰なり。君が家の皀莢甚だ多く人の看守する無き見て、故に來りて偸竊《ぬす》まんとす。意《おも》はざりき樹下に無頭人有りて手を以て我を招くを見るとは。我故に駭きて地に仆る、と。其の子又た人を集めてこれを掘りて、黑棺を得たり。一無頭の尸を埋む。皆な僵して腐らず。聚めてこれを焚けば、其の怪遂に絶ゆ。

丹陽南門外呂姓者有皀莢園。取利甚大。每結實時、呂氏父子守之。防有偸者。一夕月下、其父坐石上看樹、樹下有蓬髮鬖鬖然從土中出、懼而不視、呼其子往曳之。有紅衣女子闖然起、父驚仆地。其子狂奔入室。女追之至大門、忽僵立不動、一足在門外、一足在門內。子大呼、家人持刀杖齊集、畏其冷氣射人、俱不敢近。女子從容起行、傴身入牀下、遂不見。其子持薑湯灌醒其父、扶以歸。招鄰人共掘牀下、果一朱棺。中有紅衣女尸、如夜所見。嗣後父子不敢看園守樹矣。逾三日、皀莢樹下又有仆於地者。呂氏子亦灌醒之、問其由來、曰、我西鄰也。見君家皀莢甚多、無人看守、故來偸竊。不意見樹下有無頭人以手招我。我故駭而仆地。其子又集人掘之、得黑棺、埋一無頭尸、皆僵不腐。聚而焚之、其怪遂絕。

『皀莢下二鬼』、『子不語』卷十四

皀莢の實は洗劑として利用されるので、換金性が高い植物である。その畑を見張っていると、樹の下から紅衣の女が現れ、ベッドの下に消えた。掘ってみると、朱塗りの棺が埋まっていて、紅衣の僵尸が入っていた。さらに首のない死體が、黑い棺に入って、皀莢畑から出てきたの、というだけで、特になにか派手な立ち回りがあるわけでもない。

「女これを追ひて大門に至れば、忽ち僵立して動かず。一足は門外に在り、一足は門內に在り。」

という部分に加工の跡が見えるだけである。

『乾麂子』

乾麂子は人ではない。要するに僵尸の類《たぐい》である。雲南省には五金（金銀銅鐵錫）の礦山が多く、礦山ではたらく人夫が、落盤事故に遇って出ることができなくなり、數十年から百年ほどたつと、土や金屬の氣に養なわれ、身體はそのまま腐らず、死んでいないように見えるが、實は死んでいるのである。そも礦山に入ろうという人は、地下がまるで闇夜のように暗いので、額の上に燈をつけ、地に穴を掘って入って行く。乾麂子に出遇うと、麂子は大喜びをして、寒いのでタバコを吸わせてくれと頼む。タバコをあたえると、吹いたり吸ったりしてすぐに吸い終わる。するとひざまづいて連れて出てくれと頼む。礦夫が、「我々がここまで來たのは金銀の爲なのだから、空手で歸るわけにはいかない。お前は金の礦脈のありかを知っているか」と訊ねると、乾麂子が案内してくれる。こうして得た礦脈は必ず收獲が多いのである。礦山から出ようという時には、乾麂子を騙して「我々が先に出て、カゴでお前を引き揚げてやろう」と言い、竹籃《たけかご》に縄をつないで乘せ、乾麂子を途中まで引き揚げておいて、縄を切る。乾麂子は墜落し死ぬ。以前に現場の管理人に優しい性格の人がいた。憐に思って乾麂子を七八個引き揚げたことがある。空氣に觸れると衣服も肌骨もすぐに水に化し、臭氣は生臭く、吸い込んだものは皆疫病にかかって死んだ。そういうわけでその後、乾麂子を引き揚げる場合は必ず途中で縄を切るのである。その臭氣を吸って死ぬのは嫌だし、引き揚げなければまたしつこくつき纏われるのが嫌だからである。またある言い傳えでは、人が多くて乾麂子が少い時は、人々が乾麂子を縛りあげて壁にもたせかけ、四面を泥で封じ込め土饅頭を作り、その上に燈りを置けば、祟ることはない。もしも人が少なくて乾麂子が多ければ、纏り着かれて死ぬまで放さないのだ、と。

乾麂子は人に非ざるなり。乃ち僵尸の類なり。雲南に五金の礦多く、礦を開くの夫、土壓に遇ひて出づるを得ざる有りて、或ひは數十年、或ひは百年、土金の氣の養ふ所と爲り、身體は壞れず、死せざると雖も、其の實は死せり。凡そ礦を開かんとする人は、地下の黑きこと長夜の如きに苦しみ、多く額上に一燈を點じ、地を穿ちて入る。乾麑子に遇へば、麑子喜ぶこと甚しく、人に向かひ冷ければ煙を吃するを求むと說く。これに煙を與ふるに、噓《ふ》き吸ひて立ちどころに盡し、長く跪づきて人に帶出するを求む。礦を挖る者曰く、我此に到るは金銀の爲に來る。空しく出づるの理無し。汝金苗の處を知るか、と。乾麑子これを導き、礦を得れば必ず大獲あり。出づるに臨みて、則ちこれを紿《あざむ》きて曰く、我先に出でて籃を以て汝に接し洞より出ださん、と。竹籃を將て繩に繫ぎ、乾麑子を半空に拉き、其の繩を剪り斷てば、乾麑子は輒ち墜ちて死す。廠を管する人の性仁慈なる有り。これを憐みて竟に乾麑子の七八個を拉き上ぐ。風に見《あ》へば衣服肌骨卽ち化して水と爲り、其の氣は腥臭にして、これを聞く者は盡く瘟死す。是を以て此の後乾麑子を拉く者は必ず其の繩を斷つ。其の氣を受けて死するを恐れ、拉かずんば則ち又た其の纏擾して休む無きを怕るればなり。又た相ひ傳ふるに、人多くして乾麑子少きときは、衆これを縛して土壁に靠《よ》らしめ、四面は泥を用って封じ固めて土墩を作し、其の上に燈臺を放《お》けば、則ち復た祟りを作さず。若し人少なくして乾麑子多ければ、則ち其に纏かれ死すとも放さず、と。

乾麑子非人也。乃僵尸類也。雲南多五金礦、開礦之夫、有遇土壓不得出、或數十年、或百年、爲土金氣所養、身體不壞、雖不死、其實死矣。凡開礦人苦地下黑如長夜、多額上點一燈、穿地而入。遇乾麑子、麑子喜甚、向人說冷求煙吃。與之煙、噓吸立盡。長跪求人帶出。挖礦者曰、我到此爲金銀而來、無空出之理。汝知金苗之處乎。乾麑子導之得礦必大獲。臨出則紿之曰、我先出、以籃接汝出洞。將竹籃繫繩、拉乾麑子於半空、剪斷其繩、乾麑子輒墜而死。有管廠人性仁慈。憐之竟拉上乾麑子七八個。見風衣服肌骨卽化爲水、其氣腥臭、聞之者盡瘟死。是以此後拉乾麑子者必斷其繩、恐受其氣而死。不拉則又怕其纏擾無休。又相傳、人多乾麑子少、衆縛之使靠土壁、四面用泥封固作土墩、其上放燈臺、則不復作祟。若人少乾麑子多、則被其纏死不放矣。

『乾麑子』、『續新齊諧』巻四

先行研究に、[2] この話の梗概（かなり節略の有る譯）を記し、（『滇南雜志』巻十四。『續子不語』巻四）と出典を記している。ということは、『滇南雜志』という書にあるこの話を、袁枚が引用したということなのだろう。

しかし困ったことに、この『滇南雜志』は、早稻田大學圖書館の『風陵文庫』にも入っていない。嘗て何處かで借覽し抄寫したものか、或いは紛失したのかは定かではない。

また中國科學院圖書館整理『續修四庫全書總目提要（稿本）』（齊魯書社）には記載はあるのだが、『續修四庫全書』（上海古籍出版社）には、本文がないので、『滇南雜志』の本文と、『續新齊諧』の本文を付き合わせすることもできない。

『滇南雜志』は題名から考えても雲南省に旅行、或いは滯在した際の見聞を記した書であろう。西南地方について書かれた筆記類である。『續修四庫全書總目提要』に「嘉慶十五年自序」とあるので、袁枚が引用した可能性はない。

その他、「僵尸」が現れるものに、以下のものがあるが、棺を開けてみたら僵していた、とか僵尸かと思ったら、狂女であったというもので、僵尸說話とはいえない。

『王將軍妾』　『子不語』巻七
『何翁傾家』　『子不語』巻九
『處州溺婦奇獄』　『子不語』巻十八
『張秀才』　『子不語』巻二十

結語

約三十則ほどの「僵尸說話」を検討してきたが、なにゆえに、「加工がされていない例」・「多少の加工が見られる例」・「出來の良い說話をほぼ聞いたまま記したであろう例」・「創作であろう例」などという（勝手な）分類を加えたのか、という疑問を持つ讀者もいらっしゃることと思う。

志怪小說集だという前提で論ずると、「散漫である」・「聊齋的な面もあるが、六朝志怪風もある」などという評價になるのだろう。

しかし『子不語』・『續新齊諧』は、果たして小說集・作品集なのであろうか。

「創作であろう例」ばかり集めてあるのなら、それは小說集であろう。

しかし、話してくれた相手が先輩であるとか、高位の官吏であるような場合、加工はしていないし、相手の姓名、或いは官職まで記しているものもある。

第二部第三章の、「劉介石刺史」・「兪蒼石先生」などの場合がその例である。

親しい人物から聞いた話には、「多少の加工が見られる例」もあるが、加工しすぎて「そんな事は言わなかった」と、文句をつけられたこともある。その辯明の書信で、

子不語一書、皆莫須有之事、遊戲讕言、何足爲典要。故不錄作者姓名。(3)

遊戲の讕言だから、典要は要らない（加工しても良い）。だから、作者（袁枚）の姓名も記していないのである。要するに、自分の著作だとは思っていない、という事である。

『隨園詩話』・『隨園食單』などに對して、友人である趙翼が、戯れに訴状を作って、[4]

有百金之贈、輒登詩話揄揚、嘗一臠之甘、必購食單仿造。

と書いているが、『隨園詩話』・『隨園食單』ともに、著作と言うよりは、社交の產物・記録である。隨園は江南文壇の社交場である。

だから『子不語』・『續新齊諧』ともに、「隨園戲編」とあるだけで、著者名はない。隨園という場に集った人たちが作者だという意味が込められているのであろう。

【注】

（1）『閲微草堂筆記』、『如是我聞』巻四

（2）澤田瑞穗『鬼趣談義』、平河出版社。一九九〇年九月。二六五～六頁

（3）『答楊笠湖』、『小倉山房尺牘』巻七

（4）『甌北控詞』、梁紹壬『兩般秋雨盦隨筆』巻一所引。

第三部　『子不語』の版本研究等

第一章　袁枚『子不語』の増補

一　版本の問題

袁枚のまさに「等身」というほかはない著作のうち、『小倉山房詩集』・『隨園詩話』・『新齊諧（子不語）』等は、いったん原刊本が上梓されたあとも、なお書き繼がれた部分があるようである。原刊本（所謂『二十八種』）よりも袁の沒後、弟子や遺族によってまとめられたものであろう私家版の全集『隨園三十種』のほうが、卷數が增加しているものが多いのである。

ここでは、『小倉山房詩集』・『隨園詩話』に關してはひとまず措いて、『新齊諧（子不語）・續新齊諧』の增補について検討することとする。

一般に小說の版本研究は、白話小說の場合には孫楷第・黷谷溫以後の研究調査の蓄積があるが、文言小說、特に『聊齋志異』以外の清の志怪小說の版本研究は、まだ始まってもいないというのが現狀なのである。

以下、拙譯本(1)の解說と一部重複するが、『新齊諧（子不語）・續新齊諧』のテキストについて、概說する。

木版線装本には以下の四種がある。

①原刊本（隨園三十八種）

『新齊諧二十四卷』乾隆五十三年（一七八八）刻。封面中央に「新齊諧」、右上に「乾隆戊申」、右下に「翻刻必究」、左下に「隨園藏版」。

縦二五〇ミリ、横一五八ミリ。毎半葉匡郭縦一六四ミリ、横一二三ミリ、十一行行二十一字、白口左右雙邊有界。

序、目錄各一葉は版心魚尾上に「新齊諧」。本文卷頭は「新齊諧第幾卷、隨園戲編」とあるが、版心魚尾上には「子不語」、魚尾下に卷數丁數。目錄は卷幾計幾則とあるのみ。二三八〜九頁参照。

『續新齊諧八卷』　封面中央に「續新齊諧」、左下に「隨園藏版」、目錄無し。

本文卷頭は、一〜四卷は「續新齊諧第一、隨園戲編」〜「續新齊諧第四、隨園戲編」、五卷は「續新齊諧第五卷、隨園戲編」、六卷は「續新齊諧卷六、隨園戲編」、七〜八卷は「續新齊諧第七卷、隨園戲編」「續新齊諧第八卷、隨園戲編」と、統一を缺く。版心魚尾上には「續新齊諧」、魚尾下に卷數丁數。

②『隨園三十種』　正編二十四卷、續編十卷。封面中央に「新齊諧」、左下に「隨園藏版」とあり。縦一七一ミリ、横一一五ミリ、毎半葉匡郭縦一三四ミリ、横一〇五ミリ、十行行二十一字、黑口左右雙邊有界。魚尾無し。序一葉は版心に新齊諧、目錄二十一葉は版心に「子不語」。本文卷頭は新齊諧第幾卷、隨園戲編とあるが、版心には「子不語」、下に卷數丁數。目錄は全て題名を記す。この版は『續修四庫全書』に影印されている。

③美德堂刊本　嘉慶二十年（一八一五）。國立國會圖書館藏の、封面に『新齊諧』とあるだけの無刊記本がこれであろう。版形はほぼ『隨園三十種』と同じ（縦一七一ミリ、横一一五ミリ）である。

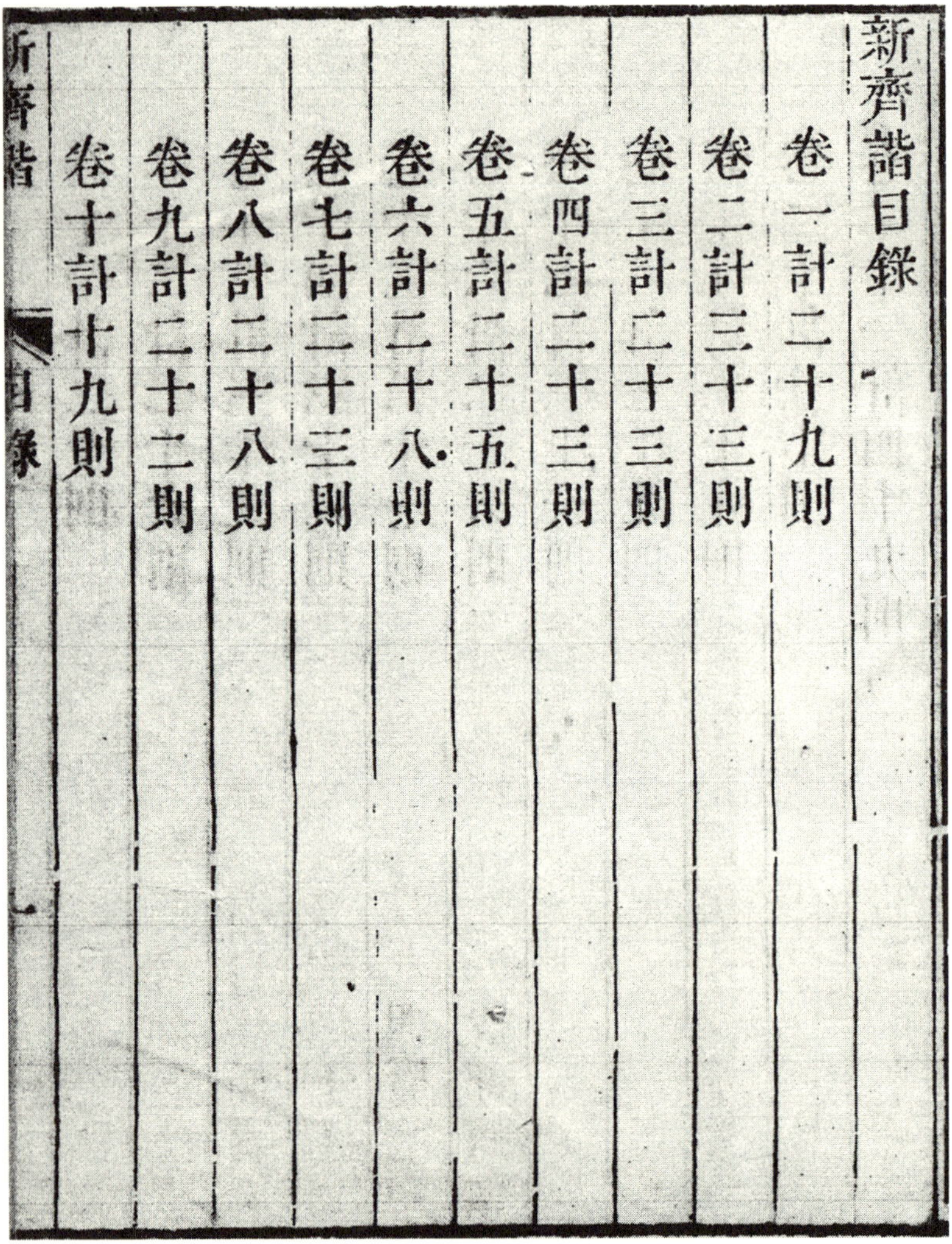
新齊諧目録
卷一計二十九則
卷二計三十三則
卷三計二十三則
卷四計二十三則
卷五計二十五則
卷六計二十八則
卷七計二十三則
卷八計二十八則
卷九計二十二則
卷十計十九則
新齊諧　目録

『序』と『目録』のみは、版心が『新齊諧』になっている。

「卷五計二十五則」とあるが、卷五は二十二則であり、「卷八計二十八則」とあるが實は卷八は三十八則である。227頁參照。

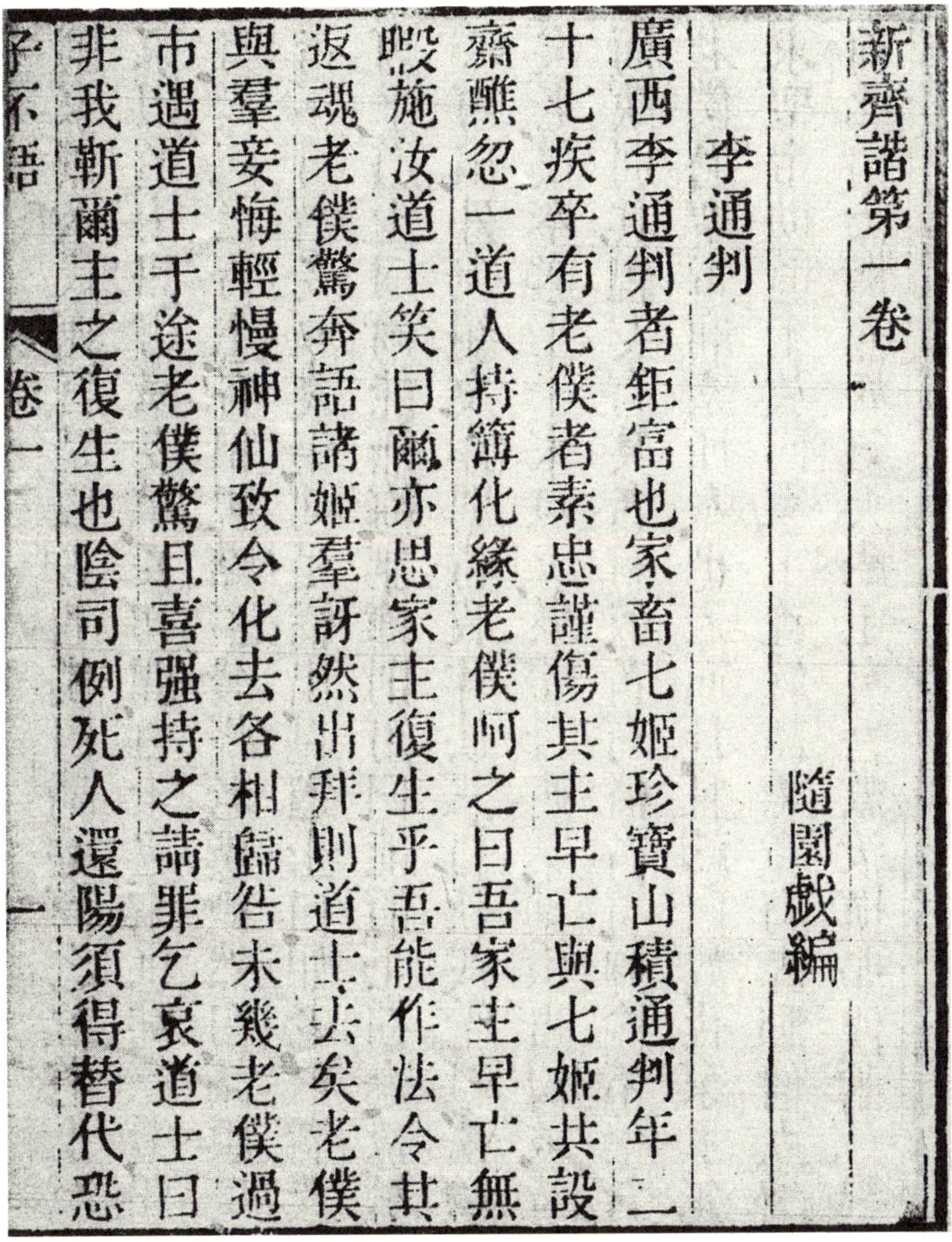
新齊諧第一卷
隨園戲編
李通判
廣西李通判者鉅富也家畜七姬珍寶山積通判年二十七疾卒有老僕者素忠謹傷其主早亡與七姬共設齋醮忽一道人持簿化緣老僕呵之曰吾家主早亡無暇施汝道士笑曰爾亦思家主復生乎吾能作法令其返魂老僕驚奔語諸姬羣訝然出拜則道士去矣老僕與羣妾悔輕慢神仙致令化去各相歸咎未幾老僕過市遇道士于途老僕驚且喜强持之請罪乞哀道士曰非我靳爾主之復生也陰司例死人還陽須得替代恐
子不語　卷一　一

本文巻頭は「新齊諧第一卷　隨園戲編」とあるが、
版心魚尾上に「子不語」とある。227頁参照。

④同治三年三讓睦氏の刊行に係る『三十種』の復刻本があるというも未見。線裝本であるが、石印・排印のものは、

⑤『隨園三十八種』勤裕堂排印。光緒十八年（一八九二）。

⑥『隨園三十六種』上海圖書集成書局。光緒十八年（一八九二）。

⑦『隨園三十八種』上海鴻文書局石印。宣統二年（一九一〇）。

⑧『隨園全集』文明書局石印。一九一八年。同じ版が『清代筆記小說叢刊』というシリーズ名でも發賣されている。

⑨『隨園四十三種』上海掃葉山房石印。一九一八年。

⑩『詳註子不語』上海會文堂書局石印。桃源山人註。一九二四年。民國第弍甲子年孟秋上海會文堂書局印行。

⑪『筆記小說大觀』本　進步書局排印。一九二〇年代であろう。江蘇廣陵古籍刻印社の影印本がある。

⑫『袁枚全集』上海校經山房成記書局排印。一九二七年。

以上、全て『隨園三十種』本に據っている。

洋裝活字本は數多いが、近年のものは簡體字を使ったものもあり、縱組みのものも横組みのものもある。校訂が杜撰なもの、使用底本を明記していないものも多いが、その中で學術的に信頼できるものは、

⑬申孟選注「子不語選注」文化藝術出版社、一九八八年十二月。簡體字横組み。『新齊諧・續新齊諧』から百八話を選び注釋を施したもの。

⑭文言小說『子不語』岳麓書社、一九八五年十一月。『新齊諧』のみ。簡體字横組み。

⑮『子不語』上海古籍出版社、一九八六年十一月。『新齊諧・續新齊諧』。簡體字縱組み。この書だけが、解說

で『原刊本』と『三十種』本以降の通行本の異同に觸れている。
⑯『子不語全集』河北人民出版社、一九八七年七月。『新齊諧・續新齊諧』。簡體字横組み。
⑰古瞱等譯『子不語』國際廣播出版社、一九九二年十一月。『新齊諧』のみ。簡體字横組みだが、原文と現代中國語譯對照である。『新齊諧』のみとはいえ全譯でかなりな勞作である。
⑱『袁枚全集第四卷』江蘇古籍出版社、一九九三年九月。『新齊諧・續新齊諧』。繁體字縱組み。

①の原刊本『新齊諧二十四卷・續新齊諧八卷（隨園二十八種）』は、『全國漢籍データベース』(2)によると、新潟大、二松學舍、公文書館、東洋文庫等に所藏されているようである。
現在筆者の手元にあるものは、『櫻山文庫』舊藏本、『新齊諧二十四卷』六冊・『續新齊諧八卷』二冊。

この原刊本の目錄は第一葉第一行に『新齊諧目錄』、第二行から「卷一計二十九則」、「卷二計三十三則」と、第一葉の最後が「卷二十一計四十九則」、版心は『新齊諧』、魚尾下に目錄。第二葉は三行で終わり、版心は無し。要するに、「第何卷には何話收錄されている」ということを記しているに過ぎないのである。そしてこの「計幾則」が非常に不正確なのである。
②と③の目錄は、各卷ごとに題名まで記しており、卷二十三、二十四には兩版ともに續增と付記がある。原刊本より話數が增えているし、『續新齊諧』も二卷增えて十卷になっている。だから②は目錄だけで、『新齊諧』で二十葉、『續新齊諧』で八葉という分量になっている。

二　問題の所在

原本『隨園三十八種』そのものが、既に稀覯本に屬する爲であろう、この『三十八種本新齊諧』から『三十種本新齊諧』への「續增」の問題、及び『續新齊諧』の「二卷增補」について論究しているものはわずかに⑮のみである。⑮に、

原本『新齊諧』二十四卷、署乾隆戊申（五十三年）刻、續僅八卷、較它本少二卷。該本卷二十三・二十四似乎已經增補改編、非戊申原刻、如卷二十三『十三猫同日殉節』篇已記乾隆己酉（五十四年）事、而卷二十三總目標三十四則、實有四十二則（較它本仍少十四則）、卷二十四總目標五十三則、實止四十三則（它本同）、（以下略）(3)

原本『新齊諧』二十四卷は、乾隆戊申（五十三年）刻と記してある。續（新齊諧）は僅かに八卷であり、他の版本と較べて二卷少ない。この本（『三十種本』・筆者）の二十三・二十四卷はすでに增補改編されていて、戊申の原刻とは違う。例えば卷二十三の『十三猫同日殉節』にはすでに乾隆己酉（五十四年）の事と記してある、そして卷二十三は總目に三十四則とあるが、實は四十二則ある（他の版本より十四則少ない）(4)。卷二十四は總目に五十三則とあるが、實は四十三則に止まっている（他の版本と同じ）。

『隨園三十八種本新齊諧』の目錄と、實際の收錄話數のずれは、このままではわかりにくいので整理すると、

卷二十三
原本總目三十四則　原本話數四十二則　三十種話數五十四則
卷二十四

原本總目五十三則　原本話數四十三則　三十種話數四十三則

ということになる。だから、『三十種本』の目録に巻二十三・巻二十四ともに「續增」とあるのはおかしいのである。「續增」は巻二十三だけで、十二則にすぎないし、この十二則中に、乾隆五十三年以後と思われる話はない。

この「續增」の結果、『三十種本』第二十三巻は、葉數が三十三葉と不自然に多くなっている。[5] 概して『三十種本』は誤刻も多く、版形も小さく「普及版全集」という感がある。

そして『十三猫同日殉節』の問題である。『十三猫同日殉節』は、この「續增」の部分ではなく、『原本』にも收錄されているのである。

原本は乾隆戊申（五十三年）刻である。そこに己酉（五十四年）のできごとが記載されている。ということは、

A　乾隆戊申（五十三年）刻が、事實に反する。

B　原本六冊全てが、乾隆戊申に出たわけではない。

のいずれかしか考えられないのである。

三　結　論

見示『子不語』首本、已全行閱訖。[6]

示さるる『子不語』の首本、已に全て行閱し訖る。

楊潮観から袁枚に宛てた、抗議の手紙の書き出しの部分である。この部分にあるヒントが隠れているようだ。

楊が抗議しているのは、巻四に收録されている『李香君薦巻』の内容に關してである。もちろん『原本新齊諧』である。

ここで言うの「首本」とは、普通に考えて「第一冊目」ということであろう。『原本新齊諧二十四巻』は、前述の如く全六冊である。改装の可能性はないであろう、というのはまったく同じ版式の『隨園食單』・『隨園隨筆』も手元にあり、それぞれ一冊の葉數に大差が見られず、表紙の紙質も同じだからである。

普通に考えて、六冊全てが上梓されたあとに、第一冊だけを友人に贈るとは思えない。だからこの時點で、楊潮觀のもとに贈られたのは、第一冊（巻四まで）だけであるはずだ。本文が上梓された後で、「元人の說部に雷同するもの有るを見て、乃ち改めて新齊諧と爲す[7]」と有るように、『序』を書き直し、『目錄』を付して戊申（五十三年）にまにあうように刊行されたのであろう。

そのため、『序』と『目錄』のみは、版心が『新齊諧』になっているのである。そしてこの『目錄』は相當急いで作成されたもののようで、巻一から巻四までは、『目錄』の「計幾則」という記述と本文の「則數」が合っているが、巻五からはもう合わなくなっているのである。これも第一冊だけがまず刊行されたという根據になるはずだ。そして『目錄』の第二葉には版心も無いということも「急い」で作成されたことの傍證になるのではなかろうか。

『原本新齊諧二四巻』六冊は、同時に刊行されたわけではない。第一冊がまず戊申（五十三年）に刊行され、乾隆五十四年のことと記されている『十三猫同日殉節』を含む、殘りの五冊は、たぶん同時にではなく、順を追って、遲くとも五十六年には刊行を終えていたと考えられる。

そしてこのときになんらかの理由で上梓されずに、殘った原稿が、『三十種本』刊行の時點で、十二則だけ第二十三巻に「增續」されたと見てよいのではなかろうか。

『續新齊諧』の成立時期については、アーサー・ウェイリーと前野直彬が、續集の『續子不語』は、一七九六年ごろに刊行されている。[8]

袁枚には『續新齊諧』十巻という著書もある。完成の年代はわからないが、「灤陽消夏錄」を見て書いた明白な痕跡があり、たぶん袁枚の最晩年まで書き續けられていたものと思われる。[9]

『續新齊諧』は完成の時期を明らかにしない。書中の記事は乾隆五十七年六月に止まっているから、おそらくそれより少し後、袁枚の死ぬ少し前に完成したわけであろう。[10]

と記しているが、以上の論は、前提に誤りがあるのである。ウェイリーが使用したテキストは、⑧である。[11] ⑧の『續新齊諧』は、『三十種』にもとづいた十巻本である。

前野氏は、『二十八種本（原本）』と『三十種本』を校合して翻譯のテキストに用いた、と記しているが、[12] 第二十三巻の「續增」に氣づいていない（「續增」部分からの譯はないが）し、『續新齊諧』の『八巻本』と『十巻本』の問題にも氣づいていない。

要するに、ともに『續新齊諧八巻本』を見ず、あるいは見ても意識せずに『續新齊諧十巻本』だけで、刊行の時期を單に袁枚の死の直前と推定しているだけなのである。

袁枚が世を去ったのは、嘉慶二年十一月十七日（西暦では一七九八年一月三日）である。『新齊諧二十四巻』が刊行された後は、もう最晩年である。一七九六年という可能性も排除しきれない。しかし決定的なのは、その時に出版されたのは『八巻本』であるということだ。

『續新齊諧』第八巻の最後に收録されている、『皖城雷異』は、「乾隆五十六年八月初一日午刻有黑雲」という書き出しで始まる。このように何年の出來事であったかを、書き出しにもってくるというのは、『新齊諧・續新齊諧』を通じてほとんど見られないものである。明らかに、最後の巻の最後の一則にふさわしい書き出しなのだ。そしてなお細かく見ていくと、『十巻本（三十種本）續新齊諧』の『皖城雷異』の刻されている第十九葉の末尾に、「續新齊諧第八終」と有るのである。

巻一から巻七までの最後の葉の最終行は、全て「續新齊諧第一」「續新齊諧第幾」であり「終」の文字はなく、巻九・巻十については最後の葉の最終行には、何も刻していないのである。

これは明らかに、第八巻までで本來の「續新齊諧」は終わっていることを、『十巻本（三十種本）』の編者が知っていて、それをどこかに記録しようとした苦心の現れと見るべきであろう。

以上、綜合して言えることは、『原本新齊諧』は乾隆戊申（五十三年）に第一冊が刊行され、第六冊までそろうのは五十六年頃。『原本續新齊諧八巻』の刊行は、すこし幅を持たせても乾隆五十八年（一七九三）から五十九年（一七九四）までであろう。

確かに袁枚は『續新齊諧』刊行後も、死の直前まで「怪異の談」を書き續けていた。その殘された原稿が『三十種本』刊行の段階で、『第九巻・第十巻』として増補されたのである。二巻ぶんの原稿の量の多さから考えて、『原本續新齊諧八巻』は、それほど死の直前の刊行とは考えられないのである。

そして、詳しいことについては稿を改めるが、『三十種本』の刊行は、從來多くの「書目」に、「乾隆嘉慶之間」とあるが、嘉慶の後半にまで時代が下がるのではないかと思えるふしもあるのである。

【注】

（1）中野清譯『孔子が話さなかったこと』情況出版、一九九八年八月。
（2）http://kanji.zinbun.kyoto-u.ac.jp/kanseki
（3）申孟・甘林『前言』一三〜一四頁。
（4）實は十二則である。誤植であろうか。
（5）『三十種本新齊諧』の一巻は二十四葉のものが多い。二十一巻以後は、二十一巻二十九葉、二十二巻三十一葉、二十三巻三十三葉、二十四巻二十六葉、と平均より多めであるが、二十三巻が突出している。
（6）『答楊笠湖・附來書』、『小倉山房尺牘』巻七、王英志主編『袁枚全集』江蘇古籍出版社、一九九三年九月。一三八頁
（7）『新齊諧・序』
（8）アーサー・ウェイリー著。加島祥造・古田島洋介譯『袁枚―十八世紀中國の詩人』。平凡社東洋文庫、一九九九年三月。一六七頁
（9）前野直彬『中國古典文學大系』第四十二巻解說。平凡社、一九七一年二月。五一四頁
（10）前野直彬『淸代志怪書解題』。『中國小說史考』秋山書店、昭和五〇年一〇月。三〇三頁
（11）ウェイリー前掲書。三〇五頁
（12）注（11）に同じ。五一三頁

第二章 『子不語』の妬鬼説話

『子不語』・『續新齊諧』に見える「妬鬼（嫉妬する幽鬼）説話」には以下の六則がある。

①『替鬼作媒』『子不語』巻四。
②『九夫墳』『子不語』巻七。
③『歪嘴先生』『子不語』巻十六。
④『鬼買兒』『子不語』巻二十二。
⑤『負妻之報』『子不語』巻二十二。
⑥『癡鬼戀妻』『續新齊諧』巻五。

落語の入話《まくら》に、「悋氣《りんき》は女の慎《つつし》むところ、疝氣《せんき》は男の病むところ」という言葉がよく使われる。幕末から明治くらいの俗諺なのだろう。

日本では悋氣《りんき》即ち嫉妬は、女が男の浮氣を咎めるもの、ということになっているようだが、『子不語』に見える「妬鬼説話」は、それほど單純なものではないのである。

このうちの⑥は、本來は『閲微草堂筆記』から引いて、刪改を加えたものなので、ここでは觸れない。先ず比較的單純な、②『九夫墳』から始めることとする。これは死んだ男九人が、死んだ女一人を爭うという、男の嫉妬話である。

句容《こうよう》の南門の外に「九人の夫の墓」というものがある。言い傳えによると、むかし美しい婦人がいた。夫が死んで息子が一人いたが、家に財產があったのでまたムコをとった。息子が一人できたが、その夫も死んだ。前の夫の墓の横に葬った。そしてまたムコを迎えたがまたおなじように死んだ。結局九人の夫を迎え、九人の息子を產んだので、九人の夫の墓は輪のようにならんだ。この女も亡くなり、九つの墓の輪のまん中に葬った。

毎日日暮れ時になると、黒い風が吹きおこり、夜になるとどなり戰う聲がする。たがいにねたみあってこの女を自分のものにしようとしているようだ。道を通ることもできないので、隣村のものは不安になり、縣知事の趙天爵に訴え出た。趙はこの訴えによって現地に、下役人をひきつれ、處刑人を呼び寄せ、大鞭を持たせて出かけ、それぞれの墓の頭を三十回ずつむちで打つ刑に處した。この後この地はやっと靜かになったのである。

句容の南門外に九夫の墳有り。相ひ傳ふるに昔婦人の甚だ美なる有り。夫死して一幼子を止《とど》むるも、家資甚だ厚ければ、乃ち一夫を招く。一子を生みて夫は又た死す。卽ち前夫の側に葬る。而して又た一夫を贅《むこ》とするも、復た死すること前の如し。凡《すべ》て九夫に嫁して、九子を生めば、環《めぐ》りて九墳を列ぬ。婦人死して、九墳の中に葬る。

毎《つね》に日落つる時に、其の地卽ち陰風起きて、夜ごとに呼嘯爭鬥《こしゅうそうとう》の聲有り。相ひ媢《ねた》みて此の婦を奪はんとする者の若し。路を行くもの敢て過ぎず。鄰村これが爲に安からず、相ひ率《ひき》ゐて邑《ゆう》の令趙天爵に訴ふ。隨ひて其の地に至り、衙《やくにん》を排し皂隷を呼び、各墳頭に於て大杖を持せしめ重く責むること三十、此れより寂然たり。

句容南門外有九夫墳。相傳昔有婦人甚美。夫死止一幼子、家資甚厚、乃招一夫。生一子夫又死。卽葬於前夫之側。

而又贅一夫、復死如前。凡嫁九夫、生九子、環列九墳。婦人死、葬於九墳之中。每日落時、其地卽起陰風、夜有呼嘯爭鬥之聲。若相媢而奪此婦者。行路不敢過。鄰村爲之不安、相率訴於邑令趙天爵。隨至其地、排衙呼皂隸、於各墳頭持大杖重責三十、自此寂然。

すでにこの時代には、傳說になっていた話なのだろう。夜になるとどなり聲がして、ねたみあって女を自分のものにしようと爭っている。側の道も通れないので、隣村から、縣知事に訴えでた。そこで知事の趙天爵は、下役人を整列させ、處刑人（皂隸）に太い笞（大杖）を持たせ（一應正式の處刑儀禮を整え）、九人の墓を笞打ち三十の刑に處した、というのである。

みごとなお裁きによって、幽鬼も知事の威に服した、という自慢話のようなものである。この話を袁枚に傳えたのは「邑の令趙天爵」であろう。

『子不語』巻一にある『觀音堂』という話にも、

私の同僚であった趙公諱《いみな》は天爵が自分で話してくれた。彼が句容の令だったときに、田舍に死體を驗《しら》べに行った。

余の同官趙公諱は天爵なる者自ら言ふ。句容の令爲りし時、鄉に下りて尸を驗ぶ。

余同官趙公諱天爵者自言。爲句容令時、下鄉驗尸。

同官というのは同じ江寧府下の知縣であったということだろう。句容縣《こうようけん》（現在は句容市）は、袁枚が知縣であった溧水縣《りつすいけん》（現在は南京市溧水區）の、東北四十キロほどのところである。やはり袁枚が知縣であった江寧縣（南京市江寧區）の、東南東三十キロほどのところ。つまり隣の縣の知縣であったということである。

他にも句容が舞臺となった話（例えば『釘鬼脫逃』、『子不語』卷六）なども、明記してはいないが、趙天爵から聞いた話がもとになっているのではあるまいか。

次は男女ともに嫉妬する話。

①『替鬼作媒』

江浦縣《こうほ》（現在の南京市浦口區）の南にある村の張氏という女は、陳某《なにがし》に嫁《とつ》いでいたが、七年で亭主に死なれた。日々の暮らしにもことかいたので、張という男と再婚した。

張も妻を亡くしてから七年たっていたので、仲人をした者は、うまく天の決めた縁にあったものだと思っていた。だが結婚してやっと半月というときに、張の前夫の魂が、妻にのりうつって、「お前は本當に惡いやつだ。俺に操《みさお》をたてないで、下らぬやつのところにまた嫁に行くとはな」と言いながら、手で自分の頰《ほほ》をたたくのである。張家の人々が紙錢を燒いて、何度もなだめたが、祟りの激しさは變わらない。ほどなく、張の前妻の魂が、またその夫の身にのりうつって、「あんたはなんて薄情なの。新しい女房のことしか考えないで、もとの女房はもう知らないっていうの」と文句を言いながら、手で自分を毆りはじめた。家族のものたちは驚きあわてた。

たまたまその時、仲人をした秦某《しんなにがし》がそこにいた。ふざけて、「わしは今まで生きた人間のために仲人をつとめてきたのだから、今度は幽鬼の仲人をしたってなにもかまいはしない。陳さんは妻を探しているし、あんたも亭主を探している。なんで二人で夫婦になって退散しないんだい。そうすればあの世でも寂しくないだろう。そして生きている夫婦も安心だし、なにもここで騒ぐことはないはずだが」と言うと、張（の前妻）は羞じらい身をちじめて、「私にもその氣はあるのですが、だけど私は器量が悪いので、陳さんが私でいいと言ってくれるかどうか……。私のほうから言い出すわけにもいかないし、あなたにそういう氣持ちがあるのなら、あなたのほうから話してみてはくれませんか。どうでしょう」と言うではないか。そこで秦は兩方に話を通じた。陳も異存はなかったが、ふと苦笑いして、

「結構なことです。だが、我々は幽鬼ではありますが、野合はできません。他の幽鬼どもにバカにされることになります。仲人殿は、紙を切って、嫁入りの輿《こし》と従者を作り、銅鑼や太鼓の音樂も準備して下さい。酒席を設けて、かための杯事《さかずきごと》をして、男女二人に禮にかなった結婚式をあげさせてくだされば、我々はもうこちらには來ません」と言うので、張家ではその言葉どおりにしてやった。

これからこの世の夫婦の身には何事も起こらず、健康に過ごすことができた。

近所の村々にまで評判はひろまり、あの村では幽鬼の仲人をして、幽鬼同士を結婚させたと大いに話題になったそうである。

江浦の南郷に女の張氏なる有り。陳某に嫁するも、七年にして寡たり。日び食ふこと周《あまね》からず、改めて張姓に適《ゆ》く。張も亦た妻を喪《うしな》ひて七年なれば、媒《なかだち》を作す者以爲《おもへら》く天の緣巧《たくみ》に合へり、と。婚して甫《わづか》に半月、張の前夫魂を妻の身に附して曰く、汝太《はなは》だ無良なり。竟に我が替《ため》に節を守らず、轉じて庸奴に嫁するとは、と。手を以て自ら其の頰を批つ。張家の人爲に紙錢を燒き、再三勸め慰むるも、厲を作すこと故の如し。未だ幾《いくばく》ならずして、張の前妻又た魂を其の夫の身に附して、罵りて曰く、汝太《はなは》だ薄情なり。但だ新人有るを知るのみにして、舊人有るを知らず、と。亦た手を以て自ら擊ち撞《つ》く。家を擧げて驚惶す。

適たま其の時原《もと》の媒を作す者秦某旁《かたはら》に在り、戯れて曰く、我從前に既に活人の爲に媒を作す。我今日何ぞ死鬼の替に媒を作すを妨《さまた》げん。陳某は既に此に在りて妻を索《もと》め、汝も又た此に在りて夫を索む。何ぞ彼此《かれこれ》交配して退《しりぞ》かざる。則ち陰間も寂寞ならずして、兩家の活夫妻も亦た平安ならん。何ぞ此に在りて吵鬧《さうだう》するを必せんや、と。張（の前妻）は面に羞縮の狀を作して曰く、我も亦た此意有るも、但だ我が貌は醜なれば、未だ陳某肯へて我を要するや否やを知らず。我は自ら言ふに便ならず。先生既に此の好意有れば、卽ち先生の一說するを求むるは何如《いかん》、と。秦乃ち兩處に向ひ通じ陳《の》ぶれば、倶《とも》に唯唯たり。忽ち又た笑ひて曰く、此の事は極めて好きも、但だ我が輩は鬼なりと雖も、野合す可からず。群鬼の輕んずる所と爲ればなり。必ず媒人は我が替《ため》に紙人を剪《き》りて輿從と作し、鑼鼓音樂を具ふ須《べ》し。酒席を擺《なら》べ、合歡杯を送り、男女二人をして禮を成して退かしむれば、我が輩は才《はじ》めて去らん、と。張の家は其の言の如くすれば、此れ從り兩人の身は安然として恙《つつが》無し。鄕鄰は某村鬼の替《ため》に媒を做《な》し、鬼の替に親を做すと哄《はや》し傳ふ。

江浦南鄕有女張氏。嫁陳某、七年而寡。日食不周、改適張姓。張亦喪妻七年、作媒者以爲天緣巧合。婚甫半月、張之前夫附魂妻身曰、汝太無良。竟不替我守節、轉嫁庸奴。以手自批其頰。張家人爲燒紙錢、再三勸慰、作厲如故。未幾、張之前妻又附魂於其夫之身、罵曰、汝太薄情。但知有新人、不知有舊人。亦以手自擊撞。擧家驚惶。

適其時原作媒者秦某在旁、戲曰、我從前既替活人作媒。我今日何妨替死鬼作媒。陳某既在此索妻、汝又在此索夫。何不彼此交配而退。則陰間不寂寞、而兩家活夫妻亦平安矣。何必在此吵鬧耶。張面作羞縮狀曰、我亦有此意、但我貌醜、未知陳某肯要我否。我不便自言。先生既有此好意、卽求先生一說何如。秦乃向兩處通陳、倶唯唯。忽又笑曰、此事極好、但我輩雖鬼、不可野合。爲群鬼所輕。必須媒人替我剪紙人作輿從、具鑼鼓音樂。擺酒席、送合歡杯、使男女二人成禮而退、我輩才去。張家如其言、從此兩人之身安然無恙。鄕鄰哄傳某村替鬼做媒、替鬼做親。

江浦縣は、袁枚が知縣をつとめた土地である。南京から長江を西に渡ったところ（現在は南京市浦口區）である。

その江浦縣城の南にある村の、張姓の女が陳某に嫁いで七年で寡婦となり、「日び食ふこと周《あまね》からず、改めて張姓に適《ゆ》く」というのである。

中國では同姓であれば、結婚しないのがふつうである。だからなりふりにも、體裁にも構っていられないほど窮迫していた、ということなのだろう。

しかしこれは倫理的にも、法的にも許されぬことなのである。

例えば、古くは紀元前七世紀春秋時代に、すでに忌むべきものであったという記録がある。流浪の旅を續けていた晉の公子重耳が、鄭に行くと、鄭の文公は重耳に無禮であった。叔詹が文公を諫めて言う、

吾が君はどうか彼に禮をつくしてください。男女が同姓であれば、子が生まれても育たないと言いますが、晉の公子の母は同じ姫姓の出です。それなのに無事に今に至っているのが理由の一です。

君其れ禮せよ。男女同姓なれば、其の生むも蕃《しげ》らずと。晉の公子は姫の出なり。而して今に至るが一なり。

君其禮焉。男女同姓、其生不審。晉公子姫出也。而至於今一也。　『春秋左氏傳』、僖公二十三年

同じ叔詹の言葉が、他の書では、

同姓が結婚しないのは、子孫が繁榮しないのを嫌うからです。

同姓婚せざるは、殖《しげ》らざるを惡《にく》めばなり。

同姓不婚、惡不殖也。　『國語』、晉語四

となっているが、意味するところは同じ、遺傳上・優生上の問題である。

これから約百年後になると、かなり制度として整ってくるようである（僖公二十三年は前六三七。次に引く昭公元

年は前五四一）。

晋侯の病を見舞うために、鄭伯が子産（公孫僑）を晋に派遣する。迎えに出た晋の叔向との會話の部分、病の原因についての叔向の問いに答えて、子産が言う、

私はまたこんなことも聞いております、奥女中には同姓のものを入れてはいけないと。もし子が生まれても育たないからです。親しみが過ぎれば、いずれ病になります。君子はこういうわけで同姓婚を嫌うのです。だから書物にも、妾を買うときに、その姓がわからなかったら、占いで決める、とあります。このふたつにそむくのは、昔からしてはならぬことです。

僑又これを聞く、内官は同姓に及ばずと。其の生るるも殖《しげ》らざればなり。美先ず盡くせば、則ち疾を相ひ生ず。君子是《ここ》を以てこれを惡《にく》む。故に志に曰く、妾を買ふに其の姓を知らずんば、則ちこれを卜す、と。此の二者に違ふは、古の愼しむ所なり。

僑又聞之、內官不及同姓、其生不殖。美先盡矣、則相生疾。君子是以惡之。故志曰、買妾不知其姓、則卜之。違此二者、古之所愼也。　『春秋左氏傳』、昭公元年

鄭の子産（公孫僑）は、成文法の祖とも、或いは法家の祖とも傳えられる。「妾を買ふに其の姓を知らずんば、則ちこれを卜す」などという細かい規定まで、この時代にはできていたことがわかる。

以下、煩瑣にわたるで省略するが、南北が統一された唐代から『律令』で、一般庶民にも適用されるようになり、清朝に至り、清末宣統二年（一九一〇年）の『大清現行刑律』により廢止される。

この話は清朝に入ってからのものと見てよいだろう。

清朝の法律を集成した『大清律例』に、

同姓で結婚すること。結婚とは妻・妾ともに適用する。禮に同姓を娶らないというのは、きちんと區別するということである。

そも同姓であって結婚するものは、その結婚を司る者もその男女もおのおの六十の杖罪に處し、離婚させる。妻となる女は宗家に戻し、持參金結納等は役所が沒收する。

同姓婚を爲す。婚を爲すとは妻妾兼ねて言ふ。禮に同姓を娶らずは、別を厚くする所以なり。

凡そ同姓にして婚を爲すは、婚を主ると男女と各おの杖六十、離異せしむ。婦女は宗に歸し、財禮は官に入る。

同姓爲婚。爲婚兼妻妾言。禮不娶同姓、所以厚別也。凡同姓爲婚者主婚與男女、各杖六十、離異。婦女歸宗、財禮入官。『大清律例』卷十、『戶律』婚姻

要するに、「同姓婚」は犯罪なのである。

前夫の陳氏は、その弱みにつけ込んで、あくまでも禮にこだわりをみせる。

そのセリフを、いささか言葉を補って譯せば、

「だが、我々は幽鬼ではありますが、あなたたちのように野合はできません。他の幽鬼どもにバカにされることになります。あなたたちは野合したので、禮にかなった結婚式をあげていないでしょうが、我々は禮にかなった式をします。仲人殿は、紙を切って、嫁入りの輿《こし》と従者を作り、銅鑼や太鼓の音樂も準備して下さい。酒席を設けて、かための杯《さかずきごと》事をして、男女二人に禮にかなった結婚式をあげさせてくだされば、我々はもうこちらには來ません。」

くらいのことになるのであろう。

次は男の嫉妬話。

③『歪嘴先生』

湖州の潘淑は妻を娶ろうとしていたが、まだ結婚式を擧げないうちに、肺病で亡くなった。臨終のときに岳父になるはずの李某に來てもらい、まだ結婚してはいない娘に、氣持ちを變えない（獨身を守る）ようにさせてくれ、と頼んだ。岳父は承諾した。潘が亡くなった後、岳父は前言を忘れ、娘はとうとう別の家に嫁入りすることになった。結婚式の前の晩、幽鬼が娘にとり憑いて祟りをする。家庭教師の張先生というものがこの話を聞いて、どうにも納得が行かない。とうとう娘の家に出かけていき、古禮（儒教的制度論）などを引用して幽鬼を言い負かそうとする。

「女というものは嫁に行っても、一族の廟《おたまや》にお參りしないうちに（亡くなったら）、實家の墓に埋葬するものだ。それなのにまだ嫁に行ったわけでもないむすめが、どうして獨身を守らなければならないのか」。幽鬼は答えることができない。いきなり張の前に來て、口を開いて息を吹きかけた。ひとすじの氷のような臭くて耐えられない息であった。

この後、娘の病氣は癒えたのだが、張の口は歪んでしまった。李は張先生のおかげだというので、自分の家に招いて住んでもらったが、村の人々は、口歪み先生と呼ぶようになった。

湖州の潘淑は妻を聘するもいまだ娶らざるに瘵疾を以て亡ず。臨終のとき嶽翁の李某に請ひ來らしめ、其の未だ嫁がざるの女に志を守らしむるを要《こ》ふ。翁これを許す。潘卒するの後、翁前言を忘れ、女竟に改めて適かんとす。将に婚せんとするの夕、鬼女身に附して祟を作す。教讀の張先生なる者有りてこれを聞き、意《こころ》平らかなる能はず、竟に女の樓に上り、古禮を引きてこれを折《くじ》かんとす。以爲《おもふ》に、女已に嫁ぐと雖も、而れども未だ廟見せざれば、尚ほ女の氏の黨に歸葬す。況や未だ嫁せざるの女に、何の志を守るの說《いはれ》有らん、と。鬼答ふる能はず。但だ走りて張の前に至り、口を張りてこれを呵せば、一條の冷氣冰の如く、臭にして耐ふ可からず。此れ從り女の病癒ゆるも、而して張の嘴は歪めり。李これを德とし、延き請ひて家に在らしむ。合村歪嘴先生と呼ぶ。

湖州潘淑聘妻未娶、以瘵疾亡。臨終請嶽翁李某來、要其未嫁之女守志、翁許之。潘卒後翁忘前言、女竟改適。將婚之夕、鬼附女身作祟。有教讀張先生者聞之、意不能平、竟上女樓、引古禮折之。以爲、女雖已嫁、而未廟見、尚歸葬於女氏之黨。況未嫁之女、有何守志之說。鬼不能答。但走至張前、張口呵之、一條冷氣如冰、臭不可耐。從此女病癒、而張嘴歪矣。李德之、延請在家。合村呼歪嘴先生。

湖州は湖州府（現在は浙江省湖州市）、杭州の北約五十キロ、太湖の南岸にある。筆の名產地として知られる。

この話は、潘淑という男の身勝手な獨占欲と、理不盡な嫉妬ばなしである。

臨終の時に、婚約者の父親に獨身を守らせてくれと賴む。斷れるはずもなく、やむなく承知する。その元婚約者が、約束を破り結婚する、というので祟りにくる、というでたらめな話である。

これで終わりだったら、話にも何もならないが、ピエロ的な道學者がしゃしゃり出て來て、とんだ喜劇になった。教讀の張先生が、古禮などを引いて言い負かそうとする。教讀は教師のこと。この場合は家庭教師であろう。袁枚は、道學者が大嫌いなので、ここで差し出口をする道學者を、ひどい目にあわせた、というだけの話である。理屈も何もない。

ここで教讀の張先生が振り回す「古禮」は、

孔子曰く、（中略）三月にして廟見し、來婦と稱するなり。日を擇びて禰に祭るは、婦の義を成すなり。曾子問ひて曰く、女未だ廟見せずして死せば則ちこれを如何せん、と。孔子曰く、（中略）女の氏の黨に歸葬す。未だ婦に成らざるを示すなり、と。

孔子曰、（中略）三月而廟見、稱來婦也。擇日而祭於禰、成婦之義也。曾子問曰、女未廟見而死則如之何。孔子曰、（中略）歸葬于女氏之黨。示未成婦也。

『禮記』巻七、『曾子問』

に基づく。

④『鬼買兒』

洞庭の貢生葛文林は、學校で文才があると評判であった。父の先妻周氏が亡くなり、父荊州は李氏を後妻として迎えた。これが文林の生母である。李氏が嫁にきて三日めに、周氏の衣裝箱を整理していると、九つの蓮の花を刺繍した赤い上着があった。氣に入ったので、それを着ると、間もなく昏睡狀態になり、自分の頰をたたきながら、「われは前妻の周氏である。この箱のなかの衣裳は、みな私が嫁に來たときに持ってきたものだ。私は普段もったいないので身につけたこともないのに、いまお前は來たばかりなのに、おおぴっらに盜んで着た。私はガマンできないから、お前の命を取りにきたんだ」と言う。

家族がとりまいてひざまづき、李氏のために許しを請いながら、「奥様はもう亡くなったのに、こんな華やかな着物をどうするおつもりですか」と言うと、

「すぐに燒いて私に送っておくれ。こっちで着るよ。私は自分が氣が狹いのは承知している。だから化粧箱なんかも、一切李氏にはやらないよ。みんなすぐに燒いて私に届けておくれ。そうしてくれれば私は立ち去る」と言う。家族はやむを得ず、言われたとおりに全てを燒いた。幽鬼は手を打って笑いながら、「では立ち去る

としよう」と言うと、李ははっと正氣にもどった。家族は大喜びだった。

次の日、李がちょうど朝の化粧をしていたときに、ふと一つあくびをすると、靈が乗りうつり、「旦那さまにおいでくださいとおねがいして」と言う。夫が驅けつけると、その手を握り、「新しいお嫁さんは若いので、家事の取り仕切りができません。私が毎朝來て、代わりに仕切ってあげましょう」と言う。その後は、午前中は必ず周氏の魂が李氏の體に乘りうつり、薪《まき》や米をの在庫を調べたり、奴婢《めしつかい》を叱りつけたり、全てに筋がとおっている。こうして半年がたった。家の者もなれてすっかりおちつき、怪しむものもいなくなった。

ある日、周氏が夫に向かって、「私はもう立ち去りたいと思います。けれど私の棺は、この家においたままで、あなたたちがそばを歩くたびに、棺の臺座が搖れるので、關節が痛んでたまりません。早く殯《もがり》にだして、私の魂を落ちつかせてください」と言う。夫が、「まだ墓地が決まっていないのだが、どうすれば良いだろう」と言うと、「西の隣の爆竹賣りの張さんが、ある山に土地を持っています。私は昨日見に行ったのですが、松も竹もあって、氣に入りました。張さんは口では六十兩ほしいと言っていますが、心の中では、三十六兩でいいと思っています。買ってください」と言う。

葛が見に行くと、たしかにそういう土地があり、持ち主もいて、周氏が言うのとまったく違いがなかった。そこですぐに賣買の契約をした。

周氏の靈が殯《もがり》の日を決めてくれと言う。葛は、「土地は有るけれども、しかし期日を決めて親戚友人に通知するのに、喪主になる息子の名前が書けないというのは、しきたりに外れることになる」と言うと、幽靈は、「あなたのおっしゃるとおりです。でもあなたの後妻は、もう妊娠しています。だが男か女かはまだ分かりません。三千枚の紙錢を燒いてください。あなたのために息子を一人買ってきましょう」と言って去った。預定日が來て李氏は男の子文林を生んだ。

三日たって、周氏の魂が、またいつものように李氏に乘りうつった。しゅうとめの陳氏が、「李氏はお產をしたばかりだし、體も弱いのに、あんたがまた取りつくというのは、何とも不人情な話じゃないか」と叱ると、「違います。この子は私が買ってきた子です。私にお供え物をあげてくれる子ですから、氣にかけないわけにはいきません。新妻は年が若いので、眠りたがる人ですから、もし息子が壓しつぶされでもしたら、どうすればいいのでしょう。そこで一つお姑様《かあ》にお願いがあります。授乳が終わったあとは、お姑様《かあ》がこの子を連れて行って、添い寢をしてやってください。そうすれば私も安心できます」と言う。姑がうなづいて承知すると、李氏はあくびをして、周氏の魂は離れた。

それから日を擇んで葬儀ということになったが、葛は子供が滿一ヶ月にしからないので、荒い麻を着せるのがかわいそうだというので、細かい麻の着物を着せた。するとまた周氏の靈が降りてきて、大聲をあげて、「これは齊衰《しさい》です。孫が祖父母の喪に服すときの服です。私は嫡母だから、斬衰《ざんさい》じゃなければいけません」と言う。

しょうがないので、喪服を替えて送ることにした。葬むる時になり、靈がまた新妻の體について、大聲をあげ泣きながら言った。

「私の體も魂ももう安らかになりました。これからは永遠に來ることはないでしょう」。これから後は、ピタリと來ることがなくなった。

これよりも前に、周氏がまだ嫁に來るまえに、となりの娘と三人で、義理の姉妹の約束をした。共に生き共に死のうと誓いあったことがある。その二人の妹は先に亡くなった。周が病氣になったとき、「妹が二人で來た。いまベッドの後で私を呼んでいる」と言った。葛は怒って剣を抜き切りつけた。周氏は悔しがって足踏みをして言った。

「あなたは下手《したて》にでてお願いをすればいいのに、いきなり切りかかって、妹のヒジを傷つけました。もう挽回は無理です」と言い終わると、息をひきとった。わずかに二十三歳であった。

洞庭の貢生葛文林は、庠に在りて文名有り。其の嫡母周氏の亡き後、父荊州は續ぎて李氏を娶る。卽ち文林の生母なり。于歸《とつ》ぎてより三日の後、周氏の衣箱を理《おさ》むるに、九枝蓮を繡する紅襖一件有り、愛でてこれを著く。食次にして卽ち昏迷し、自ら其の頰を批《う》ちて曰く、余は前妻の周氏なり。箱内の衣裳は是れ我の嫁する時帶び來る。我れ平日愛惜《おし》みて、身に上《のぼ》すに忍びず。今汝初めて來り、公然と偷み著く。我心に甘んぜざれば、來りて汝の命を索めんとす、と。家人環りて跪き、李の替《ため》に情を求め、且つ云ふ、娘子業已《すで》に身は故なるに、此の華衣を要して何にか用ゐん、と。曰く、速に燒きて我に與へよ。我等《ま》ちて著けんと要《ほっ》す。我自ら氣量小なるを知れば、從前の妝奩《しょうれん》、一絲として李氏に與ふる能たはず。皆速《すみやか》に燒きて我に與へよ。我才《はじめ》て去るを肯んず、と。家人已むを得ず其の言の如く盡くこれを焚く。鬼手を拍ちて笑ひて曰く、吾以て去る可し、と。李卽ち霍然として病癒ゆ。家人甚だ喜ぶ。

次日李方《まさ》に晨妝するに、忽ち一呵欠を打ち、鬼又其の身に附して曰く、相公の來るを請ふ、と。其の夫奔り至るに、乃ち其の手を執りて曰く、新婦は年輕《わか》くして家事を理《おさ》むる能はず。我毎早《まいあさ》來り代りて料理を爲さん、と。嗣ぎて後、午前に必ず魂を李の身に附し、薪米を査問し、奴婢を呵責し、井井に條有り。是の如くする者《こと》半年、家人習ひてこれに安んじ、復た怪と爲さず。

忽ち一日其の夫に謂ひて曰く、我去らんと要《ほっ》す。我が柩は停まりて此に在り、汝が輩旁に在りて行走するに、靈牀を震動すれば、我は棺中に在りて骨節倶に痛し。速に殯を出し以て我が魂を安んず可し、と。其の夫曰く、尙ほ葬むるの地無し。奈何せん、と。曰く、西鄰の爆竹を賣る人張姓の者に地有りて某山に在り。我昨往き看るに、松有り竹有りて、頗る我が意に合へり。渠は口に六十金を索むるも、其の心は三十六金を想ふ。買ふ可し、と。葛往きて觀るに、果して地有り主有りて、絲毫も爽《たがは》ざれば、遂に立《たちどころ》に交易を契す。鬼出殯の日期を請ふ。葛曰く、地は已に有りと雖も、然れども期を啓《もう》し親友に告ぐるに、尚ほ孝子の出名無ければ、殊に典《しきたり》を缺くに屬す、と。鬼曰く、此の說は甚だ是なり。汝の新婦は現に身有り。但だ雌雄は未だ卜せず。我に紙錢三千を與へよ。我君の替《ため》に一兒を買ひ來らん、と。言ひ畢りて去る。期に至り李氏果して文林を生む。

三日の後、鬼又婦の身に附すること平時の如し。其の姑陳氏これを責めて曰く、李氏は新產にして、身子は孱弱なり。汝又た來りて糾纏す。何ぞ太だしく情を留めざるか、と。曰く、非なり。此の兒我の買ひ來るに係れば、我が血食を嗣ぐ。我情を忘るる能はず。新婦は年輕なれば睡を貪る。倘し渠壓死せ被《ら》るれば奈何せん。我に一言有りて婆婆に囑せん。其の母乳畢るの後を俟ちて、婆婆卽ち兒を帶して同《とも》に睡れ。我才《はぢめ》て放心せん、と。其姑首もてこれを肯んず。李の婦一呵欠を打ちて、鬼又た去れり。

日を擇びて出喪せんとす。葛は兒の甫《わずか》に滿月なるを憐れみ、粗麻に勝へずとし、細麻に易へて與に著く。鬼來り罵りて曰く、此れ齊衰《しさい》に係る。孫の祖に喪するの服なり。我は嫡母なり。斬衰《ざんさい》に非ずんば可ならず、と。已むを得ず易へてこれを送る。葬むるに臨み、鬼婦の身に附して大に哭して曰く、我體魄已に安ければ、此れ從り永く至らざらん、と。嗣ぎて後果して斷えたり。

是に先んじて、周未だ嫁がざる時、鄰の女と結びて三姊妹を拜し、同に生死するを誓ふ。其の二妹は先に亡ず。周病みし時に曰く、兩妹來る。現に牀後に在りてわれを喚ぶ、と。葛怒り劍を拔きてこれを砍らんとす。周頓足《あしぶみ》して曰く、汝軟く求めずして、砍りて其の臂を傷つく。愈いよ挽回は難し、と。言ひ畢りて亡ず。年甫《わづか》に二十三なり。

　洞庭貢生葛文林、在庠有文名。其嫡母周氏亡後、父荊州續娶李氏。卽文林生母也。于歸三日後、理周氏衣箱、有繡九枝蓮紅襖一件、愛而著之。食次卽昏迷、自批其頰曰、餘前妻周氏也。箱內衣裳是我嫁時帶來。我平日愛惜、不忍上身。今汝初來、公然偷著。我心不甘、來索汝命。家人環跪、替李求情、且云、娘子業已身故、要此華衣何用。曰、速燒與我。我等要著。我自知氣量小、從前妝奩、一絲不能與李氏。皆速燒與我。我才肯去。家人不得已如其言盡焚之。鬼拍手笑曰、吾可以去矣。李卽霍然病癒。家人甚喜。

　次日李方晨妝、忽打一呵欠、鬼又附其身曰、請相公來。其夫奔至、乃執其手曰、新婦年輕、不能理家事。我每早來代爲料理。嗣後、午前必附魂於李身、查問薪米、呵責奴婢、井井有條。如是者半年、家人習而安之、不復爲怪。

　忽一日謂其夫曰、我要去矣。我柩停在此、汝輩在旁行走、震動靈牀、我在棺中骨節俱痛。可速出殯以安我魂。其夫曰、尚無葬地。奈何。曰、西鄰賣爆竹人張姓者有地在某山。我昨往看、有松有竹、頗合我意。渠口索六十金、其心想三十六金。可買也。葛往觀、果有地有主、絲毫不爽、遂立契交易。鬼請出殯日期。葛曰、地雖已有、然啓期告親友、尚無孝子出名、殊屬缺典。鬼曰、此說甚是。汝新婦現有身矣。但雌雄未卜。與我紙錢三千。我替君買一兒來。言畢去。至期李氏果生文林。

　三日後、鬼又附婦身如平時。其姑陳氏責之曰、李氏新產、身子孱弱。汝又來糾纏。何太不留情耶。曰、非也。此兒係我買來、嗣我血食。我不能忘情。新婦年輕貪睡。倘被渠壓死奈何。我有一言囑婆婆。俟其母乳畢後、婆婆卽帶兒同睡。我才放心。其姑首肯之。李婦打一呵欠、鬼又去矣。

　擇日出喪。葛憐兒甫滿月、不勝粗麻、易細麻與著。鬼來罵曰、此係齊衰。孫喪祖之服。我嫡母也。非斬衰不可。不得已易而送之。臨葬、鬼附婦身大哭曰、我體魄已安、從此永不至矣。嗣後果斷。

　先是、周未嫁時、與鄰女結拜三姊妹、誓同生死。其二妹先亡。周病時曰、兩妹來。現在牀後喚我。葛怒拔劍砍之。

周頓足曰、汝不軟求、而砍傷其臂。愈難挽回矣。言畢而亡。年甫二十三。『鬼買兒』、『子不語』巻二十二

この話は單なる嫉妬話ではない。

第一夫人として、あくまでも家を守り、制度を守り、自分の祭祀の爲の男の子をもうけさせるという話である。死後も自分の家のために奮闘する、模範的第一夫人という見方もできる。

數段落に分かれるが、第一段落のみを抜き出して、「先妻の靈が後妻に嫉妬して、自分の衣裳は使わせない話」に分類している先行研究(1)があるが、全く納得できるものではない。

葛文林の家でのできごとであり、憑依されたのは葛の實母であり、斬衰を着ることになったのは文林（たぶん）だから、この話は、葛文林から聞いたものであろう。

第一段は、後妻の李氏が、先妻の衣箱を整理していると、美しい上着があった。それを着ると、先妻の靈がつき、ひと騒ぎして、衣裳も化粧箱もみなすぐに燒いて屆けてくれというので、言われたとおりに燒いた。

第二段は、不慣れな後妻に換わって、半年ほど家事一切を仕切る。

第三段は、墓地にする土地を探してきて、買わせ、殯の日も決めてくれと言う。正式な葬儀に、喪主になる息子の名前が書けないのは、禮に外れる、と言うと、後妻は、妊娠しているが、男か女かは分らないので、息子を一人買ってくると言う。李氏は男の子文林を生んだ。

第四段、授乳後の男兒の添い寝を姑に託す。自分に供え物をあげる男兒を守ろうという強い意志を示す。

第五段は、葬儀になったが、子供に齊衰を着せると、嫡母には斬衰《ざんさい》を着せるべきだと言う。

喪服の問題である。

喪服については、『儀禮』巻二十八から巻三十一に細かい規定があり、また『禮記』巻十五『喪服小記』・巻四

十九『喪服四制』にも、種々記載があるが全てを引くこともできぬので、要約する。

喪服には「斬衰」・「齊衰」・「大功」・「小功」・「緦麻」の五種があり、全て麻布である。「斬衰」が最も目の粗い（絲が太い）麻布で、順に目が細かく（絲が細く）なっていく。

父が死んだ場合、子は斬衰を三年着ける。母が死んで父はもういない場合は齊衰三年。母が死んで父がまだ健在ならば斬衰一年、ということになる。

この場合は、母が死んで父がまだ健在だから、斬衰一年になる。

第六段は、周氏の臨終の時の話。

この話は、葛文林から大筋の話を聞いた後に、袁枚が隅々まで手を入れて、完全に首尾一貫した話として練りあげたものであろう。みごとにまとまった短編小説になっている。

⑤『負妻之報』

杭州城の仙林橋の徐松年は銅の店を開いていた。三十二歳の時に肺病になった。數ヶ月たって病氣は重くなってくる。彼の妻が泣きながら言った。「息子が二人いますがまだ幼いので、あなたに、もしものことがあったら、私ひとりで育てることはできません。私は神様にお願いして、私の壽命をあなたに差しあげたいと思います。だから息子たちを可愛がって育ててください。息子たちが成長して嫁をもらい、一人前になるようにしてください。あなたは再婚しないでくださいね」。夫は約束した。妻は誓約書を城隍神に納め、また家の神にも祈った。妻がだんだん病氣になりはじめ、夫の病氣はだんだんとよくなっていく。一年ほどして妻は死んだ。松年はとうとう約束を破って、曹の家の娘を娶ろうとした。結婚式の晩、ベッドの蒲團のあたりに一人の冷たい人の體があり、新郎が近づけないように邪魔をする。新婦は驚いて逃げだした。思うに前妻が魂を女中に憑依しじゃまをしているようである。口の中で夫を罵り續け、五六月もともに寝ていて、ナマグサ物を斷って祈っても、効き目はなかった。松年はもとの肺病が悪化して死んだ。

杭城の仙林橋の徐松年は銅店を開く。年三十二にして驟《にはか》に瘵疾を得たり。數月を越えて疾は漸く劇し。其の妻泣きて謂ひて曰く、我に兩兒有るも倶に幼く、君或は不諱せば、我撫する能はず。我願ひて神に禱り、壽を以て君に借さん。君當に兒を撫すべし。其の長じて媳を娶る待ち、以て家を成さしむ可し。君再び娶る必《べ》からず、と。夫これを許す。婦詞を城隍に投じ、再び家神に禱る。婦の疾は漸く作《おこ》り、夫の疾は漸く瘳《い》ゆ。歳を浹《めぐ》りて卒す。松年竟に其の言に違ひ、續ぎて曹氏を娶らんとす。合巹《ごうきん》の夕、牀褥の閒に一冷人を夾み、新郎の交接を許さず。新婦驚き起つ。蓋し前妻魂を從婢に附し以てこれを鬧《だう》すならん。口中に其の夫を痛責し、共に寝ぬること五六月、齋し禱るも靈あらず。松年仍りて瘵を以て歿す。

杭城仙林橋徐松年開銅店。年三十二驟得瘵疾。越數月疾漸劇。其妻泣謂曰、我有兩兒倶幼、君或不諱、我不能撫。我願禱於神、以壽借君。君當撫兒、待其長娶媳、可以成家。君不必再娶矣。夫許之、婦投詞於城隍、再禱于家神。婦疾漸作、夫疾漸瘳。浹歳而卒。松年竟違其言、續娶曹氏。合巹之夕、牀褥閒夾一冷人、不許新郎交接。新婦驚起。蓋前妻附魂於從婢以鬧之也。口中痛責其夫、共寢五六月、齋禱不靈。松年仍以瘵歿。

『負妻之報』、『子不語』巻二十二

ほとんどすじがきだけの話で、特に加工の跡は見られない。

「二人の男の子を一人前する。再婚しない」という條件で、自分の壽命を削って病氣の夫にかした妻が、約束をやぶって再婚した夫に祟る話ではあるが、巷間ささやかれていたのであろううわさ話を採集したというに過ぎない。

「合巹之夕、牀褥間夾一冷人、不許新郎交接」というところが、直接的妨害で、やや意表を突かれ感じがある。

【注】

(1) 澤田瑞穂『修訂鬼趣談義―中國幽鬼の世界』。平河出版社。一九九〇年九月。六八～九頁。

第三章　木下杢太郎譯の『子不語』

世の中國文學研究者がまだ知らなかった、『子不語』の翻譯が有った。いちばん古い譯である。(注)木下杢太郎譯『支那傳説集』世界少年文學名作集第十八卷。大正十年（一九二一）七月二十日。精華書院。座右寶刊行會による重版が、昭和十五年（一九四〇）十二月二十五日に發行されている。

この書にたどりついたのは、圖書館の opac システムの發達に負うところが多い。

木下杢太郎といっても、醫師・詩人・森鷗外の弟子くらいの知識しか持ち合わせていないが、この譯文は「少年文學」を意識したためもあろうが、平易で明快な明治・大正時代の口語文章語で書かれており、漢文くささがほとんどないことに驚かされる。

全六十三話のうち四十八話が『子不語』・『續新齊諧』から採られているので、これを『子不語』・『續新齊諧』の抄譯と見ても特にさしつかえはないであろう。

精華書院版・座右寶刊行會重版ともに「日本の古本屋」サイトで検索した結果、意外なことに共に複數の出品があったので各一冊入手した。

精華書院版にカバーや箱が有ったのかは不明であるが、現在手元にあるものは裸本である。

書誌的データは以下のとおり。四六判ハードカバー、三十五字十二行。序十五頁、目次六頁、本文四〇三頁、總ルビ。口繪（漢帝廟内部）木村荘八。插繪寫眞版同氏所藏とある。口繪はカラー印刷で水彩畫のようである。漢帝廟は關帝廟の誤植であろう。插繪は計三枚で白黑寫眞、共に年畫の寫眞である。序のみ赤い文字で印刷されている。奥付、世界少年文學名作集（第十八巻）、定價二圓五十錢、大正十年七月十五日印刷、大正十年七月二十日初版發行、大正十年十月二十日四版發行とある。ここの四版は今でいう四刷であろう。

座右寶刊行會重版は、四六判ハードカバー、序・重版序三十六字十三行十七頁、目次五頁。本文四〇字十四行、パラルビ、三三七頁。奥付、昭和十五年十二月二十日印刷、昭和十五年十二月二十五日發行、定價一圓八十錢の上に丸のなかに停とある。戰時下のなにか統制の印なのであろう。

物資不足氣味の時代に少しでも豪華な本を作ろうとしたのであろう、カバー裝釘は梅原龍三郎の天壇を描いた繪が原色で使われている。七十五年前のものだが幸い保存狀態はよい。

以上二種の單行本以外に、『木下杢太郎全集』第二十巻（一九八二年五月一八日。岩波書店。二五三頁〜五二六頁）に收錄されている。以下引用は全集版からとする。

その序文（全集二五五〜二六二頁）に、

本書は主として支那近世の小說集「新齊諧《しんせいかい》（別名、子不語《しふご》）」から抄譯し、「聊齋志異《れうさいしい》」「廣異記《くわういき》」等のものをも少し加えました。

私がかくの如く支那小說を飜譯するに至ったのは、全く偶然のことです。昨年春上京の節「少年世界文學」の爲めに何か獨・佛作者のものを飜譯するように約束しましたが、其後自分の藏書に於ても、東京の書肆に於ても適當の書籍を搜し求めることが出來ず、そして私は約半箇年間支那南北地方を旅行して、支那の傳說に對する興味が旺んになって居ましたから、いきなり座右にある支那の小說集を取って之を抄譯して、責を塞いだ

のです。（中略）

私はその爲めに二、三、四月中の幾夜かを割いたのに過ぎませんから材料の選擇は粗漏で、飜譯は杜撰です。また支那の小說を飜譯すると云ふ爲事その事が私の得意のものではありませんでした。

唯私が支那、殊に江南地方を旅行して後是等の小說を讀んで見ると、其土地其風俗に對する理解を細密にすることが出來て、私に取つては非常に面白く感じたのです。

なぜこの飜譯を始めたのかを說明しているが、「座右にある支那の小說集」というところが興味深い。これは「約半箇年閒支那南北地方を旅行し」た時に手に入れた物なのであろうか。

以下「全集版」で約六頁の中國幽冥界の概說を書いている。これがかなりよく書けているので、ご紹介する。

支那の小說を讀むと、人間の精神及び肉體が三つの成分に區別せられてゐるのを知ります。第一が「魂」であります。（中略）

肉體と精神との閒には、なほ一層低い精神があります。それが「魄《はく》」であります。魄は自覺がない魂で、唯肉體の生活を統御するだけの作用を有するものです。是れは肉體の死に伴つて、早速消滅するものですが、萬一にそれが非常に生き强いと、魂のない肉體が、なほも長く生存を持續して、道德的意識のない癡呆漢の如くいろいろの惡事を爲ます。之を或は「僵尸《きやうし》」と曰ひ、或は「走尸《そうし》」と曰ひ、或は「尸走」と曰ひます。それは臂力が強く、どうすることも出來ませんが、唯箒を持つて來て拂ふと其の能力を失ふと云ふことです。

ここで「僵尸」について說明しているが、これは『子不語』巻五の『畫工畫僵尸』の要約に過ぎない。僵尸の魘勝法はこれだけではない。

人間が死ぬと魂は「陰府」に行きます。卽ち世界は「天」と「陽界」卽ち人間世界と、「陰府」卽ち地獄とから成立つて居るのです。

所で「陰府」も亦人間世界と同じやうな組織になつて居り、蘇州《スウチオウ》とか杭州《ハンチオウ》とか云ふ大きな都會には「城《じやう》隍神《くわうしん》」があつて之を支配して居ます。卽ちそれは大都會の守護神です。その下位に「土地神」があります。小さな村落、市街の神です。又各個人の家の守護神は「竈君《さうくん》」です。之は其家の祖先の靈であります。城《じやう》隍神《くわうしん》又は土地神には學問のある人が死んだ場合に任命せられます。（中略）

この「竈君」の說明はなにかの勘違いであろう、「竈君」は先祖の靈ではない。

人間世界や地獄の事は天に在る「上帝《じやうてい》」が一切知ろしめすのですが、近世の小說には上帝は殆ど現れて來ないで、其役は專ら「關帝《くわんてい》」が代理するやうです。支那の小說を讀むと、關帝は天と陰府との間を、始終自由に往復して居るやうに見えます。

關帝は靈界に於ける最後の審判官ですが、然し人間の運命を掌る神は別にあります。卽ちそれは「泰山《たいさん》」或は「東嶽《とうがく》」の神です。此には人間の壽命や榮達等を預定した帳簿が備へ付けてあつて、各府縣の城隍神又は土地神の處には、それぞれ府縣下の部分の寫しがあります。それに疑義の起こつた場合には泰山の原簿に引き比べて判定するのです。唯關帝は人間運命の規定を幾分變ずることが出來ます。

さて陰府に下った魂は、今度は新しく生れる人間の肉體に宿って再生するのです。即ち佛教に於ける輪廻の思想は、また近代の支那小説のうちに攝取せられて居るのです。（中略）是等の轉生の事は皆やはり泰山の帳簿または城隍神、土地神祠の分冊の上に載つて居ますから、一旦陰府に到ると、ひそかにそれを知ることが出來ます。が、陰府まで往かずとも、往往三世の運命を寫す鏡があって、自分の姿をそれに寫して前世及び後世の相《すがた》を知ることが出來ます。

自殺したり、人に殺されたり、無實の罪で死んだり、或は逆旅に死して其親族が紙錢を焚いてやらないやうな場合には、魂がまつすぐ陰府に到つて、再生の機會を求めることが出來ないで、中有に迷ひます。或は生前の罪の爲めに地獄で刑罰を受けて、再生することの出來ないのがあります。是等の亡靈をば「鬼《き》」と謂ひます。或は特に「冤鬼《ゑんき》」とも云ひます。

鬼はしばしば人間世界に出て來て仇をします。即ち自分を殺した人に復讐をしたり、又自殺したものなら他人に自殺を勸めたり、或はまた緣もゆかりもない他人を害したりします。

ここで自殺鬼の求代について説明している。ここから陰府についての説明があるのだが、あまり長くなるので以下は省略する。そしてこの概論の終わりに、

以上の事は「聊齋志異」や「新齊諧」を抄譯して、その說話の內容から歸納した解釋です。

と記している。

また重版の序（全集二六三頁）に、

もともと是れは自分から欲して爲た事ではなく、ただ當時一友人の經營してゐた書店の懇望によって試みたもので、私としてはその爲に到頭支那旅行記を作る機會を失ってしまひました。其書店が「少年世界文學」と云ふ叢書を發行し、私にも是非一冊引受けてくれと云はれ、深くも考えないで、主として「新齊諧」（一名「子不語」）のうち少年に向くようなものを集めたのですが、然し今考へて見ると、是れが果して「少年文學」の範疇に入るものかどうか大に疑はしいのであります。

たしかに『子不語』は子供むきの讀みものにふさわしいものではない、と筆者は考える。男女の話、サディズムの話などもあるのである。

例えば、『山東《シャントン》の林《リン》氏の話』（全集三〇四～六頁）というのがある。『子不語』巻二一の『山東林秀才』の譯である。

山東の林秀才が四十歳を過ぎても、次の試驗（郷試）に受からないので、もうあきらめようとしていたところ、幽鬼に「あきらめないで私の仇《かたき》をとって下さい。私は殺されて掖縣に死體を埋められているのです。貴方はこれこれの日に試驗に受かり、進士の學位を得て、掖縣の知事になります」と言う。

しかし郷試は受かったものの、進士にはなれなかった。

それで、「人の出世のことは鬼でも分らないのかなあ。」と歎息しました。

すると空中に聲があって林《リン》さんに曰ひました。「貴方の出世の遲れたのは貴方御自身の咎《とが》の爲で、私の預言が間違ったわけではないのです。實は私が貴方にお目にかかつたのち、貴方はこれこれの日にこれこれの惡事をしました。そんなことは世間の人には分からないで過ぎましたが、地獄の帳面にはちゃんと載って居るのです。然しまあ大した罪でもありませんでしたから、その罰《ばつ》も寛《ゆるや》かで、唯貴方の出世が二年遲れただけなのです。」

林《リン》さんはその事を聽くと、身に思ひ當たるところがあつたから、はつとびつくりして、それからは身の行を愼《つつし》みました。そして二年經つて始めて掖縣《イエシエン》の知事に任命せられました。掖縣《イエシエン》に赴任《ふにん》して、城内を一巡し、果して東門外に大きな石臼の轉つてゐるのを發見しました。それを取り除いてその下の地面を掘らして見ましたところ、人の屍體《したい》が出て來ました。

それで張某《チャンぼう》といふ人を搜させて之を訊問《じんもん》すると、その人が果して下手人《げしゆにん》でした。それでその人を刑に處しました。

新齊諧巻二「山東林秀才」

筆者の譯文と、書き下し文、原文をあげておく。

林が嘆いて、「この世の出世についてだけは、幽鬼にもわからないことがあるようだな」とつぶやくと、その言葉がおわらないうちに、空中から聲がして、「あなたの行いにあやまちがあっただけですよ。私がウソをついたわけではありません。あなたは某月某日に、未亡人の某《なにがし》と浮氣をしたでしょう。幸い妊娠はしなかったし、他人に氣づかれてはいないけれど、あの世の裁判所ではちゃんと惡事を記錄しているんです。今回は少し罪を輕くして、合格を二回遲れさせる（六年遲れる）ことになったのです」

林はぞっとした。それからは身をつつしんで善行に心がけたので、二回の試驗を見送ったのち、進士に合格できた。幽靈の預言どおり掖縣の知事に任命され、赴任して城内の巡視にでかけると、城門のかたわらに石臼がある。そこで調べてみると、石臼の下から死體が發見された。すぐに張　某《なにがし》を拘束して取り調べると、殺人の次第をすべて自白したので、法に照らして嚴正に處罰したのである。

林歎じて曰く、世閒功名の事は鬼も亦た知らざる者有るか、と。言未だ畢らざるに、空中に又た呼びて曰く、公自ら行ひに虧《か》くこと有るのみ。我が誤報に非ざるなり。公は某月日に於て私《ひそか》に孀婦某と通ずるも、幸に胎を成さず。人の知覺する無きも、陰司は其の惡を記して其の罪を寛うし、罰して二科を遲らしむ、と。林悚然として身を謹み善を修め、二科を逾えて進士と成る。官を掖縣に授けられ、任に抵り城に進めば、一石磨を見る。これを啓くに果して尸を得たり。立ちどころに張某を拘しこれに訊くに、盡《ことごと》く殺人の情實を吐けば、これを法に置す。

林歎曰、世閒功名之事鬼亦有不知者乎。言未畢、空中又呼曰、公自行有虧耳。非我誤報也。公於某月日私通孀婦某、幸不成胎。無人知覺、陰司記其惡而寬其罪、罰遲二科。林悚然謹身修善、逾二科而成進士。授官掖縣、抵任進城、見一石磨。啓之果得尸。立拘張某訊之、盡吐殺人情實、置之於法。

要するに、「少年文學」にはふさわしくない「不倫」という部分をカットしたのである。これはまあ當然の配慮だと考えられる。

いささか科擧についての勘違いが見られる。

そして二年經って始めて掖縣《イエシエン》の知事に任命せられました。

という部分だが、これは

合格を二回遲れさせる（六年遲れる）。

ということである。科擧は通常三年に一度の試驗である。

一方では、こんなに削るのならば別の話を譯せばいいのにと思えるものもある。

『平陽縣《ピンヤンシエン》の縣令《けんれい》の話』（全集三一七〜九頁）というのがある。『子不語』巻二の『平陽令』の譯である。

昔、山西省《シャンシイシャン》の平陽縣《ピンヤンシエン》の縣令《けんれい》に朱鑠《チュウシャオ》と云ふ人がありました。性質が殘酷《ざんこく》で、兎角面白からぬ噂のあった人でした。

その人が或歳平陽縣《ピンヤンシエン》の任期が滿ちて、今度は山東省《シャントンシャン》の方の一縣に轉任《てんにん》することになって、家族のものを大勢一緒に連れて任地に向かひました。

新齊諧巻二「平陽令」

まず「山西省《シャンシイシャン》の平陽縣《ピンヤンシエン》の」というところ、山西省の平陽縣は漢から隋まで存在したが、清の平陽縣は浙江省溫州府の平陽縣である。

「今度は山東省《シャントンシャン》の方の一縣に轉任《てんにん》」とある部分は、「俸の滿つるを以て山東の別駕に遷さる」ということなので、「任期滿了で山東省の某府の通判《つうはん》になった」ということ。

別駕は通判の通稱である。知府《ちふ》を補佐する役職で同知《どうち》の下、府の三位なので俗に三府とも言う。正六品官なので、知縣（正七品）から榮轉ということになる。

筆者の譯文と、書き下し文、原文をあげておく。

平陽（浙江省）の縣令朱鑠《しゅしゃく》は殘酷な男であった。彼は自分が治める土地では、特別に厚い首枷や大きな梃《て》子《こ》（拷問の道具）を造らせた。事件が女に關係するものであれば、かならず邪心をもって尋問した。妓女をむち打ちの刑にするときなど、下着を脱がせその陰を打ち、數カ月のあいだ腫れ續けるほどのめにあわせ、「これでどう客をとるのか見てやろう」と言って、遊びにあがっていていっしょに捕まった客の顔に、その妓女の血を塗りつけた。

妓女でも美人であれば、よけいに殘酷な刑を加える。髪の毛を切って坊主頭にし、刃物で鼻の穴を切りひろげたりした。そして、「美人を醜くすれば、妓女遊びなどはなくなるものだ」とうそぶいていた。同役と會えばいつも誇らしげに、「私のように色氣などに動じない、鐵面冰心のものでなければこうはいきませんよ」と說いていた。任期が終わり、山東の通判に榮轉ということになり、家族をつれて茌平縣（山東省）の旅館にまでやってきた。

平陽の令朱鏶は性慘刻にして、宰する所の邑に別に厚き枷巨《かせおおい》なる梃《てこ》を造らしむ。案婦女に渉れば、必ず引き入れて姦情もてこれを訊す。妓を杖するに小衣を去り、杖を以て其の陰に抵《あ》て、腫をして潰せしむること數月にして、曰く、渠《かれ》の如何にして客に接するを看ん、と。臀の血を以て嫖客の面に塗る。妓の美なる者には酷を加へ、其の髮を髡《そ》り、刀を以て其の兩鼻孔を開きて、曰く、美なる者をして美ならざらしめば、則ち妓風は絕へん、と。同寅官と逢へば、必ず自ら詫《ほこ》りて曰く、色を見て動ぜざること、吾が鐵面冰心に非ざれば、何ぞ能く此の如くせん、と。俸の滿つるを以て山東の別駕に遷さる。眷《かぞく》を挈《たづさ》へ茌平《しへい》の旅店に至る。

平陽令朱鏶性慘刻、所宰邑別造厚枷巨梃。案渉婦女、必引入姦情訊之。杖妓去小衣、以杖抵其陰、使腫潰數月、曰、看渠如何接客。以臀血塗嫖客面。妓之美者加酷焉、髡其髮、以刀開其兩鼻孔、曰、使美者不美、則妓風絕矣。逢同寅官、必自詫曰、見色不動、非吾鐵面冰心、何能如此。以俸滿遷山東別駕。挈眷至茌平旅店。

この赴任の途中に泊まった旅館で妖怪に祟られ、夜中に出てきた妖怪をバタバタと斬り倒すのだが、朝になってよく見てみると、斬り殺したのは全て朱鏶の家族であった。朱鏶は悶死したという話なのだが、このような報復を何故に受けなければならないのかが、「性質が殘酷《ざんこく》で、兎角面白からぬ噂のあった人でした。」というだけの説明では説得力を持たないのである。

竝外れたサディストだったので、このような報復を受けたのだが、いかに殘虐であったのかを譯さないのなら、他に少年向きな話をえらんだ方がいい。

ともあれ平易で明快な譯文と、「中國幽冥界の概說」は出色のものである。一讀をおすすめする。

【注】邦譯は以下のとおり。

岡本綺堂譯『支那怪奇小說集』。サイレン社、昭和一〇年。文庫本化されている。
邑樂愼一譯『近代支那傳說集子不語』。長崎書店、昭和一六年八月。
今村與志雄譯『中國古典文學全集第二十卷』、平凡社。昭和三三年四月。
前野直彬譯『中國古典文學大系第四十二卷』、平凡社。昭和四六年二月。
中野清譯『孔子が話さなかったこと』。情況出版、一九九八年八月。
手代木公助譯『子不語』一〜五。平凡社東洋文庫、二〇〇九年。

第四部　古小説研究

第一章　「城門失火して、殃《わざわい》は池の魚に及ぶ」——成語の成立過程

現代中國語で「側杖《そばづえ》をくう。巻き添えをくう。とばっちりを受ける」という意味を表そうとする場合、「受牽連（shou qian lian）」、「受連累（shou lian lei）」などが、ふつうに考えられる表現だが、「城門失火、殃及池魚（cheng men shi huo, yang ji chi yu）」、「遭池魚之殃（zao chi yu zhi yang）」などという成語を用いることも少なくはないのである。

本稿は「城門」と「池魚」という言葉を手がかりに、「城門失火、殃及池魚」という成語の成立にいたる過程に、検討を加えようとするものである。

一

清朝考證學の祖、顧炎武（一六一三〜一六八二）の『日知錄』巻二十五に『池魚』[1]と題する一條がある。

東魏の杜弼の『梁に檄するの文』に、「楚の國で猿が逃げたために、わざわいが林の木まで至り、城門で火事があったがために、わざわいが池の魚にまで及んだ」と言っている。後の時代の人はこの故事を常用するようになった。『清波雜志』には、「この言葉の出典はわからないが、その内容から推理すると、城門が火事にな

り池の水でそれを消そうとしたので、池の水が無くなってしまい、魚が死んだということであろう」とある。『廣韻』には、「むかし池仲魚というものがおり、城門が火事になったときに焼死した。だから諺にも、城門が火事になり池魚にわざわいが及んだというようになった」とある。これによれば、なんと池魚は人の姓名だということになる（原注、『風俗通』に、すでにこの説は載っている）。思うに『淮南子』に「楚王がその猿に逃げられて、林の木が猿を捜すために伐られてしまい、宋君が寶珠をなくして、それを捜すために池の水がくみ出され、魚がそのために死んでしまった。だから濕原に火事が起きると、林が心配をする」とある。要するに火事と池の魚とは、もともと別々の話だったのだが、後の人が誤って合わせてひとつの話にしてしまったのであろう。調べてみると、池魚の話は『呂氏春秋』必己篇にあるものがいちばん古い。「宋の桓司馬は寶珠を持っていた。罪を犯し亡命したが、宋王が人を遣わして寶珠のありかを訊ねさせたところ、桓司馬は池に投げこんだと答えたので、宋王は池の水をくみ出し捜させた。結局、寶珠は見つからず、池の魚は死んでしまった。これは禍も福も、どのようにやって來るかわからないということを言っているのである」。これが後の人が池魚の故事を話す場合の祖先である。

　東魏の杜弼《とひつ》の『梁に檄するの文』に曰く、楚國猿を亡《うしな》ひて、禍ひ林木に延《の》び、城門失火して、殃《わざわ》ひ池魚に及ぶ、と。後の人毎《つね》に此の事を用ゐる。『清波雜志』に云ふ、出づる所を知らず。意を以てこれを推すに、當《まさ》に是れ城門失火して、池水を以てこれを救はんとし、池竭《つ》きて魚死するなるべし、と。『廣韻』に、古へに池仲魚なる者有り、城門失火し仲魚燒死す。故に諺に曰く、城門失火して、殃池魚に及ぶ、と。此に據れば、則ち池魚は是れ人の姓名なり（原注、『風俗通』に已に此の說有り）。按ずるに『淮南子』に云ふ、楚王その猿を亡ひて、而して林木これが爲に殘《そこな》はる。宋君その珠を亡ひて、池中の魚これが爲に殫《つ》く。故に澤《たく》失火して林憂ふ、と。則ち失火と池魚とは、自から是れ兩事なるも、後の人誤り合はせて一と爲すならん。攷《かんが》ふるに池魚のことは『呂氏春秋』必己篇に本づく。曰く、宋の桓司馬に寶珠有り、罪に抵《あた》りて出で亡《のが》る。王人をして珠の有る所を問はしむるに、曰く、これを池中に投ず、と。是に於て池を竭くしてこれを求むるも得る無く、魚死せり。これ禍福の相ひ及ぶを言ふなり、と。これ後の人の池魚の事を用ゐるの祖なり。

東魏杜弼檄梁文曰、楚國亡猿、禍延林木、城門失火、殃及池魚。後人毎用此事。淸波雜志云、不知所出、以意推之、當是城門失火、以池水救之、池竭而魚死也。廣韻、古有池仲魚者、城門失火、仲魚燒死。故諺云、城門失火、殃及池魚。據此、則池魚是人姓名（原注、風俗通已有此說）。按淮南子云、楚王亡其猿、而林木爲之殘。宋君亡其珠、池中魚爲之殫。故澤失火而林憂。則失火與池魚、自是兩事、後人誤合爲一耳。攷池魚事、本於呂氏春秋必己篇。曰、宋桓司馬有寶珠、抵罪出亡。王使人問珠之所在、曰、投之池中。於是竭池而求之無得、魚死焉。此言禍福之相及也。此後人用池魚事之祖。

考證學の祖たるの名に愧じぬ博覽ぶりで、資料的にはほぼここに擧げ盡くされていると言えるが、顧炎武がこの「池魚」という言葉に興味を抱いたのは、『淸波雜志』の、「出づる所を知らず。意を以てこれを推すに、當《まさ》に是れ城門失火して、池水を以てこれを救はんとし、池竭《つ》きて魚死するなるべし」と、の一文を目にしたのが直接の原因であろう。

だが『淸波雜志』は『四庫全書』でも子部小說家類に分類されているように、嚴密な考證の書ではなく、文人の雜感隨筆の書で、解らないものは解らないまま「書を讀むも甚だしくは解くを求めず」という態度に終始しているのである。その點に顧炎武は物足りなさを感じたのかも知れない。

南宋の周煇（一一二六〜？）『淸波雜志』卷九に、[2]

張無盡がかつてある「表」を書き以下のように言った。「魯國の酒が薄いのは、趙の邯鄲にはなんの關係もないのに邯鄲が包圍され、城門に火事が起きて池の魚にも禍がおよんだ」。上の句は『莊子』に出ているが、下の句はなににもとづくのか判らない。その内容から推理すると、城門が火事になり、池の水でそれを消そうとしたので、池の水が無くなってしまい、魚が死んだということであろう。『廣韻』の池字韻の注に以下のように言っている。「池とは水沼である。むかし姓は池名は仲魚という者がいた。城門が失火して仲魚が燒死したので、諺に、城門失火して、わざわいが池魚に及ぶ、というのである」。『白樂天の詩』に、「火は城頭に發して魚は水の裏《うち》にあり、火を救はんとして池を竭《つく》し魚は水を失ふ」と有る。私は初め姓名であるという說を重んじなかった。しかし、『廣韻』に載せているのだから必ずや根據があるはずである。

張無盡《ちょうむじん》嘗て一表を作りて云ふ、魯酒薄くして邯鄲《かんたん》圍まれ、城門火ありて池魚禍あり、と。上の句は『莊子』に出づるも、下の句は出づる所を知らず。意を以てこれを推すに、當に是れ城門失火して、池水を以てこれを救はんとし、池竭きて魚死するなるべし。『廣韻』の池字韻の注に云ふ、池は水沼なり。古へに姓は池名は仲魚なる者有り、城門失火し仲魚燒死す。諺に曰く、城門失火して、殃池魚に及ぶ、と。『白樂天の詩』に、火は城頭に發して魚は水の裏《うち》にあり、火を救はんとして池を竭《つく》し魚は水を失ふ、と有り。初めは姓名の說を主《たっと》ばず。然れども『廣韻』に載する所なれば、當に必ず據るあるべし。

張無盡嘗作一表云、魯酒薄而邯鄲圍、城門火而池魚禍。上句出莊子、下句不知所出。以意推之、當是城門失火、以池水救之、池竭而魚死也。廣韻池字韻注云、池水沼也。古有姓池名仲魚者、城門失火燒死、諺云、城門失火、殃及池魚。白樂天詩有、火發城頭魚水裏、救火竭池魚失水。初主姓名之說。然廣韻所載、當必有據。

ここに『白樂天の詩』が引かれているが、顧炎武はもちろん『清波雜志』には目を通しているのだから、特に引く必要を認めなかったということなのであろう。

「魯酒薄くして邯鄲圍まれ」は、『莊子』胠篋《きょきょう》第十に見える。やはり「側杖をくう」という意味であるが、現在、成語としては使われていない。

『日知録』及び『清波雜志』に引く所を、時代順に整理し、配列し直せば、

1　呂不韋『呂氏春秋』　前二三六年頃
2　劉安『淮南子』　前一二〇年頃
3　應劭『風俗通義』　二〇〇年頃
4　杜弼『檄梁文』　五〇〇年代後半
5　『白樂天詩』白居易『偶然二首、其の二』　八〇〇年代前半
6　陳彭年等『廣韻』　一〇〇八年頃

ということになる。以下、それぞれの問題點を検討し、變化の跡をたどることとする。

二

1　『呂氏春秋』巻十四の必己篇(3)

春秋時代、宋の國の司馬桓魋《かんたい》は寶珠を持っていたが、罪を犯し出奔した。王（宋の景公）が寶珠のありかをたずねさせたところ、池の中に投じていったという。そこで池の水を汲み盡して探させたが、見つからず、池の中の魚はみな死んでしまった。これは禍も福もどこから來るか判らないということを言っているのだ。

宋の桓司馬に寶珠有り。罪に抵《あた》りて出で亡る。王人をして珠の在る所を問はしむるに、曰く、これを池中に投ず、と。

是に於て池を竭してこれを求むれども得る無く、魚死せり。これ禍福の相ひ及ぶを言ふなり。

宋桓司馬有寶珠、抵罪出亡。王使人問珠所在、曰、投之池中。於是竭池而求之無得、魚死焉。此言禍福之相及也。

この件は『春秋左氏傳』(4) 哀公十一年、及び十四年に見える。

（十一年）『傳』冬。衛の太叔《たいしゅく》である疾が宋に出奔した。（中略）疾は向魋《しょうたい》（桓魋《かんたい》）の臣になり、魋《たい》に美珠を贈った。桓魋は疾に城鉏《じょうしょ》という土地をあたえた。宋公がその美珠をほしがったが、魋は美珠を公にわたさなかった。それで魋は公から罪を得たのである。

（十四年）『經』五月（中略）宋の向魋《しょうたい》が曹に行き、手勢をひきいて宋公にそむいた。『傳』宋の桓魋は勢力を持ちすぎて宋公をおびやかすようになった。（中略）向魋《しょうたい》はとうとうに曹に行き手勢をひきいて宋公にそむいた。

（十一年）『傳』冬。衛の太叔疾、宋に出奔す。（中略）疾は向魋《しょうたい》に臣となり、美珠をこれに納《い》る。これに城鉏《じょうしょ》を與ふ。宋公珠を求むるも、魋授けず。是を以て罪を得たり。

（十四年）『經』五月（中略）宋の向魋、曹に入り以《ひき》ゐて叛す。『傳』宋の桓魋の寵、公に害あり。（中略）向魋遂に曹に入り以《ひき》ゐて叛す。

（十一年）『傳』冬。衛太叔疾出奔宋。（中略）疾臣向魋、納美珠焉。與之城鉏。宋公求珠、魋弗授。由是得罪。

（十四年）『經』五月（中略）宋向魋入于曹以叛。『傳』宋桓魋之寵害於公。（中略）向魋遂入于曹以叛。

この『春秋左氏傳』の記述に従えば、「池魚」が「わざわい」を受けたことが文献的に確認できるのは、魯の哀公十四年ということになる。哀公十四年（前四八一）は、則ち「獲麟」の年である。

要するに「寶探しのために水が汲み盡くされ、魚が側杖をくう」という話である。「池の魚が側杖をくう」という意味での「遭池魚之殃」という成語は、この時點で成立したと考えることも可能である。

しかし、單に「側杖をくった」というだけならば、特になにも面白みのない話で、成語として廣く使われるには至らなかったのではないかと思われる。

この『春秋左氏傳』の記述については、後漢の高誘『呂氏春秋注』、清の梁玉繩『呂氏校補』などに「妄言」「附會」との批判もあるが、本稿の目的からは逸脱するので、詳細の検討は省略に従うこととする。

2　『淮南子』說山訓(5)

春秋時代、楚の莊王の飼っていた猿が林に逃げ込んだので、林の木は猿を捕まえるために伐られてしまい、宋の景公が寶珠をなくしたので、池が干されて魚がみな死んでしまった。だから濕原に火事が起きれば林が心配することになる。

楚王その猨《さる》を失ひて、林木これが爲に殘《そこ》なはれ、宋君その珠を亡ひて、池中の魚これが爲に殫く。故に澤失火して林憂ふ。

楚王亡其猨、而林木爲之殘。宋君亡其珠、池中魚爲之殫。故澤失火而林憂。

楚の莊王は「鼎の輕重を問う」た王だが、この「楚王その猨を失ひて、林木これが爲に殘なはる」も『莊子』の「魯酒薄くして邯鄲圍まる」と同様に特に成語となってはいない。

『呂氏春秋』・『淮南子』ともに、宋公が池をさらって珠を求め、池魚がわざわいを受けたという話であり、「城門失火」はいまだ見えない。

3　『風俗通義』

『風俗通義』俗に『風俗通』という。後漢の應劭の撰。現在に傳わるところのものは「十巻附錄一巻」本だけであるが、正史『經籍志』・『藝文志』類を、時代順に見ると、

『隋書經籍志』に、「三十一巻」とあり、注に「錄一巻應劭撰梁三十巻」とある。

また『舊唐書經籍志』には「三十巻」とあり、『新唐書藝文志』にも「三十巻」とある。

しかし、『宋史藝文志』には「十巻」とあるので、宋代のある時期にいたって、相當部分が失われたようである。現在、見ることができる比較的古い版本、例えば『四部叢刊』所收元刊本なども、すべて「十巻附錄一巻」本である。この「十巻附錄一巻」本には、「池魚」に關する記述は見あたらない。

顧炎武が『日知錄』本文中に『風俗通義』からの文章を引かず、ただ『原注』に「風俗通已有此說」のみ記したのは、清代初期には『風俗通義』は「十巻附錄一巻」本しか存在しないので、「池魚」の條がなかったからであろうと推測できる。

『太平廣記』巻四百六十六の「池中魚」[6]の條に、

風俗通に「城門が失火して、わざわいが池の魚に及んだ。古い説には、池仲魚は人の姓と字である。宋の城門の（近く）に住んでいたが、城門が失火して、彼の家にまで火が及び、仲魚が燒死した、とある。またこうも言う、宋の城門が失火したので、人々が池中の水を汲み取り、消火に使った。池の水は盡きて、魚がみなあらわれ死んでしまったのだと。惡がはびこり、良くつつしむものを巻き添えにすることを喩えたものである」と言う。風俗通に出ている

風俗通に曰く、城門失火して、禍ひ池魚に及ぶ。舊說に、池仲魚は人の姓字なり。宋の城門に居り、城門失火し、延

びてその家に及び、仲魚燒死す、と。又云ふ、宋の城門失火して、人池中の水を汲み取り、以てこれに沃灌《そそ》ぎ、池中空しく竭き、魚悉く露《あらわ》れて死す、と。惡の滋《ま》し、幷びて良く謹むを傷《そこな》ふを喩ふるなり、と。風俗通に出づ

風俗通曰、城門失火、禍及池魚。舊說、池仲魚人姓字也。居宋城門、城門失火、延及其家、仲魚燒死。又云、宋城門失火、人汲取池中水、以沃灌之、池中空竭、魚悉露死。喩惡之滋、幷傷良謹也。出風俗通

ここで注目したいのは、「風俗通に出ている」と言う注記である。

『太平廣記』は李昉等が、宋の太宗の敕命を奉じて編纂したものである。複數の學者が關った奉敕撰の注記は、もちろん複數の學者の目を經ていると考えられる。

『太平廣記』の成立は、宋の太平興國三年（九七八年）八月であるから、北宋もごく初期である。

故に『宋史藝文志』には、「風俗通義十卷」となっているが、この時點では、『舊唐書經籍志』・『新唐書藝文志』にある「三十卷」本が、まだ存在していたと考えてよいのではなかろうか。

宋代のいつ頃に散佚し「十卷」本になったのかは、これだけの材料では確定できないし、またそれは本稿の目的でもないが、北宋初期には、なお「三十卷」本が通行していたのではないか、という推測は十分に成り立つであろう。

顧炎武が目にしたのは、おそらく『太平廣記』所引の文だったのではあるまいか。だが十卷本『風俗通義』の本文に見えない以上、孫引きを避け、「風俗通已有此說」と注記するにとどめた、と考えても無理はないのではなかろうか。

また『補輯風俗通義佚文[7]』に、

城門が失火して、池の魚に災難が及んだ。古い說では池仲魚は人の姓名であり、城の近くに住んでいて、城

門が失火して、彼の家まで延焼し、仲魚は焼死したのだと言っている。一説には、宋の城門が失火し、池の水をくんで消火に使ったので、池の水が無くなり、魚がみなあらわれたので、人々は手づかみで取ってしまった。悪がはびこっていけば、慎み深い善人にまで災いが及ぶことを例えたのである。天中記にある

城門失火して、禍ひ池魚に及ぶ。舊説に、池仲魚は人の姓名なり。城の近きに居り、城門失火して、延びて其の家に及び、仲魚焼死す。一説に、宋の城門失火し、池水を取りてこれに沃《そそ》げば、池魚竭《ことごと》く露《あらは》れ、人手を以てこれを把る。悪の滋《しげ》くして、竝びに良謹を中傷するを喩ふるなり。天中記

城門失火、禍及池魚。舊説、池仲魚人姓名。居近城、城門失火、延及其家、仲魚焼死。一説、宋城門失火、取池水沃之、池魚竭露、人以手把之。喩悪之滋、竝中傷良謹也。天中記

とある。『太平廣記』と文字に多少の異同はあるが、内容的にはさしたる差異はない。

『天中記』は六十巻、明の陳耀文撰。『四庫全書總目提要』では子部類書類に分類する。

ここではじめて「城門の失火」が現れる譯だが、「池仲魚」を人の名とする説は、『太平廣記』・『補輯風俗通義佚文』とともに「舊説」としているとしている點が注目される。

要するに『風俗通義』が書かれた時點ですでに、「池魚人名説」は一般的ではなかったと考えてよいだろう。

顧炎武が「火事と池の魚とは、もともと別々の話だったのだが、後の人が誤って合わせてひとつの話にしてしまったのであろう。（失火と池魚とは、自《おのづ》から是れ兩事なるも、後の人誤り合はせて一と爲すならん）」と言うように、「城門の失火」と「殃が池魚に及ぶ」が結びついたのは、確認できる限り『風俗通義』の「三十巻本」の逸文と考えてよいであろう。

4　杜弼『檄梁文』(8)

北齊（五五〇―五七七）の杜弼の「梁に檄するの文」に、

楚の國で猿が逃げたがために、禍が林の木にまでいたり、城門が失火して、池の魚にわざわいがおよんだ。

楚國猨を亡ひて、禍林木に延び、城門失火して、殃池魚に及ぶ。

楚國亡猨、禍延林木、城門失火、殃及池魚。

とある。ここで「城門失火して、殃池魚に及ぶ」というのは、文字面から見ても、「消火に池の水を使って」のほうが有利であろう。「池魚」が人名としての「池仲魚」とは考えにくい。

5　白居易（七七二〜八四六）の「偶然二首、其の二」(9)

火は城頭に發して魚は水の裏にあり、火を救はんとして池を竭し魚は水を失ふ。

火發城頭魚水裏、救火竭池魚失水。

とある。これもやはり城門の消火のために、池の魚がわざわいを受けた、ということであろう。後漢から南北朝・唐代にかけて、「消火のために池の水がつかわれ、魚が災難にあう」ということで定着していったようである。

6　『廣韻』(10)

停まった水を池と言う。廣雅には沼であると言う。また姓でもある。漢の時代に中牟《ちゅうぼう》縣の縣令に池瑗《えん》というものが出ている。風俗通には、また池仲魚という者がいて、城門が火事になり、仲魚が燒死した。だから、城門が失火してわざわいが池魚におよぶという諺ができた。

停水は池と曰ふ。廣雅に曰く沼なり、と。又姓なり。漢に中牟の令池瑗の出づる有り。風俗通に又池仲魚有り。城門失火して、仲魚燒死す。故に諺に曰く、城門失火して、殃池魚に及ぶ。

停水曰池。廣雅曰沼也。又姓。漢有中牟令池瑗出。風俗通又有池仲魚、城門失火、仲魚燒死。故諺曰、城門失火、殃及池魚。

『廣韻』は韻書であり、特に考證の書ではない。『風俗通』にと記している以上、人名説以外の部分も、當然目にしているはずである。しかし「城門失火して、池の水が汲み盡くされ、池魚に殃が及んだ」という話はすでに知られているので、敢えて意外な人名説だけを記したのではあるまいか。

周煇が「然れども『廣韻』に載する所なれば、當に必ず據るものあるべし」と言っているのは、同じ宋朝の人としての、北宋の學藝に對するやや過度の思い入れと見てよいであろう。

三

「城門の失火」と「殃が池魚に及ぶ」が結びついて成語化したが、「魯酒薄くして」や「楚國猿を失いて」が成語にならなかった理由はどこにあるのであろう。

「魯酒薄くして邯鄲圍まる」が成語化しなかった理由は、あまりに專門的すぎるからである。戰國時代の歷史に詳しくない者には、なんのことか判らないであろう。

趙の都邯鄲が魏軍に包圍されたのは、『史記』六國年表によれば梁（魏）の惠王十七年（前三五四年）、趙で言えば成侯二十一年のことである。『戰國策』楚策宣王にもこの「邯鄲の役」についての記述はあるが、その詳細についてまとまった記述はない。

わずかに『淮南子』繆稱訓に付された『許愼の注』、及び唐の陸德明の『經典釋文』にまとまった記述があるが、この兩者、內容的にはまったく食い違っている。そして『經典釋文』が、またなにを根據にするかは明白でない。

紙幅の關係もあるので、簡單に要約してみると、

「楚王が諸侯を朝せしめたとき、魯侯の獻上した酒は薄く、趙王の獻上した酒は濃かった。楚の役人が趙に賄として餘分の酒を要求したが、斷られたため、魯の酒と趙の酒をすり替えた。趙の酒ということになった魯の薄い酒に腹を立てた楚王は、軍を出し趙の邯鄲を包圍した」（許愼注）。

「楚の宣王が諸侯を朝せしめたとき、魯侯の獻上した酒が薄く、魯侯も無禮だったので、楚の宣王は齊とともに魯を攻めた。梁の惠王は前から趙を攻擊しようと思っていたものの、楚を畏れて動けずにいた。しかし楚が、魯と事を構えたのでそのすきに趙を攻め邯鄲を包圍した」（『經典釋文』）

ということになる。

『經典釋文』の說は『史記』六國年表と矛盾しないが、『許愼の注』は六國年表の記述とはあわない。六國年表によれば、邯鄲を包圍したのは魏である。

特に『經典釋文』の記述は、「風が吹けば桶屋がもうかる」式の話で、說明されなくては判らない。「酒が薄かったこと」（原因）と「邯鄲が圍まれたこと」（結果）のあいだが複雜すぎるのである。要するにごく一部の歷史學

者にしか判らない話が成語になるわけはないのである。

「楚王その猨を失ひて、林木これが爲に殘なはる」が成語化しなかったのは、意外性の持つ面白みがないからであろう。「瑗（猿）」と「林」とは着きすぎている。

「城門失火、殃及池魚」は、周煇が「意を以てこれを推すに」と言っているように、ちょっと考えれば、だいたい皆同じように「消火で池の水を使ったんだな」という推論に行き着くであろう。

ちょっと考えさせる飛躍が面白いのである。わかる範圍で後漢の時代から、現在に至るまで使われることになった原因は、ちょっと考えるとほとんど誰もが同じ推論をするであろう程度の、「程《ほど》のよい飛躍」なのであろう。

【注】

（1）黄汝成『日知録集釋』、同治壬申湖北崇文書局重雕木版本
（2）周煇『清波雜志』、文淵閣四庫全書本
（3）陳奇猷『呂氏春秋校釋』、學林出版社。一九八四年四月
（4）竹添光鴻『左氏會箋』、冨山房『漢文大系』本
（5）高誘『淮南鴻烈解』、冨山房『漢文大系』本
（6）『太平廣記』。中華書局排印本、一九六一年
（7）『補輯風俗通義佚文』金陵叢書丙集之五、叢書集成續編影印本
應劭『風俗通義』、四部叢刊本・文淵閣四庫全書本
（8）『全上古三代秦漢三國六朝文』、全北齊文巻五
（9）『白氏長慶集』、四部叢刊本

(10) 周祖謨『廣韻校本』附校勘記、中華書局影印本。一九六〇年十月

第二章　「黑龍」から「烏龍」へ——六朝志怪の演變

はじめに

鳥が體を水で濡らし、火にそそいで火事を消す「鳥類救火譚」は、漢譯佛典から六朝志怪中に入り、間もなく「犬（狗）救火譚」へと變貌を遂げる。その「犬（狗）救火譚」が、「敵を倒して主人を救う義犬説話」と竝存する過程で、語り手の作爲であるか否かは別として、「話の取り違い・犬の名前の取り違い」などが見られる場合が間々あるのである。本稿は六朝志怪書中に散見する、「義犬説話」の傳承における微妙な捻れを、解きほぐそうという試みである。

引用テキストの、本文の異同等は、全て注に記す。

一　救火譚

「動物が體を水で濡らし、火に降りそそいで火事を消す」という、いわゆる「救火譚」は、漢譯佛典にある

「本生譚」から六朝志怪書に入ったものだとされている。[1]

宣驗記に言う、野火が山林を燒く。山林の中に雉がおり、水の中に入って羽を濡らし、飛んで行って火を消そうとする。しきりに往復して疲れきったが、苦勞だとは思わなかった。

宣驗記に曰く、野火が山林を焚く。中に一雉有り、水に入りて羽を漬け、飛びて以て火を滅し、往來して疲乏するも、以て苦と爲さず、と。

宣驗記曰、野火焚山林。中有一雉、入水漬羽、飛以滅火、往來疲乏、不以爲苦。

『雉』、『太平御覽』巻九百一十七

『雉救火』・『雉王救火』と呼ばれる說話だが、きわめて素朴・簡潔なもので、何故《なにゆえ》の「救火」なのかが明かではない。おそらくは「衆生をあわれむ」ということなのではあろうが、說話としては未完成の感がある。

鸚鵡が飛んである山に止まった。山の鳥や獸は互いに尊重しあっていた。鸚鵡は、「樂しいが、永居《ながい》できるはずもない」と考え、去ることにした。それから數日して、山は火事になった。鸚鵡は遠くからそれを見つけると、すぐに水に入って羽を濡らし、飛んでいって火に降りかけた。天の神が、「お前にその氣持ちがあったとしても、そんなことではどうしようもない」と言うと、鸚鵡は、「火を消すことができないのは知っていますが、嘗てあの山に假住まいした時、鳥や獸とは仲良く暮らし、みな兄弟同樣でしたので、座視するに忍びないのです」と答えた。天神は嘉したまい、すぐに火を消した。[2]

鸚鵡有り飛びて他山に集まる。山中の禽獸は輒ち相ひ貴重す。鸚鵡自ら念へらく、樂しと雖も久しくすべからざるなり、と。便ち去る。後數日にして、山中に大火あり。鸚鵡遙に見れば、便ち水に入りて羽を濡らし、飛びてこれに灑ぐ。天神言ふ、汝に志意有りと雖も、何ぞ云ふに足らんや、と。對へて曰く、能はざるを知ると雖も、然れども嘗て是の山に僑居し、禽獸は善を行ひて、皆な兄弟と爲れば、見るに忍びざるのみ、と。天神嘉し感じて、卽ち爲に火を滅す。

有鸚鵡飛集他山。山中禽獸輒相貴重。鸚鵡自念、雖樂不可久也。便去。後數日、山中大火。鸚鵡遙見、便入水濡羽、飛而灑之。天神言、汝雖有志意（明鈔本意作竟）、何足云也。對曰、雖知不能、然嘗僑居是山、禽獸行善、皆爲兄弟、不忍見耳。天神嘉感、卽爲滅火。出異苑

『鸚鵡救火』、『太平廣記』巻四百六十

『鸚鵡救火』と呼ばれる說話である。嘗て僑居した山林に住む、他の禽獸類への報恩、という動機が說明されており、天神が鸚鵡の必死懸命を嘉したまうという、宗敎說話らしい結末に至るまで、首尾が一貫しており、說話として不足するところがない。これを以て「救火譚」の一應の完成とみることはできるであろう。

この『雉救火』と『鸚鵡救火』、要するに「鳥類の救火譚」は、いかにも佛敎の「本生譚」に基づくものらしく、不特定多數の對象を救濟する、「衆生の濟度」がメインテーマとなっている。

その主役が「鳥類」から「犬（狗）」に置き換えられると、次のような話になる。

呉の孫權の時代のこと。李信純は襄陽郡紀南縣（湖北省江陵）の人であった。家に一頭の犬を飼い、黑龍と名づけて大變に可愛がり、いつも連れあるいていた。食事の時にも、なんでも分けあたえ一緒に食べていた。ある日、信純は城外で酒を飲み泥醉して、家に歸り着くことができず、草の中で寢てしまった。太守の鄭瑕が獵に出ており、田の草が茂っているのを見て、人をやって火をつけ燒かせているところだった。信純の寢ている場所はちょうど風下にあたっていた。犬は火がこちらに向かってくるのを見ると、口で信純の着物をくわえて引っぱったが、信純は全く動かない。寢ている場所から三四十歩のところに小川があった。犬はすぐに走っていって水に入り、體を濡らし走って信純の寢ている場所に戻り、信純の周りをまわって體でゆすり水を振りかけ、主人を大難からのがれさせたのである。犬は水を運び疲れきってしまい、信純の側で死んでしまった。

しばらくして信純が目覺め、犬がすでに死んでおり、體中の毛が濡れているのを見て、いぶかしく思ったが、火の通りすぎた燒けあとを見て、わけがわかり號泣した。その聲が太守に聞こえた。太守は哀れんで、「犬は人よりもよく恩に報いる。恩を知らぬ人など、犬にも劣るものである」と言い、すぐに命令を出して、棺や着物などを用意させ葬らせた。今でも紀南には、高さ十餘丈もある義犬の塚というものがのこっている。(3)

孫權の時、李信純は襄陽紀南の人なり。家に一狗を養ひ、字《あざな》して黑龍と曰ふ。これを愛すること尤《もっとも》も甚しく、行坐相ひ隨ひ、飲饌の閒も、皆な分ちて與に食ふ。忽ち一日、城外に於て酒を飲み大に醉ひ、家に歸らんとするも及ばず、草中に臥す。太守鄭瑕出でて獵するに遇ふ。田の草深きを見、人を遣して火を縱《ほしいまま》にしてこれを爇《や》かしむ。信純臥する處恰《あたか》も順風に當る。犬火の來るを見れば、乃ち口を以て純の衣を拽《ひ》くも、純亦た動かず。臥する處の比《ちか》きに一溪有り、相ひ去ること三五十步。犬は卽ち奔り往きて水に入り、身を濕《うるほ》して走りて臥する處に來り、周く過り身を以てこれに灑ぎ、主人を大難より免れしむるを獲たり。犬水を運びて困乏し、斃を側に致す。俄にして信純醒め來たり、犬の已に死し、遍身の毛濕へるを見て、甚だそのことを訝《いぶか》しむ。火の縱跡を覩て、因りて慟哭するに、太守に聞こゆ。太守これを憫みて曰く、犬の恩に報ゆること人よりも甚し。人の恩を知らざるもの、豈犬に如《し》かんや、と。卽ち命じて棺槨衣衾を具へてこれを葬らしむ。今紀南に義犬冢の、高さ十餘丈なる有り。

孫權時、李信純、襄陽紀南人也。家養一狗、字曰黑龍。愛之尤甚、行坐相隨、飲饌之閒、皆分與食。忽一日、於城外飲酒大醉、歸家不及、臥於草中。遇太守鄭瑕出獵。見田草深、遣人縱火爇之。信純臥處、恰當順風。犬見火來、乃以口拽純衣、純亦不動。臥處比有一溪、相去三五十步。犬卽奔往、入水濕身、走來臥處、周過以身灑之、獲免主人大難。犬運水困乏、致斃于側。俄爾信純醒來、見犬已死、遍身毛濕、甚訝其事。覩火蹤跡、因爾慟哭、聞于太守。太守憫之曰、犬之報恩甚于人。人不知恩、豈如犬乎。卽命具棺槨衣衾葬之。今紀南有義犬冢、高十餘丈。

『搜神記』巻二十

單に「火を消す」だけで、動機も説明されていない「雉救火譚」から、「嘗て仲良くしていた他の禽獸類への報恩」という「鸚鵡救火譚」へ、そして「鳥類救火譚」が換骨奪胎されて「犬（狗）救火譚」が作られていく。

それにしたがって、「不特定多數の救濟」から、「個人の救濟」・「主の救濟」すなわち「主への報恩」、言い換えれば「主への忠義」という、儒教的な色彩の強いものに作り直されていくのである。

「天神」は鸚鵡の志を嘉したまい、「火を滅し」て鸚鵡の素志實現の手助けをするが、「太守」は、狩獵という己の遊びのために草を焼かせるという愚行を爲すが、その結果としての忠犬の死に對しては、儀禮を整え犬の「忠義」を顯彰するだけである。

インド由來の「衆生濟度」をメインテーマとする「救火譚」が、中國化されると「主への忠義」とその「忠義」を、御上《おかみ》が儀禮を整えて顯彰する「救火譚」へと矮小化されていくのだが、しかし一方では、ストーリー・場面の設定なども整い、行動の動機付けなども納得しやすいものになり、説話としての完成度は高まっていくのである。

二　義犬説話の發展

晉の太和年間のこと、廣陵（江蘇省揚州）の楊という書生が、一頭の犬を飼って大變に可愛がり、いつも連れ歩いていた。ある日、楊生は酒を飲み、醉って濕地帶の草原に行き、寢こんで動かなくなってしまった。ちょうど冬のことだったので、野火が風にあおられて燃えひろがっていた。犬はあわてて吠えつづけたが、楊生は目をさまさない。前方に水溜まりがあったので、犬はすぐに走って水に飛びこみ、引き返して體を振るわせて楊生のまわりの草に水をかけた。このように何回も繰りかえし、走りまわるうちに、草はすっかり濡れて、野火が迫ってきても焼かれずにすんだのである。楊生は酔いからさめて、やっと氣づいたのである。その後、楊生は夜道を行き、空井戸に落ちてしまった。犬は夜明けまで吠えつづけた。通りかかった人が、犬が井戸に向かって吠えているのを怪しみ、見に行って楊生を見つけた。楊生が、「私をここから出してくだされば、厚くお禮をいたします」と言うと、「この犬をくれるのならば、助けてあげよう」と言う。楊生は「この犬は以前、私が死にそうなところを助けてくれたことがあるので、あげるわけにはいきません。その他のものでしたら、なんでも差しあげます」と言ったが、「それでは助けてあげないよ」と言う。すると犬が首を伸ばして眼で合圖をする。楊生はその意味が判ったので、「この犬を差し上げましょう」と言った。その人はすぐに楊生を助け出して、犬を引いて行ってしまった。譲ってから五日目に、犬は夜中に逃げ歸ってきた。(4)

晉の太和中、廣陵の人楊生、一狗を養ひて甚だこれを愛憐し、行止與《とも》に具《とも》にす。後生酒を飲み、醉ひて大澤の草中に行き、眠りて動く能はず。時に方《まさ》に冬月にして、燎原の風勢い極て盛んなり。狗乃ち周章號喚するも、生醉ひて覺めず。前に一坑水有り。狗便ち走りて水中に往き、還りて身を以て生の左右の草上に灑《そそ》ぐ。此《かく》の如くすること數次、周旋することと跬歩として、草皆な沾濕《うるほ》ひ、火至るも焚かるるを免る。生醒めて方てこれを見る。爾後、生因りて暗に行き、空井の中に墮つ。狗呻吟し曉に徹《いた》る。人有りて經過し、この狗の井に向ひて號《さけ》ぶを恠《あや》しむ。往きて視るに生を見る。生曰く、君我を出す可くんば、我當に厚く報ゆべし、と。人曰く、此の狗を以て與へらるれば、便ち當に相ひ出すべし、と。生曰く、此の狗曾て我を已に死せるより活《いか》せば、相ひ與ふるを得ず、餘は卽ち惜しむ無し、と。人曰く、若し爾《しか》らば便ち相ひ出さず。狗因りて頭を下げて井を目す。生その意を知り、乃ち路人に語《つ》げて、犬を以て相ひ與ふと云ふ。人卽ちこれを出し、これを繋ぎて去る。却《ゆづ》りて後五日、狗夜に走《に》げ歸る。

晉太和中、廣陵人楊生、養一狗甚愛憐之、行止與具。後生飮酒、醉行大澤草中、眠不能動。時方冬月、燎原風勢極盛。狗乃周章號喚、生醉不覺。前有一坑水、狗便走往水中、還以身灑生左右草上。如此數次、周旋跬步、草皆沾濕、火至免焚。生醒方見之。爾後、生因暗行、墮于空井中。狗呻吟徹曉。有人經過、恠此狗向井號。往視見生。生曰、君可出、我當有厚報。人曰、以此狗見與、便當相出。生曰、此狗曾活我已死、不得相與。餘卽無惜。人曰、若爾便不相出。狗因下頭目井。生知其意、乃語路人云、以狗相與。人卽出之、繫之而去。却後五日、狗夜走歸。

『楊生狗』、『捜神後記』巻九

「犬（狗）救火譚」は、現在の湖北省北部にあたる「襄陽紀南」という山間の地から、ほぼ七百數十キロ東の江南の地「廣陵」へと舞臺を移していくのである。これはいうまでもなく、異民族の侵入によって中原を追われた漢民族王朝が、江南の建康（南京）に本據地を移した、いわゆる晉室南渡のためである。

『捜神記』巻二十『李信純』にある「呉の孫權の時」（『八巻本捜神記』及び『句道興捜神記』には「呉王孫權の時」）という記述と、『捜神後記』巻九『廣陵の楊生』にある「晉の太和中」という記述が、假に信じられるものであるとしたならば、呉の孫權が政權にあったのは西暦で二二二年から二五二年までの三十年間であり、「晉の太和中」は晉の廢帝（海西侯）の太和年間、西暦で三六六年から三七一年までであるから、いちばん短く見ても百十數年の隔たりがあるということになる。そしてもしも「呉王」という記述を嚴密に理解し信じるならば、孫權が「王」を稱した時期は、黃武元年から七年、西暦で二二二年から二二八年までであるから、「晉の太和」までは約百四十年の時間が經過しているということになる。

ごくふつうに考えて、それぞれの「說話」が語られ續けていくうちに、「話に尾ヒレがつく」、「語り增し」をする、あるいは語り手・聞き手の生活圏が移動すれば、それぞれの環境にあわせて舞臺設定が變わる、ということは、あり得ることだと言ってよかろう。要するに「尾ヒレ・語り增し」が妥當な物であれば、それは新たなるストーリーとして認知され、より起伏に富んだ「說話」として語り繼がれてゆくはずである。「尾ヒレ・語り增し」に妥當性のない場合、無視されてそのまま語り繼がれることもないはずだ。

少なくとも百年以上時間が經っているのならば、『搜神記』「李信純の黑龍の救火譚」が、舞臺を江南に移し、また「語り增し」され、「尾ヒレ」がついて、「空井戸からの救主譚」と「主のもとへの歸還譚」などが付け加えられて、この「楊生の犬」の話が成立したと考えることも、特に不自然ではないであろう。例えば、

> 愛犬の報恩譚を見ると、(中略)當時傳承されたらしいこの說話は、搜神記の三つのテクストが同一のモチーフに立っているのに、搜神後記の方は犬が死なないで別のモチーフを附加している。
>
> > その後主人が古井戸に落ちこんだ。通りかかった男に助けを求めると、犬をくれなければ助けないという。そのようなつれない仕打ちはできない。みると犬が目くばせをしている。そこで承知して助けてもらう。連れて行かれた犬はやがて逃げかえって來る。(要約)(卷九、廣陵楊生)
>
> これは說話の發展の經過を物語るもので、この說話に關する限り、搜神記と搜神後記は明らかに前後關係に立つものである。[5]

「この說話に關する限り」という條件が付いているものの、「搜神記と搜神後記は明らかに前後關係」が認められる、と言い切ったものは管見に入る限り、これ以外には見あたらない。

> 私は、南宋から明にかけての時代に、原本「搜神記」が完全に散逸してしまっていたとは考えない。(中略)現行の二十卷本を作りあげるに際して、缺損し變形した部分があるとはいえ原本の後を直接受けたテキストが

殘っていて、それを骨組みに利用しながら、逸文をくっ付けていったもののように見える。（中略）結論を云えば、私は、二十卷本「搜神記」は原本の三十卷本「搜神記」と密接な關係を持ち、二十卷本の條文によって原本の文體を論ずることは、十分に可能であると考えている。[6]

「原本の後を直接受けたテキストが殘っていて」、と考えると、この「前後關係」も説明がつくのだが、しかし一方で、

　二十卷本「搜神記」の各條について、その內容を類書などに引用される「搜神記」の佚文と對照させる作業は誰もが行うところであるが、現在までのところ、汪紹楹の校注本『搜神記』が行っているのが、もっともまとまった成果だと言えよう。汪氏がその校語の中で、この條については類書などに引用がないと注記している記事の大多數が、明人が、二十卷本を編纂した際に、他の書物から引いて來て、數をそろえたものだと判斷してよいと考えられる。[7]

と、「汪氏が類書などに引用がないと注記している記事の大多數が、明人が、二十卷本を編纂した際に、他の書物から引いて來て、數をそろえた」という意見もある。

これが同じ人物の意見なのである。

ここでいう「大多數」は決して全てではない、ということなのであろうが、その汪紹楹は、

　本條が各書に『搜神記』として引用されている例は見ていない。按ずるに、この話は勾道興《ママ》の『搜神記』に見える。勾が記したものは、『搜神後記』卷九にある『廣陵の楊生』の條から材料を取り演繹して作った物のようだ。「楊生」を「李純」に改め、また火を付けた者を「太守劉遐」に改めている。『稗海』本『搜神記』も同じだが、ただ「李純」を「李信純」に、「劉遐」を「鄧遐」としている。[8]（後略）

と、句道興『搜神記』（所謂、敦煌本）がオリジナル作品であり、句道興が『搜神後記』・『楊生狗』の前半の部分を材料に取り、演繹して『義犬冢』を作ったというのである。

その論據は、「本條が各書（類書・筆者）に『搜神記』として引用されている例は見ていない」という點だけしかここには記されていない。

この條『義犬冢』は、『祕冊彙函』・『津逮祕書』・『學津討原』・『百子全書』などに收錄されている所謂『二十卷本』と、『稗海』・『漢魏叢書』・『龍威祕書』などに收錄されている所謂『八卷本』、敦煌の石室から二十世紀の初めに發見された所謂『敦煌本』の三種が、ともに載せているところの、わずかに六條のうちの一條である。

この六條を、汪紹楹校注二十卷本『搜神記』の標題と卷數を以て擧げれば、『管輅』卷三・『楚僚』卷十一・『王道平』卷十五・『駙馬都尉』卷十六・『千日酒』卷十九、及びこの『義犬冢』卷二十である。

この六條全てに、汪紹楹は「本條が各書に『搜神記』として引用されている例は見ていない。按ずるに、この話は勾《ママ》道興の『搜神記』に見える」と注している。

要するに、汪紹楹は類書に『搜神記』として引用されていないもので、『敦煌本』に見えるものは、全て句道興が「演繹して作った」ものと考えているのである。

句道興の名を冠した、所謂、敦煌本『搜神記』は、二十世紀の初頭に發見されるまで、傳世のテキストは無いはずである。であれば南宋、或いは明代に「二十卷本」が再編された時、この六條はどこから引いてきたというのであろうか？

南宋、或いは明代には、まだ『敦煌本搜神記』が流布していたというのであろうか？

また句道興が『搜神後記』『廣陵楊生』の條から演繹する際に、時代設定を「吳王孫權の時」と百年以上も引き上げ、舞臺設定も「襄陽紀南」と西に移動させた理由はどこにあるのであろうか？

そして『捜神後記』では「楊生の狗」には名前はないが、句道興はなぜ「烏龍」という名前を付けたのであろうか、そして『二十卷本』・『八卷本』ともに、なぜ「黑龍」と犬の名前を變えているのであろうか？（（3）の引用原文參照）

以上、句道興原作説は、原文を文體や用語などの面から檢討すると、まったく成り立たないものである。思うに汪紹楹は、あくまで校勘の結果をだけを歸納して結論を出したのであろう。

いずれにせよ句道興という、『敦煌本』の著者として名が出ているだけの、唐代人であろうと推定されている以外には一切不明な者が、六條全てについて原作者であるという可能性は、ほぼないといってよいであろう。

ここで考えなくてはならないのは、『捜神記』及び『捜神後記』のテキストの信頼性の問題であるが、『捜神記』のテキストについては、すでに先學の論考が多く殘されているので、紙幅の關係もあり、ここでは觸れないこととする。(9)

三　義犬説話傳承に於ける捻れ

この稿の「はじめに」で、「義犬説話」の傳承における微妙な捻れ、という言葉を使った。ここで主に論じたいのは、この「烏龍」と「黑龍」の問題なのである。

ここまでの犬の名前だけを整理してみると、『捜神記』『李信純の犬』は「黑龍」（二十卷本・八卷本）・「烏龍」（敦煌本）である。

『搜神後記』『廣陵楊生の犬』には名前がない。（（4）の引用原文參照）

しかし『搜神後記』の『廣陵楊生の犬』の直前の條に、「烏龍」という「義犬」が活躍する話が存在しているのである。[10]

會稽句章《かいけいこうしょう》（浙江省鄞縣附近）の庶民、張然は勞役にかり出されて都（建康・南京）にでたが、何年も歸ることができなかった。家にはまだ子供もいない若い妻が、一人の奴僕と留守を守っていた。妻はとうとう奴僕と私通してしまった。張然は都ですばしこい犬を飼い、烏龍と名づけていつも連れ歩いていた。その後、一時的に家に歸ったところ、妻と奴僕は共謀し、なんとか然を殺そうと考えた。然が家に着くと、妻は食事を作り、ともに坐って食べようというときに、然に語りかけた。「あなたと永のお別れをしなければなりません。無理にでもお食べください」。然がまだ食べないうちから、奴僕は弓に矢をつがえて、戸口に立って然が食べ終わるのを待っていた。然は涙を流すだけで、食べることができない。そこで皿の中の肉と飯を、犬に投げ與え、祈るように、「數年間お前を飼ってきたが、私は今殺されようとしている。お前、私を救うことができないか」と言った。犬は食べ物を食べようともせずに、眼を奴僕にすえて舌なめずりをしている。然には犬の氣持ちがわかった。奴僕は然に、早く食べろとせき立てる。然は覺悟して、膝を打ち大聲で「烏龍、やってしまえ」と叫んだ。聲に應じて、犬は奴僕に襲いかかった。奴僕が武器を落として倒れると、犬はその陰部をかみ切った。然はそこで刀を取って奴僕を殺し、妻は縣の役所につきだし、死刑にしてもらった。

會稽句章《こうしょう》の民張然、役に滯りて都に在り、年を經るも歸るを得ず。家に少婦有るも子無く、惟だ一奴と舍を守るのみ。婦遂に奴と私通す。然は都に在り一狗の甚だ快なるを養ひ、名づけて烏龍と曰ひ、常に以て自ら隨はしむ。後假に歸るに、婦と奴と謀りて然を殺すを得んと欲す。然及ぶに、婦飯食を作り、共に坐下して食ふ。婦然に、君と當《まさ》に大別離すべし、君强ひて啖ふべし、と語る。然未だ噉ふを得ざるも、奴已に弓を張り矢を拔き、戸に當りて然の食ひ畢るを待つ。然涕泣して食はず、乃ち盤中の肉と飯とを以て狗に擲《なげう》ち、祝《いの》りて曰く、汝を養ふこと數年、我當に死せんとす。汝能く我を救ふや否や、と。狗食を得るも食はず、惟だ睛を注ぎ唇を舐めて奴を視るのみ。然亦たこれを覺る。奴食を催すこと轉《うた》た急なり。然計を決し膝を拍ち大に呼びて曰く、烏龍與手せよ、と。狗聲に應じて奴を傷つく。奴刀仗を失ひて地に倒るれば、狗その陰を咋む。然因りて刀を取りて奴を殺し、婦を以て縣に付しこれを殺さしむ。

會稽句章民張然、滯役在都、經年不得歸。家有少婦無子、惟與一奴守舍。婦遂與奴私通。然在都養一狗甚快、名曰烏龍、常以自隨。後假歸、婦與奴謀欲得殺然。然及、婦作飯食、共坐下食。婦語然、與君當大別離、君可强啖。然未得噉、奴已弓張矢拔、當戸須然食畢。然涕泣不食、乃以盤中肉及飯擲狗、祝曰、養汝數年、我當將死。汝能救我否。狗得食不啖、惟注睛舐唇視奴。然亦覺之。奴催食轉急。然決計拍膝大呼曰、烏龍與手。狗應聲傷奴。奴失刀仗倒地、狗咋其陰。然因取刀殺奴、以婦付縣殺之。

『烏龍』、『搜神後記』巻九

この説話は、「救火」とはなにも關係がない。敵を倒して主人を救うといういわばありふれた「義犬説話」であるが、登場人物が多くなり、妻の「私通」が原因の計畫的殺人を、犬が防ぐという、きわめて人間臭い愛憎ドラマになっている。野火を消して主人を救う、というような牧歌的な話ではない。

ここに至って、「義犬説話」が、人の醜さをもリアルに描くことができるようになったと言ってよいであろう。舞臺設定も、會稽句章という浙江省東部の地で、南朝の都にも近い。時代は特に明記してはいないものの、南朝になってからのことと考えてよいであろう。

特に注意すべきことは、小説的な結構である。『太平御覽』・『太平廣記』所引のものは、共に梗概を記すのみという印象であるのに對して、『搜神後記』の文は、小説的な結構を整えることに意を用いていると言ってよい。

「年を經るも歸るを得ず。家に少婦あるも子無く」というのは、「婦」が「遂に奴と私通す」る動機づけである。「然は都に在り一狗の甚だ快なるを養い」は、この犬が「婦」や「奴」には馴れている可能性がないことを説明している。この部分、『太平御覽』は「然養一狗」、『太平廣記』は「然素養一犬」とあるのみで、「婦」や「奴」と馴れていた可能性にまでは意を用いていない。

また、「狗食を得るも食はず、惟だ睛を注ぎ唇を舐めて奴を視るのみ」という描寫の犬の物凄さなど、筆力のある作者の存在を感じさせるものである。

このような、「殺敵救主譚」とでも名付けるべきものには(11)、

太興年間のこと、呉の庶民華隆は、一頭のすばしこい犬を飼い、的尾と名づけていつも連れ歩いていた。隆がある時、長江のほとりに荻を刈りに行き、大蛇に巻き付かれてしまったことがある。犬は奮い立って蛇に噛みつき、蛇は死んだが、華隆は硬直状態になり意識がない。犬はさまよいながら涙を流し、走って船に歸り、また草むらにもどる連れのものがその様子を怪しみ、犬について行って隆が悶絶しているのを見つけた。家に連れ歸ったが、犬は心配で物も食べない。隆が意識を取りもどしたときに、やっと物を食べるようになった。隆はますますこの犬を可愛がり、親族と同様にあつかった。

太興中、呉の民華隆は、一快犬を養ひて的尾と號《なづ》け、常に將《ひき》ゐて自ら隨はしむ。隆後に江邊に至り荻を伐るに、大蛇に盤繞せらる。犬奮ひて蛇を咋むに、蛇死するも隆は僵仆して知る無し。犬は彷徨涕泣し走りて舟に還り、復た草中に反る。徒伴これを恠み、隨ひ往きて隆の悶絶するを見る。將《もち》て家に歸るも、犬は爲に食はず。隆の復た蘇る比《ころほ》ひに始めて食ふ。隆愈いよ愛惜し、親戚に同《ひと》し。

太興中、吳民華隆、養一快犬號的尾、常將自隨、隆後至江邊伐荻、爲大蛇盤繞、犬奮咋蛇、蛇死隆僵仆無知、犬彷

徨涕泣、走還舟、復反草中、徒伴恠之、隨往見隆悶絶、將歸家、犬爲不食、比隆復蘇始食、隆愈愛惜、同于親戚。

『捜神記』巻二十

という話がある。主人に巻き付いた蛇を噛み殺す義犬の說話で、說話としてはごくありふれた内容のものである。

「吳の民華隆」の「吳」というのは、現在の蘇州あたりのことであろう。太興年間は西曆で二八〇年から二八九年、『太平御覽』・『太平廣記』所引の『幽明錄』にある「太興二年」は西曆で二八一年になる。(11)の引用原文參照)

この說話については、『太平御覽』・『太平廣記』所引の『幽明錄』のほうが文が詳しい。特に『太平御覽』所引の條には、「後忽失之二年、尋求見在顯山」という、筆者が「主のもとへの歸還譚」と假に名付けたものの萌芽と見ることができるくだりが追加されている。

それでは「義犬說話傳承に於ける捻れ」とはどのようなものなのであろうか。

まず、「鳥類救火譚」から「犬(狗)救火譚」が作り出されたと考えることに、さしたる無理はないであろう。犬は人にとっては最も助手的な家畜であるし、犬が體を振るって水を切る動作はよく見かけるものである。

「犬(狗)救火譚」である『捜神記』の「李信純の黑龍」の話が、『捜神後記』の「廣陵の楊生の名のない犬」の話に發展する。この件についても、「これは說話の發展の經過を物語るもので、この說話に關する限り、捜神記と捜神後記は明らかに前後關係に立つものである」という内田氏の說に間違いはないものと思われる。

一方で、「殺敵救主譚」は『幽明錄』・『捜神記』の「的尾の蛇退治」の系列の話が、文飾を加えられて、『捜神後記』の「張然の烏龍」へと大發展を遂げていく。

この二種の説話の接點が、「黑龍」と「烏龍」なのである。「黑龍」も「烏龍」も、單に黑い犬によく使われる名前であるのなら、なにもここで問題にすることはないのである。だが、語り手・聞き手の生活圏の移動ということを考えるとすれば、「黑」から「烏」へという變化は、舞臺が、より東へ、より南へと移動するに從って變化していったものだと考えられるはずだ。要するに、「中原語」地區から、「吳語」地區への、或いは「北方語（黑）」地區から「南方語（烏）」地區と言い換えてもよいだろうが、說話の「南渡」に伴う、形容詞・名詞「くろ」の變化なのである。「廣陵の楊生の犬」が「烏龍」という名であれば、『搜神記』と『搜神後記』の「前後關係」もより納得できるものとなるはずである。或いは句道興原作說も、まだ成立する可能性があるのかもしれない。「襄陽紀南」では「黑」であっても、「會稽句章」に至れば「烏」になるという變化は、言語文化圈の移動ということで說明できるはずである。

これらの說話に關する限り、「義犬」といえば「黑龍」というイメージが出來上がっていたところに、生活圈の移動が加わり、傳承の過程で話の取り違い、犬の名前の取り違いがおき、より勇猛なる犬に「烏龍」という名が冠せられたと考えられるのではないだろうか。

【注】

（1）この件については、澤田瑞穗『中國動物譚』弘文堂。昭和五三年九月一五日。二三一～二三五頁に詳しい。

（2）本文の異同は以下のとおり。
宣驗記曰、有鸚鵡飛集山中。禽獸輒相愛重鸚鵡、不可久也便去。後月山中大火。鸚鵡遙見、便入水沾羽、飛而洒之、天神言、汝雖有志、何足云也、鸚鵡曰、猶知不能、然嘗僑是山、禽獸行善、皆爲兄弟、不忍見耳、天神嘉感、卽爲滅火。

『鸚鵡』、『太平御覽』巻九百二十四

（3）『學津討原』本『異苑』巻三は、『太平廣記』と同文だが、「雖知不能救」と、「救」の一字を増す。

本文の異同は以下のとおり。

昔吳王孫權時、有李信純、是襄陽紀南人也。家養一犬、字曰黑龍。愛之尤甚、行坐相隨、飮饌之閒、皆分與食。忽一日與城外飮酒大醉、歸家不及、臥草中、時遇太守鄧服出獵、見田草深、不知人在草中醉眠、遣人縱火爇之、信純臥處、恰當順風、犬見火來、乃以口拽純衣、純亦不動、臥處比有一溪、相去三五十步、犬卽奔往、入水濕身、走來臥處、週迴以身濕之、火至濕處卽滅、獲免主人大難、犬運水困乏、致斃于側、俄爾信純醒來、見犬已死、遍身毛濕、甚訝其事、因覩四廻、覩火蹤蹟、因爾慟哭、聞於太守、太守憫之曰、犬之報恩甚於人、人不知恩、豈如犬乎、卽命具棺槨衣衾葬之、今紀南有義犬冢、高十餘丈。

八巻本『搜神記』巻五『漢魏叢書』

昔有吳王孫權時、有李純者、襄陽紀南人也。有一犬字烏龍、純甚憐愛、行坐之處、毎將隨。後純婦家飮酒醉、乃在路前野田草中倒臥。其時襄陽太守劉瑕出獵、見此地中草木至深、不知李純在草醉臥、遂遣人放火燒之。然純犬見火來逼、與口曳純牽脫、不能得勝。遂於臥處直北相去六十餘歩、有一水澗、其犬乃入水中、腕（宛）轉欲濕其體、來向純臥處四邊草上、周遍臥處合（令）草濕。火至濕草邊、遂卽滅矣、純得免難、犬燃死。太守及鄕人等與造棺木墳墓、高千餘尺、以禮葬之。今紀南有義犬冢、卽此是也。聞之者皆云、異哉、狗犬猶能報主之恩、何況人乎。

句道興『搜神記』、『敦煌變文集新書』

（4）本文の異同は以下のとおり。

（續搜神記）又曰、晉太和中、廣陵人楊生養狗、其憐愛之、行止與俱。後生飮酒醉、行大澤草中、眠不能動。時冬月野火起、風又猛、狗周章號喚、生醉不覺。前有一坑水、狗便走往水中還、以身洒生左右、草沾（『太平御覽』九百零五作沾。）水得著地、火尋過去。生醒、方見之。他日又闇行、墮空井中、狗伸（『御覽』作呻。）吟徹曉。須臾、有人過、怪此狗向井號、往視見生。生曰、君可出我、當厚報君。人曰、以此狗見與、便當相出。生曰、此狗曾活我於已死、不得相與、餘卽無惜。人曰、若爾、便不相出。狗因下頭目井、生知其意、乃語路人、以狗相與。人乃出之、擊狗而去。後五日、狗夜走歸。

『藝文類聚』卷九十四

晉太和中、廣陵人楊生、養狗甚怜愛之、行止與具、後生飮酒、醉行經大澤草中、眠不能動、時冬月、有野火起風又猛、狗周章號喚、生醉不覺、前有一坑水、狗便走往眠水中、還以身壓生左右、草沾濕着地、火尋過去、生方醒、他日又闇行、墮空井中、犬呻吟徹曉、須臾有人經過、怪犬向井號、往視見生、生曰、君可出、我當厚報君、人問、以何物見與、生云、唯君耳、人曰、以狗見與便相出、生曰、此狗曾活我於已死、不得相與任君、人曰、若尓便不成相出、狗因下頭目井、生知其意、乃語路人、以狗相與、乃出之、繫狗而去、却後五日、狗夜走還

『太平御覽』卷九百五引『續搜神記』

晉太和中。廣陵人楊生者畜一犬、愛憐甚至。常以自隨。後生飮醉、臥於荒草之中。時方冬燎原。風勢極盛。犬乃周匝嗥吠。生都不覺。犬乃就水自濡。還卽臥於草上。如此數四。周旋跬步。草皆沾濕。火至免焚。爾後生因暗行墮井。犬又嗥吠至曉。有人經過。路人怪其如是。因就視之。見生在焉。遂求出己。許以厚報。其人欲請此犬爲酬。生曰。此狗曾活我於已死。卽不依命。餘可任君所須也。路人遲疑未答。犬乃引領視井。生知其意。乃許焉。卽而出之。繫之而去。却後五日。犬夜走還。出記聞。明鈔本、陳校本作出續搜神記

『楊生』、『太平廣記』卷四百三十七

(5) 內田道夫『中國小說研究』評論社。昭和五二年七月二〇日。四一～四二頁

(6) 小南一郎『「搜神記」の文體』中國文學報第二一冊。京都大學文學部中國語中國文學研究室。一九六六年一〇月。五九～六〇頁

(7) 小南一郎『干寶「搜神記」の編纂（下）』東方學報京都第七〇冊。一九九八年。一一〇頁

(8) 本條未見各書引作『搜神記』。按：本事見勾《ママ》道興『搜神記』。勾記似卽取『搜神後記』九『廣陵楊生』條演繹爲之。既改「楊生」爲「李純」、又以縱火爲「太守劉遐」。『稗海』本『搜神記』同、惟以「李純」爲「李信純」、「劉遐」爲「鄧遐」。本條錄自『稗海』本『搜神記』、又以「鄧遐」爲「鄭遐」。當以東晉有「鄧遐」、曾爲郡守、與首云「孫權時」不合。故改「鄧」作「鄭」、以泯其迹。必非本書、應刪正。

汪紹楹校注『捜神記』、中華書局。一九七九年九月、二四一頁

（9）『四庫全書總目提要』・王謨『捜神記跋』・沈士龍、胡震亨『捜神記引』・毛晉『捜神記跋』・餘嘉錫『四庫提要辨證』などをはじめとして、邦人のものでは、

小杉一雄『捜神記批判』附記『捜神記の著作年代に就て』、史觀第二五冊。早稲田大學史學會。昭和一六年四月三〇日。

豊田穰『捜神記・捜神後記源流考』東方學報東京第十二冊之三。東方文化學院。昭和一六年一二月。

西野貞治『捜神記攷』人文研究四卷八號、大阪市立大文學會。一九五一年。

竹田晃『二十卷本捜神記に關する一考察』中國文學研究2。中國文學の會。一九六一年。

小南一郎『「捜神記」の文體』中國文學報第二十一冊。京都大學文學部中國語中國文學研究室、一九六六年一〇月。

など。

（10）本文の異同は以下のとおり。

續捜神記曰、會稽句章民張然、滯役在都、經年不得歸。家有少婦、遂與奴私通。然在都、養一狗甚快、名烏龍。後假歸、奴與婦欲謀殺然。作飯食、共坐下食、未得噉。奴當戶倚、張弓栝箭拔刀。然以盤中肉飯與狗、狗不噉、唯注精舐脣視奴。然亦覺之、奴催食轉急。然決計、拍髀大喚曰、烏龍。狗應聲傷奴、奴失刀仗倒地。狗遂咋奴頭、然因取刀斬奴、以婦付官殺之。　『藝文類聚』卷九十四

會稽人張然、滯役經年不歸、婦遂與奴私通、然養一狗、名曰烏龍、後歸、奴與婦欲謀殺然、狗注精舐脣奴、然烏龍與手、應聲盪奴、奴失刀仗、然取刀殺奴也。　『太平御覽』卷九百五引『續捜神記』

會稽張然滯役。有少婦無子。唯與一奴守舍。奴遂與婦通。然素養一犬。名烏龍。常以自隨。後歸。奴欲謀殺然。盛作飲食。婦語然。與君當大別離。君可彊啖。奴已張弓拔矢。須然食畢。然涕泣不能食。以肉及飯擲狗。祝曰。養汝經年。我當將死。汝能救我否。狗得食不噉。唯注睛視奴。然拍膝大喚曰。烏龍。狗應聲傷奴。奴失刀遂倒。狗咋其陰。然因取刀殺奴。以婦付縣殺之。　『張然』、『太平廣記』卷四百三十七

（11）本文の異同は以下のとおり。

幽明錄曰、晉太興二年、吳民華隆生獵、養一快犬號的尾、常將自隨、隆後至江邊伐荻、犬暫出渚、次隆爲大虵所圍繞周身、犬還便咋虵、虵死、隆僵仆無所知、犬彷徨涕泣、走還舡、復反草中、伴怪、所以隨往見隆悶絕、將歸家、二日犬爲不食、隆復蘇、乃始進飯、隆愈愛惜、同於親戚、後忽失之二年、尋求見在顯山。　『太平御覽』卷九百五

晉泰興二年。吳人華隆。好弋獵。畜一犬。號曰的尾。每將自隨。隆後至江邊。被一大蛇圍繞周身。犬遂咋蛇死焉。而華隆僵仆無所知矣。犬彷徨嘷吠。往復路閒。家人怪其如此。因隨犬往。隆悶絕委地。戴歸家。二日乃蘇。隆未蘇之閒。犬終不食。自此愛惜。如同於親戚焉。出幽明錄　『華隆』、『太平廣記』卷四百三十七

あとがき

研究發表は結果だけを話せばいいので、なぜこの研究を始めたのかなどという動機から語る必要はない、とかつて指導教員に叱られたことがある。

學會發表などの場合には時間的制約があるので動機から語っていたらキリが無いことはたしかである。しかしここで一言しておきたいのは、もともと現代文學を研究していた筆者が、なぜ文語小說の研究へと轉向したのかという說明（いいわけ）なのである。私小說好きの筆者は敢えて轉向の動機を語りたいのである。

大學院を終えて二三年たった頃、東海大學の非常勤講師と豫備校の講師をしていた。

ちょうど學習研究社が中國で新たに編集しなおされた『魯迅全集』を全譯するというので、筆者にも召集がかかった。東京都立大學の院で指導教員であった松井博光先生のお宅で分擔を決める會合のあと、一杯やりながら『子不語』の初版らしき物を手に入れまして、などと話した記憶がある。

一九八三年の秋ぐらいだったと思う。たまたま古書店の目録に「子不語正續・隨園藏版。三萬八千圓」とあったので乾隆版なら安いほうだなと思って買ったまでの話である。それまで翻譯しか讀んだことはないのだが、どうやら初版らしき物が手に入ると、調べてみようという氣も起きてくる。

何種類かの排印本や石印本を手に入れて、付き合わせてみたのだが、巻數が合わないのである。通行本は『續新齊諧』の部分が十巻あるのだが、この初版らしき本は八巻しかない。不全本だから安かったのかと思いしばらくのあいだ放っておいた。

その後、『子不語』上海古籍出版社（一九八六年十一月）という簡體字縦組みのものを手に入れた。この書の解説に「原刊本」と「三十種本以降の通行本」の異同に付いての記述があるのを見て、やっと初版本は『續新齊諧』が八巻であることが判った。

それにしてもこの「上海古籍出版社本」以外は、何ともお粗末な話である。版本考證などということははじめから考えてもいないようである。

一般にマニアの多い『聊齋志異』と『紅樓夢』を除いて、清朝の小説類の研究はまだこの程度のレベルなのである。これが本書第三部第一章「袁枚『子不語』の增補」を書くに至った動機である。

この書の成るにあたってまず第一に記さねばならぬことは、畏友松原朗氏への感謝である。中國詩文研究會への入會の慫慂と中國詩文論叢への毎號執筆を勸誘してくれた。

懶惰なるエピクロス學派の筆者はこの毎號執筆という使嗾・教唆がなければ、寝轉んで雜書を眺め續けていたに違いない。

研文出版の山本實社長には出版を快諾していただいた。中國詩文研究會よりは多大なる出版助成を受けた。ここに記して感謝の意を表す。

二〇一六年梅雨明けの前に

初出一覧

前書き　袁枚と『子不語』について　書き下ろし

序章　中國文言小說の流れ　書き下ろし

第一部　「鬼求代說話」研究

第一章　『子不語』の鬼求代說話の筆法――紀昀の批判から
『中國詩文論叢』（中國詩文研究會）第二十五集　二〇〇六年一二月

第二章　『子不語』『柳如是爲厲』にて闘して――紀昀への批判
『中國詩文論叢』（中國詩文研究會）第二十六集　二〇〇七年一二月

第三章　『子不語』の「鬼求代妨害說話」――「擊退する」と「論破する」
『中國詩文論叢』（中國詩文研究會）第二十七集　二〇〇八年一二月

第四章　『子不語』の鬼求代說話の顚末
『中國詩文論叢』（中國詩文研究會）第二十八集　二〇〇九年一二月

第二部　「僵尸說話」研究

第一章　『子不語』の僵尸說話の創作性　『中國詩文論叢』（中國詩文研究會）第二十九集　二〇一〇年一二月

第二章　『子不語』僵尸說話の加工　『中國詩文論叢』（中國詩文研究會）第三十集　二〇一一年一二月

第三章　『子不語』僵尸說話——旱魃との關聯について　『中國詩文論叢』（中國詩文研究會）第三十一集　二〇一二年一二月

第四章　『續新齊諧』の僵尸說話　『中國詩文論叢』（中國詩文研究會）第三十二集　二〇一四年一二月

第五章　『子不語』の僵尸說話——補遺及び結語　『中國詩文論叢』（中國詩文研究會）第三十三集　二〇一五年一二月

第三部　『子不語』の版本研究等

第一章　袁枚『子不語』の增補　『中國詩文論叢』（中國詩文研究會）第二十四集　二〇〇五年一二月

第二章　『子不語』の妬鬼說話　『中國詩文論叢』（中國詩文研究會）第三十四集　二〇一五年一二月

第三章　木下杢太郎譯の『子不語』　『專修人文論集』（專修大學學會）第九十八號　二〇一六年　三月

第四部　古小說研究

第一章　「城門失火、殃及池魚」——成語の成立過程　『專修人文論集』（專修大學學會）第七十五號　二〇〇四年一〇月

第二章　「黑龍」から「烏龍」へ——六朝志怪の演變　『專修人文論集』（專修大學學會）第六十七號　二〇〇〇年一一月

索　　引

凡　　例

(一) この索引は、人名索引、書名・題名索引からなる。
(二) 項目は、原則として漢字音により、五十音順に配列した。
(三)「人名」は、本名より検索できるようにした。
(四) 子不語、新齊諧は採らない。

人名索引

ア行

カ行

サ行

書名・題名索引

サ行

マ行

ヤ行

ラ行

中野　清（なかの　きよし）
一九四八年　埼玉縣の疎開先生まれ
一九八一年　東京都立大學大學院博士課程單位取得滿期退學
著者　『成語《せいご》故事《ものがたり》』（株式會社ディーエイチシー）他
譯書　『魯迅全集第五巻』（學習研究社）共譯
　　『孔子が話さなかったこと』（情況出版）

中國怪異譚の研究
——文言小説の世界

二〇一六年　九月二九日　第一版第一刷印刷
二〇一六年一〇月　五日　第一版第一刷發行

定價［本體六〇〇〇圓＋稅］

著者　中野　清
發行者　山本　實
發行所　研文出版（山本書店出版部）
〒101－0051
東京都千代田區神田神保町二－七
TEL　03－3261－9337
FAX　03－3261－6276
印刷　モリモト印刷
製本　塙　製本

ISBN-978-4-87636-413-8